风透湘帘花满庭

第一卷
英雄出世

FENG TOU XIANG LIAN HUA MAN TING DI YI JUAN YINGXIONG CHUSHI

满碧乔 著

接力出版社
Publishing House

图书在版编目（CIP）数据

风透湘帘花满庭. 第一卷, 英雄出世 /满碧乔著.—南宁：接力出版社，2016.10
ISBN 978-7-5448-4575-5

Ⅰ.①风… Ⅱ.①满… Ⅲ.①长篇小说–中国–当代 Ⅳ.①I247.5

中国版本图书馆CIP数据核字（2016）第228976号

责任编辑：张慧芳 张 瑾 美术编辑：严 冬
责任校对：高 雅 责任监印：刘 冬 营销主理：张 猛
社长：黄 俭 总编辑：白 冰
出版发行：接力出版社 社址：广西南宁市园湖南路9号 邮编：530022
电话：010-65546561（发行部） 传真：010-65545210（发行部）
http://www.jielibj.com E-mail: jieli@jielibook.com
经销：新华书店 印制：北京盛通印刷股份有限公司
开本：710毫米×1000毫米 1/16 印张：21.75 插页：2 字数：295千字
版次：2016年10月第1版 印次：2016年10月第1次印刷
印数：00 001—30 000册 定价：39.80元

Contents

目录

王子带不承想，桓公竟会问到他母亲，愣了一瞬，旋即答道：“在……在洛阳城西的王陵内。”

似乎踉跄了一下，桓公微微侧过身。王子带这才敢偷眼打量，只见他身着紫色镶虎纹云肩，佩着璧玉扣镏金裤腰带，器宇轩昂、高额直鼻、美髯俊目，只是神情漠然，眼角似有点点星光，不知为何。

桓公长叹了一口气，极力克制自己的情绪，佯装随意地问道：“她临终，可曾留下什么话？”

王子带闻言，赶忙搜肠刮肚去想。可在桓公的威慑下，他只觉头脑发木，大半晌也未想起什么。

桓公觑着眼，望着油灯灯芯荧荧闪闪的光芒，不可遏制地陷入回忆的旋涡中。

犹记得，自己初见绿姬时，被她那倔强又决绝的眼神勾起了强烈的好奇心和戏弄她的欲望。那眼神坚忍而冰冷，闪着迷人的光，又似藏着杀人的剑。桓公嘴边漫起了一丝笑意，但顷刻间又戛然而止。他眼前浮现出绿姬含泪的眼眸，樱桃般红润的小嘴哀伤地唤自己“小白”。

公子[①]小白。

桓公默念着这个既熟悉又陌生的代号，拼命回想着……

绿姬出阁前那天，自己拉着她的手，以一种近乎哀求的口吻请她留下。可她只是猛然将素手从他遮挽的手中抽出，冷冰冰地对他说：“请自重。”

她曾经说她只爱公子小白，为他可以放弃一切，可那一次，她却放弃了公子小白，这让他耿耿于怀至今。他发誓有朝一日一定要找她问个明白，只是时过境迁，她从当初那个青涩的绿姬一跃成为母仪天下的王后，正如那些从前叫他公子小白的人，也早

① 诸侯之子称公子。

第一章　往事如烟

已是烟花三月天，珠帘外桃花开得甚好，云一般堆烟团雾，一直漫到天的尽头。

王子带团坐在羊羔毛垫上，却禁不住全身发颤牙齿打架。他拉紧周身裹着的华服锦袍，却仍感到钻心的寒气从足底冒起。

对面那人重重地将铜爵放在案上，嘭的一声，王子带顿觉心中一惊，赶忙低下头，团坐的姿势不知何时已变作笔直的跪姿，眼看一双裘皮皂靴离自己越来越近，王子带的呼吸也越发急促。虽说自己是周王之子，地位要高于坐在他对面的齐国诸侯，可是对于实力鼎盛的齐国而言，杀了自己，不过如拾草芥。

齐桓公看着跪地叩首、缩成一团的王子带，心中忽起怜悯之意。他弯下身，扶起王子带，慢慢抬起他的下巴，对上了这双似曾相识的眼眸——与其一模一样的眼眸无数次出现在他午夜梦回之时。

桓公倒吸了一口凉气，强摄心神，问道："你母亲她……人在哪里？"

已毕恭毕敬地改称他为齐侯[1]。重重宫墙没能让桓公放弃，可桓公怎么也不肯相信，这一次，自己与她，竟已是阴阳两隔。

“你下去吧！”桓公又长叹了一声，挥挥宽袖，独自站在烛火阑珊处，面色颓然。王子带一愣，旋即如蒙大赦，点头如捣蒜，慌忙爬起身，一溜烟似的跑了。

春风破窗，生生吹灭了窗边的数十盏油灯，灯火辉煌的房间顷刻间黑了下来。桓公摇摇头，一阵暗香不知从何而来，充满鼻翼，酒劲正上头，他似乎有些站不稳，却仍奋力地跑向窗边，喊道：“是你吗？”

一群披坚执锐的将士闻声匆忙赶来，星星点点的火把照亮了桓公的殿宇，却只看到桓公独自一人站在窗边，伸着手，似乎要抓住什么。

“你们……都出去。”桓公无力地说着，枕着窗棂，没有回头。

众人从未见他这样失意过，都悄无声息地退出了房间。

① 齐国是周代诸侯国，国君被封为侯爵，故称齐侯。

第二章 礼崩乐坏

三十五年前，即公元前六八六年。

这一年虽然距离犬戎突破镐京杀周幽王已近百年，但骊山烽火台上美人褒姒那一抹淡淡的笑，仍是大周王朝的百姓们茶余饭后的谈资。

痴情不宜做君王。周幽王竟想出登高台、放烽火，假装镐京被围，引诸侯王来救驾，用诸侯王们的狼狈博美人一笑的把戏。

冷若冰霜的褒姒笑得极为灿烂绚丽，仿佛能瞬间融解极北之地的千年寒冰。但随后西边的少数族裔犬戎来袭，杀声震天，周幽王再登烽火台，任其燃尽狼烟、喊破嗓子，却再也招不来救驾的猎猎旌旗了。是啊，莫说是权倾一方的各路诸侯，即便是镐京城里的文武百官、市井黎民，又有谁会相信和帮助一个贪色误国、无德无信的昏君呢?

此役之后，周朝命数衰竭，京城内外饿殍遍地，野死不葬者数以万计。无奈之下，继位的周平王带着维持国祚的信念，领着饱受打击的王室，如同丧家之犬，匆匆向东逃至洛邑。这里风光秀美，依山傍水，风水甚好，又有夏商建都史，龙气鼎盛，平王遂示意驻跸。众臣领命，尽招天下能工巧匠，迅速在这片富饶的土地上扩张了市井规模，改洛邑为洛阳，代替镐京成为大周王朝的新都城。尘埃落定，就要有人站出来为周幽王的死负责，各方各派都在推诿和埋怨，闹来闹去，这黑锅竟然落在了大卜的背上。

大卜是朝廷执掌占卜事宜的最高官员。埋怨他似乎也有道理，谁让他是舜帝的后人，手上有通天脉，明明可以知晓千秋万代，竟没算出犬戎的阴谋！大卜一族就此受了牵连，被罢官贬黜。但王室清楚，下到农时农桑，上到战事外交的部署，依然需要仰赖大卜的神力，所以只是不痛不痒地把他们安置在洛阳城东的一个小村子，明里免了官阶，暗里俸禄依旧。

大卜真的算不出犬戎入京杀死周幽王之事吗？当然不是。这一切的源头，要怪也只能怪姜太公和周文王。当年周文王初见姜太公，太公就大大咧咧地坐在车上嘱文王拉车，表面上是出难题，实际上是在测算周朝的国祚。文王向西拉了三百零一步，便预示着西周将存续三百零一年，只不过此乃天机，既不可说亦不可改。正因如此，大卜一族天不怕地不怕，唯独敬畏东方那齐国诸侯、姜太公的后裔，毕竟有个能窥视天命的祖先，又是强盛一时的诸侯，其子孙较之姜太公虽力有未逮，也绝非等闲之辈。

弹指间又过了一百年，大卜一族的血脉也传到绿姬这一代，其间，王室的影响力每况愈下，政令所达范围超不过京畿之地百里。这一年恰逢大旱，田间作物枯死一半，周王急得多次来村子里求助于绿姬的爷爷，也就是当时的大卜，而每次大卜携着绿姬送走周王，便会站在四方的小院里仰望天空。在年幼的绿姬看来，大卜的神情总是如此悲戚，他看到了什么，绿姬不得而知。

此时，绿姬已有八岁，梳着两个圆圆的总角[1]，小脸又白又嫩仿佛能掐出水，一双大眼睛如同清泉般充满灵气，虽然身形尚小，

① 古时汉族男未冠，女未笄时的发型。头发梳成两个发髻，如头顶两角。

却已隐隐具备了倾国倾城的资本。周王室之人因褒姒之故，连带着也惧怕了有倾国之貌的女子，可绿姬见到周王一行人总是笑盈盈的，不似褒姒那般冷冰冰，令周王的随从们想亲近又顾虑重重。

周王到底是王者，从不忌惮这些，每次来找大卜，都会笑着将绿姬抱在怀中。可这一次会面却尤为神秘，周王跟大卜说话时把绿姬都赶出了内室。

室内紫气朦胧，周王虚着前席，十分恳切地盯着大卜，似乎不想错过他脸上的丝毫变化。大卜闭目凝神，脸上波澜不惊，手指却不住地掐算着。

不知过了多久，大卜的眼球稍稍转动了一下，周王擦了擦脸上淌下的汗珠，轻声问道：“可是有什么结果了？”

不同于屋内紧张又神秘的气氛，茅舍外，一切都恬然得像是普通的田园人家。

绿姬不明白周王怎么忽然不喜欢自己了，小脸上挂着委屈的表情，在门外玩泥巴。忽地在不远处的泥墙下，看到一个着华服的少年，年纪也就十一二岁，个子不高，背对着绿姬袖着手立着，举手投足之间都与屋中的周王相像，尤其是微微皱着的眉眼，一副心事重重的样子，与他的年龄极不相称。绿姬歪着头看了他一会儿，拍了拍手上的泥土，起身走近这个第一次见面的小哥哥，拉住了那只手。

那少年显然是吓了一跳，转过头对上绿姬促狭的笑脸，有些发不起脾气，却仍旧抽出了手。

绿姬歪着头眨着大眼睛，甜甜一笑，白嫩的脸颊上现出两个浅浅的酒窝：“我叫绿姬，你叫什么？”

看着绿姬粲然的笑颜，少年显得十分赧然，这样的年纪，已知晓男女有别。

“我叫姬阆。”少年很少提及自己的全名，偶尔一脱口，竟有些不习惯。

绿姬歪着头回想，这名字似乎在哪里听过，却想不起来了，索性不去想：“那我就叫你阆哥哥吧。”

这丫头竟然不知道自己是王太子？姬阆皱皱眉头，毕竟如此称呼到底是不合规矩的。他才想出口反驳绿姬，却被她那明媚的笑容驱使，鬼使神差般脱口说了个“好”。

周王结束了与大卜的交谈，从茅舍中走出。脸上虽然平静，眉头却未彻底舒展。临别时，周王回过身来，对大卜垂衣拱手，众侍从也纷纷跪下。姬阆靠过来，学着周王的样子立于一侧。大卜并不退避，神色淡然，只是微微颔了一下首。

随后若干年中，周王来找大卜的次数越来越多。绿姬虽每次都被赶出门，久而久之却也拼凑出了一些信息：周王来问大卜，王室能否重振？大卜掐算出，将有一位英雄出世，拯救黎民，可他难以判断这位英雄是否会对周王室的统治造成什么实质的威胁。这些年来，大卜不止一次感觉到，英雄出场的日期正在迫近。

周王的眉头越拧越紧，深纹如刀刻在眉间一般。而绿姬已经跟姬阆混熟了，两人时常一起结伴玩耍。一切都平淡而安然，唯一令人胆战心惊的，只有绿姬那张越来越美的脸。

绿姬已有十五岁，窈窕身段渐成，一双明眸顾盼生辉，青绿色的裙裳随风起舞，仿佛能令随处皆化为暮春三月一般。绿姬时常会去探望在宫中做王太子伴读的兄长葵，每当姬阆命人驾车来接绿姬入宫，路人们远远望见坐于车驾中的绿姬，都瞬间安静下来，当车驾过后，便徒生感慨，想这是宫中哪位贵人的家眷，竟生得如此仙姿。姬阆每次见到绿姬，心情总是格外好，而绿姬一走，他便如同丢了魂儿一般。只有王宫里的侍从们最善察言观色，每次绿姬入宫，都会恭恭敬敬地向绿姬行礼。

绿姬无暇顾及这些，虽然平日还是那样爱笑，却也时常思索，想那即将出世的英雄会在何方。身为大卜一脉，她也会像爷爷那样捋着自己的通天脉不住地掐算，可惜她的通天脉尚未开启，看上去只是一道浅浅的疤痕，什么都算不出来。

逼近年关，这是寻常百姓家最难熬的日子：余粮见底，新一轮的耕作遥遥无期，眼见无数家庭又要在饥寒交迫中度过这一年中最应当欢庆的日子。大卜有俸禄万石，家中粮食冒尖，每年的这个时候，大卜便会带着绿姬和她的哥哥葵在洛阳周边转转，了解农桑的情况以及周王的新政实施得如何了。更重要的，便是将家中余粮尽数拿出来，以周王的名义，接济黎民百姓。

马车载着大卜、绿姬和葵来到附近的村子里，绿姬和葵随着族里的婶婆们一起，挨家挨户去给穷人家送粮。可绿姬还是没想到，今年连这里都出现了许多食不果腹、衣不蔽体的流民。曾经生机勃勃的村庄，如今只剩一派死气沉沉。由于徭役繁重，留在家中的都是老弱病残，好些人已经生生饿得要断气了，令绿姬不忍直视。

回家这一路，绿姬都在暗自流泪，直到进了院子，她眼角还挂着泪珠。她发誓以后再也不要浪费粮食，也不要什么绫罗绸缎。见不得流民疾苦，这使得绿姬更加盼着那大英雄的横空出世。

第二天，大卜早早地立在庭院里，仍旧仰望着天空，只是不同于以往的愁眉不展，今日他的脸上挂着发自内心的微笑。绿姬心头一震，细细算来，她已有好多年都没看到爷爷这样笑了。

“小绿，叫葵传信到宫里，就说我有要事禀明。”大卜的目光清明又坚定。

不过小半日的时间，周天子的六驾车队就浩荡而来。到了村口，马车还来不及停稳，周王就踉跄着从车上下来，疾步踏入绿姬家的庭院中。

大卜早已在门口等候，不消多言，两人快步走进了茅屋，紧紧掩上了木门。

姬阆和葵随周王一道前来，却只能站在院内干等。两人心照不宣，都知道周王此番一定是为着那盖世英雄而来。

“绿姬呢？”姬阆没看到他朝思暮想的那个人，心里空落落的，很是不安。

“许是去哪里玩了吧。”葵一门心思扑在盖世英雄身上，哪里有空去想别的事。

茅屋内，绿姬正躲在米缸里竖着耳朵听动静。

周王万分紧张，双手抖得难以自持，黄豆般大小的汗滴顺着光洁的额头不住往下淌。

大卜则淡然地坐在周王对面。湘帘随着入骨的北风摆动，发出簌簌的声响，老爷子周身似受紫气笼罩，缥缈遥远如同仙人。

“大卜，已经有答案了吗？”周王强摄心神，声音却依然在发颤，他说不清，自己这一刻究竟是期待更多，还是恐惧更多。

“在东面。”良久，大卜悠然开口，语调平静如水。

绿姬将耳朵紧贴在米缸盖上，隐隐听到了这轻如蚊蚋声的一句，不由得激动得气血上涌。

东面的范围太大，这显然不是周王想要的答案，他不甘地追问：“是哪国诸侯？还是上卿大夫？”

“不外乎齐鲁莒三国。”大卜似乎在对周王说，又像是在自言自语，反倒让躲在米缸里的绿姬听了个清清楚楚。

周王沉吟片刻，挪开身子，半避软席。此乃极大的尊重和礼仪，可大卜依然端坐着，岿然不动。周王拱手道：“有劳大卜，日后若有进展，随时派人告知。”

大卜点了点头，起身送周王离开。绿姬也趁机从米缸里钻了出来，一溜烟蹿到门外去了。

入夜后，绿姬一身男装，立在庭院里。她望着祖父卧房窗棂透出的点点微光，心中十分酸楚，俯身跪下，重重地磕了三个头。

她要离家去东边了，去找那传说中的盖世英雄。这心愿绝非心血来潮：民不聊生，礼崩乐坏，必须有人出来，救江山万民于水火。

这时，绿姬却见一双麂皮皂靴忽然出现在视野中，自己被一团巨大阴影笼罩。那位深目美髯的中年男子，不知何时到了她面前，用冷漠决绝的眼神紧紧瞪着她。绿姬顿时慌了神，吓得倒吸一口冷气。

那男子一摆手，他身侧的大汉拱手上前，轻而易举便一把提起了绿姬。绿姬本就身形瘦削，加之连续两月有余的乞讨流亡，让她轻得像是桃树上的一朵小花，被人不费吹灰之力就采撷下来。

“管大夫，这小乞丐实在可疑，会不会是那公子派来的细作？”壮汉举着绿姬，询问那深目美髯的男子。

绿姬心头一滞，若被当成细作，只怕要一命呜呼了，她赶忙摆着手，带着哭腔喊道：“我就是个要饭的，我是来捡谷子的！”为了证明自己此言不虚，绿姬赶忙摊开掌心，让他们看看自己手中的谷粒。

那位管大夫看到绿姬手上尚未开启的通天脉，怔了一瞬，望向她的眼神深不可测。绿姬见他盯着自己的通天脉，赶忙又合起了手掌，脑中一片空白。

那管大夫直勾勾地盯着绿姬的双眸，像是要看透她的来龙去脉。良久，他从牙缝中挤出一句：“带回去，交由公子处置！”

这还得了！绿姬连踢带打地激烈反抗。那大汉不知从哪里抽出一条粗带子，系了个猪蹄扣，把绿姬的双手牢牢绑紧。绿姬越挣扎，带子便扣得越紧。此一去凶多吉少，绿姬扯着嗓子吆喝着，想引起不远处小五等人的注意。然而小五等人还在为去哪里讨饭争论个不休，压根儿没注意到被拖走的绿姬。

桃树丛旁有几匹骏马，是这几位的坐骑。那大汉牵出自己的马，看着绿姬，笑容里有几分狰狞。他平日里最恨细作，凡是会对公子有威胁的人和事，他都不允许其留存于世。

绿姬从大汉的眼神中看出杀意，不由得满心惊恐，又强迫自己冷静。她想起爷爷曾说过，大卜一脉不仅上知天命，下达人情，还可通草木鸟兽之语，眼下她虽然尚无通天之力，却应当尽力一试，好歹保全了性命，再图其他。

绿姬用哀求的眼神看着大汉的坐骑，四目相对好一阵，直至这群人全部翻身上马。

一群人策马扬鞭，众人胯下的骏马都箭一般地冲了出去，唯独大汉这匹棕色高马，眨着水汪汪的大眼睛，缓步向前。大汉颇为诧异，却只是冷哼一声，从头上抽出自己束发的木簪，狠狠地扎在马背上。马儿受惊，扬蹄咴叫，忘记了和绿姬的约定，狂奔起来。绿姬踉跄了几步，差点被拖倒，为了活命，只得玩命跑了起来。

大汉回头一望，见计谋得逞，很是得意。他手中的木簪再一次重重地扎在了马背上。骏马不堪忍受剧痛，风驰电掣般飞跃而出。绿姬踉跄了几步，终于还是被拖倒在地，瘦弱的身躯在青石板街上摩擦出巨大的哧哧声，草履瞬间磨破，双脚顷刻溃烂，麻布外衣飞速成灰，从她眼前飘然而去。双手被带子勒出绛紫色的血痕，双臂像是要脱离身体了一般，所有的痛楚于此刻爆发，何止撕心裂肺。

唯一完好的只有那张脏脏的小脸。绿姬死命仰着头，让面颊与地面保持一定的距离。身为大卜一脉，即便今日命丧于此，也要尽力保存颜面，不可低头丧节。

骏马奔向鲁宫偏门，绿姬撑着残存的气力，努力不让自己昏过去。她明白，若是昏倒了，恐怕就再难醒过来。

这种疼痛与折磨随着时间的推移愈演愈烈，绿姬被拖入鲁宫时，已是奄奄一息。

众人翻身下马，将马匹交由下人牵走。那大汉走到绿姬身前，将她掂了起来，如拾草芥般，轻而易举。

绿姬觉得自己的魂魄正在轻飘飘地从身体中抽离，整个人就要失去知觉了。

玄漆木门大开，一阵悠扬的琴声传来，绿姬正欲脱离身体的魂魄被这琴声喊回两分，她强撑着抬了一下眼皮，看到一位潇洒清俊的公子，身着皓月色的长袍，坐在桃花林缤纷的落英中抚琴，遗世独立，气韵如仙。

鼻尖蓦然一酸，绿姬不知因何而伤怀，身子再也支撑不住。而那触动情肠的琴声，则是她最后的记忆，当她再度醒来，已经是数日以后了。

当周身传来直捣心肺的痛感，绿姬悠悠醒来，意外发现自己正躺在一间整洁又舒适的茅屋内。身下的卧榻松软绵实，锦被厚薄适中，绿姬直直盯着屋顶的椽木，脑中一片空白。她只记得自己那日被骏马拖拽，还有那清俊的公子和悠扬的琴声，而后来发生了什么？她怎么会躺在此处？对于这些，她竟然没有任何印象。

“你可好些了？”一个极悦耳的男声传来，温润得像泉水静而缓地流过心扉。

绿姬回过头，看到那日弹琴的公子不知何时走进了房门，芝兰玉树一般，巍然矗立，目光清亮如水。霎时间，绿姬脑中莫名浮现出乞丐爷爷那句赞叹：“恐怕只有天上的星星能与之比一比。”

在那公子的注目下，绿姬局促地红了小脸，在她的潜意识里，自己仍是那脏兮兮的小乞丐，而非艳光四射的佳人。她垂下头，意外地发现自己周身的粗布褐衣不知何时已被换作了素袍白裙，丝质缎里，飘逸又华丽。绿姬陡然慌了，纤细的手臂抱膝身前，清潭般的眼眸中尽是不安：他们怎么发现自己是女儿身的？自己不会被脱光过吧？

那公子看出了绿姬的窘迫，翩然行至榻边，轻声宽慰道：“姑娘莫慌，我是让侍婢懒丫头给你换的衣服。你身上有多处擦伤，不换不清理，只怕要溃烂。”

绿姬这才察觉，门边架了个铜炉，炉上正煨着药，有个十岁出头的小丫头正坐在铜炉旁摇着扇子，垂着头，昏昏欲睡。

绿姬松了口气，点点头，不解地问道：“只是……你是如何看出我是姑娘的？”姑娘二字从那公子口中说出，很是悦耳，像是极大的溢美之词，绿姬也乐得自己被如此称呼。

公子轻扬嘴角，目中的寒光减了两分：“你这小小的身子，小小的人儿，轻得像片云一样，怎么可能是个小子呢？”

门口摇扇子的懒丫头听见他们的对话，终于清醒了过来，看见公子，她吓得小脸苍白，疾步上前跪下认错。

公子却摆摆手：“罢了，春日困乏，偷个懒也难免，你把药沏出来，退下去吧。”

懒丫头如蒙圣恩，麻利又谨慎地捧着陶鬲，将药一点点滗进了铜碗中，垫着麻布端上前来。

绿姬欲接过铜碗，却感觉手腕生疼，一点力也使不上。她翻起袖笼，只见紫青的勒痕布满皓腕，触目惊心。

那公子接过懒丫头手中的铜碗，淡然道：“我来吧。”他骨节分明的素手拿起铜勺，悉心搅动着碗中的汤药，薄唇吹气如兰。

绿姬咽了咽口水，垂着头不敢看他。懒丫头不知何时退了下去，屋内气氛微冷，却又透出几丝暧昧。

“你是？”绿姬小声问着，语调轻而缓，好像生恐自己大声说话会令这位皓月清风一般的美男感觉唐突。

那公子将清明的目光从药碗转向绿姬，脸上尽是温和又明澈的笑：“叫我纠就可以了。”

纠？公子纠？原来他便是齐僖公次子——公子纠。绿姬面色淡然，心里却早已慌乱。难怪乞丐爷爷说起他们姜家一脉的相貌，直言只有天上的星星可比。不过，依绿姬看来，恐怕连星月都会在公子纠面前黯然失色。

公子纠温柔又耐心地一勺一勺喂药给绿姬。绿姬红着小脸垂着头，一口一口呷尽匙中苦药，感受着那些点滴浸润肺腑，竟转作缕缕清甜。

这样细心呵护过自己的，只有爷爷。想到爷爷，绿姬的小脸不由得起了伤怀之色。自己离家三月，也不知他身体如何？又是否会因孙女的不辞而别而心急上火？

房间。

公子纠躬着身，悉心地为绿姬调试拐杖。绿姬从未如此近地观察过公子纠，此时不仅能看清他俊美的五官，更能感受到他温热的呼吸。绿姬面颊一热，十分慨叹造物主的伟力：这世上竟有如此完美之人！世人皆说姜太公是仙人，如今看来到底是有根据的，不然他的后人怎会长得如此好看呢！

公子纠抬起眼，对上绿姬盈盈闪闪的双眸，不由得一怔。绿姬讪讪的，赶忙找话说："对了，那日公子弹的是什么曲子？我昏迷前听了几声，很是好听呢。"

公子纠嘴角轻扬，淡然一笑："且随我来。"

公子纠扶着绿姬，缓步走向后院，他的大手保护性地围绕在她身后，当她东倒西歪时，及时扶上一把。这轻轻一扶，带着几丝微痒，搞得绿姬阵阵脸红心跳。

后院便是绿姬那日所见的桃花林。适逢暮春，桃花开得极好，若想描得一二，只怕要泼尽一池朱砂。

桃花林正中摆着一张青玉缀花的木案，案上放置着公子纠的十弦海宝琴。琴身虽为木质，大底却以青贝装饰。纠扶着绿姬，缓缓坐在软席上，而后自己亦屈身坐下。两人同坐一张软席，身子紧挨着，绿姬十分忸怩，纠却一脸淡泊，旁若无人地开始抚琴。别看他只是信手一弹，琴音便如昆山玉碎一般，声声触动情肠。

柔嫩的桃花瓣随着琴声起舞，嫁与春风，轻轻落在他们的衣衫上、鬓发间、琴弦上。绿姬沉醉于琴音之中，心陡然一痛。他贵为一国公子，却家破人亡，颠沛流离，为保命，不得不流落他乡、寄人篱下，难怪琴声会如此如怨如慕，如泣如诉。

随着最后一次拨弦之声响起，纠扬起修长的手指，琴弦上的桃花瓣也随着袅袅音色再度回旋于空中，最后缓缓落入泥淖中。

纠见绿姬蹙眉垂眼，轻笑道："怎么了，可是弹得不好？"

"不是的。"绿姬赶忙收敛了伤怀之意，轻笑着望向公子纠，心里想着：他弹得岂是不好，而是太好。听着那伤怀的琴音，绿姬仿佛能看到他一次次绝望的样子，真是令她心痛不已。绿姬微微侧过小脑袋，冲公子纠轻轻一笑：“我来给你弹一曲吧。”

公子纠寒潭一般的眼眸中闪出一道奇异的光芒：“你会弹琴？”

绿姬点点头，纤纤十指拨弄着海宝琴弦，奏了一段欢庆丰收时候的喜乐。爷爷曾说过，喜乐不属上上雅音，可绿姬就是十分喜欢，因为这样的曲调能让人感到快乐，听着听着便会让人不自觉轻扬起嘴角。

曲罢，绿姬有些不安地望向公子纠，不知他是否会喜欢自己弹奏的曲子。公子纠看出绿姬刻意弹这首曲子，只是为哄自己开心，他心头骤然一暖，眼中寒意尽退，俊脸上漾起了一抹迷人的微笑。绿姬见公子纠笑了，开心又满足，也咯咯地笑了起来。

林间回荡着朗朗琴声和银铃似的笑声，那快乐是如此纯粹。即便前方可能万劫不复，身后又隐匿着销魂蚀骨之物，这一刻，他们却拥有发自内心的畅快与安然。

公子纠的书房与绿姬的卧房隔着走廊遥遥相望。公子纠的书房陈设不多，但雕花案几上摞着的一大堆竹简却格外醒目。许多竹简皆已韦编三绝，看得出公子纠是个勤勉好学之人。

管仲正坐在案几前，翻阅着竹简，眉宇间却满是心不在焉。

公子纠送罢绿姬，轻推木门走进书房，眉梢眼角尽是笑意。

管仲看到公子纠，立马起身迎了上去：“公子。”

公子纠走过来，随手捡了个小席落座，姿态随性又潇洒。他指了指旁侧的软席：“师父不必拘礼，坐吧。”

管仲坐在一旁，看公子纠如沐春风的神情，却十分不安，急急开口道：“公子，这绿姬姑娘的来历，着实有些可疑。”

公子纠掂起铜铸提梁壶，斟满铜爵，轻呷了一口甘泉，剑眉一挑道：“师父此言何意？”

“你只说，她这种姿色的女子，可是世间常见？”管仲察觉公子纠在装傻，深邃的目光中闪出两道利剑般的光芒。

绿姬的笑颜浮现眼前，公子纠一弯嘴角，回道：“确实不常见，只是……”

“好，”管仲生生打断了公子纠，“似这等绝色女子，为何偏偏到了公子身侧？”

公子纠一摆手：“师父多虑了，绿姬姑娘被你们捉来，受了伤，眼下不过是养伤罢了，何必想得那么多？”

“不说相貌，但说这琴，普通农人家的女子，会弹吗？公子既然知道其中有诈，为何不提防些？”管仲满心愤然，公子纠自小由他抚养长大，虽偶尔性情桀骜，却也光明磊落，如今怎学得九曲心肠，避重就轻？

公子纠蹙着眉，神色微冷，眸中寒光四射：“师父不是在查她吗？一切等查清楚再说吧。”语罢，公子纠垂下头，假意摆弄着案几上的铜摆件，淡漠的神色里多了几分疏离。

公子纠自小就十分隐忍，即便不高兴，也极少发怒。今日，管仲却看出公子纠动了怒，周身尽是不同于平日的肃杀之气。

他们是师徒，是好友，是亲人，亦是君臣。可他只要做一日公子纠的师父，便要为他鞠躬尽瘁，死而后已，又何惧一己荣辱？

“她弹的是周乐，你并非不知。”管仲尽量将语气放平缓，继续提点公子纠。

“是，是王室的喜乐。”公子纠素日淡泊如水的面容上，尽是毫无畏惧之色。

“她手掌心那条被说成是胎记的红疤，你可看到了？”

公子纠重重放下了手中的铜爵，坐正了身子，直勾勾望着管仲：“是通天脉，她是王室大卜一族的后人。”

管仲面露惊愕之色，原来公子纠全都知道，那他为何不谨慎些，与这女子保持距离？

公子纠看出了管仲的心思，直言道：“我并不觉得这有什么不妥。”

“如果她是王室派来的细作呢？”管仲没想到公子纠竟陷得这样深，揉着眉心，十分头疼。

“大卜一脉向来独善其身，她不会的。”公子纠虽无确凿证据可以证明绿姬的清白，但他愿意相信她。

管仲幽幽叹了口气，不再与公子纠争论，只留下一句“好自为之”，就起身离开了。

曲阜城外，水汽氤氲，杏花微寒。

公子纠身着常服深衣，亲自驾车，出了鲁宫，一路向曲阜城外驶来。绿姬坐在马车中，轻翻帘栊，望着眼前熟悉又陌生的景致，如在梦中。

那日她为刺探情报，被管仲误认为是细作，强遭拖拽，险些毙命，现下却因祸得福，结识了公子纠。绿姬正过身，透过被春风漾起的帘帐，望着公子纠绝尘俊逸的身姿出神。

谁知公子纠忽然勒住了马，转身问绿姬："绿姬姑娘，当日你与同伴可是在此处分离？"

绿姬怔了一瞬，回过神后，点头道："正是在此。"

公子纠翻身下了马车，又回身接绿姬。绿姬不好意思地将手递给公子纠，扶着车门颤颤巍巍地走下了马车。

春色满眼，令人应接不暇，公子纠蹙眉道："你我就这样贸然出了宫，究竟要去哪里寻你的同伴，却毫无头绪。"

绿姬跛足上前，说道："我了解他们，每到一处，他们都会待上几天，四处讨些米粮，不会马上离开的。城外林中往往是他们的栖身之所，只要顺着这城郭去找，就一定找得到线索。"

公子纠垂首望着绿姬受伤的足踝："你腿脚还没好，若是要在这林子里穿梭，还是坐上马车的好。"

绿姬却摇了摇头，坚定道："不可，若是他们听到车马声，就会悄无声息地藏起来。公子不必担心我，我慢慢走就好。"语罢，绿姬拖着跛足，徐徐向前方树林间走去。

公子纠不紧不慢地跟在绿姬身后，留意着林中是否有异样。眼下非常时期，他们又孤身出了宫，谁知公孙无知的刺客究竟会潜藏在何地？公子纠望着眼前踽踽前行的纤瘦身影，暗暗叹了口气。

曾经他以为自己是个淡然疏离之人，从不愿过多涉足他人之事，今日竟答允和这丫头单独出宫，来寻一些不知是否存在的人，实在是令他自己都有些匪夷所思。

但不知为何，即便眼前这女子身份可疑，目的不明，公子纠仍然愿意相信她，敢于赌上身家性命，舍命相随。

偶有松鼠窜过，抱着硕大的松果，笨拙又轻盈地穿梭于树木与草丛间，发出簌簌的声响，公子纠便会警惕地望向四周，不放过任何风吹草动。

曲阜城外这一方树林葳蕤茂盛，遮天蔽日，一眼望不到尽头。在一棵参天巨木下，有一堆柴火，明火已灭，却仍有若有若无的烟气从熏黑的木炭上袅袅升腾。

绿姬见状，快步上前，跪倒在柴木边，仔细观察着。

公子纠也上前去，看着眼前的柴火堆说道："这柴堆哪里来的流亡之人都烧得，你可能看出什么端倪来？"

绿姬莞尔一笑，指着柴草堆里一块露头的木料："流浪可不比公子在宫中锦衣玉食，既要躲避土匪强盗，又要警惕猛兽突袭。为了保命，大伙时常四下逃散，为了相隔数里也能最终团聚，老人们每次都会在这露头的木头上刻一个豁口，看到豁口，就知道是我们的人……"

公子纠点点头："看样子，他们晨起才从此处离开，我们……"

一阵马蹄声由远及近而来，震慑心扉，公子纠眸色一沉，拉起绿姬一个团身转到了参天大树之后，警醒地观察着来人。

绿姬就这样猝不及防地跌进了公子纠怀中，她心弦战战，不知究竟是为着来路不明的马蹄声，还是为着眼前这如雪如霜的身姿。

十余骑卷土而来，待马蹄声渐近，公子纠看到来人竟是管仲与他的一众侍卫，不慌不忙从树后现了身形："师父怎么来了？"

一行人看到公子纠，急急勒住了马。管仲冷着脸，眸中的忧虑却明显少了几分："公子怎么不打一声招呼，就自己出了宫，连个随从都不带？"

公子纠轻轻一笑，不以为意："绿姬姑娘担心从前流浪时的伙伴，我就带她出城来找一找，人多恐惊着他们，师父不必担心。”

绿姬这才从大树后徐徐走出，方才公子纠为隐蔽，拉着她奔向树后，却不小心牵动了她的伤口。现在绿姬每走一步，都如同置身刀山火海，才不过两三步，就已是一身冷汗。

管仲睨了绿姬一眼，不满之情溢于言表，可当着众人，他只得先按下不提，对公子纠道：“公子，鲁公天性多疑，我们不宜在外待太久，不如早点回去吧。”

虽身份尊贵，却寄人篱下，公子纠明白自己的处境，点点头，转身对绿姬道：“你放心，既然寻到了他们的踪迹，我一定会派人好好打点的。”

绿姬心有不甘，却不得不点了点头，顺从地随着众人向树林外走去。

才走了不到几步，绿姬就再也支撑不住，脆生生跪倒在了地上。

公子纠闻声，回身望向绿姬。绿姬生怕拖累他，拼命挣扎着要起来，却没站稳，又重重地摔倒在地。

绿姬懊恼地盯着自己的腿脚，满心挫败感，公子纠俊逸的身姿令人神往，可自己连与他并肩而立都做不到，只会像个废人一样，拖他的后腿。

绿姬正沮丧时，公子纠的翩翩衣袂忽然出现在眼前。绿姬抬起眼，只见公子纠俯下身来，一把揽住她的纤腰，将她稳稳地抱了起来。

绿姬不由得瞪大了眼睛，一脸难以置信地望着眼前之人，小脸倏地红透，一种难以名状的情愫在心间缓缓升腾。

管仲策马回望，见到这景象，不禁吹胡子瞪眼。公子纠却面无表情，抱着怀中轻若云霞的小人，阔步走向丛林外。

春光少，却温和宜人，就如同这通往树林外的小路，虽短，却足以令人沉迷。此生，绿姬与公子纠也许会路过许许多多的森林，可印象中最美的，就是足下经过的这片了。

第五章 情愫暗生

人间四月芳菲渐尽，林中的桃花纷纷坠落了。绿姬身上的擦伤已痊愈，脚骨却还未复原，不可掉以轻心。可若是长久不活动，身子只怕要得病，公子纠一得空，便会陪着绿姬，架着拐在院中走一走。

这一日，未到晌午，太阳暖暖的，两人在葫芦藤架下慢慢走着。绿姬忽见那日用马拖拽自己的大汉匆匆赶来，不禁神情怯怯。有趣的是，这大汉看到绿姬，竟然也怯怯的。

绿姬心中了然，公子纠定然处罚过他了，不然他不会如此畏惧自己。公子纠仍帮绿姬扶着拐，没有抬眼看那大汉，语调清冷地命他说话。

那大汉满面迟疑，看了看绿姬，犹豫着：“公子，是宫里传来的消息。”

绿姬明白自己需要回避，笑对公子纠道：“公子，太阳高了，热得很，我也有些困乏，先回房歇着了。”

公子纠闻言，松开了扶拐的手，嘱咐道：“你身子才好些，要多活动，才能快点康复，早日去寻你的亲人。”

原本公子纠只是轻扶着绿姬的拐杖，现下撒开手，绿姬却像陡然失去了倚仗，一颗心风雨飘摇起来。她垂着头，不去看那温润如玉的眼眸，轻轻颔了颔首。

他是在逼迫自己早点离开吗？不知是因为情报断了而神伤，还是因为要离开公子纠而不舍，绿姬心里堵堵的。她缓慢地向前走着，离葫芦架越来越远。背后忽然传来玉碎一般的清脆声响，绿姬赶忙回头看，只见公子纠满面颓然地靠着葫芦藤架，面色惨白如玉。

刚即位的长兄诸儿已经被堂兄公孙无知杀害，无知篡位。自己的亲弟弟小白出逃，而他本人也被迫客居他乡，寄人篱下。还有什么样的消息，能让他如此难过？

绿姬站在原地定定地看了一会儿，可她自知没有上前安抚他的资格，只得缓缓回过身，继续慢慢走回卧房。

通天脉隐隐作痛，绿姬摊开左手，望着如疤痕一般长长贯穿掌心的通天脉，无奈一笑。通天脉似乎是在嘲讽她的无能。身为大卜一脉，她却既不能掐算盖世英雄身在何处，又无法参透人心，甚至连自己的心事，她都看不破，又怎能奢求其他呢？

是夜，绿姬卧在榻上，翻来覆去睡不着。既然如此，绿姬幽幽一叹，轻轻站起身，不拿拐，磕磕绊绊向门外走去。夜里清凉，月色如水，绿姬不由得裹紧了衣衫。冷风让人清醒，她也确实需要几分清醒。葫芦藤在月光照耀下银光闪闪，不明晰的琴声从后院隐隐传来，如同天籁，绿姬不由得一怔：难道是他在弹琴吗？

绿姬缓慢地向藤边移动，果然看到公子纠坐在徒剩绿叶的桃树下，弹着一首怆然的曲子，其声呜呜，令闻者戚戚。

正是十五月圆夜，他的身形在朗月的映衬下宛若谪仙。绿姬定定地注视着他，琴声洗礼着双耳，不知不觉滴下泪来。她拭掉小脸上的泪珠，轻轻叹了口气。

琴声戛然而止，公子纠瞟向绿姬藏身的小角落，厉声道："谁?"

绿姬赶忙踉跄几步走出，显了身形："是我。"

公子纠看到绿姬，什么也没说，却软了眉眼，低头继续拨弄琴弦。绿姬慢慢挪到他身边，躬身跪坐下来。

"他竟然逼迫鲁公杀我。"公子纠一边拨弄琴弦，一边低声喃喃，他的声音和琴音一样，幽婉又空灵。

绿姬猜到，如今有这能力胁迫鲁公，又忌惮公子纠的，怕是只有篡位的公孙无知一人。公孙无知此招阴险又狠辣，却亦在情理之中。任谁篡位做了国君，都不会允许其他正统君位继承人依旧存在威胁自己的地位。

这就是帝王诸侯的痛苦，他们总是一步步被逼成孤家寡人，难怪诸侯和周天子，都要自称"寡人"或"予一人"。被亲人暗害的滋味，一定很难受。绿姬不知该如何安慰他，任何言辞此时都失去了意义，所有劝慰皆是徒劳。绿姬索性什么也不说，只是这样陪他默默安坐着。

"眼下我更担心小白，莒国国弱，莒国国君未必敢拒绝公孙无知。"公子纠垂下手，不再弹琴，俊脸上尽是与白日里同样的颓然。这种颓然让绿姬心惊，仿佛眼前之人已断了呼吸，没了知觉，徒剩一具美丽的躯壳。

绿姬垂着长睫毛，缄默地坐了良久，她抬起头，想要寻个话头，却看到公子纠冷若冰霜的俊脸在月光下挂着两行清泪。这画面如此朦胧，诗一般，画一样，让人不忍直视。绿姬慌了，赶忙抽出随身的手帕，慌乱中扯出包裹桃花瓣的那条。顷刻间，粉色花瓣四散，原本幽微的袖中香飘逸而出，令人迷乱。

公子纠一把扯过绿姬的袖子，边闻边呢喃："好雅的味道。"

绿姬十分难堪，赶忙扯回袖笼，讪讪转移话题："你这里有酒吗？"

公子纠一怔，一挑俊眉："酒？"

在公子纠的书房内，绿姬用纤瘦的手臂艰难地端起铜觚，歪歪斜斜的酒柱顺着觚壁流出，倒向两只铜爵。

公子纠怎能忍心见她如此吃力，赶忙接了过来，自己将酒杯斟满，又将铜爵放在坚挺的鼻子下一闻，只觉酒香烈而不醇，他不由得一蹙眉："这里没什么好酒，他日等我回国即位，一定开一坛陈年好酒招待你。"

绿姬轻笑着摇摇头，端起铜爵，一饮而尽，烈酒的甜辣辛苦经由纤纤细喉传入脾胃，又兜兜转转上了头。绿姬嘴角的笑意更浓，心中却直泛酸，这酒虽然粗劣，倒也让她想起自己小时候曾在王上的夜宴中偷喝爷爷的樽中酒，一个不小心，就喝得酩酊大醉。

离家已四月有余，盖世英雄是谁，又在哪里，她依然毫无头绪，空背负着大卜一族的血脉，却无通天之力，想靠一己之力为爷爷分忧，谈何容易。泪水泠泠，从面庞滚落，和着烧滚的烈酒，潺潺灌入口中，满心闲愁非但没有半点消弭，反而愈演愈烈。

公子纠亦举杯，饮尽了杯中酒，他薄唇轻抿，眸若寒潭，连眉间若有若无的痛苦都显得那样华丽。

"先祖太公有灵，求你一定保佑小白，不要被奸人所害。"公子纠斟满杯盏，像是在自言自语，又像是在对旁人说话。语罢，他饮尽了杯中酒，重重放下了铜爵。

东风破窗，吹向两人，绿姬清醒了三分。恍惚间，她想起爷爷曾说过，盖世英雄必有悲悯之心，才能做一个仁君，继而匡扶王室，造福万民。想到这里，绿姬脱口问道："如果你即位为齐侯，是否会杀你弟弟？"这个问题平素里绿姬绝不敢问，今日竟然借着酒劲说了出来，连她自己也吓了一跳。

果然，公子纠迷蒙的眼眸即刻寒光四溢，他一把握住绿姬的手，又陡然松开，苦笑道："我素日以为你与别人不同，我以为你懂我……没想到你也这样问我。"

绿姬见他脸上悲凉的神色又重了几分，心痛不已，忙解释道：

“我不是……”

“罢了，”公子纠挥挥宽袖，叹道，“任谁都会这么想吧，但我不会。”

绿姬见公子纠的双眸中凝着重重的水雾，深知自己戳到了他的痛处，想道歉却不知如何开口。通天脉猛然剧烈一痛，如尖利的匕首插入肌理，虽然只有一瞬间，绿姬还是疼得打了个冷战。

“我姜家已经够乱了，”公子纠连饮数爵，眉头却越拧越紧，眼眸中的哀伤浓得化不开，“现在，小白是我唯一在乎的人了。”

绿姬听得心酸，仰头又饮了一杯。这酒的性子实在烈，一上头便天旋地转，绿姬无力地趴在了木案上，动弹不得。隐隐中，好像听到纠在唱歌，齐地的曲子，曲调欢快，咏的是家和人旺……

第二日晌午时分，绿姬终于醒了过来。喉头满是苦辣之味，周身困乏，头晕目眩。绿姬挣扎着起身，一个踉跄，差点栽倒。榻旁陪侍的懒丫头赶忙上前，稳稳扶住了她。

绿姬挣扎着坐稳，懒丫头端来铜盆供她盥洗，温水中还飘着些许桃花瓣。绿姬洗了脸漱了口，整个人也精神了几分。

懒丫头呈上解酒汤药，绿姬接过铜碗，却没往口边送，犹犹豫豫问道:“公子人在何处？他可还好？”

话音才落，房门轻开，公子纠翩然走进房间，轻挥衣袖，懒丫头就知趣地退了下去。

一夜宿醉并未在公子纠身上留下丝毫印记，他依旧是那般俊逸出尘。绿姬惊讶于公子纠的酒量，又想起自己昨夜醉酒的蠢样，满面羞红，不敢直视公子纠。

“身子可好些了？把这药喝了罢，我特意找宫中疾医所配，解酒是最好的。”公子纠的语调恢复了往日的冷静疏离，昨夜那个感情充沛、有血有肉的人就像没存在过一样。

绿姬不知究竟是酒气伤胃，还是心头酸涩，总之乖乖端起碗，一口喝尽了汤药。

那日拖伤绿姬的大汉在门口探头，看模样颇为踌躇。绿姬眼尖看到了他，心中暗暗好笑，声音却是冷的："这位大哥有什么事？进来说话。"

那大汉听得绿姬传唤，走进门来，脸上一阵红一阵白的，躬身道："公子，鲁公传话……"

绿姬知道事关重大，她理应回避，只是这里是她的卧房，她一时也不知道该往哪里躲。

"说吧，大兴，这里没外人。"公子纠望着那大汉，面色平静，语调安稳，像是在讨论一件极其寻常之事。

绿姬心下了然，"大兴"便是这大汉的名讳，可当她听到后半句"这里没外人"时，不由得心头一惊，如醴醪般甘甜的滋味丝丝缕缕漫上心头。

大兴一脸诧异，瞥了瞥绿姬，略定定神，谨慎开口道："鲁公传话，今晚要在宫中正殿设宴，招待公子……"

公子纠面色一凛，神情十分复杂。绿姬也不由得蹙眉思忖：前几日才得情报，公孙无知逼鲁公杀公子纠，这些天鲁公皆无分毫异动，此时设宴，究竟意欲何为？

公子纠轻声一笑，面色恢复了平静："将此事告诉我师父，让大家早做准备，晚上同去赴宴。"

大兴一抱拳，领命退了下去。公子纠站着没动，蹙着眉，陷入了沉思：这夜宴来得十分诡异，他颇有些看不透。如若鲁公想杀自己，何必如此大费周章。可是此时设宴宴请他们师徒，无异于得罪了公孙无知。所以，鲁公究竟想要做什么？实在是令人费解。

通天脉又是一痛，似在提点绿姬，她一愣，旋即了然。绿姬赶忙一把拉住公子纠的宽袖："能带我同去赴宴吗？"

公子纠望着绿姬，眸中满是讶异，不明白绿姬为何想去鲁公的夜宴。

"我……我担心你。"没有旁的由头可寻，绿姬只能这样说。

这一句呢喃之语中，究竟有几分真几分假，她自己也拎不清。

公子纠眼中有异样的情愫流动："这一去可不是闹着玩的。鲁公为人阴狠狡诈，情势极为凶险，我不知能否保全自己，或许还会连带你也有送命的危险，还要随我同去吗？"

绿姬心中有个隐隐的念头，越是凶险，自己越不愿让他独自面对。于是，她坚定地点点头，望着公子纠，目光盈盈如秋水。

公子纠的神色更加复杂了，两人对视良久，眼中情愫千变，波光似乎流转了万年。末了，公子纠叹了口气，轻轻点了点头。

鲁国宫宴是大场合，绿姬虽不欲与群芳争艳，却也不想太失礼。思来想去，绿姬寻来一路悉心保管的包袱，拿出青碧色的锦缎裙袍，穿上身来。

她极爱这件襦裙，这是王上让宫中的裁缝为她量体而制，用的正是齐地进贡的织锦。王太子姬阆曾说这颜色很适合她，娇而不妖，媚而不艳，大方得体。

绿姬净了脸，略施薄粉，如瀑的青丝只用一根碧玉簪绾住，这样简单又清新的装扮，更衬得她肤光胜雪，娇俏可人。

当绿姬出现在众人眼前时，这简简单单的装扮还是令一众人等失了神。只是每个人反应不尽相同：公子纠虽神色如常，深如寒潭的眼底却漫起了丝丝笑意，管仲则黑着脸直摇头，似乎对她既忌惮又嫌恶。

鲁公准备了五驾华丽车辇来接公子纠，公子纠蹙了蹙眉，没有上车，而是径自徒步向鲁宫正殿走去。

管仲紧随其后，其他随从皆满面不解。绿姬却微微一笑，心下了然：五驾马车乃是诸侯的仪制，公子纠现下还只是个公子，虽是齐国君位正统承继者，仍需谨言慎行，万不可授人以柄。

绿姬的腿脚好了许多，此番为了赴宴，特意没有架拐，只要不走得太快，看起来就和从前没什么差别。

正殿外停着鲁公的马车，纠和管仲看了一眼，交换了一下眼色，都未作声，一起随着前来迎接他们的鲁国宫人徐徐走上台阶。

走了这样久，绿姬已经累得气喘吁吁，受伤的脚隐隐作痛，可她无暇顾及，心里的难受远大于身体的痛楚：鲁公居然敢坐六驾马车？天子才能驾六！如此僭越，可见他不是什么安分守己的人。

绿姬气鼓鼓地跟上众人，走进了鲁宫正殿。

轩峻壮丽的大殿内，一片喜气洋洋，鲁公早已驾临，端坐在正中的筵席上，他身前的案几上摆放着太牢美宴，玉盘珍馐，铜樽里满是清冽美酒，香气四溢。

公子纠上前，率一众人等向鲁公行礼。鲁公毫不避讳，微微一抬手："二舅父客气了，请入席。"

鲁公与公子纠年纪相仿，都是少年人，只是鲁公的辈分低了一等。鲁公的母亲，便是公子纠的次姐文。现今鲁公即了位，不知道是否还记恨着母亲和大舅父通奸，害死他父亲之事。可他对待公子纠的态度，确实是时冷时热的。

绿姬抬眼望向鲁公，仅一眼，绿姬便笃信盖世英雄绝不是他。并非绿姬以貌取人，而是因为鲁公虽是公子纠姐姐的儿子，与公子纠长得有三分相像，但眼神飘忽不定，不像意志坚定的人。

乐声起，公子纠率众随从入席，而绿姬因身份不明，只能和懒丫头一道站在公子纠的身后侍奉。

歌舞上，编钟响，鲁公端起铜爵，与众人一饮而尽。酒过三巡，众随从不由得卸下心防，都道此番不过是普普通通的夜宴罢了。

谁知鲁公却忽然开了口："二舅父，早先听闻母亲说，二舅父的音乐造诣相当了得。今日既有舞姬，又有琴缶，二舅父何不为寡人击缶，让众人一乐？"

在座鲁国文武百官皆随声附和。管仲面色一沉，其他随从也都坐不住了。

公子纠身为齐国公子、鲁国先君夫人文姜的弟弟，按辈分是鲁公的舅父，怎能为他击缶？公子纠周身一派肃杀之气，绿姬站在他身后，亦能感受到没来由的寒冷从足底陡然腾起。

场面尴尬，气氛微妙。众人的目光都凝在公子纠那张看似波澜不惊的俊脸上。

断然拒绝会落人话柄，违心答允则有失颜面，似乎公子纠无论怎么做都是错的，原本喧嚣的宫宴此时一片沉寂。

公子纠淡然一笑，思忖着欲开口。可还未等他说话，绿姬突然站了出来，款款上前，躬身对鲁公一揖："鲁公既然要听缶，不如让绿姬代公子一击。"

语罢，绿姬走到台前，接过宫人手中的缶，轻轻敲了起来。缶声时轻时重，时疾时缓，随着绿姬的舞步迸发出远远大于缶声的魅力，在座列位都倒吸一口冷气，正襟危坐，望着她纤细窈窕的身影。受伤的脚隐隐作痛，可她却没有别的选择，咬牙撑着。

公子纠见绿姬替自己前去击缶，震惊了好一阵，异常俊秀的面庞上洋溢出迷人的笑容，周身的清冷之气尽数收敛，一派春风化雨。

绿姬脚下生疼，一个踉跄险些摔倒，她赶忙直起身，回眸冲公子纠嫣然一笑，仿佛是刻意安排一般。

公子纠怎会看不出绿姬的小把戏，满心暖意中夹杂着丝丝心痛，他举起铜爵，隔空敬了绿姬一杯。

一侧席位上的管仲绷着脸望着鲁公，神色中尽是百年难得一见的紧张。

谁知鲁公非但没有生气，还饶有兴致地看着绿姬翩然起舞。

管仲松了口气，揉揉眉心想着：也好，这样的结局远比公子纠为鲁公击缶要好得多，也可免去口舌之争。

绿姬舞罢，将缶还给宫人，俯身向鲁公行礼："民女献丑。"

鲁公盯着绿姬，拍着腿哈哈大笑："二舅父好福气，竟有如此佳人陪伴左右。赐酒！"

宫人趋步上前，呈上金樽，杯中美酒香气四溢。绿姬却微微蹙眉，犹豫着没接。她酒量实在太差，方才已喝了几杯，如果再饮，恐怕要醉卧此地。只是鲁公盛情，绿姬又不敢直拒，唯恐节外生枝，连累公子纠。

绿姬踌躇半晌，鼓足勇气就要举杯，金樽却被另一只手率先夺下。绿姬抬起眼，只见公子纠不知何时已经来到她身侧。玉树临风的公子纠举起金樽，笑容冷冽，不容辩驳："我敬鲁公一杯。"不待鲁公答复，他便一饮而尽了。

鲁公有些意外，觑着眼，目光在绿姬和公子纠二人间兜兜转转。那上下打量的眼神让绿姬很不舒服，可有公子纠在身侧，她便无所畏惧地面对鲁公的目光。

良久，鲁公拊掌大笑："二舅父豪爽，今日我们不醉不归！"

这场离奇的夜宴，鲁公心里打的什么主意，恐怕只有他自己清楚。

晚上回住处时，管仲只管闷声走路不说话，公子纠看出绿姬脚疼难忍，出手紧紧扶住了她。其他随从很是识趣，都自动放慢了脚步，与他二人保持着距离。

绿姬每迈出一步，便如同走在刀尖上，痛得销魂蚀骨。可公子纠的手很大，掌心很暖，绵厚温润的暖意传来，就是世上最好的止痛良药。来时绿姬只嫌路长，眼下却觉时间太短，为何如此匆匆，就回到住所了呢？

书房内，管仲与公子纠对坐着。两人皆沉默不语，默默望着荧荧烛火，各怀心事。

良久，管仲开口道："鲁公好色，看他今晚的神色，只怕明早就会来要人，公子早做打算吧。"

公子纠面色如铁，冷道："师父不会不知吧，大卜一族的婚事，向来由王上钦定，只怕鲁公也不能胡作非为。"

管仲轻笑一声："此地离洛阳城千余里，公子以为，鲁公会畏惧王上吗？不如趁早送绿姬姑娘过去，也好讨个人情，求得鲁公为公子出兵，回国夺位。”

公子纠一脸不屑：“如果我夺位要牺牲一个女子的终身，我宁可不夺。”

“让她嫁与鲁公，有何不妥？”管仲强压住怒气，满面不悦。自从这女子来了之后，公子纠顶撞他的次数比过去十余年都多。

“师父，你也是有子女亲眷的，若是让你的女儿助我夺位，委身做他人妇，你心中何感？”公子纠叹了一声，尽力缓和语气跟管仲说话，眸色却冷得像藏了冰凌。

“若能为公子夺位，莫说我的女儿委身做他人妇，即便我的儿女全都为公子而死，为师亦心甘情愿。”管仲跪得笔直，一脸的坚持，不容辩驳。

公子纠一时语塞，跟管仲对视着，两人神色一冷一热，互不相让。这是一种无声的交流，是师徒二人之间的博弈。

夜色浓如泼墨，管仲轻叹了一声：“罢了，公子是聪明人，不可意气用事，多多权衡下吧。”

语罢，管仲艰难地从席上起身，跪得太久，周身俱已麻木，他舒活了一下筋骨，缓步走出了书房。

公子纠仍跪于席上，一动不动，身子冷得吓人，仿佛足下之地也要被他冰封了一般。

卧房中，绿姬歪在卧榻上，睡得正沉。公子纠趁夜色进门，她竟浑然没有察觉。

公子纠轻轻走到榻前。月色中，绿姬的睡颜美得如梦似幻，小脸通透而白皙，嘴角还挂着一抹淡笑，可爱又迷人。

她在梦些什么呢？梦中是否会有自己？公子纠伸出手，温柔地拨开她鬓间的碎发，轻轻抚过她的小脸。

绿姬突然醒了过来，见有个黑影坐在榻边，吓得失声要叫。

公子纠赶忙捂住她的嘴，轻声说：“别怕，是我。”

绿姬听到是公子纠，瞬间放松了许多，她侧过身，用手撑住小脑袋，语中透出几分慵懒：“你怎么来了？”

公子纠的内心翻江倒海，黑夜藏匿了他太多的情绪，所有的爱与恨，皆不知从何谈起。他定定神，语调尽量和缓，却仍带了几分颤抖：“收拾包袱，跟我走，再晚，就来不及了。”

绿姬还没明白发生了什么事，就被公子纠拽到了屋外的马棚中，壮汉大兴已在此久候。

公子纠牵住了绿姬的手，牢牢的，十指紧扣：“鲁公要你，我怕不能保你周全。我在莒国有个亲信，你去那里躲一躲。”语罢，公子纠指着一旁的大兴：“他会一路保护你，等我回国即位后，我定会亲自去接你。”

绿姬满面惊讶，一时有些反应不过来：鲁公要她？纠要自己去他亲信那里？难道他知道自己不是来寻亲的？

公子纠看穿了她的心思，微微一笑，翻过她的手心，绿姬的通天脉赫然暴露在月色下，隐隐发光。

“即便身为大卜一族，亦不能掐算自己的命数吧？”公子纠像是正经询问，又像是玩笑。

绿姬抽出手，脸上一阵红一阵白，他竟然都已经知道了，却一直装傻不说，留在此时打趣自己。绿姬瞋了公子纠一眼，却生不起他的气来。

公子纠冲大兴使了个眼色，大兴立刻跪倒：“姑娘今日为保存公子颜面，摊上了这样的事，我一定保护姑娘安全到达莒国，万死不辞！”

绿姬望着公子纠恳切的眼神，有些迟疑，却仍旧点了点头。

绿姬踏上马车，心里却觉得一切都不真实得像一场梦，她想过一万次与公子纠分别的情形，却没有一种像今日这样。

千言万语哽在喉头，绿姬撩开车帘，望着公子纠，美目中饱含泪与情，盈盈于睫。心中万分担忧公子纠的安危，她哽咽着问道："我走后，鲁公可会为难你？"

公子纠淡然一笑，眸中的寒意不知何时悉数退散，眼中尽是宠溺："放心吧，鲁公与公孙无知并不一心，他不敢动我。"

绿姬眸中的泪珠终于滚下，在她美得惊世骇俗的面庞上，留下两道浅浅的泪痕。

公子纠望着绿姬，重重叹了口气，自古英雄难过美人关，他从未想过，自己竟然也有今日。几分不甘，几分自嘲，公子纠仍顺从了内心，解下随身的佩玉，放在了绿姬的手心："这块佩玉，是母亲留给我的遗物，我随身带了十年，今日便赠予你。拿着它，做个念想吧。关键时刻，或许它能救你。"

绿姬闻言，紧紧握住佩玉，仿佛这是一件无价之宝。

"走吧。"公子纠吩咐大兴，转过身去，不愿看她离开的瞬间。

大兴挥鞭，骏马嘶鸣，飞快地蹿了出去。

夜幕下，马车渐行渐远，公子纠的身形掩映在黑暗中，逐渐看不明晰了。

他们还会再见吗？下次见面是什么时候？身为一个没有通天能力的太卜族人，绿姬心中漾起巨大的无力感，她的视线一片模糊。

第六章 公子小白

马车在齐鲁边境颠簸数日，专走丛林密境，为的是躲避可能出现的鲁国追兵。

到达莒国国境后，大兴明显松了一口气，不再绷着脸，车轮也放缓了旋转的速度。

绿姬撩开车帘，看着马车行走在郁郁葱葱的丛林中，闻着青草的芳香裹挟着泥土的腥甜，心中紧绷的弦终于得以放松。

“大兴哥，这马当真是好马啊，一路走这么远，脚力竟丝毫不软。”绿姬看着仍在奋力前奔的高头大马，由衷叹道。

“那是自然。”大兴一挥鞭，一脸骄傲，“这马名为‘疾如风’，是公子的坐骑。三年前我从犬戎牧人手中买来，它可是日行千里的良驹。”

听到“犬戎”两字，绿姬有些心惊。毕竟犬戎攻破镐京，害得大卜一族背下了渎职之罪，虽已过去近百年，可这罪名仍像是遮天蔽日的乌云一般，笼罩在大卜一族的心头，挥之不去。

“公子说姑娘是洛阳人，与王室沾亲带故，让我少提犬戎的事，我倒是忘了，姑娘莫怪。”大兴见绿姬不说话，连忙边赶车边解释。

绿姬没接话茬儿，转而说道：“大兴哥似乎比旁人都魁梧些。”

大兴一笑，回道：“如此又要提到姑娘不愿听的事，我是犬戎族人，只是自小同父母族人走散，四处乞讨流浪。后来管大夫收养了我，让我教公子骑射。”

绿姬心下了然，华夏族人向来不骑马，会骑马的基本都曾跟犬戎学习，公子纠的侍从们个个都是骑马高手，看来皆曾经由大兴调教。

说起来到底是数辈前的恩怨，跟大兴又有何干。绿姬不是不明事理的人，她笑了笑，欲开口宽慰大兴，大兴却忽然勒紧了缰绳，“疾如风”扬蹄嘶鸣，立刻停下了脚步。

离莒国都城莒城只余下几里路，却忽然出现了拦路虎。

绿姬和大兴感觉到的惊异远大于恐惧：本以为前来追击自己的会是鲁公的人，没承想，竟然是纠的另一众侍卫。

看到朝夕相处的兄弟拔出短剑对着自己，大兴很是不解，愣在了原地。

带头的侍卫正色喊道：“大兴，管大夫待你不薄，速速将绿姬姑娘交出来，同我们回去领罪！”

即便被管仲抚养长大，大兴心中效忠的却只有公子纠一人。他面无惧色，口中发出如同走兽一般的呜噜声，拉开架子，伺机而动。

众侍卫收到大兴的格斗邀请，挥舞着短剑扑了上去。大兴面无惧色，用魁梧的身子死死堵住车门，犹如一堵城墙。

侍卫们从四面八方发动突袭，团团围住马车，一齐冲上前去扯着大兴。大兴则用自己无比壮实的臂膀奋力挣扎，左抗右挡，不让任何一名侍卫进入车内。

到底是打小一起长大的兄弟，纵然拔刀相向，也不真愿意看对方流血牺牲，此时纯粹是在角力。

绿姬被大兴堵在车门内，什么也看不见，只能感觉整个车身摇摇晃晃，时退时进。

即便有一夫当关，万夫莫开之勇，大兴到底势单力薄，很快就被拖拽下了马车。众侍卫牵住了“疾如风”，准备驾车而去。大兴顾不上两股摔得生疼，还是矫健地爬起，猛扑上前，从另一端紧紧拉住了马的缰绳。

众人厮打成一团，不分你我一通乱拍，“疾如风”被两拨人拉扯得东倒西歪，不知道挨了多少下打。

此马是马中豪杰，性子刚烈，怎受得了这样的气，它扬起前蹄引颈向上，大声嘶吼起来。

大兴喊道“坏了”，他知道“疾如风”定然是不堪受辱，倔脾气将要爆发。果不其然，“疾如风”挺直了身板，昂首向前，用区区肉身去撞击众人手中的短剑。

众人皆知这是公子纠的坐骑，忙慌张收起手中的利刃，却仍避之不及。“疾如风”的身上被划出许多道伤口，血汩汩流个不停。可它仍不停地去撞，直至把众人全部顶翻在地，杀出一条血路。

清道后，“疾如风”忽然狂奔了起来，像一道闪电一样，冲向不远处的林间，车厢中的绿姬不堪颠簸，摔翻在车内，五脏六腑翻江倒海，头痛欲裂。

现实容不得她有半点自怜：木制车轮被地上的石块硌得吱吱作响，车速迅疾，害得绿姬差点从车厢中滚落出去。她赶忙抓紧了车厢的门板，尽量把持着身子。

“疾如风”顿了一下，速度却丝毫未减，绿姬挣扎着撩开车帘，不由得吃了一大惊：这马并非要往林间逃命，而是择了正前方的一棵参天大树，欲撞树而死！众人的哄抢和打斗让它以为公子纠抛弃了自己，它不愿侍奉二主！

照它现下的速度，一旦撞树，必死无疑，而紧随其后的绿姬，不死也要丢半条命。

通天脉痛如刀绞，绿姬面如白纸，已然丧失了思考能力。

林子深处雾气氤氲的所在，忽然传出一声马的嘶鸣。一眨眼的工夫，一匹白色的高头大马从林中闪出，上面驮着一位十七八岁的少年。少年的脊背与马奔跑的姿态形成了一个相得益彰的完美弧线，虽看不清他的面容，画面依然潇洒好看得令人热血沸腾，仿佛此人生在马上，长在马上，只属于马上一般。

行云流水间，高头白马渐渐追上了“疾如风”，两马并行。转瞬间，少年将另一条腿从疾驰的马背上跨过，双手撑着马鞍，纵身一跃。

绿姬在车内看得目瞪口呆。此人从天而降，双手牢牢钳住了车辕，而“疾如风”离大树已近在咫尺，绿姬已能清晰地看到树皮上斑驳的纹理。

少年没有丝毫犹豫，逆着巨大的颠簸，抓住车辕站起，修长的身姿挺拔如苍松，他死命拉住马缰绳，大喊一声：“疾如风！”

少年的呼喊声响遏行云，瞬间传遍了森林与旷野，万千鸠鸟惊起，从树冠飞入云端，就连林中逃亡的麂鹿和追赶猎物的猛虎都不由得停下侧目。

马鬃似乎已擦上参天巨木的枝干，情势无可逆转。绿姬闭上眼，心死了一大半，浑身的汗毛都竖了起来，准备迎接巨大痛感。可时间却静止在了这一刻，绿姬难以置信地睁开眼，掀开车帘，看到了史诗般的一幕：“疾如风”的身子已竖成笔直，仰头嘶鸣着，车前身也随着它的身体，离地丈余。那少年立于车辕上，挺拔的身子绷得笔直，气势大得骇人，宛若天将。

仿佛他驯服的不是一匹烈马，而是一条蛟龙。

这场面太过震撼，绿姬久久不能回过神来。似这等逆转水流，震断河川的气魄，人间又哪得几回闻？

马蹄终于落下，马车也重回地面，那少年松了缰绳，长舒了一口气。

绿姬这才发觉，自己早已是满头大汗，抖若筛糠了。

“公子！”一行人从林间赶来，跑到少年身边，将他团团围住。其中略上年纪的一位，紧张地摩挲着少年的身子，细细查看他有没有受伤。

少年拍拍他的肩，以示自己很好。他回过身，嘴角挂着有些吊儿郎当的笑，望着不远处已倒地昏厥的大兴和一干人等。

见到公子纠时，绿姬以为那已是男子容貌的极致，没承想，这位少年竟更胜一筹。那是一种融合着太阳与高山气魄的阳刚之美。他身长八尺有余，不同于中原男子的孱弱，看起来刚劲而有力。他身着麂皮短袍，外罩玄漆皮甲，威风八面，似能撒豆成兵，决胜千里。他俊朗不凡的面容如同刀刻，英气逼人的剑眉下，是一双令人过目不忘的眼眸，璀璨耀眼，胜过漫天星子。

方才绿姬没有被危及生命的情形吓傻，现下倒是被他的姿貌所慑，半个身子都是木的。

更令人惊奇的是，明明气质截然不同，绿姬却莫名觉得这少年与公子纠有七分相像。绿姬对公子纠有别样情愫，按理说应当偏私，可她却难以说出，这少年与公子纠相较，究竟是谁更加不凡。

正当绿姬发愣的工夫，那少年走近马车，掀开随风飘动的车帘，他星一般的眼眸对上了绿姬清潭似的眸子。

少年好奇地打量着绿姬，蛮横地一把捏住她白瓷般的尖下巴，抬起她的脸问："你是谁？我哥的人为何因你内斗？"

绿姬讶异了一瞬，过了这一瞬后，却也觉得顺理成章：看来天下之美，确实尽在齐地了。

原来这位少年就是公子纠的弟弟，公子小白。早先听闻公子小白逃至莒国避难，没承想竟然让自己在这里撞见了。

绿姬狠狠瞪了小白一眼，打掉了他的手。果然，齐国宗室除了公子纠外，其他人也都如同诸儿、文姜一般，空有一副好皮囊，实则淫逸不才。

绿姬兀自翻身下车，一瘸一拐地走到"疾如风"身边。"疾如风"失血过多，此刻已经奄奄一息。绿姬心痛不已，用力扯下裙上的纱绢，裹在它血流不止之处。

小白看到绿姬走过去给“疾如风”止血，语气中满是难掩的诧异：“他们拼命斗狠，连‘疾如风’都搭上了，竟然是为了抢你这个瘸子？”

绿姬手上动作一僵，回眸瞪了小白一眼。谁知他一点也不恼怒，大步走到绿姬身侧，看着她为“疾如风”止血。绿姬小巧的下巴上被他捏出来几道红指印，在她白嫩的小脸上异常醒目，小白似乎很为自己的恶作剧得意，挂着一抹满不在乎的笑：“这么笨，‘疾如风’的血都要被你吸干了。”

小白从绿姬手中薅出绢帕，顺手从地上抓起一把土，均匀地抹在了“疾如风”身上。不同于方才的蛮横无理，他倒是很耐着性子地为“疾如风”处理着每一处伤口。

绿姬这才想起爷爷曾说过，危急时刻用土止血，虽然脏了些，效果却是极好的。

小白为“疾如风”抹好伤口，又从随身的小瓶里取出一颗丹药，他轻轻捋着“疾如风”的鬃毛，在它耳边悄声说了几句话，“疾如风”竟乖乖张开了嘴，含住了小白喂的丹药。

其他随从自觉上前去查验大兴一干人等的伤势，为他们清洗和处理伤口。

小白看绿姬竟然丝毫不管大兴等人的死活，皱皱眉：“你这瘸子的心倒是狠，那几人受伤晕倒你不管，倒是一直心疼这畜生。”

小白和公子纠虽然是兄弟，性格却迥然不同，绿姬用帕子擦擦手上的马血，回头望着他，正色道：“他们不过是被‘疾如风’撞倒了，皮肉之伤，休养片刻便好。可‘疾如风’却是被利刃所伤，有性命之忧。”

小白微微一笑：“倒也是，事急从权，总要先处理要紧的。”

绿姬一把捂住心口，无奈地闭上眼：齐国宗室一脉生而为祸害。只可惜这公子小白薄唇贝齿，一笑能迷死人，却只会说些不中听的话，叫人“瘸子”，丝毫没有君子之风。

方才为小白查验伤势的中年男子，此时也走上前来。绿姬这才发现，其他随从都身着麻褐草履，一副行伍中人模样，只有这男子，身着华服长袍，看似地位不凡。

“师父，这可如何是好？”小白轻笑着问那中年男子。如同管仲是公子纠的师父，此人乃鲍叔牙，正是公子小白的师父。

鲍叔牙年纪比管仲略大，耳大口阔，地阁饱满，身材微胖，面色谦和，颇有君子风范。只是他看向绿姬时眼底的顾虑，与管仲如出一辙。

“姑娘是何人？怎么会跟公子纠的人在一起？他们又为何拔刀相向？”鲍叔牙温和地开口，看似平易近人，实则异常刁钻。

公子小白和公子纠虽然是兄弟，却也有利益冲突之处，绿姬眨着大眼睛，礼貌地轻笑着，脑中却飞速旋转，思忖着该如何回答。

眼尖的小白瞟向绿姬细长白嫩的脖颈处，突然伸手探进她衣领间。绿姬来不及反应，只觉颈间一热，小白的手指触碰到她的肌肤，旋即一痛，挂在颈上的佩玉被他硬生生扯了下来。

绿姬疼得要死，一个踉跄，差点摔倒，好容易站直身子，她面颊绯红，怒目圆睁，欲冲小白发火。

绿姬还未来得及开口，只见公子小白的眼中尽是惊讶，表情哭笑不得：“我哥他竟然把佩玉都送给你了？”

绿姬趁小白发愣的当儿，一把抢回了佩玉。穿着佩玉的细绳也被扯断了，绿姬万分心疼，仔细检查着，好在玉身没有丝毫损坏，她松了口气，忙将佩玉收入贴身的衣兜里。

小白揉揉眼，再次上下打量绿姬，旋即失笑：“我哥哥每日沐浴熏香、纤尘不染的一个人，齐国到处是名媛淑女，他都看不上，拖到快二十岁的年纪也不娶亲，竟然看上了个瘸子。”

绿姬虽然从未自诩绝代佳人，但从小到大，王室诸人的忌惮，公子纠的情愫和鲁公的爱慕，她不是不知。为何到了公子小白眼中，自己竟然如此不堪了？绿姬偏过头去，不愿意理会他。

小白丝毫未察觉绿姬的不满，又问："你叫什么？"

绿姬仍旧没有丝毫反应。小白又像方才那样捏住了她的脸，绿姬愤怒地推他，却被小白单手一扣，双臂被死死擒住。绿姬咬着牙，忍着关节被扭的疼，抬腿欲踢小白，可她一条受伤的腿动弹不得，另一条还未抬起，又被小白伸出的另一条腿锁紧。两人的身子紧紧拧在一起，绿姬的脸被小白捏得生疼，已出现紫红色的血痕。

小白脸上闪出一丝笑："有意思，还挺倔。"

鲍叔牙看着拧成麻花的两人实在有失体统，开口劝道："公子，若姑娘真的是公子纠的客人，我们也不可太怠慢……"

小白闻言，略思索了一下，旋即松开了手脚。绿姬无处着力，又是一个踉跄，先前受过伤的腿传来一阵剧痛。

小白笑道："师父所言极是，这瘸子虽然是我哥哥的野女人，不受我姜家列祖列宗承认，我这个做弟弟的到底还是要尊重些。"小白转过头去，斜眼睨着绿姬，"既如此，我就叫你野嫂吧。兄弟我多有得罪，还请野嫂包涵。"

绿姬被小白傲慢的态度气得七窍生烟，打是打不过，连嘴都没他毒，她一跺脚，起身走向大兴他们。

大兴已经清醒了几分，方才被"疾如风"撞晕，现下还是站不起身，只能坐着。其他侍卫的身子还不如大兴牢靠，头晕无力的症状比他更重，横七竖八躺了一地。

鲍叔牙也走上前来，查看过众人伤势后说："你们都是侍奉公子的人，有话好商好量，何以大打出手，自伤心肺？"

众人都垂着头，被鲍叔牙说得十分羞赧，却也无法解释，只能耸耳听着。

大兴挣扎着一拱手："大夫所言极是，到底是我们的不是。"

鲍叔牙又道："罢了，公子请各位到寒舍歇歇脚，备些粮草再做打算。"

小白的随从早已将马车从"疾如风"的身上卸下，套在了健康的马匹身上。大兴等人因伤必须坐马车，小白的侍卫们都有自己的坐骑，“疾如风”由一人骑着马牵着。唯独绿姬，既不能坐马车，又不会骑马，不知自己如何是好。

小白翻身上了白马，想起绿姬没法走，便骑马停到她面前，俊眉一挑：“野嫂，不如你我共乘一骑，如何？”

绿姬不欲理会小白，望向大兴。可大兴等人横七竖八地窝在马车内休养，已然忘了绿姬的事。

见绿姬没反应，小白俯下身子，激她道：“怎么，你不敢？”

绿姬就看不惯小白那副轻狂样，她虽没骑过马，到底也是不怕的，旁人能做到的，她也一定能。

绿姬无畏地走上前，握住小白伸出的手，一下就被他拽上了马背。

其他随从也都翻身上马，绿姬这才发现，他们马背上都驮着山羊或野鸭，应是刚刚狩猎归来。

小白策马，可他的白马很是通晓人性，极其照顾绿姬，跑得十分温柔，全然不似方才，疾如闪电。

走了没多久，绿姬就开始后悔了：两人共乘一骑，身子贴得甚紧，小白又牵着缰绳，那姿势就如同环抱着她一般。

更可恶的是，他的鼻息就在她的耳畔，若有若无的，吹得人心里直痒痒。他口鼻间的气息，是阳光照耀过的蒲草的清香，很诡异地萦绕在她周身，挥之不去。

绿姬很不自在，臊了个大红脸，侧着头不敢看路。

小白觉察到绿姬的异样，坏笑着开口：“听闻鲁国有个柳下惠，因为心无邪念，即便美女在怀，也会方寸不乱。可若换作是心有邪念之人，那就……”

小白话音未落，鲍叔牙等人皆好奇地回头看他们，绿姬满面通红的样子恰好落在众人眼中。

绿姬恼羞成怒，回头想跟他理论，半转头间才说出一个“我”字，白嫩的面颊竟恰好从小白冰冷的薄唇间擦过。

绿姬也不敢争辩了，赶忙回过头，小脸比刚才更红，头也垂得更低，恨不能从马上跳下去摔死。

小白也被唇上擦过的嫩滑触感吓倒，一向天不怕地不怕的人，倒也破天荒红了脸。

两人皆有些傻眼，都不再说话，假装什么也没发生，各自看着风景。

十余骑策马奔腾，莒国都城已经近在眼前了。

第七章 冤家聚头

莒城窄巷中的一座破落民宅，就是公子小白一行人避难的住所。

参差不齐的木篱笆围紧一方小小的院子，门口一处马棚，房前一口老井，紧挨着老井的是个半露天的灶台。土砌墙、茅草顶、家徒四壁，甚是简陋。

大兴一干人等看到公子小白住在这样的地方，脸上除了惊诧，还有几分伤感：怎么说也是齐国公子，虎落平阳，竟如此潦倒。

鲍叔牙面露惭愧之色，招呼着众人进院。

公子小白却神色如常，将白马牵至棚中拴好，径自走到井边，打了一桶水，舀起一瓢，咕咚咕咚喝了起来。他俊朗的面庞上满是恬淡怡然，那神情不像在喝井水，倒像在品玉露琼浆。

绿姬的心中不由得升起一丝敬佩之情：对于穷厄之人，这种境况算不得什么，可对于他这公子而言，能泰然处之，实在难得。公子纠的俊逸身姿再次浮现于绿姬的脑海里，令她心中平添几分酸楚：如若公子纠知道公子小白的处境如此悲凉，定然会非常难过。

想到公子纠，绿姬不由得叹了口气。他是否仍坐在桃树下，弹着催人泪下的曲子呢?

“来来，别干愣着，”小白一边解下马上拴着的山羊，一边招呼众人，“一起帮忙准备准备，中午咱们炙羊肉。”

小白的侍从们闻言，一拥而上，七手八脚地开始忙活。

大兴靠在井边喝水养伤，公子纠的其他侍卫在一旁横七竖八地卧着，互相抵靠，看来“疾如风”着实将他们撞得不轻。

绿姬心中不住地盘算：抓自己和大兴回去，估摸着是管仲的主意。如今这几位受了伤，又碍于公子小白的面子，才不敢造次，可一旦离开这茅屋，她的处境就十分危险了。

管仲要捉她回去，无非是献给鲁公，这是她决不能允许的事。去公子纠的亲信那里总是无用，自己仍会被管仲捉回去。况且，这对于寻找盖世英雄而言，亦无丝毫裨益。

思忖了半晌，眼下也只有一条出路了。

不远处，小白的侍从正烹羊宰牛，很是热闹。绿姬一瘸一拐地走到井边，拿瓢舀出点水，装作在洗手，暗地里冲大兴使了个眼色。

随后绿姬先一步起身去了后院，大兴假意如厕，也跟了过去。

半晌工夫，绿姬踉跄着走了回来，面色轻松了几分。可随后跟来的大兴，却显得比方才更紧张了。

小白正在马棚中，为“疾如风”勘验伤情，大兴走到小白身侧，一拱手：“公子，我有话说。”

小白听后十分诧异，见大兴神色凝重，便点了点头。

谁知不远处石案旁，鲍叔牙忽然开口吆喝：“各位壮士受累，我们略备薄酒，大家都来品一品吧。”

小白微微一笑，拍了拍大兴的肩头：“有什么事，等吃了饭再说。”语罢，小白脸上流露出孩子般的笑容，一溜烟跑到席上，坐等开饭。

大兴哭笑不得，公子小白酷爱美食，他是早有耳闻的，此时也只得咽下嘴边的话，待用完饭再说。

众人准备的是犬戎风味的炙羊腿。大兴见到家乡风味，不由得鼻头一酸，眼泪直在眼眶里打转。

公子纠的其他侍从也顺着香味凑上来，羊腿的鲜嫩让众人一扫疲累，放下嫌隙，专心享受美味。

绿姬却对炙羊肉毫无兴趣，独自坐在一旁发呆。

小白边吃边扫了绿姬一眼，俊朗的面颊上泛起一丝调笑："怎么，野嫂，看不上我们这里的吃食？"

绿姬瞄了小白一眼，没有吱声。大卜一脉承接天命，饮食素来清淡。炙羊肉虽然可口，却太过鲜香，不合她的脾胃。

小白脸上的笑意更浓："别看野嫂一介村姑，却也看不上我们这里的吃食，罢了，本公子不强求你。"

众人偷眼看着绿姬，似乎都觉得她有些不合群。眼下何等美味，她竟不为所动，实在是挑剔刁钻至极。

绿姬有口难辩，小白这家伙，一贯会捉弄人，真是可恶。绿姬瞥了小白一眼，幽幽开口道："村姑不像村姑又如何？你叫小白，不也长得这样黑。"

小白被她反呛一口，作料吸进心肺，整个人咳个不停，身旁的侍卫赶忙递上一碗清水。

众人想笑却不敢，都憋着，险些也要被呛到，无比难受。

小白喝了水止了咳，重重将陶碗放在案上，瞪着灿若星辰的眼眸，扯了扯衣领："黑？脸上是练武晒的，我身上白着呢，你要看吗？"说罢，小白一把扯大了领口，仿佛真要宽衣解带一般。

绿姬吓得尖叫一声，赶忙捂住了眼。众人再也憋不住，全都笑开了。

玩笑开罢，酒足饭饱，小白略侧头对大兴说道："我有些东西要托你带给哥哥，你随我来书房吧。"而后又招呼鲍叔牙，"师父也来。"

其他人不疑有诈，仍把目光聚在那只鲜嫩的羊腿上，只有绿姬抬头望着他们离去的背影，深吸了一口气。

破败的茅屋内，只有几张散落的草席，一旁堆着小山一样的书简。小白大大咧咧地往席上一坐，挥手示意，请鲍叔牙和大兴也入座。

鲍叔牙身着华服，器宇轩昂，显得与这破落的环境格格不入，可他仍笔挺地跪坐于草席上，彰显着身为大夫的气度。

大兴没有坐，而是扑通一声跪于二人身前，将纠送绿姬出来躲避鲁公的事，告诉了小白和鲍叔牙，只是隐去了管仲意欲借此请鲁公出兵的筹谋。

听了大兴的话后，鲍叔牙缄默不语，微微眯起了眼。他敏锐地察觉出大兴口中的犹豫之处，也猜到了他隐瞒的事情。只是鲍叔牙猜到了，却有几分踌躇，不知该不该告诉公子小白。

小白则一脸难以置信的表情，瞪大了眼睛问："你的意思是，连鲁公也看上了那个瘸子？"

大兴没想到公子小白不关心权力斗争，反倒关心公子纠与鲁公夺爱，不由得愣了片刻，才点了点头。

小白失笑："一个瘸子竟然引出这么多事，当真是个祸害。罢了，你方才说，那瘸子叫什么来着？"

大兴回道："绿姬，绿姬姑娘。"

小白歪头斜倚在墙上，望着大兴道："既然今日你与我开口，又是我哥哥的事，按理说我不应当不管。只是听你的意思，只怕是要让这瘸丫头留在我这里吧？"

大兴起身再拜，重重叩首，证实了公子小白的猜想。

小白蹙蹙眉，说道："你也看到了，我这里条件颇为恶劣，我们几个大男人，风餐露宿也就罢了……"

大兴赶忙拱手道："公子不必担忧，是绿姬姑娘提出她想待在公子这里的，食宿差些也无妨。"

小白一笑，摆摆手："怕是你误会了我的意思，我并不担心她，只是我这里米粮有限，很难再多添一张嘴。"

公子小白断然拒绝此事，令大兴颇为不知所措。大兴正踌躇着不知自己该如何再劝时，一直沉默着的鲍叔牙却突然开口："公子，绿姬姑娘只是个姑娘，饭量能有多大？既然公子纠有难处，我们怎能不帮衬着些？"

小白十分惊讶，坐直了身子，难以置信地望着鲍叔牙。小白与公子纠虽然兄弟情深，鲍叔牙却一直忌惮管仲与公子纠师徒，常常劝说小白与之保持距离，如今怎会忽然为纠说话？

相信鲍叔牙一定有筹谋，小白沉吟片刻，说道："既然师父开口，那便如此吧。"

大兴见小白应允了，很是高兴，赶紧拜谢，磕头如捣蒜。

鲍叔牙挥挥手："先下去歇着吧，下午还要赶路。"

大兴答允一声，如释重负地退了下去。

待大兴离开后，小白神色肃然，丝毫不见平日调笑的意味："师父是想用那瘸子做人质吧？"

鲍叔牙长叹一声："公子，防人之心不可无，如若将来，公子与公子纠有短兵相向的一日，为师希望公子手上能再多个筹码。"鲍叔牙明白，兄弟相争是公子小白不愿触碰的话题，可他身为师父，却不能不代为筹谋。

小白果然显出几分抵触，尴尬一笑，调侃道："师父怎么知道这瘸子能成为我手上的筹码？也许我哥哥只是一时贪新鲜呢？"

鲍叔牙捋着斑白的胡须："公子何必问我，其实你早已看出，公子纠待绿姬姑娘甚是不同，不仅送了贴身的佩玉，还让出'疾如风'给她当坐骑，还派了心腹大兴来护送。"

小白想起兄长纠，笑得灿烂又无奈："也是，我哥哥一向对管大夫唯命是从，此次为了那瘸子，竟敢忤逆师命。只是院子里那些人，师父打算如何应对？他们可都是一副不达目的誓不罢休的模样。"

鲍叔牙不以为意，笑道："公子放心，为师自有妙招。"

小院内，公子纠的侍从们酒足饭饱，逐渐恢复了体力，此刻他们正紧张地盯着绿姬和大兴，生怕他们插上翅膀飞离此地。

绿姬也悄然打量着他们：这几位的装扮与大兴别无二致，只有腰间比大兴多一枚小小的木牌，上面刻着用金文书写的"管"字。

绿姬微微蹙眉，管仲作为公子纠的师父，实力不容小觑。这几个人虽是公子纠的护卫，却是管仲的心腹，只有大兴，誓死效忠公子纠一人。平日里管仲一心护着公子纠便也罢了，现如今他们师徒却因自己内斗，可想而知，现下鲁国宫中，公子纠的日子必然不好过。

茅草屋的门发出吱呀一声，小白夺门而出，脸上漫着一丝得意扬扬的笑，大步向绿姬走来。

"你叫绿姬，你脸绿吗？"小白凑到绿姬跟前，一雪前耻。

绿姬一怔，旋即明白了：只因为她先前嘲笑他叫小白却不白，此刻他知道了她的名字，便立刻前来取笑。好一个小肚鸡肠的公子小白，绿姬见报复的快感布满如此好看的一张脸，十分无奈。

小白见绿姬没什么反应，悻悻的，正色道："你这死瘸子，险些害死'疾如风'，若不是我拿出师父送我的保命丹药，'疾如风'这匹好马就死在你手里了。我这丹药价值连城，此事因你而起，你赔我！"

绿姬明白小白在刻意说给那群侍卫听，回道："我一文不名，如何赔你？"

小白怒道："我不管，这药你不赔，便别想走了，留在我这里做粗使丫头，给我做饭洗脚，什么时候还清了什么时候再走。"说罢，小白冲到马车前扯下绿姬的包袱，绿姬假意过去与其争抢了两下，被小白一把拨开。小白大步走到茅草房前，打开空房间的木门，二话不说将包袱丢了进去。

两人演技虽略显浮夸，却还是让那一众侍卫慌了神，领头的那位赶快跪下：“公子，使不得啊，我们奉管大夫之命，是一定要带绿姬姑娘回去的。”

鲍叔牙从屋内走出，接茬儿道：“几位既然要带走绿姬姑娘，看样子是打算替她赔我的丹药吗？我这丹药乃是斥重金，从名医手中收来的，就连你们管大夫都赔不起，你们几个比管大夫还阔绰吗？”

几名侍卫面面相觑，面露难色。

鲍叔牙一笑，从袖笼中掏出一个竹筒，递给带头的侍卫：“你们莫怕，我和管夷吾是老友，你们把这个给他，他定然不会责罚你们。”

小白坏坏一笑，心下了然，鲍叔牙曾经和管仲一起做生意，一起从军，有几十年的深厚交情，此事在齐国众人皆知。

侍卫们别无他法，只得接过竹筒，起身请辞。

大兴也随众人牵马欲走，却被公子小白拉住。小白悄声道：“你停半日再走吧。”

大兴明白他是担心自己路上再被刁难，心下十分感动，冲公子小白抱了抱拳。

傍晚时分，大兴也动身回鲁国了。“疾如风”伤势过重，被迫留在此地休养，等大兴改日再来接它回去。

绿姬看着大兴策马远去，魁梧的身躯渐渐融入残阳斜照里，幽然一叹：关于鲁国与公子纠的记忆，就这样渐渐远去了。绿姬不由得满面伤怀，紧紧握住了公子纠的佩玉。

好在事情并非有百害而无一利，留在公子小白这里既是唯一的选择，也是上上之策，不仅可以躲避管仲和鲁公的抓捕，还有见到莒国国君的机会。届时，盖世英雄的范围，就可以进一步缩小了。

公子小白对绿姬的态度，说不上友好，也实在不算太坏。当她送完大兴回房时，发现自己所住的房间已被人里里外外清扫干净，还塞上了防蚊虫蛇蚁的草药。

即便这样，茅草屋里仍是简陋至极，无法与鲁宫相提并论。天渐渐黑了，绿姬收拾好东西，躺在窄榻上思绪万千。她此次不惧艰难险阻离家，不是为了享乐。无论经历多少坎坷，寻找盖世英雄的信念仍在，而且会继续激励她前行。今日经历的事实在太多，令人难以消化，绿姬索性不去想。身子困乏，疲惫不堪，她合上眼皮，转瞬入眠，一宿无梦。

第二日一早，启明星仍高悬于天际，绿姬便悠然醒转。环视四周，愣了片刻，绿姬才意识到，她真的来到了莒国，寄宿于公子小白门下，这一切都不是做梦。

门外传来哗哗的水声，是下雨了吗？绿姬担心茅屋屋顶会漏雨，忙起身查看。

透过木门缝隙，绿姬看向小院，只见公子小白正赤着上身站在井边，拎起水桶举过头顶，从上到下把自己浇了个透。

未料到会看到赤身的小白，绿姬吓了一跳，险些惊叫出声。小白似乎听到了动静，转头往绿姬所住的地方张望。绿姬吓得赶忙捂了嘴，躲在一边，光洁的额头上渗出丝丝冷汗，心像是要跳出嗓子眼儿一般。

片刻之后，水声依旧，小白似乎并未发现自己偷看。小白这是在做什么呢？绿姬挣扎了一下，好奇心战胜了惊慌，重新透过门缝看出去，但见又是一桶井水举过头顶，自上而下顺着小白刚健紧实的身躯淌落。虽然已是春末夏初，可早晚仍有几分轻寒，那井里的水更是十分冷冽，浇在身上完全是自虐，可远处的小白却安之若素，仿佛一点都不惧怕冷冽的井水。

晨光中，公子小白的身躯透着极致的阳刚之美。绿姬眯着眼仔细看了看：嗯，身上确实还挺白的。

绿姬着实被自己这个念头吓了一跳，小脸陡然红透。她抬手做出自扇耳光的手势，轻骂道：“想什么呢你！”

绿姬不敢再看，回到榻上裹紧被子，只觉得从头到脚尽是冰凉，仿佛方才被井水浇透的不是小白，而是她。

用早饭的时候，绿姬看小白的目光多了几分闪躲，可他还偏偏就坐在了自己身边的席位上。

绿姬将小脸深深埋在木碗中，像要把这粗粮粥喝个底朝天。

小白脸上挂着坏坏的笑，凑到绿姬身侧，低声问：“白吗？”

绿姬差点把嘴里还未咽下的粥喷出来，抬眼惊愕地望着小白，心想：不会吧？我可是躲在门后，他怎会知道！

绿姬佯装淡定，强压心神，脸虽然红得发烫，嘴却硬得像石头：“我……我不知道你在说什么。”

小白看着绿姬面红耳赤的模样，满面恶作剧得逞的快感：“别装了，看到就看到了。我时常去林间打猎，如果身后有人窥视都不知道，早被虎豹豺狼吃掉一百次了。”

语罢，小白得意扬扬，喝了一大口粥，他就知道，这丫头偷窥自己，一定会被他身上那股阳光伟岸的气度所折服。

“挺白的。”绿姬诚恳答道，爷爷曾教育她，不能说谎，何况自己已经被拆穿了。

现下换小白满脸惊诧地看着绿姬：这瘸子承认得也太干脆了点吧？

绿姬红着脸，低声问小白：“我只想问问，你为何要用井水浇自己，可是在治什么疑难杂症？”

小白睨着绿姬，笑道：“你个瘸子哪里懂，我这是在磨砺自己，砥砺意志。”

绿姬极度讨厌小白说话时那副自以为是的模样，磨砺就磨砺吧，像是多了不起似的。绿姬不再接话，继续埋头喝粥。

小白见她一副见怪不怪的样子，自尊心受挫，把碗撂在几上，说道：“好了，今日狩猎，你和我们一起去。”

绿姬抬起头，想确认小白所指的是不是自己："我和你们一起？可我不会骑马啊。"

"管大夫的人已经知道了我们住所的位置，你一个人待在这里，不怕他们来捉你吗？"小白反问道。

绿姬想了想，小白所言有理。她没有武艺且脚伤未愈，若是管仲派人来捉，定然是瓮中捉鳖，轻而易举。

"你还是和我共乘一骑。"小白不以为意地说出这句话，放下碗，起身去了马棚。

正用早饭的鲍叔牙和其他护卫闻言，皆抬眼看着绿姬。绿姬想起昨日二人共乘的画面，小脸陡然红透。

她讪讪地起身，溜到马厩前。几匹高头骏马正在吃草料，小白这里虽简陋，马匹的待遇却极好，几匹马个个盘靓条顺，毛色丰泽。

"疾如风"也在马棚中，它正跪坐于草堆上闭目养神，气色较昨日已然恢复了许多。

小白那匹白色骏马，是马中翘楚，绿姬走上前，轻抚着它的前额，默默感谢它昨日救了自己。

小白提着竹桶从井边走来，麻利地将井水倒入槽中。见小白身为公子却如此娴熟地干着下人的粗活，而侍卫们和鲍叔牙仍安坐着吃饭，绿姬不由得更多了几分诧异。

公子纠的马名叫"疾如风"，自然是马如其名。绿姬对小白这匹高头白马的名字也起了兴趣，不知它是否也有一个"疾如风"般如雷贯耳的名字。绿姬问一侧的小白："这马叫什么名字？"

"小白马。"小白拿起地上的木刷，仔细地为白马刷背。夏日闷热，马匹也受罪，小白马此刻半眯着眼，尽情享受着小白为它带来的洁净和清凉，十分陶醉。

绿姬一愣，旋即一笑：这名字当真是言简意赅，极符合公子小白的性格。

众人用过早饭，开始收拾灶台，男人干活到底是粗犷豪迈，三下五除二就收拾停当了。

小白背着插满白色羽箭的竹筒，翻身上了小白马，姿态潇洒，俊逸非凡。其他一众人等也翻身上马，准备出门狩猎。

小白伸出手，欲拉绿姬上马，绿姬忽然想到昨天之事，不由得起了几分忸怩，把手背到身后，嘟嘟囔囔道：“我想自己学骑马。”

小白顿时失笑，宽厚的肩膀一抖一抖：“骑马？你一个瘸子，路都走不好，还要学骑马？”

绿姬狠狠地瞪了小白一眼，背过身去不理他，小白不由分说，驭马到绿姬身前，微微弯腰，用健硕的手臂揽住她的腰身，一把将她抱上马来。那动作不像在抱一个人，倒像在扛一袋米。

绿姬还未反应过来，瘦小的身子又被小白围在了臂弯里，稳稳坐在了他身前。耳畔尽是小白志得意满的笑声，绿姬十分不甘。可惜她说不过他，打不过他，眼下能做的，只有牢牢抓紧缰绳，认命了。

不是冤家不聚头，公子小白估计就是苍天派来欺负她的小魔头吧。

第八章　莒城围猎

小白马奔速如流云，遥遥领先众人。绿姬面色苍白，耳畔只剩下呼啸的风声和嗒嗒的马蹄声，她的小手紧紧捉住缰绳，不敢有一丝松懈。

小白右手执马缰，左手从身后扯出一张千年竹骨包裹鹿皮的大弓，反手扣于身前，又麻利地抽出一支白羽箭，用左手拇指和食指钳住，动作一气呵成，潇洒不羁。

绿姬明白小白已做好拉弓搭箭的准备，定然是嗅到了猛兽的气息，她屏息凝神，一颗心提到了嗓子眼儿。

“如果遇到猛兽，我们会不会有危险？”绿姬第一次打猎，心里实在没底，声音微微有些颤抖。

小白笑道：“有危险怕什么，如果你能跟本公子死在一起，是你修来的福气。”

绿姬气小白自以为是，却不敢松缰绳。见他今日未穿铠甲，只穿着皂色麻褐，绿姬手肘狠狠击了他的胸口一下。谁知小白竟没有丝毫不快，只轻笑了两声。绿姬却觉得手肘一麻，整条胳臂皆生疼生疼的。

罢了罢了，绿姬沮丧地垂着头，小白是铜身铁臂，而她自己只是个小女子，还要留着命去找盖世英雄，还是自顾自的好。

两人已行至丛林深处，鲍叔牙及一众随从像是藏起来了似的，全然销声匿迹了。周遭只剩下小白粗重的呼吸声和清脆的马蹄声，以及渺远的蝉鸣。

右前方林间传来野草簌簌的声音，小白轻喝一声“抓紧”，便松了缰绳，挺起身，挽弓如满月。

少了小白的双臂做保护，绿姬连忙死死握住马缰，还未回过神，只觉耳边掠过一阵风，小白的白羽箭嗖地飞出，绿姬的及腰长发随风漾起，掠过小白的面颊。小白无暇顾及脸上传来的微痒，目光紧追着白羽箭。

一阵哀嚎传来，绿姬定睛细看，才发现草丛中竟有一头粗壮黢黑的小野猪，这野猪屁股上中了小白一箭，此时正朝反方向踉跄奔逃。

小白使劲勒起缰绳，小白马心领神会，一个急转掉了个身，迅速向小野猪逃窜的方向追去。

绿姬险些被这一转身甩下马，小白紧搂了一把绿姬的纤腰，帮她保持住平衡。绿姬脸红得像要滴血，回头狠瞪了一眼小白，可他丝毫没在意自己，双眼只盯着逃窜的小野猪。

小白瞄准小野猪的颈后又是一箭。这次小野猪还未来得及哼哼，就栽倒在了草丛里。

林中无比安静，万籁俱寂。绿姬如释重负松了口气，小白却显得更紧张了。他竖着耳朵，眼神机警地观望着。

突然间，小白马扬起前蹄腾空跃起，差点将马背上的绿姬和小白甩下去。

一个庞然大物突然从侧面的林中冲出，势不可当地从小白马的前蹄之下冲过，撞在一旁的参天巨木上。

白马嘶鸣，鸟雀惊飞。随着一声巨响，这棵参天巨木轰然倒塌，断裂的树根处腾起一股巨大的烟尘。小白两腿死死地夹住马腹，勒紧缰绳，才让自己和绿姬免于被甩下马。

待烟尘散开，两人才看清这不善来者：一头身长丈余的巨型公猪，正嘶着长长的獠牙从地上爬起来。

小白不敢怠慢，立刻拉满弓，远远地瞄准巨猪的腿部就是一箭，接着又一箭射中巨猪的脑门。巨猪一个趔趄，大嚎一声，依然朝小白和绿姬冲来。绿姬的心差点跳出了嗓子眼儿，小白临危不惧，对着巨猪的下颌连放三箭，然而巨猪却丝毫没有减慢速度，狰狞的面颊和锋利的獠牙步步逼近，绿姬已能够清楚地看到它的喉咙。

小白马惊叫着跃起，绿姬绝望地闭上了眼。一滴飞溅的血液浸染了白色的箭羽，与此同时，绿姬的脸上传来一种滚烫的炙烤感，紧接着的是椎心刺骨一般的疼痛。

白色的箭羽贯喉而出，巨猪轰然倒在了眼前。绿姬的脸颊被小白千钧一发之际射出的箭羽划伤，一道血淋淋的伤痕在她白嫩的面颊上显得十分触目惊心。

小白看着绿姬脸上的伤，心头一震。

“公子……公子！”远处传来急切的马蹄声和呼喊声，鲍叔牙等人听到大树轰然倒下的声音，担忧小白的安危，快速驭马赶来。

绿姬抬起手背，轻拭脸颊，嫣红的鲜血在手背上印出一条长长的印子，十分晃眼。

小白看不到绿姬的表情，只能看到她脸上那道伤，没来由有些躁了，他对赶来的鲍叔牙说：“这瘸子唯一值钱的就是这张脸，我带她回去上药，你们把猪扛回去。”不等答复，小白就策马疾驰而去。剩下鲍叔牙等人，看着那一大一小两头野猪，只有发呆的份儿。

小白迅速驭马回到小院，绿姬一路皆沉默无语，平静得如同什么都没发生一般。

才进院子，小白马还没站稳，小白便迫不及待翻身下马，接下绿姬，什么都没说就疾步走回了卧房。

绿姬望着小白的背影，很是有几分委屈：她长到十五岁，是被爷爷捧在手心里长大的。离家这几个月，为寻盖世英雄，艰难困苦她都认了。只是怎么自打遇上他们齐国姜家两兄弟，便每天都有受不完的惊吓灾厄。

先是大兴误认她是奸细，硬生生用马将她拖断了腿，那些伤口到现在都没有痊愈，现在她走路仍一瘸一拐；今天又被公子小白伤了脸，不知道会不会留疤。想到这里，眼泪止不住地在眼眶里打转转，绿姬叹了口气，硬生生憋住情绪，把眼泪收了回去。她走到井边，艰难地从井里打水，可水桶实在太重，她使出吃奶的劲，却差点连人带桶一起坠井。

公子小白从自己的房间跑出，手里攥着一把绿草，一脸如获至宝的神色。他并不理会绿姬，径直跑向庖厨，从灶台下翻出了一个舂米的石臼，用净水将其涮净，把草扔进臼中，蹲在地上卖力地捣了起来。

小白力气大，三下五除二，那些绿草就成了绿泥，他一脸兴奋地招呼绿姬道："野嫂，快过来，这个能治你的伤。"

绿姬半信半疑，凑了过去，蹲在小白旁边。小白将手指放在唇间一抿，蘸了一下绿泥，就要往绿姬脸上抹。

绿姬赶忙往后躲："这是什么啊？恶心死了。"

小白半眯着眼，气道："恶心？我这可是上好的止血草，很珍贵的，要不是看你只有这张脸还能看，我才不给你用。"

绿姬一脸狐疑："止血草就罢了，干吗要蘸你的口水？"

小白不耐烦道："不蘸口水，药怎么能凝住伤口，快过来。"说罢，小白一把抓住绿姬的瘦肩，就要往身前拽。

绿姬抵死不从："我自己来，我自己来，不要你的口水。"

绿姬也顾不得小白这江湖郎中可信不可信了，只想着，受伤已经很惨，更不能让公子小白把口水抹在她脸上。她一狠心，伸出手蘸了口水，又蘸了绿泥，就往小脸上抹。可此处没有铜鉴，她也不知道自己涂抹的位置对不对。

小白看出了绿姬的踌躇，拉着她的手，帮她把绿泥抹在了伤口上。原本嫣红色的吓人伤痕，此时变作了绿色。小白眼尖看到绿姬左手那条红色通天脉，便一把拉扯过来，掰开她的掌心，好奇地打量起来。

通天脉此刻红肿着，赤裸裸曝光在小白犀利的目光下，接受着他的打量。绿姬心头一紧，欲将手抽回，谁知小白蘸了蘸绿泥，不由分说就抹在了绿姬的通天脉上。

绿姬尖叫一声，抽回了手，怒道："你做什么？"

"你手都肿成这样了，这么大一道伤，我好心给你抹抹，你吼什么？"小白看绿姬毫不领情，也起了高腔。

绿姬哭笑不得，通天脉现在确实红肿得像条伤痕，那是因为自己还未得通天之力，一旦具备，通天脉就会变成绚丽华美的正红色线条，那是人与神沟通的桥梁，是世上最美的神迹。

鲁宫内，公子纠神情漠然地立在回廊下，左手执一卷竹简，眉间微蹙，看得极其认真，连飞鸟经过都要噤声，生怕惊扰了这位冰肌玉骨的美男子。

管仲从回廊尽头漫步上前，到公子纠跟前，叹气道："公子，如今绿姬姑娘跑了，鲁公虽然未说什么，对公子却不似从前那般热络。"

公子纠淡然一笑，双目如寒潭，盈盈却深不见底："师父，公孙无知势力正盛，以鲁国国力，完全不足以与之抗衡。鲁公疏远我，是为着自保，又与绿姬姑娘何干？"

"鲁公色心极重，公子就不怕绿姬姑娘就算逃，也难以逃出鲁公的掌控吗？"管仲强压住心头怒火，问道。

想起绿姬，公子纠嘴角轻扬："有我在一日，便护她一日。再不济，师父的人一路追着，她不是也顺利逃到小白那里了吗？"

管仲的神色中闪过一丝讶异：“你都知道了？”

公子纠低下头，微微一叹：“师父，何必执意如此？绿姬只是个无辜的姑娘，能不能别让她卷入我们齐国这些见不得光的事情里来？”

管仲蹙眉摇头道：“公子，如是看来，倒是我把你教得太过仁善。我从未想要把她卷进来，是她自己步步走入局中，现在又扯上了公子小白，这女子就是个祸害！”

公子纠听出管仲的言下之意，失笑道：“师父多虑了，绿姬即便在小白那里，也不会有什么。小白是我弟弟，我最了解他。他对男女大防压根儿没有概念，他喜欢的只有弓箭和骏马。”

管仲哑然失笑，轻轻拍了拍公子纠的肩：“公子，人都会长大，公子小白也不可能永远是那个追在你身后的孩子。你喜欢的佳人美物，旁人自然也喜欢。譬如绿姬姑娘，譬如，君位……”

公子纠未理会管仲，手里依旧紧攥着竹简，神色如旧。

管仲不知公子纠究竟有没有听进自己说的话，叹息道：“绿姬姑娘有通天的灵力，为师并不真心希望鲁公得到她。只是公子，为师更不希望公子小白得到她。”

语罢，管仲负手离去，公子纠侧过头，望着他远去的身影，幽幽叹了口气。

太阳落山时，夜幕尚未降临，鲍叔牙一行人，终于拖着一大一小两头野猪回到了小院。

他们个个大汗淋漓，麻褐锦袍悉数湿透，可想而知，将这庞然大物拖回来，众人肯定是费了九牛二虎之力。

小白早已烧了满满一盆开水，等着褪猪毛。绿姬帮不上忙，就坐在不远处的石凳上看着众人忙得热火朝天。

公子小白高高挽起了衣袖，手持利刃，对野猪进行分割。绿姬从未见过如此快的手法，刀刀不见血，巨大的野猪却已七零八落。

绿姬望着西沉的落日，暗自思忖着：她已见过齐国与鲁国的宗室，虽然还不能明确盖世英雄是谁，却已能够排除几人。譬如鲁公，那样一个贪图美色之人，怎么能拯救万民？亦不可能是公子小白，他就是个纨绔膏粱子弟，终日飞扬跋扈，痛饮狂歌。绿姬望着小白孔武有力的身影，莞尔一笑。最适合小白的角色，应该是统领千军万马的将军吧，若是不成，便只能当个劁猪的屠夫也不错。

鲍叔牙很是关注绿姬脸上的伤，用晚饭时，一直盯着她看个不停，盯得绿姬心里直发毛。

鲍叔牙察觉到绿姬的不自在，赶忙收敛了神色，微微一笑道："绿姬姑娘脸上的伤应当没有大碍，这止血草极为珍贵，定然不会让姑娘的脸上留疤。"

绿姬一怔，含笑冲鲍叔牙点点头算是谢过，她有些摸不清头绪，鲍叔牙虽然性情温良不难相处，却与她鲜少接触，怎么忽然如此关心起她的脸来了。

小白正往嘴里塞着野猪肉，听到鲍叔牙的话，朗声一笑，用筷子头指着绿姬道："我倒是觉得，你脸上还是留道疤好。省得你终日以色事人，分不清真心假意，还自以为厉害。"

绿姬听了小白这话，整个人一滞。这短短的一句话，正好戳到了她的软肋。鲁公喜欢她，不过是看中她这张脸；王室之人忌惮她，不过也是因为她这张脸。那么，公子纠喜欢她，又是因为什么呢？

绿姬的小脸一下垮了。

小白看到绿姬不开心的样子，扬扬得意，又夹了一筷头野猪肉，塞进嘴里，大嚼特嚼。

鲍叔牙看看小白，又看看绿姬，直摇头。小白还是孩子心性，不懂男女之事，更不知借力打力，让他这个做师父的如何是好。

绿姬将木碗放在案上，兀自发起呆来：爷爷自小给她和哥哥讲史书，绿姬最看不起的，就是以色事人的女子，如今自己竟然也落得如此。

她是大卜一脉之后，来寻盖世英雄，为的是助他匡扶王室，拯救万民，怎能为了私情而将这些正事抛在脑后？

饭后，绿姬独自坐在房中，思索下一步该如何是好。当务之急，莫过于搞到一些龟板和蓍草。

龟板和蓍草是民间占卜最常用的两种物件，大卜一族用不着，却依然有驾驭它们的能力。绿姬虽然通天脉不通，难以勘测国祚，灵力却远远高于普通占卜师，占卜个凶吉还是轻而易举的。

可这两样东西也难得。公子小白不信天命，他手下没有一个占卜之人，贸然去要，定有暴露身份的危险。

绿姬正满心踌躇之际，小白忽然推门而入，吓了绿姬一大跳。

“你进别人的房间，为何不敲门？”绿姬见小白理直气壮，大摇大摆往里走，不禁气不打一处来。

小白把手中端着的小碗放到绿姬腿边，自己也盘腿坐下，兴冲冲道：“快！你把这个吃了！”

豁了口的陶簋中，盛着满满的黄豆煨猪手。

绿姬看着那猪手上参差不齐的细碎猪毛，蹙了蹙眉，十分反胃：“什么鬼东西？”

小白的神色有些不自然，他定睛看着绿姬绝美面庞上那道格外醒目的绿色伤痕，惭愧抱歉却不肯承认，虎着脸道：“你的脸，到底是我伤的，你把这个吃了。”

“伤了是伤了，我为何要吃猪脚？”稀汤里飘着质地硬硬的黄豆，貌似还没有煮熟，绿姬排斥地把陶簋往小白身边推了推。

“吃什么补什么，你看你这瘸腿，走路歪歪扭扭的，再看看你这身子，干巴巴的。”小白一脸嫌恶地指了指绿姬的腿，又指了指她胸前。

绿姬面颊绯红，起了三分怒意，转过身子背对小白，气道：“要你管，你出去！”

小白虽对下人十分宽忍，却也受不了旁人用这口吻跟他讲话，原本萦绕在胸腔脑海内那股丝丝缕缕的歉疚感，立即烟消云散。他站起身，甩袖道：“不吃拉倒！”而后三步并作两步走出了绿姬的房间，狠狠关上了木门。

番外二 情窦初开

对众侍卫来说，无须狩猎的日子总是格外惬意，可对于公子小白来说，这样乏味的生活，又着实有些恼人。

那日猎来的野猪体积庞大，众侍卫照吩咐将野猪肉分开贮存，皮革则揭下留用，其他无用的脏器皆丢掉了。唯有那尿脬，小白一直舍不得扔，命著山去河边洗净了，用猪皮一裹，制成了蹴鞠球。

春阳和煦，小白召集众人去城外河边蹴鞠，请鲍叔牙做裁判。绿姬独自在莒城恐生危险，也只得瘸着腿随众人一道出了城，百无聊赖地坐在大树下，看着众人嬉耍。

蹴鞠风靡齐地，甚至被列入军事训练的课目，以锻炼士兵的体力、反应能力与协同配合为目的。绿姬对蹴鞠的印象，只停留在坊间传言和书本描述，从未亲眼见人玩过，她不禁十分好奇，想看看公子小白究竟能玩出什么名堂。

城外河边这片空旷的草坪，正是蹴鞠的绝佳场所。众侍卫在空地两端的树上分别系了个竹篮，而后分作两队，一队由著山带领，另一队则唯小白马首是瞻。鲍叔牙按照高矮胖瘦给众人分了组，尽量让两队人马看起来势均力敌。待众人一字排开后，鲍叔牙清清嗓子，立身于众人前，说道："今日蹴鞠比试，同以往一样，两队盘球，能将球踢入对方篮中计一分。但在盘球过程中，蹴鞠球不可落地，若是被对方干扰，蹴鞠球掉落在地，则对方得一分！"

绿姬抬眼看着参天巨木上高悬着的竹篮，心中暗想：这丈高的竹篮，若非脚力超劲，怎可能轻易得分，倒是在他人盘球时，从旁捣乱，让球落地，来得更容易些。

蹴鞠球被充当裁判的鲍叔牙直直抛向空中，站在两队最前端的著山和小白如猛虎扑食般朝球的落点飞了出去。为了争抢球的落点，两人肩并肩紧紧倚着对方，使出吃奶的力气互相角力，寸步不让，都想接住这第一球，取得开门红。

几番卡位后，小白高高跃起顶到了球，他一甩头，将蹴鞠球顶给队友，而后迅速向对手篮筐处跑去。球在侍卫们脚下飞了几个来回，就被小白轻而易举地踢进了筐中。

这酣畅淋漓的配合实在赏心悦目，绿姬不由得面露赞许之色，然而当她看到仰着头叉着腰，无比得意的公子小白时，满心的赞叹顷刻间烟消云散了。

著山急躁地抓抓头，将队友召集起来。众人商量了一番对策，而后两两击掌，重振士气。小白则歪着头，满面吊儿郎当的笑，带领着自己这一队站好位，坐等著山来攻。

比赛继续进行，蹴鞠球从后场侍卫处传出，几经周折，来到著山这里。著山轻轻用大腿一颠，将球停稳，眼角余光扫视四周，想看看从哪里攻破小白布下的天罗地网。

公子小白瞅准时机，迎面扑向著山。蹴鞠比赛规定双方不能有任何身体的碰撞，小白此举乃是虚晃一枪，牵制著山的行动，让他难以将球传出。著山与小白从小一道长大，更是蹴鞠上的老对手，他算出小白的用意，轻轻将球回传给队友，自己则晃过小白，冲向前方，队友配合默契，一脚将球大力踢出，直指大树下的篮筐。

小白嘴角漾起一抹轻笑，大步追了上去。其他侍卫也赶忙上前拦截。可著山不光速度快，还十分灵活，左闪右躲地绕开了小白这边的所有队友，在竹篮下端高高跃起，蹴鞠球近在咫尺间。

所有人都以为，此球必进，皆眼巴巴望着著山的身影，谁知有一人凌空跃起，跳得比著山更高，奋力将蹴鞠球顶开，偏离篮筐数丈，著山功败垂成。

可对手并未给他们丝毫懊恼的时间，小白将球顶出后，阵前队友迅速组织反击，将球盘带至篮筐下，横起一脚，蹴鞠球打了个转，飞速跃入头顶篮筐之中。

比分渐渐拉开，公子小白越踢脚风越顺，著山不免急躁起来。在一次争抢中，两人都过于拼命，未注意到对方，头猛然撞在一起，发出哐的一声巨响，双双摔倒在地。

小白揉着头站起身，笑对著山道："你这小子，头还挺硬。"语罢，小白伸手欲拉起仍瘫坐在地上的著山，可著山被撞得眼前一片黑暗，什么也看不真切了。

鲍叔牙见此，忙出声暂停了比赛。过了好一阵，著山才缓过神，出声嗔道："公子的头可是铜打的？比石头还硬！"

小白轻声一笑，不以为意："废物！你可真没用，那么些粮都白吃了！跟那瘸子似的，我还养你干什么？"

小白的声音不大，却一字不落地传入了绿姬耳中。绿姬原本只是坐在树下观战，却未承想公子小白竟口出恶言，将战火引到了她头上。

绿姬一百个不服气，可反唇相讥实在低劣，她微微转动明眸，计上心头。

鲍叔牙见著山无事，示意众人休息片刻，继续比赛。公子小白回到队中，与队友们说笑着，歪着头百无聊赖地等着著山这一队恢复体力，继续比赛。

绿姬趁小白没注意自己，踉跄着起身，走到著山身侧，轻声问：“你想赢你们公子吗？我有一计，或许可以帮你。”

著山抬起袖笼，擦了擦脸上的脏汗，一脸疑惑地看着绿姬：“你能帮我？你跛着脚还会蹴鞠？”

绿姬笑道：“反正横竖都是输，你又踢不过你们家公子，还有什么可顾虑的？”

著山蹙着眉，转念一想，绿姬的话也没错，他抬起眼，问道：“你有什么办法，说来听听。”

绿姬上前半步，压低嗓音，嘤咛道：“你只需……”

眼见休息得差不多了，鲍叔牙重新招呼两队集结，卡位站好。著山不再站在最前方，而是站在队伍中后，扶着头，像是头痛未愈。

小白一脸志得意满，对这场比赛的胜负不持任何疑虑。鲍叔牙将球高高抛起，比赛继续进行。

小白打着哈欠，未使全力，球权被著山的队友争得。小白这才扎好架势，准备阻断他们的进攻。谁知对面侍卫竟没有向前一步，而是一回头，将蹴鞠球向身后传去了。

这迂回的打法让小白一队有些发蒙，可平日里的训练到底不是白练，他们迅速调整好，各自向对位的对手冲了过去。

蹴鞠球还在后场兜兜转转，著山趁人不备，快速冲向篮筐下。队友将蹴鞠球从后场大力踢出，著山在篮筐下接球，用头轻轻一顶，蹴鞠球稳稳地落入了篮筐之中。

这接力传球之法，与方才一轮并无本质差别，唯一的区别就是著山换了位置，又佯装头疼，以哀兵之法，混淆了对手的视听，才取得了这难得的一分。

被对方打进一球后，小白这一队显得有些受挫，待拿回进攻权后，小白稳下心神，重新组织进攻，而著山这边则个个摩拳擦掌，眼冒金光，迫不及待欲将球截下。小白见此，反而不着急，慢悠悠地在后场与队友传起了球。著山队的两名前锋先后上来争抢，小白趁机与队友配合超过了他们，将战线稳步向前推进。

著山明白小白是想利用他们比分落后的焦躁，寻找破绽，他立即呼喊两名前锋回防，自己则趁小白将球传给队友时，快速与防守小白的队员换位，紧紧贴上了小白。这一招果然奏效，换人战术搅得小白眼花缭乱，两人纠缠之际，蹴鞠球落地，著山队再得一分。

连续被对方扳回两球，小白一队的侍卫们皆有些气馁，小白却目露金光，摩拳擦掌，斗志更加昂扬。的确，棋逢对手乃是人生一大幸事，总好过毫无悬念，不费吹灰之力。

眼见暖阳已升至头顶，暑气渐起，鲍叔牙高声对众人道：“时候不早，咱们也该回去了，一球定胜负罢！”

听说要一球定胜负，两队人马顿时都抖擞精神。虽说只是游戏，可这些都是血气方刚的少年，哪个肯输？

公子小白细想一下，著山哪里有那声东击西，哀兵必胜的智谋，定然是听了绿姬的建议。方才他见绿姬在著山处嘀嘀咕咕，就知道没安什么好心，只是没承想，她竟然还懂些许兵法。小白转过脸，看着坐在树下装无辜的绿姬，喊道：“瘸子，你且等着看，你这些哄小孩的伎俩是不会在本公子处得逞的！”

说话间，鲍叔牙已将蹴鞠球抛至空中。这一战尤为激烈，著山凭借速度的优势率先抢到球，迅速将球转移给两名队友，三人之间来回穿插，接连越过两名防守队员。正要继续传接球时，小白以迅雷不及掩耳之势横刀夺路，将球抢走。

著山吸取了上一次的教训，寸步不离紧跟着小白，不让他有任何起脚的机会。小白无法，只得侧身将球传给了队友。

小白队侍卫接球后，迅速盘带着向树下赶去。著山向队友做了个手势，队友赶忙冲上前去，在带球侍卫起脚的那一瞬，伸腿去挡，带球侍卫没站稳，一个踉跄失去了平衡，蹴鞠球向反方向飞了出去。

反方向不远处正是河塘，河水清澈，时有飞鱼游过。一旦球落了地，著山一队便算是赢了，蹴鞠球迅速飞向河面，比赛结果已无悬念。著山方欲振臂欢呼，眼前忽然闪过一道黑影，待著山看清那黑影是公子小白时，他赶忙伸手去捉，高声唤道：“公子，危险……”

随着刺啦一声，公子小白的衣襟被著山扯烂，可他毫不顾惜形象，一个箭步踏入宽河中，快如流星，赶在蹴鞠球坠河之前，纵身一跃，将球顶回了岸边。

著山与一众队友皆傻了眼，眼睁睁看着小白的队友们不负所望，将球接下，一脚踢入了对方篮筐。

胜负既分，鲍叔牙举起手臂，高声喊道：“公子队获胜！”

小白的队友们高声欢呼起来，著山一队虽然输了，却也是心悦诚服。小白这才从河中爬了出来，上了岸，脱掉被河水打湿的烂褂子，坏笑着看向坐在树下的绿姬。

绿姬忙偏了头不肯正眼直视，小脸却悄悄红了起来。

回到小院后，众侍卫皆去烧火做饭，小白则到井边，舀起井水，兀自将自己从上到下冲了个净。

鲍叔牙见小白光着身子冲凉水，赶忙上前用粗糙的大手在他背上狠狠拍了两下：“天虽然热，公子也不该站在院子里冲澡，有失体统！”

小白惨叫着躲过鲍叔牙的拍击，回道：“师父怎么动辄打人？冲个澡有什么，都是自己人，再说我又没脱光……”

鲍叔牙清咳两声，努努嘴，示意公子小白注意身后。小白回过身，看到绿姬不知何时走出了卧房，站在他身后，小脸上一阵红一阵白。

小白竟莫名其妙不自在起来，他忙将湿乎乎的深衣披在身上，转身对备饭的侍卫们吩咐：“今日蹴鞠大家都累了，早点用过午饭歇着吧。”

侍卫们答应一声，将熬煮好的粗茶淡饭摆在石案上，坐等开饭。小白与鲍叔牙入席坐好，绿姬也上前坐定，众人开始用饭，半晌无话。

公子小白吃了几口糜子饭，忽然开口问对面的绿姬："你还看过兵法？"

绿姬垂着眼，夹着木瓜藤菜放入口中，没有理会小白。小白放下手中的陶碗，越过众人阻隔，一把拉住绿姬的手："问你话，为何不答？"

绿姬使出全力，却分毫不能挣脱小白的铜箍铁臂，只得敷衍回道："我不过是个村姑，哪里看过什么兵法？"

小白一脸不信："那你是如何给著山出的馊主意，让他受你的教唆？"

鲍叔牙忙出声劝阻："公子，绿姬姑娘在场下旁观，才会将形势看得更清楚。公子何必太过介怀，别好像是因为对手进球，而迁怒旁人似的……"

这一席话无疑戳中了小白的软肋，可他仍不肯示弱："兵不兵法也罢了，为何这瘸子在我这里白吃白喝，我问她话，她瞧我时却连个正眼都没有？"

绿姬放下手中的碗筷，抬起眼瞪着小白："你衣不蔽体，在院里转来转去，竟还怪别人不正眼相视？"

"前几日打猎弄了一身血，现下只有这一件干净衣裳，若还不让穿，我就只能光着身子，你觉得是那样好，还是穿着这身破衣裳好？再说，我平白无故被你看了，我还没生气呢，你瞎嚷个什么劲？"公子小白理不直而气壮，倒觉得吃亏的是自己一样。

绿姬气得红了眼眶，狠命抽出手，起身一瘸一拐走回了房间。鲍叔牙将二人的神情皆细收眼底，不由得轻声一叹，满面无奈。

饭后，鲍叔牙找邻居借来了针线，想要为公子小白缝补衣衫。在此地虽没钱没粮，可身为齐国公子，赤身裸背终究不成体统。

可鲍叔牙未想到，他熟读经史子集，深谙经世之道，却拿不起这小小的针线，鼓捣了大半晌，累得满头大汗，却连针也穿不起来。

公子小白赤身坐在一旁等着，已是满脸不耐烦：“师父到底会不会缝，不然我就这么穿着吧，也没什么大不了的。”

鲍叔牙一笑，略有些不好意思：“常说男子生而艰辛，要耕作打仗，如此看来，女红亦非寻常易事，身为女子，也实在不容易啊。”

公子小白夺过鲍叔牙手上的衣服，笑道：“师父平日婆婆妈妈的，我还以为这些女人家的活计你也都会做呢。”

鲍叔牙瞪着眼，张了张口，却无法驳斥小白，只得生生将这口气咽了，拱手对小白道：“公子稍等，我去找绿姬姑娘帮忙。”

不消片刻，绿姬一瘸一拐地随鲍叔牙从房中走出。原本她并不想管公子小白的事，可鲍叔牙亲自来请她，言辞恭谨，实在令绿姬无法拒绝。既然在人屋檐下，哪里有丝毫不妥协的道理，绿姬上前，接过公子小白的衣服，坐在大树下缝了起来。

适逢有侍卫请鲍叔牙去后院查看野猪肉的贮藏，前院中只剩绿姬和小白两人。绿姬对小白不理不睬，视其为空气，只想早点忙完手中的活计，就可以回房摆脱这个讨厌鬼。

小白望着绿姬脸上那道浅浅的伤痕，心中忽起了几分怜惜愧疚之意，语气软了几分：“今日见你为著山他们筹谋，以为你读过兵法，不是有心得罪，还请你……不要见怪。”

这一席话能从小白嘴里说出来，也实在是稀罕，绿姬诧异地抬起眼，看到小白光着身子望着自己，又忙垂下眼，回道：“兵法也是人写的，个中道理无外乎人性二字，也没什么难猜。”

绿姬这一席话，原是想隐藏身份，却引起了小白极大的兴趣。小白问道：“人性如何？我的性子又如何？”

绿姬手上的动作不停，边缝边回道：“胜者容易骄躁，败者容易气馁，你一时占据上风，未必一世都能凌驾于他人之上。况且你先进了两个球，必然会对自己的进攻套路十分自信，若是能反其道而行之，定会打你个措手不及！”

小白品了品绿姬话中的意味，笑回道：“说得好，常听人说，人若是哪里有残废，其他地方总会比别人出众些。现下看来你虽然瘸，脑子却不算太笨，也算是老天格外优待了。”

绿姬斜了小白一眼，转过身，不再愿意跟他说话。随着她灵巧的双手上下翻动，破烂的衣衫渐渐被缝合。

小白望着绿姬为自己补衣的身影，微微有些出神，良久，他出声叹道：“我长这么大，还是头一遭有人给我补衣服。都说长嫂如母，看来是不错的，你虽是我哥哥的野女人，却也还算贤惠，这份恩情兄弟我记下了。若是他日我哥哥不要你了，我就收留你在身侧，给你个机会，让你终日伺候本公子，可好？”

小白这一席没轻没重的话着实刺耳，绿姬不慎扎了手，哎哟一声，殷红的鲜血顺着小孔渗了出来，毫无防备地染在了绿姬手中的衣衫上。

绿姬忙将手指吮在口中，眉头虽仍蹙着，心中却有几分歉疚。血迹极难洗掉，公子小白又没两件衣裳穿，这血迹只怕要一直伴着他了。绿姬叹了口气，什么也没说，待止血后，她继续认真地缝补着小白的深衣，像是什么也没发生一样。

小白收敛了调笑的神色，欲拉过绿姬的手来看，并问道：“伤得如何？扎得深吗？过来我看看。”

绿姬不理会小白，快速缝好了衣服塞给了他，转身回房去了。公子小白望着绿姬渐行渐远的身影，心中滋味颇为复杂。他沉默地穿好绿姬缝补好的衣衫，衣襟上那一小片殷红的血痕正在心口上，异常刺眼。

第九章 尔卜尔筮

就为一碗黄豆煨猪手，绿姬和小白像是结下了梁子，其后两三日都互不理睬。

打下了大野猪，近几日不用去狩猎了。闲来无事，小白便与众侍卫一道在院内玩耍。

用了小白的止血草后，绿姬面颊上的伤痕逐渐复原。鲍叔牙每日来问伤情，还百般替公子小白道歉，反搞得绿姬十分不好意思。

绿姬脸上长长的褐色痂脱落后，没有留下一丝疤痕，鲍叔牙与绿姬才都松了一口气。

晌午，忽然传来一阵急促的敲门声，打断了众人的欢笑嬉闹，小白正正神色，命人去开门。

来人竟是大兴。大兴立于门前，见到公子小白，恭敬地施了一礼。

绿姬看到大兴，心里一惊，顾不得腿伤，赶忙跑上前去，急问道："你怎么这么快就回来了？可是公子他……"

大兴笑回道：“姑娘放心，公子一切安好，这次让我来，给姑娘送些东西，顺便接回‘疾如风’。”

绿姬提到嗓子眼儿的心又放回了原处，她定睛看过去，只见大兴身后是一驾马车。小白挥挥手，示意侍卫打开院门，让马车进来。

马车才停稳，大兴一掀帘子，懒丫头从车上蹦了下来，脆生生跪在了公子小白脚边。

大兴躬身说：“我们公子听闻您收留了绿姬姑娘，感激不尽。只是绿姬姑娘是个姑娘家，在您这里，怕是多有不便，故而我们公子特派懒丫头前来，服侍绿姬姑娘。”

绿姬心头蓦然一暖，公子纠当真为她思虑周全，她嘴角不自觉地牵起几丝笑意。

小白却冷着脸：“哥哥怕是不了解我这里的情况罢，替他养野女人已经添了张嘴，怎么能再养个废人？”

听了小白的话，绿姬气鼓鼓的，又不想与他搭腔。大兴面色尴尬，赶忙拉开车帘，从车上拖下几大麻袋黍米，抱下几盒子肉干，纷纷摆在公子小白面前。大兴不顾自己的满头大汗，恭敬地说道：“这些都是我们公子让我送来的，我们公子听说了您的遭遇，一直记挂着。”

鲍叔牙趋步上前，走到小白身侧，微微颔首道：“公子纠有心了，在此谢过。”随后，鲍叔牙对一旁的侍卫吩咐道：“把公子纠送来的东西好生收着。”

侍卫们赶忙应声，把几个大大的麻袋和木盒悉数搬到庖厨中，整整齐齐地码了起来。

众侍卫面露喜色，小白却依然蹙着俊眉。大兴见状，又从车厢里拿出一个反绒皮包裹着的大物件，小心翼翼地呈给了小白。

小白揭开反绒皮，露出一张绝顶气派的大弓。灵犀角点饰，金丝楠做弓身，弓体环刻着极其精美的落霞图案，最不得了的是那弓弦，韧性大得惊人，远远胜过小白见过的任何一张弓。

小白眼放金光，爱不释手："这般稀罕的物件，我哥哥从哪里得来的？"

大兴躬身回道："我们公子得了一块极好的木料，听人说做弓最合适，便亲手做了这个弓赠予公子你。"

小白的目光难以从弓上移开："我哥哥有心了，只是这弓弦是什么做的？我竟分辨不出。"

大兴思忖片刻，回道："我记不大清楚了，只大约记得公子说，是北海大鱼鲲的鱼胶，熬裹着麒麟兽的筋做的。"

小白失笑道："哪里来的什么麒麟兽？也罢了，这弓我极喜欢。"

大兴一笑："是了，公子还有句话托我告诉您，这弓他雕了落霞的图案，乃是比照着后羿的落日弓来的。"

小白朗声一笑，抱拳道："哥哥把我比后羿，我倒是不敢，记得替我言谢。"

大兴忙点头称是。

小白俊朗的面孔上挂着一抹极其心满意足的笑，比春日里和煦的阳光更宜人。凡是看到这笑容的人，都不禁牵动嘴角，与他同乐。

小白看着跪在地上的懒丫头，挥手道："罢了，一个废物是养，两个废物也是养，你起来吧。"

绿姬听出小白的言下之意，狠狠地瞪了他一眼。懒丫头赶忙起身，抱着包袱，顺着旁人的指引，去绿姬房间收拾东西去了。

大兴从车厢内拿出拐杖，递给了绿姬。绿姬看到公子纠亲手做的那副拐杖，又想起自己与他同在鲁国的日子，嘴角一弯，不知是笑是泪。

"公子说了，姑娘腿快好了，只是这拐还要用一用，等完全康复了，再丢开也不迟。"大兴认真学着公子纠的语气，重复着公子纠的话，一点差池也不敢有。

绿姬点点头，对于公子纠如此细心体贴的关怀，她心头虽有几分羞怯，更多的却是甜蜜。

小白的目光从大弓那里转移到绿姬身上，上下打量一番，惊愕满面："原来她不是生来的瘸子啊？"

大兴一愣，旋即笑了起来，众人也和着大兴笑，一派其乐融融之景。也是，从来没有人告诉小白，绿姬不是生来的瘸子，只是摔伤了而已。

鲍叔牙看到绿姬在众人的笑声中羞红了脸，忙道："大兴，你还有什么东西？都一并拿出来吧。"

大兴挠挠头，嗫嚅道："旁的也没什么了，只有一个竹筒，是公子托我交给绿姬姑娘的。"

大兴从袖管中掏出一个精巧的小竹筒，递给了绿姬。绿姬赶忙接过来，只见小小的竹筒精巧又漂亮。绿姬颤抖着手轻轻打开，筒中是两片竹简，上面是公子纠亲笔刻下的两行字。

"此外，公子还让我告诉姑娘，姑娘流浪时的小伙伴，小五子等人，公子终于寻到了，送了些银子和米粮，转达了姑娘的谢意，请姑娘放心。"

听到大兴的话，看到公子纠的字，绿姬眼眶一热，差点掉下泪来。想到此刻众人的目光都紧紧盯着她，绿姬赶忙移开视线，努力平复了情绪。

公子小白看到绿姬小脸上那抹掩不住的甜蜜，没来由动了三分气，虎着脸走到马棚，牵出了"疾如风"。

"疾如风"不复病歪歪的模样，无比神气地信步走出。大兴眼前一亮，赶忙上去牵住缰绳。

"公子竟把'疾如风'照顾得这样好，我替我们公子谢过了。"大兴匍匐于地上，起身再拜。

小白轻轻一笑，笑容却有些不走心："罢了，你回去告诉我哥哥，我可是个爱马之人，下次再放在我这里养，我就要将其据为己有了。"

小白的目光掠过绿姬绝美的脸庞，却没有丝毫停驻。可这一切仍落在了鲍叔牙眼中，鲍叔牙捋着胡子，一脸饶有兴致的样子。

公子纠交代的任务皆已完成，大兴起身请辞，小白命人相送。绿姬嘱咐了大兴几句话，目送他离去后，也走回了卧房。

绿姬手中仍紧紧握着那竹筒，秋波一般莹澈的双目中，漾着数不尽的浓情蜜意。

懒丫头收拾好了房间，原本粗陋不堪的茅草房，经过她精心点缀，反而有了几分深闺的意味。

见到绿姬回来，傻丫头从包袱里掏出一个锦缎小包，恭敬地递了上去。

绿姬接过，问道："这是什么？"

懒丫头摇摇头："我也不知道，临出门前公子让我带给姑娘，不准私自拆开的。"

绿姬心下了然，既然都不经大兴之手，可见是很私密的物件。绿姬握紧小包，问懒丫头："公子小白可给你安排了住处？"

懒丫头回道："安排了，就住在姑娘的隔壁。"

绿姬微微颔首："辛苦了，你也去收拾一下吧，晚饭时再来伺候就是了。"

懒丫头却摇了摇头："我不累，我为姑娘准备沐浴吧。"

绿姬这才想起，自己已有数日未好好沐浴过了。小白与众侍卫都去林中的小溪里洗澡，绿姬只能打些热水在房里略擦洗擦洗，实在是不方便。如今大兴带来了澡盆，她一定要好好洗漱一番。

绿姬点头算作答允，懒丫头一揖，做准备去了。

懒丫头一出门，绿姬赶忙将房门掩住，拆开锦包，里面竟是龟板和蓍草。绿姬方才硬生生忍下的眼泪，此刻夺眶而出。

绿姬的眼泪一滴滴坠落在龟板上，一直以来压抑的思念，终于决堤。绿姬泪眼婆娑中打开竹筒，抽出公子纠亲笔写下的竹片，轻抚着上面的俊逸字体：求之不得，寤寐思服。悠哉悠哉，辗转反侧。

与公子纠分离这近十日，绿姬何尝不是夜不能寐，辗转反侧。

她的泪水再次倾泻而出，已然不可遏制。也许多年后，她会忘了此时此刻的困顿与窘迫，却永远难以忘记那份刻骨的相思。

绿姬沐浴佩香后，换上了懒丫头带来的新裙裳。那裙裳是桃花花瓣的柔嫩色泽，衣料是锦缎拼接着纱丝，工艺繁复异常，加上袖口及右衽处极为精美的桃花刺绣，到底不辜负那一句“普天之下冠带皆仰齐地”。

尤为精致的是纠这一片心思，仿佛又让绿姬回到了那片唯有他二人弹琴巧笑的桃花林。

懒丫头替绿姬整理着裙裳罗带，含笑道：“公子说，姑娘穿这个颜色好看，我还不信，以为姑娘穿碧色最好看。没想到公子所言不差，姑娘穿这个当真比穿碧色更好看。”

绿姬莞尔一笑，那发自内心的笑意极为动人。她也曾不安和惶恐，不懂为何公子纠会待她这样好，可她仍愿意让自己溺在这份宠爱里，浸泡在这份全心全意中。

晚饭时分，当绿姬和懒丫头出现在席前时，一众侍卫纷纷失了神，就连一向端方自持的鲍叔牙，都忍不住贪看她两眼。唯独公子小白，兀自吃着野猪肉，神色淡然，一眼都没看绿姬。

绿姬和懒丫头跪坐在石案前。懒丫头看着黑乎乎的粗粮粥和炖得发烂的野猪肉，直皱眉头。

“姑娘，你稍等我下。”懒丫头退席，走到不远处的庖厨里，拿出一棵大兴送来的白菜，利索地收拾了起来。

片刻后，一道爽口的烫白菜就端上了案，众人观望两眼，一人一筷子，片刻就吃了个盘光碗净。

许久不吃蔬菜，几口白菜下肚，小白觉得甚是清爽，不由得叹道：“懒丫头，今日说养你是养废物，当真是我无理。由此看来，我这里并不是养了两个废物，只是养了一个而已。”

绿姬放下筷子抬头怒视小白，可他并没看自己。绿姬悻悻的，有气没处撒，十分不悦。

不知究竟是怎么了，从白天起，小白总是说话夹枪带棒，却一眼不看绿姬。原本爽朗痛快的人，却让人越来越猜不透，实在是奇怪至极。

有了龟板和蓍草后，绿姬每天都要占一卦，一连几日卦象平和，绿姬刚要放松些，孰料却在这天一大早测出了大凶。看到如此不吉利的卦象，绿姬慌了神，手心冒汗，不知如何是好。绿姬打定主意，反正今天横竖不出门，吃完饭就在屋子里坐着，可她又担心，如果这破败的茅草房突然塌了可如何是好？

刚打定了主意，绿姬就听到门外传来骏马的嘶鸣声，她的房门也猛然大开，公子小白大步走了进来，不由分说就把绿姬往外拉。绿姬连推带搡，可力气毕竟不如小白大，只能被他一路拉到院中。

众人牵着马，备好了弓箭和水袋，就要出发去打猎。绿姬想起那天打猎时遭遇的险境，顿时毛骨悚然，再联想起今早测出的大凶，吓得两眼发直。她一把拉住小白的手臂，说道："今日别去打猎了，会有危险。"

小白看着那只死命抓住自己的小手，没来由心头一热，嘴上却尽是不屑："我说你这瘸子吓傻了吧，这次我保证注意，不会弄花你的脸，别再婆婆妈妈了。"

绿姬的小脑袋摇得像个拨浪鼓，欲说还休："今天晨起有乌鸦在院子里叫，不是什么吉兆。"

小白斜眼看了看绿姬，虎着脸道："你这女人又傻又蠢，还神神道道，别浪费工夫，快上马。"

小白一脸的执拗，似在告诉绿姬，此事并没有商量的余地。可卦象上大凶的预兆又如同当头棒喝，令绿姬惴惴不安，难以释怀。

大卜一族的占卜之力，不容丝毫置疑。只是这一卦，卜的究竟是绿姬、小白，还是公子纠？或是他们共同的命运？眼下仍不得而知。

可是此刻，既然绿姬不能逃避，便只能面对了。

第十章 杀机暗藏

小院里，鲍叔牙和众侍卫翻身上马，整装待发。小白骑着小白马立于众人之前，面露扬扬得意的神色。他身着兕[①]甲，雄姿英发，太过耀眼，令人不敢直视。

绿姬却对面前的小白熟视无睹，小脑袋飞速地旋转着。大凶的卦象连爷爷都十分棘手，她一定不能掉以轻心。

绿姬央求道："为什么一定要去打猎？今日就别去了吧。"

小白瞪着绿姬："说得轻巧，不打猎，我们吃什么？你吃什么？"

绿姬指着那半露天的庖厨，说道："不是还有公子送来的吃食吗？"

小白扬扬眉："纠送来的吃食？早就吃完了。"

绿姬清潭一般的眼眸中满是难以置信："那么多吃的，才几日便吃完了？"

① 犀牛。

小白眼中闪过一丝不悦："你是吃得少，可懒丫头呢？吃得比我还多，那些粮能撑这几日就不错了。"

绿姬面上十分挂不住，小白所言不假，懒丫头正是长身体的年纪，饭量大得惊人。

懒丫头闻声从屋内跑出，她已得知上次打猎时，绿姬被小白的白羽箭伤脸的事，护主心切，小小的身子挡在绿姬身前，气鼓鼓地瞪着公子小白。

小白笑道："好个忠心护主的丫头，到底没白吃那么些粮。我只问你，若是鲁公派人来捉她，你能护她周全吗？"

懒丫头有些泄气，但仍直挺挺挡在绿姬身前。

绿姬看着身前挡着的小小身子，颇为诧异：懒丫头这次来莒国，简直像换了个人一般，全然不似从前懒乎乎的，而且很是护着自己。

小白轻笑两声，回身唤道："著山。"

侍卫中一个十四五岁的少年驭马上前，与小白马并肩而立。

小白指着懒丫头对著山道："既然这丫头忠心护主，你便把她带上，让她也跟咱们一起去打猎。"

著山驭马向前走了几步，到懒丫头跟前，伸出手，要拉她上马。

懒丫头的个头还没马背高，只见她吓得咽了咽口水，回头哭丧着脸对绿姬道："姑娘，房中还有需要收拾的东西，你和公子去打猎，万望注意安全。"语罢，懒丫头便一溜烟跑没了影。

绿姬还没来得及作声，就只见懒丫头逃遁的背影了，她不由得叹了口气：这麻利的腿脚，懒丫头着实该改名了。

绿姬可怜巴巴地望着小白，可小白一副油盐不进的模样，安然坐于马上，不容商量。

硬的不行来软的，绿姬央求道："我今日身子不舒服，能不能不去？"

小白睨着绿姬，问道："不舒服？你哪里不舒服？我看你早上喝了一大碗粥，分明舒服得很。”

绿姬磕磕巴巴地说道：“我……我就是……那个……反正不舒服，不方便告诉你。”

小白还欲逼问，鲍叔牙打马上前，清咳两声：“公子，男女有别，有些事……你不曾经历，自然也不会懂。”

听了鲍叔牙的话，绿姬一怔，难道鲍叔牙以为她……绿姬的小嘴张得圆圆的，鲍叔牙到底是大夫，懂得蛮多的嘛。

小白半眯眼看着绿姬，这是他生气的前兆。绿姬有些摸不着头脑，即便是她真的来了月信，小白又何必生气呢？

小白目光一转，眼神森冷得犹如利剑。绿姬一哆嗦，恍惚间，眼前看到的不像公子小白，而是神情肃杀的公子纠。

小白厉声道：“荡妇！你怀孕了？纠的？”小白问得义正词严，执马缰的手却微微发抖。

不承想自己竟被他如此曲解，绿姬又羞又恼，气得直跺脚：“你胡说什么！我和公子之间是清白的！”

小白的脸上这才恢复了几分人气，不再冰冷吓人，他回头瞥了眼鲍叔牙，没有说话。鲍叔牙整个人都僵住了，这可并非他本意啊。

小白没了耐心，不再多言，打算像那天一样，把绿姬强行抱上马。绿姬正在气头，身子扭得糖泥一样，说什么也不肯上马，双脚则像种在了地上一般。

小白人在马上，使不出全力，他一怒之下翻身下马，一把横抱起绿姬，将她面朝地横挂在了马背上，而后飞速翻身上马，二话不说扬起马鞭，绝尘而去。

绿姬吓得尖叫不已，却丝毫不敢乱动，生怕自己坠下马去，她小脸涨得通红，被颠得直想吐，还未来得及感到眼睛酸涩，眼泪已夺眶而出。

鲍叔牙看着小白策马而去的背影，羞愧得想撞墙。粗鲁、蛮横，这就是他教出来的好公子。更让他无言以对的是，小白没有母亲，而且他自小在男人堆里长大，丝毫不懂男女大防，这让他这个做师父的怎么教？

小白马狂奔了好一阵，出了莒城，小白才终于勒马，放下了已经腿软头晕、狼狈不堪的绿姬。

绿姬踉跄站稳，气恼至极，一记粉拳重重地打在小白身上，小白面无表情，冷道：“跟不跟我去打猎？”

绿姬双唇已无血色，嚅动了两下，本想倔强地拒绝，微微颤抖的身子和翻江倒海的吐意却让她发不出声，最终还是不争气地点了点头。

小白的面色缓了三分，拉她上马之后缓缓打马，小白马轻盈地跑了起来，绿姬面色渐渐复原，终于不那么难受了。

见绿姬不说话，小白叹了口气。带上她，最麻烦的就是自己。可是不带她，又怎么能保证她的安全？

前方有一条小溪蜿蜒流淌，是小白他们打猎的必经之地。绿姬眼珠一转，计上心来，以商量的口吻道：“打猎总是那些蠢物，好没趣，我们不如去捉几条鱼吧？”

小白看都没看绿姬，便直接回绝：“捉什么鱼，男人骑马打猎，天经地义，谁要挽着裤脚去河里瞎摸索。”

小溪近在眼前，鲍叔牙等人的马蹄声越来越近，再晚就来不及了。绿姬的小脑袋瓜飞速地旋转着，她灵机一动，央求道：“今天是我生辰，在家的时候爷爷年年都会给我做鱼吃……”

小白从未听她提起过家人，身子陡然一僵，执鞭打马的手停了下来，低头问道：“当真是你生辰？”

绿姬不会说谎，长睫毛不住地发抖，眼神闪烁，薄唇与皓齿直打架：“当……当真。”

小白勒紧了缰绳，小白马一声嘶鸣，停下了脚步。小白翻身下马，伸手接下了绿姬。绿姬见计谋得逞，不禁眉飞色舞，巧笑嫣然。

鲍叔牙一行此时恰好赶来，纷纷勒马，不解地看着小白。

“你们去打猎吧，我和瘸子去捉几条鱼。”小白边说边挽起了袖口。

侍卫们皆一脸茫然，不明白公子小白为何忽然要捉鱼吃。鲍叔牙的目光在绿姬与小白间兜兜转转几圈，点头笑道：“也好，只是公子和绿姬姑娘，万望注意安全。”

语罢，鲍叔牙即刻打马，向林间疾驰而去，原本还有些犹豫的侍卫见状，都追了上去。

绿姬长舒了一口气，这小溪清且浅，没有急流旋涡，远离飞鸟走兽，应当不会有危险了吧。

公子小白见绿姬站在一旁发愣，唤道：“瘸子，愣什么？快脱鞋下水。”

绿姬一怔，方才那招只是缓兵之计，她可没有真打算下水摸鱼。

小白见绿姬依旧戳在那里不动，唬她道：“你脱不脱？不脱我帮你脱了。”

绿姬赶忙服软，摆手道：“我是个瘸子，怎么能下水呢？”

小白此时已经挽起裤脚跳进溪水之中，听绿姬如是说，小白眯起眼，不悦道：“那你还要吃鱼？就是让我帮你捉？”

绿姬看出小白动了气，赶忙转移话题：“啊，那个……咱们好像没有带桶，捉了鱼怎么带回去呢？”

小白傲然矗立于水中，溪水才过膝盖，他如星般的双眸瞪着绿姬，目光如炬。

绿姬见小白不买账，生怕他再作践自己，低着头，搓着手，像个做错事的孩子，可怜兮兮的。

见这情形，小白没来由地心一软，怒气去了大半，无奈地对绿姬道：“小白马侧边系着个瓢，你把它摘下来吧，放几条鱼正好。”

绿姬见小白消了气，小脸一下子就笑开了，且笑盈盈地跑到小白马身侧，解下木瓢，提了过来。

小白看似在注意溪流中的鱼群，实则却在偷眼看着绿姬。她的腿基本康复了，走起路步态轻盈，婀娜多姿，不复初见时一瘸一拐的笨模样。

小溪水清澈而冰凉，仿佛能涤荡灵魂。小白安下心来，专心致志地看着鱼群，一动不动。

绿姬不敢吱声，跪坐于草地之上等他。朝阳晒过青草的气息萦绕在鼻间，蝴蝶成双入对，闪动着翅膀翩跹而过，绿姬大气不敢出，盯紧了水中过往的鱼群。

鲁国宫殿内，公子纠沐浴着晨光，看着来往忙碌的宫人，他似乎觉察到有几分不对劲。但究竟哪里不对，他却说不清楚。

大兴赶着马车，跋涉百里，终于回到了鲁宫，还牵着已完全康复的“疾如风”。“疾如风”见到公子纠，很是欢欣，愉悦地嘶鸣了一声。

大兴上前行礼道：“公子所交代的事情俱已办妥，请您放心。”

公子纠却没什么反应，冷眼看着大兴，神色中满是疑惑。

大兴十分不解，躬着身子不敢动。公子纠忽然轻呼一声：“糟了。”他疾步冲向侍卫们的房间，打开房门，里面空无一人。

而后，公子纠又疾步赶往管仲的卧房，一样空空如也。

公子纠脸色铁青，没有一瞬迟疑，他疾步走到“疾如风”身侧，潇洒地翻身上马，策马扬鞭，疾驰而去。

大兴跟随公子纠十余年，他印象中的公子纠，总是温文尔雅，行事稳重。如此慌乱的公子纠令大兴不敢怠慢，他麻利地卸下马车，跨上骏马，也追了出去。

小白站在溪流中，一动不动地望着水面，连气息都放得极缓，像一只匍匐着等待猎物的狼。那如同刀刻般俊俏的侧脸和无比专注的神情落在绿姬眼中，倒让她多了三分愧意：她哄骗他，说今日是自己生辰，他竟如此认真地去捉鱼，毫不怠慢。绿姬心头一暖，只觉公子小白也没有那么惹人讨厌了。

正当此时，一条大鱼悠然游到小白面前，似乎是将他戳在水中的双腿认成了木桩，丝毫没有察觉。小白看准时机突然出手，势如疾风，稳稳地将大鱼抓在了手中。

绿姬不由得喟叹一声，清潭一般的明眸中起了几分崇拜的意味。小白满面自得地笑着，跨步上岸，向绿姬走来。绿姬赶忙伸出瓢，等着小白把大鱼放进瓢中。

小白看着狸猫似的紧盯大鱼的绿姬，起了玩心，佯装把鱼放入瓢内，假动作一晃而过，将鱼送到绿姬面前。大鱼扑腾得正欢，河水甩了绿姬一脸。绿姬吓得跳了起来，赶忙用宽袖拭去脸上的水，愠怒地看着恶作剧得逞后得意扬扬的小白。

不远处悠然自得的小白马忽然狂叫一声，绿姬未来得及回头看，就连人带瓢被小白扑倒在地，与此同时，绿姬只觉自己头顶有一阵风呼啸而过，便立即明白发生了什么，心凉了一大半。紧接着，一声闷响，一只黑翎箭牢牢钉在了他们身后的大树上。

绿姬吓得整个身子都是木的，可脖颈处传来的小白的呼吸却温热又均匀，绿姬难以想象他究竟有多么强大的意志，才能在如此境遇中临危不乱。

小白在绿姬耳边轻声道：“我数三下，一起起身，先到树后躲起来。”

绿姬强摄心神，想发声却发不出，声带似乎已经僵住，她只能重重地点了点头算作答应。

小白轻数三声，拉着绿姬起来，团了几次身之后，两人安然转到了大树后，几乎同时，大树的正前方顷刻间便被飞来的箭矢扎成了筛子。

小白看着身边抖成一团的小人，轻轻握住了她的手。绿姬看着那璨如星辰的眸子，狂乱的心跳逐渐平复了几分。

小白开玩笑说：“还好你的腿已经恢复了，不然拉着个瘸子，我肯定早死在他们箭下了。”

绿姬瞪了小白一眼，眼下什么情形了，他还有心情开玩笑？小白俊脸上那抹迷人的笑让绿姬生不起气来，反令她多了几分安心。绿姬清楚地看出，小白眼底没有丝毫的畏惧，竟然还有几分兴奋。

小白在树后暗中观察着：箭矢来自小溪对岸的森林中，此时流云遮天蔽日，林间晦暗阴森，瘴气流岚盛行，什么也看不真切。

既然如此，小白索性朗声开口问："来者何人？既然有胆行刺本公子，为何不以真面目示人？"

对面许久没有回声，小白微微伸头查看，还未探出些许，只听得嗖嗖嗖几声，又有数支箭矢破空而来，与小白身擦身而过。

小白哑然失笑，惊出一身汗。绿姬满面惊恐，紧紧地抓着小白的胳膊，将他抓得生疼。

小白故作轻松道："未被他人射死，要先被你捏死吗？"

绿姬这才撒了手，满心不甘，她还有许多未尽的事要做，决不能葬身于此。

小白马嘶吼了几声，往小白处狂奔而来，林子那头箭矢喷薄而出，从小白马周身擦过，它雪白的脖颈上被擦出一道殷红的伤疤。

小白吹着口哨，怒斥道："小白马，藏进林子里去！"

小白马又嘶吼了一声算作抗议，依然扬蹄奔来。树林那端，万箭齐发。

小白吼道："快去！"这一声大喝在空旷的林间，显得格外惊心动魄，小白马到底听了话，迅速藏身于不远处的一棵参天大树后。

见小白马安全了，绿姬和小白都松了口气。

小白侧身看着绿姬，轻笑道："你安心待在这里，我去小白马那里取我的弓箭。"

小白躬身欲走，却被绿姬死死拉住袖口。小白略有些惊讶地回头，发现绿姬轻咬着薄唇望着自己，眸中满是担忧。

看到绿姬担心自己，小白心里有种说不出的温暖和畅快，他轻轻握住绿姬的手，说道：“放心。”

绿姬轻轻点了点头，松开了手。此刻他们二人是一条藤上的蚂蚱，她除了相信小白外，没有别的选择。

一眨眼，小白如同离弦的利箭，身手十分矫健地迅速冲向小白马的位置。

小白马明明近在眼前，却又仿佛远在天边。

对面林中幽暗处又是一阵万箭齐发，箭雨倾盆。

绿姬浑身发抖，恐惧令她想闭紧双眼，另一种情绪却迫使她将眼睛越瞪越大，死死锁住箭雨中小白的身影。

曲阜城外，公子纠牙关紧咬，急急打马，“疾如风”飞驰如风。大兴紧随其后，不敢有丝毫怠慢。

管仲和其他侍卫昨日晚饭后就已偷偷出发，他们的坐骑并不逊色于“疾如风”，可日行千里，此时只怕已到莒国城郊。

绿姬身上大卜一族的通天之力令管仲垂涎又忌惮，而小白，则是公子纠夺位路上的一块绊脚石。

不知道管仲是否会对他们不利，公子纠心急如焚，只恨自己不能插翅而飞。

他能赶得及去救绿姬和小白吗？公子纠心中没底，打马的手更是加快了频次。

春末夏初好时节，又是清晨好韶光，公子纠却丝毫无心于沿途风光。大兴十分勉强才能追上公子纠的速度，他心头有几分震撼：究竟出了什么样的事，居然把淡泊如水的公子纠逼成了另一个人？

仿佛过了几生几世，小白终于抵达小白马藏身的参天大树之后。没有片刻犹豫，小白扯下大弓，单膝跪于地面，挽弓如满月，白羽箭一支接一直射出，飞向了小溪对岸的幽林中，林中随之传来几声倒地的闷响。

小白不敢放松，用大弓挥落迎面飞来的黑翎箭，随后逆着扑面而来的箭雨连放数箭，又有几声倒地的响声传来，飞来的箭矢也随之暂停。

绿姬看着不远处仍保持着跪姿的公子小白，佩服得五体投地：他竟然能在完全看不见对手的情况下，根据来箭的方向，一举歼灭敌手。难怪公子纠雕了落日弓送给公子小白，只怕公子小白与后羿相较，也是有过之而无不及吧。

此时的绿姬已经大大松了一口气，小白却仍保持着警惕。有了上次打猎的经验，看到警醒的公子小白，绿姬马上站起身，不敢有丝毫怠慢。寂静的林间，只剩下了二人的呼吸声。

过了良久，公子小白也长舒了一口气，随即笑着起身，走向绿姬道："你可真是个胆小鬼，脸都吓绿了。"

绿姬撇嘴气鼓鼓地瞪着他，心头那丝丝缕缕的崇拜之意，也在他的取笑下荡然无存了。

通天脉猛地一痛，绿姬眼前发黑险些要倒。头顶正上方传来绿叶的簌簌声，绿姬强撑着向上一抬眼，竟看到一个身着皂色短袍的刺客手持一把短剑，从头顶树冠处呼啸而下。

小白大惊，疾步跑上前来，绿姬瘦弱的身子离他不过丈余，但那把锋利的匕首，已横在了她白皙的脖颈间。

第十一章　以命相搏

鲍叔牙和侍卫们此时正在林间打猎，丝毫不知不远处公子小白和绿姬所遭遇的重重危机。鲍叔牙手下这一众侍卫虽然人数不多，年纪不大，却个个骁勇善战，箭法极精。即便小白不在，众人也斩获颇丰。鲍叔牙跟在众侍卫身后，乐得清闲。

这次留公子小白和绿姬一同捉鱼，乃是他顺水推舟之举。鲍叔牙捋着胡子，笑容里有三分得意。

公子小白样样都好，虽一副玩世不恭的样子，却文治武功样样出色，唯有一件，一直让他这做师父的十分无奈：没有野心。即便公孙无知弑君夺位，公子小白被迫出逃，他也依然没有觊觎那个位置，反倒觉得恢复正统的担子应当落在公子纠身上。

好在如今来了个绿姬姑娘，与公子纠有千丝万缕的关系。更重要的是，公子小白也对她产生了不一样的情愫。鲍叔牙情不自禁地弯弯嘴角，心里想着：这个绿姬，或许能够使公子小白迈出这关键的第一步。

这头鲍叔牙的如意算盘打得噼啪作响，那头公子小白和绿姬却是险象环生。

利刃已无限逼近绿姬白皙的脖颈，她紧靠着参天大树，没有任何逃脱的空间。

绿姬仿佛闻到了死亡的气息，心中所有的惶惑与不安都瞬间变得苍白，她绝望地闭上眼，等待匕首刺破喉咙的血腥与痛感。

喷涌而出的热血洒在脖颈间，比水流厚重，缓缓淌过，却没有一丝痛感，绿姬诧异地睁开眼，只见公子小白不知何时已横在自己身前，覆着软猬甲的右上臂举着，上面扎着那柄索命的利刃。刺客全身的力气都凝聚在这小小的剑刃之上，刀刃穿破甲胄，深深地刺入小白的臂膀。公子小白眉头微皱，冷汗抑制不住地顺着光洁的额头往下淌。绿姬不承想，公子小白竟会以区区凡胎挡剑，她整个人都傻在了原地。

没有片刻犹豫，小白握着从白马处取得的短剑，对准刺客的腹部，全力一刺。刺客发出一声低吟，小白大力一踹，将刺客踢出一丈开外，重重落地。

绿姬赶忙上去搀住小白，用小手紧紧捂住他右上臂那道血肉模糊的伤口，想为他止血，可汩汩的鲜血仍顺着她双手的指缝不住下淌。小白面色苍白了几分，不复平时那般飞扬跋扈，目光也有些涣散。

无暇顾及旁事，绿姬哧的一声用力扯下裙裾上的一大片锦缎，迅速绕在了小白右臂的伤口上，减缓了血流出伤口的速度，只是可惜了公子纠送来的桃花裙，其上绣着的点点桃花已经被小白的鲜血完全浸没。

小白细细打量着地上的刺客，出声质问："你是公孙无知的人？"

绿姬一怔，本以为是鲁公派来的刺客，没承想，竟是篡位的公孙无知按捺不住，意欲斩草除根。

那刺客濒死，瞳孔散大，眸中却带了几分狡黠，毫不沮丧，反而发出令人毛骨悚然的笑意。小白蹙蹙眉，还未形成思绪，只听身侧两棵大树那里传来沙沙声响，又有两名刺客从树上跳下，稳稳落地，手握短剑向小白和绿姬慢慢逼近。

本以为干掉了刺客，没承想还有后手，难怪那刺客死死抓着小白的短剑不肯松。

小白眼明手快，用未受伤的手从地上拾起方才用过的大弓，将绿姬瘦弱的身子死死护在身后，眼中毫无惧意。

突然，两刺客一齐挥刃冲向小白。小白右手横过大弓抵住左边一人，令其无法近身。但那刺客不甘示弱，张牙舞爪胡乱刺来，小白一闪身让刺客扑了个空，随即用膝盖狠命踢向他大腿的侧面。刺客被踢倒在地上，满面痛楚，无法起身。

右路刺客见机行事，趁小白对付左边时再次刺向小白下腹。绿姬赶忙抓起地上的灰，一把撒向那人。刺客猝不及防，被迷了眼睛，不由得连连后退。

不承想那傻女人也有这般机灵的时候，小白欣慰一笑，迅速将大弓套过右路刺客的头颈，用力拧住，刺客的脸霎时涨得通红，不甘心地用手去抓大弓，双脚直踢。

右边的刺客快被小白拧断了脖子，整个人都青筋突起，很是可怖。绿姬不敢直视，转而盯着左边的刺客。

左边刺客好容易缓过神，再度扑向小白。小白双手握住快被绞死的刺客的脖颈，大力举起，将其当作肉盾，挡住了左边刺客的进攻。

一计不成，又生一计，见小白难以对付，刺客转而刺向他身后的绿姬。小白随手撂开了手中的人肉盾牌，猛一挥弓，打掉了左路刺客手中的短剑，从后方死死抱住他，不让他有机会接近绿姬。

流失的血液开始夺走小白的力量，让小白难以发力，两人相持不下。方才险些被勒死的刺客顾不上喘气，慢慢从地上爬起，小白的后背完全暴露。绿姬见小白有难，不顾一切搬起地上的石头砸向刺客，却并未砸中。

小白喘着粗气，抱着刺客试图转过身来，可那刺客拼命挣扎，令小白无法动弹。小白大喝一声，将那人往前一推，大力踹其后背，刺客立仆于地。由于失血过多，小白眼前已经隐隐发黑，气力大不如前，那刺客显然并没有遭受毁灭性的打击，又再度爬起来，同另一名刺客一道猫腰上前，目露凶光瞪着绿姬和小白，手中晃着尖利的匕首，十分吓人。小白仍执拗地挡在绿姬身前，面上一丝血色也无，眼前黑得厉害，随时都有可能栽倒在地。

纵使再英勇神武，仅凭赤手空拳，又如何能斗得过公孙无知万金请来的刺客。小白虚弱一笑，脸庞上显出平日里难见的伤怀之美，那一瞬，连冷血的刺客似乎都动了恻隐之心。

当下人为刀俎我为鱼肉，想到这次怕是难逃一死，绿姬反而没那么怕了。她为着盖世英雄而来，如今虽未能如愿，可英雄出世无人能挡，匡扶王室，拯救万民，她虽不能亲眼得见，却坚信定无人能推着历史的车轮倒转。

小白突然开了口，笑道：“今日得见二位壮士，本公子无比荣幸。只是你们损失惨重，仍未能杀我，想必也不想回去交不了差吧？”

两名刺客立耳听着，双目依旧紧紧地盯着小白和绿姬，不敢有丝毫懈怠。

“不如这样。我身后这名女子，与我非亲非故，只要二位壮士肯放她一条生路，本公子便束手就擒，但凭二位取我项上人头，回去领赏复命。”

绿姬满面惊讶地看着小白，他是何等骄傲倔强的一个人，认识他时日虽然不长，却从未听他说过软话。如今竟然为了自己甘愿束手就擒，慷慨就义。

两名刺客面面相觑，似乎有些犹豫。小白趁此机会，回头推绿姬道：“快跑！骑上小白马！快！”

见绿姬仍没动，小白转身，一把将绿姬推得后退几步，随后张开双臂朝两名刺客扑上去。刺客见小白执意寻死，不客气地举刀，刺向小白的胸膛。绿姬感觉自己浑身的血液都冰封了，强烈的哀痛感山呼海啸一般涌来。

嗖的一声，一支长羽箭飞来，生生穿过那刺客持短剑的手，短剑掉在地上，那两刺客还未来得及反应，就被紧接着飞来的几支长羽箭贯穿了身体要害，一命呜呼。

峰回路转太过突然，绿姬和小白皆有些回不过神来。

太阳升至半空，又通过溪水反射出刺眼的光晕。绿姬颤抖着手，揉揉眼，看到小溪对岸，管仲正带着公子纠的一众侍卫，骑着高头大马，手持大弓，箭锋直指着他们。

小白眼前一黑，踉跄了一下，绿姬赶忙上前扶住他。小白挂着虚弱的笑，高声问道："管大夫，此番前来，是敌是友啊？"

相隔太远，管仲脸上的神情令人看不真切，小白却是一脸云淡风轻，似乎早已将生死荣辱置之度外。

管仲没有立刻回话，隔着河，打量着绿姬和小白，半晌后，他笑着回道："公子说笑了，今日管某带手下出城围猎，追逐猎物至此地，路遇公子有难，略尽绵力罢了。"

小白微抬抬手："既然如此，便多谢管大夫救命之恩。"

绿姬定睛看了许久，一群人中不见公子纠的身影，她的小脸上不禁起了失望之色。

"不敢，危难已解，管某也该告辞了，劳烦公子代我向尊师问好。"管仲一拱手，率众回身打马而去，没有片刻停驻，一眨眼的工夫，便消失在森林尽头。

小白面色极其难看，额上冷汗涔涔，薄唇更是一丝血色也无，他虚弱地对绿姬道："趁他们未反悔，快走。"

绿姬忙去树后牵出小白马。小白失血过多，身受重伤，跨马跨了好几下，都没能翻身上去。

绿姬站到小白马旁边，躬身对小白道："踩着我，上马。"

小白虚弱一笑："踩你上马？就你这小身子，我不得把你踩吐血？"

绿姬拧着眉头，小脸上苦巴巴的："只是权宜之举，顾不了那么多了。"

小白没有理会她，拼尽全力翻身上了马，虚弱的笑容中满含得意，伸手又将绿姬拽上了马。

这一使力不要紧，小白更加虚弱了，大口大口地喘着粗气，方才已止血的伤口，此刻又开始鲜血涌动。

绿姬嗔怪道："你看你，偏要逞强，又开始流血了。"

小白却满不在乎地一笑："流就流吧，即便如此，我也不能伤你。"

绿姬闻言，心头一震。小白却没再说什么，强撑着一口气，速速驭马回了莒城。

才进小院，小白就从马背上坠了下来。绿姬吓坏了，不顾一切跳下马查看小白的伤情。小白怕鲜血染在地上，挣扎着起身，踉踉跄跄朝自己的卧房走去。

绿姬赶忙追上，扶着他进了房间。这是绿姬第一次来小白的卧房。进来之后，她才发现这间屋子四壁之内只有一张旧榻、一张破案、几张席、几卷书而已。这哪里像个公子的房间，连普通下人的都不如。

绿姬扶着小白躺在宽榻上，他的脸色越发苍白，印堂隐隐发黑，绿姬明白，眼下最重要的便是给小白止血。

小白虚弱地说："榻下木盒子里有止血草，你去拿臼子把它捣成泥。"

绿姬想起脸伤时小白给她敷的草药，很是管用，赶忙依他所言，翻出止血草，然后噔噔噔地跑了出去。

没过多久，绿姬又噔噔噔地跑了回来，手中还抱着臼子。

小白撑着一口气，坐直了身子，解下了伤口处包着的布条，又三下五除二脱下了上身的麻褐。

绿姬尖叫一声，赶忙闭了眼，手中的臼子险些打翻在地："不好好上药，你脱衣服做什么？"

看到绿姬红彤彤的小脸，小白苍白的脸上泛起几丝坏笑："我伤在大臂，不脱了怎么上药？再说了，你又不是没看过。"

绿姬气急，却没心情争辩，只是惦记着他身上的伤。于是犹豫再三，她还是睁开了眼。

这长长的一道伤痕，刀口极深，周边仍不停地渗血，脱了上衣后，屋内血腥气极重，熏得绿姬直想吐。绿姬忍住血腥气，屏息凝视，排除杂念，开始给他上药。

门外传来一阵马蹄声，鲍叔牙等人打下了野鸡和山羊，满载而归，看到小白马没进马棚，而是在院内遛得正欢，不禁起疑，忙向公子小白的房间走去。

绿姬听到动静，把臼子往榻上一撂："你师父他们回来了，让他们给你上药吧……"

绿姬话音未落，小白却一把捂住了绿姬的嘴。

"公子"。鲍叔牙一边喊着一边推开了房门，却见小白将绿姬揽在怀中抱得紧紧的。

原来小白是借拥抱的姿势用绿姬的身子挡住了自己大臂上的伤口。如此近距离地感受到小白赤裸裸的胸膛随着呼吸起伏，绿姬异常惊慌，脸红到了耳朵根。

这一幕真是令鲍叔牙太过震惊，他仓皇间退出了房门，将手压在胸口，边走边发呆。公子怎么突然开了这么大的窍？鲍叔牙百思不得其解。

听到鲍叔牙真的走远了，小白终于松开绿姬，却立刻被恼羞成怒的绿姬一拳凿了过来。小白下意识要躲，无意中牵动了他右臂的伤口，哎哟叫了一声。

小白趁机死皮赖脸道："你先别恼，我不是故意占你便宜，只是我不想让师父知道我受伤的事。"

绿姬诧异道："这是为何？你伤得那么重，怎么瞒得住？"

小白的脸上浮现出几丝不耐烦的神色："我师父絮叨得很，婆婆妈妈的，从小到大每次我受伤，他都唉声叹气。"

绿姬撇嘴笑道："你师父那是关心你，你可真不知好歹。"

小白微微叹口气："随你怎么想吧，只是这一次，伤我的是公孙无知的人，师父会很担心，说什么也不能让他知道。"

小白的话虽不中听，却也是为鲍叔牙考虑。绿姬知道他用心良苦，便不再争辩，点头算作答允。小白见绿姬答应了，忙赖道："那就劳烦你每日来给我换药了。"

绿姬瞪大眼，这样费力不讨好的差事，怎么又落在她头上了？

小白眯着眼，指着右臂血肉模糊的伤口："怎么，你不愿意？我好歹也是为你捉鱼才受伤的，你不说报恩，起码也该出点力吧？"

此事确实与她说谎有关，绿姬心虚，只得一口应承下来。

包扎伤口的当儿，小白因失血过多，径直躺在榻上昏昏欲睡。绿姬还是不放心，轻声问："流了这么多血，可要找个郎中看看？"

小白迷迷糊糊，已然睁不开眼，含混不清地回道："找什么郎中，睡一觉就好了。"

绿姬还欲出言相劝，却见小白呼吸均匀，双眼紧闭，已经睡着了。他的脸色因失血而苍白，长长的睫毛随着均匀的呼吸而微微颤抖。不同于以往的飞扬跋扈，此时的小白脆弱无力，像个婴儿一般。

绿姬端详着他，这样的小白，倒更像他的哥哥公子纠。想起公子纠，绿姬心头多了几丝怅然。今日她见到了管仲与公子纠的一众侍卫，却唯独没有看到公子纠本人，也不知他的境况究竟如何？虽然听大兴说他一切都好，绿姬心中仍是惴惴不安。

绿姬掏出怀中珍藏的佩玉，摩挲着，轻轻叹了口气，正在睡梦中的小白突然翻了个身。绿姬赶忙收起佩玉，从房中悄然退了出来。

众侍卫正在处理着猎来的牲畜，磨刀霍霍。鲍叔牙则坐在槐树下看书，看到绿姬从小白房内走出，他脸上似笑非笑的，神情极为奇怪。绿姬不敢直视鲍叔牙，径直快步走进了懒丫头的房间。

方才回来时，绿姬并未看到懒丫头的身影，想起管仲带人来过莒国，绿姬很担心她的安危。

走进懒丫头的卧房，只见她躺在榻上，睡得正香，小脸红扑扑的，煞是可爱。绿姬松了一口气，拍了拍懒丫头的小脸，轻唤道：“懒丫头，懒丫头。”

懒丫头迷迷糊糊醒来，看到绿姬，小小的身子噌地从榻上坐起：“姑娘，你们这么快就回来了。”

绿姬笑道：“是啊，回来时未见到你，我还担心你呢。”

懒丫头难为情地挠挠头，灵巧地下榻道：“姑娘饿了吧，我去给姑娘做午饭。”

管仲率领一众侍卫策马回曲阜，他冰山般的面庞上挂着一抹难以捉摸的笑。从刺客出手刺杀公子小白伊始，他们一行人便藏匿在旁，坐山观虎斗，欲伺机而动。

当管仲看到公子小白誓死保护绿姬时，他便一下断了捉绿姬回鲁国的念头。

管仲是齐国大夫，也曾是商人。如何维护公子纠的利益，助公子纠步步为营，争得齐国君位，是他的不二使命。

侍卫们十分不理解管仲的所作所为，个个神色恹恹，他们策马疾行一昼夜，竟然只为了替公子小白解围？但看管大夫的神色，事情应当没那么简单。可他们不敢问，只能闷头骑马，追随着管仲的节奏，快马加鞭地往鲁国都城赶。

莒城小院里，懒丫头看到瓢中游得正欢的一条胖鱼，咽了咽口水：“姑娘，是让我杀鱼吗？”

绿姬面露惭愧的讪笑："我想做鱼汤，自己却不敢杀……"

懒丫头看了看大鱼，又看了看绿姬，拍胸脯道："姑娘放心，既然是姑娘要吃，我就一定帮你做好。"

懒丫头从瓢中捉出大鱼，手一滑差点给撂了出去。这鱼力道极大，又滑又腻，懒丫头力气小，几乎捉不住。她赶忙将大鱼按在案板上，左手扶鱼右手捉刀，眼一闭，心一横，一刀下去，没切到鱼，反倒差点把自己的手指剁掉。绿姬在一旁看得吓出一身冷汗，急忙上前阻止，生怕懒丫头伤到自己。

懒丫头讪讪道："抱歉，姑娘，我确实没做过鱼……"

在老井旁正劈柴的，是小白的侍卫著山。见懒丫头要杀鱼，著山撂下斧头，大步走进庖厨，劈手夺下懒丫头手中菜刀，啪啪两刀，案板上的鱼头和鱼身顷刻分离。他麻利地开膛破腹，揪出鱼鳃，又刮掉了鱼鳞。

绿姬和懒丫头皆看傻了眼，连道谢都忘了。著山将收拾干净的鱼块丢进铜鼎烧热的滚水中，回头望着懒丫头，不屑道："蠢货。"

懒丫头气得一蹦三尺高，怒道："你骂谁？"

著山却不理会她，走回柴火堆旁，继续劈柴。

绿姬看着乌眼鸡似的懒丫头和神色淡淡的著山，差点笑出声，可她也不好出言偏帮，只好专心做鱼汤。

今日小白舍命相救，着实让绿姬感动又震撼。可管仲的出手相救与鲍叔牙的似笑非笑，都让绿姬嗅到了几分不同寻常的意味。

他们各自打的什么算盘，绿姬不得而知，可她十分清晰地看出自己已深深陷入眼前这个迷局，不能自拔。

第十二章 通天灵脉

绿姬姑娘亭亭玉立，穿着桃粉色的裙裳，纤腰素服，站在半露天的灶台旁熬着鱼汤，玉一般的小手握紧了汤匙，轻轻搅动着。

这简简单单的动作，美得如梦似幻，身后几棵柳树也不知不觉间软了枝条，似是也为她倾倒。

懒丫头在一旁追着著山吵架，著山却不理不睬；鲍叔牙懒洋洋地坐在树下看书晒太阳，昏昏沉沉，垂头欲睡；其他侍卫正磨刀霍霍，烹羊宰牛。小院中一片和乐气氛，春光正好。

但这和乐中还透着隐隐的怪异：众人皆时常有意无意地瞥绿姬几眼，无一例外。

难道方才自己跟公子小白抱在一起的事，已经被鲍叔牙传出去了吗？绿姬脸颊绯红，又羞又恼，可她转念想想，鲍叔牙虽然实在啰唆，却不像爱传闲话之人，何况此事传出去，对公子小白也没什么好处。

绿姬的小脸上尽是费解，她低头搅鱼汤时无意间瞥见了自己的裙摆，便即刻明白了众人的疑惑：方才在林中，为给公子小白包扎，她生生扯烂了裙摆，众人不知前情，自然要浮想联翩。

难怪他们的眼神里透着若有若无的暧昧。早上出门时她穿戴得齐齐整整，捉鱼时又只有他们孤男寡女，回来时便衣衫褴褛，七零八落，还沾着零星的血迹，饶是绿姬自己都要想歪了，又怎能怪得了别人。

悠悠之口难堵，眼下能做的，就是速速换下这烂裙子。绿姬轻唤懒丫头几声，懒丫头却只顾跟著山吵架，没听到绿姬的呼唤。

就因为那一句“蠢货”，懒丫头动了大气，跳着脚围着著山理论。著山却专心劈柴，毫不理会懒丫头。绿姬好笑又无奈，声音稍高了两分。

懒丫头终于听到绿姬在叫自己，转过身来望着她，惊道：“姑娘，你的裙子怎么破了？”

绿姬大窘，原本众人只是偷眼瞟瞟，可懒丫头高声一说，众人便开始光明正大地看绿姬的烂裙摆。

懒丫头察觉到了绿姬的窘迫和气氛的怪异，急忙推她进房，拿出一套水青色的裙裳，为绿姬换上。

桃花裙再也不能穿了。懒丫头蹙着眉头，一脸可惜。但绿姬不想告诉懒丫头，自己是为着给公子小白包扎，撕坏了公子纠送的衣裙。绿姬转言道：“我去看看鱼汤煮好了没。”

绿姬走出茅屋，低头来到灶台旁，白嫩的鱼肉已经炖好，咕嘟咕嘟冒着热气。绿姬将入味的鱼肉和鲜美的汤汁盛满了陶簋，闪避着众人的目光，快步走进了小白的卧房。

小白被刀伤疼醒，歪在榻上，满面虚汗，闻见鱼汤的清香，他一下子来了精神，坐直了身子，双眼也不复方才那般迷离。

绿姬将陶簋放在榻旁，轻声对小白道：“喝了这汤，好好补补身子吧，饶是铜打的人，也受不住流那么多血。”

小白魁梧的身躯颤颤巍巍，喘着粗气端起陶簋，拿起汤匙，轻舀一勺，正欲送到嘴边，却迟疑了一瞬，又放了下来。

绿姬不解地问道：“怎么了？”

小白将陶簋推至绿姬身前，俊脸上挂着虚弱的笑：“今日是你生辰，这汤还是给你喝吧。”

绿姬垂下头，惭愧不已，不知该如何跟公子小白道歉。她畏惧大凶的卦象，扯谎阻止小白去打猎，却阴差阳错，促成了刺客行刺，害小白身负重伤，当真是天命难违。

小白并未察觉出绿姬的不自在，苍白的脸上泛起一丝笑意：“其实，今日也是我生辰，只是已经许久没人记得了。”

绿姬惊讶不已，看小白一本正经的样子，应当不是在开玩笑。绿姬喉间发涩，感慨万千：今日是公子小白生辰，自己却害得他身陷险境，差点就命丧黄泉。

小白将陶簋摆在二人之间：“来，我们同日生辰，便是有缘人，不必再客气推辞，一起吃吧。”

今日之事，小白没有一丝怨怪，反处处为绿姬着想。绿姬难以面对如此真挚的笑靥，轻声道：“今日不是我生辰，我唬你来着。”

果然，小白一怔，动了气。只见他瞪大眼，怒斥道：“唬我来着？你这一唬，我们可差点送了命！”

“我也不知那林中居然会有刺客……”见小白瞪着自己，绿姬自知理亏，不再申辩，垂着头，任由小白斥责。小白看她可怜兮兮的模样，不忍再训，语调软了三分，赖道：“我手伤了，拿不动汤匙，你喂我喝汤。”

没想到小白这么快就消了气，绿姬诧异地抬起眼：“你伤在右臂，左手好好的，为何要别人喂？”

小白清了清嗓子：“今日是我生辰！”

绿姬虽然心中有愧，可喂饭这动作太过亲昵，她做不来，扔下勺子道：“你不吃便罢了，院子里进了几只馋嘴狸猫，方才我烧汤时，便在一旁喵喵喵乱转，你不吃，我就拿出去喂它们了。”

小白半眯眼看着绿姬，神情愤然：“谁说不吃？你不喂我怎么吃？”

见绿姬一点屈从的意思都没有，小白本想跟绿姬耗着，却实在抵挡不住鱼汤鲜美气息的诱惑，只得拿起汤匙，边搅动鱼汤边愤愤道：“生辰，受伤，居然还要自己喝汤，真是……”

绿姬被小白逗得直发笑，扬眉问：“你怎么这么赖？你今年几岁了？”

小白放下汤匙，一本正经回道：“本公子刚满十七，正值华年，出自名门，尚未婚娶，怎么？你该不是……”

绿姬不等他说完，回声呛道：“十七？你不说我竟猜不出，还以为你只有七岁呢。”

小白听出绿姬的言下之意，也不恼，笑问道：“那敢问姑娘芳龄几何？”

绿姬知道小白要编派自己，睨了他一眼，含笑不作声。

小白饶有兴致地望着绿姬：“你不说我也知道，你定然长我几十岁，毒妇之心，故意设计陷害我。”

这一轮斗嘴两人难分伯仲。绿姬回过身，瞪着小白，欲开口回呛，谁知小白却忽然转了话题：“对了，你是哪里人？怎么会认识纠的？”

绿姬被小白问及身世，少不得又要开始编瞎话。她咽了咽口水，清清嗓子，回忆了一下当初如何对公子纠讲的，硬着头皮又对公子小白说了一遍：“我是洛阳人，本是来莒国投奔亲戚，谁知半路却被人扒了荷囊，被逼无奈，只能混进了乞丐的队伍。某日我在曲阜城讨饭，遇见了管大夫与大兴哥一行，大兴哥以为我是坏人，策马拖断了我的腿，幸好公子救了我。”

小白闻言，满心感叹：“时局混乱，你也不易，那你的亲戚呢？可找到了？”

绿姬只得硬着头皮再编：“不知，公子派人打探过，没有找到，估计是举家迁走了。”

“那你父母呢？”小白不疑有诈，对绿姬的身世极其同情。

"从未见过他们。"绿姬这句倒是实话，打记事起，就是爷爷抚养着葵与她兄妹二人，从未见过父母。

小白神色黯然，将陶簋放在榻边，叹道："原来你我是一样的人。我也从未见过我母亲，只知道她是先卫侯[①]庶出的女儿。我父亲贵为齐侯，诸事繁忙，很少管我。我是被我师父带大的。"

只见他人前嬉笑怒骂，未知他人后身世堪怜，绿姬心生不忍，忙笑着转移话题："对了，今日是你生辰，可有什么想吃的菜？晚上我烧给你吃，你也可以好好补补身子。"

"你做菜？可别把我毒死了。"小白毫不领情，面露惊恐之色。

好心被当作驴肝肺，绿姬恼了，起身欲走，却被公子小白从背后牢牢捉了手。小白赖笑道："我当真就喜欢你这倔驴一般的性子，我睡了，晚上等着吃你做的饭。"

绿姬转身欲与他争辩，谁知公子小白一撒手，转过身，倒在榻上，假装睡着了。

绿姬无奈摇摇头，起身走出房间，轻轻合上了木门。

齐鲁交界之地，公子纠驭马如风，直直撞上了正打马赶回曲阜的管仲一行人。

公子纠急急勒了马缰，一道寒光从他眼底喷出，摄人心魄，硬生生吓得众侍卫在这燥热的春末夏初打起了冷战。

公子纠怒问管仲："小白和绿姬呢？"

众侍卫大气都不敢出。要知道，管仲是公子纠的师父，公子纠一向礼敬非常。今日见了面，不行礼却直接质问，可见当真是气急了。

管仲非但未生气，反起了三分笑意："公子大可放心，公子小白与绿姬姑娘安好。"

公子纠一脸不信，他太了解管仲了，如此兴师动众，竟会空

① 指已过世的上一代卫侯。

手而返？

管仲顾左右而言他：“公子，天色不早了，早些动身吧，天黑前，还要赶回曲阜。”语罢，管仲快马加鞭，瞬间蹿出数丈远。

公子纠明白管仲的意思，策马扬鞭，追了上去。

侍卫们心领神会，与管仲和公子纠保持着一射的距离，不紧不慢地跟在他们身后。

公子纠面色如铁，低声问：“师父之前说，不欲让鲁公得到绿姬，为何还要去捉她？”

管仲边打马边回道：“公子多虑，为师今日去莒国，并非去捉绿姬姑娘。虽然她有通天之力，此时却未开解，不足为惧。”

公子纠目不斜视，紧盯前方：“师父此行，究竟所为何事？又有何斩获？”

管仲一声轻笑，语带不屑：“公孙无知到底是出手了，斥万金请来刺客，刺杀公子小白。”

公子纠神色一凛，面色陡然苍白，薄唇轻颤：“小白他……没事吧？”

管仲蹙眉颔首：“公子放心，此时一定要保证公子小白的安全。若是公子小白毙命，公孙无知的箭矢，可就要对准咱们了。”

听闻绿姬和小白安好，公子纠如释重负。管仲一摆手，一向高傲的冷脸上破天荒起了敬佩之色：“话说回来，为师今日亲眼所见，公子小白宁可舍身赴死，也一定要保全绿姬姑娘。公子以为，这究竟是为何？”

公子纠执鞭打马的手一滞，面色难再云淡风轻，他微微嚅动着双唇，半晌却说不出个所以然。

林间空余嗒嗒的马蹄声，伴着落日余晖，显得格外苍凉。

公子小白浑浑噩噩地睡了大半天，落日时分，才终于醒了过来。

房门吱的一声响，小白略抬眼，看到有个人影推门走了进来。由于失血过多，小白眼前仍隐隐发黑，看不真切，想当然以为来人是绿姬，赖声赖气道：“这么快就来了，可是本公子的晚饭做好了？”

谁知耳畔传来的不是绿姬银铃般悦耳的话语，而是粗犷的中年男声：“伤在哪里？让为师看看。”

小白猛然惊醒，一个鲤鱼打挺坐起身，避开了凑上前来的鲍叔牙：“师父瞎说什么，哪里受伤了？”

鲍叔牙冷哼一声，伸手去抓小白的右臂，一把按在伤处，疼得小白惨叫两声。

鲍叔牙瞪着眼，又气又心疼：“还说没有？到底伤得如何？快给为师看看。”

小白护着右臂，执拗道：“师父别看了。”

鲍叔牙抬手指着小白，讥讽道：“好啊，如今绿姬姑娘能看得，自己师父却看不得了？”

小白无法辩驳，可这刀口太深太吓人，小白不愿让鲍叔牙操心，扭着身子，坚持不肯给他看。

鲍叔牙见小白如此坚决，叹息道：“罢了罢了，你只告诉为师，是不是公孙无知的人？”

小白见事情瞒不住，只好大略将刺客来袭和管仲带人解围之事告诉了鲍叔牙。

鲍叔牙听了事情经过，冷笑三声：“管夷吾这老贼自然是知道，若公孙无知除掉你，下一个目标就是公子纠，权衡之下定会出手相救，只是……”

公子小白边听鲍叔牙分析边颔首，听到这句“只是”，小白被吊起了胃口，瞪着如星般璀璨的眼眸，直直盯着鲍叔牙。

鲍叔牙双眼狡黠地转了三转：“只是，以公子的反应和身手，林里那大豕突袭都能避得开，如何会避不开区区刺客？你这大臂上，如何会伤得这样重？”

这一问可真是问倒了公子小白，小白生怕鲍叔牙会怪罪绿姬，蹙着眉，缄默不语。

鲍叔牙笑出了声：“公子不必介怀，谁人还没年少过？只是为师以为，公子既然对绿姬姑娘情重，也该想办法，光明正大留她在身边才是。”

没想到鲍叔牙竟会说出这样一席话，小白傻了眼，黝黑俊朗的脸庞破天荒红了个透：“师父可别浑说，谁对绿姬情重了，我只是怕被她连累，才出手相救的。”

鲍叔牙对公子小白这激烈的反应十分满意，他捋着胡子，神情暧昧：“这可是为师第一次听到公子不称绿姬姑娘作瘸子或野嫂，而是规规矩矩叫她的芳名。”

小白躺在榻上，跷着二郎腿，一脸不屑：“不过只是叫个名字而已，又不能说明什么？”

鲍叔牙见小白仍在抵赖，拼死不肯承认，苦口婆心劝道：“公子，为师看着你长大，你的性情，没人比我更了解。你对别的女子，是正眼都不肯看，却天天惦记着戏弄绿姬姑娘，这是为何？自古英雄爱美人，公子已年过十七，窈窕淑女，君子好逑……”

小白哑然失笑，出言打断鲍叔牙的话：“戏弄她，就是喜欢她吗？我看师父和管大夫也时常相互作弄，你们俩也互相喜欢？”

鲍叔牙一口老血险些喷出，无奈道：“公子，为师知道你心中有所顾虑，只因绿姬姑娘与公子纠交好在先。为师倒觉得，不必有此顾虑。以为师之见，绿姬姑娘与公子纠并无瓜葛，何况她乃王室大卜一族，赐婚也须经王上首肯，方可作数。”

说到绿姬的身份，小白来了几分精神，不解地问道：“大补？师父，何为大补？竟然还牵扯到王上？”小白思忖片刻，又问，“可是世代为王上熬煮补汤之人？”

鲍叔牙抬手狠狠打了小白的左臂，一脸恨铁不成钢的样子：“大卜，就是为王上占卜的最高官员。公子啊，多费些心力在政事上吧。”

小白一笑，眸中带了三分宠溺却不自知："原来是卜算的卜，难怪她总是吉兆凶兆嘟囔个不停，真没想到，竟然是个算卦的。"

"公子切莫小觑，大卜一族可不是寻常卜卦之人。他们乃舜帝后裔，左手有通天灵脉，能掐算千秋万代。"鲍叔牙耐心地为公子小白解释着。

小白满面惊讶："这蠢女人有这么厉害！"

"绿姬姑娘现下还没有这么厉害，否则莫说公孙无知的刺客，就是齐国何时会有新君即位，她都掐算得出来。绿姬姑娘若有此神力，莫说公子纠与管仲，就是周围这些个诸侯国君，哪个不得趋之若鹜。"鲍叔牙眯着眼，想到此，他又推测出几分管仲的来意。

公子小白想起早上绿姬打死也不肯跟自己去打猎的事，终于理清了头绪："只是，师父是如何知道绿姬身份的？"

"不知公子可曾注意到，绿姬姑娘左手掌心处有一道长长的红色疤痕，那便是未开的通天脉。"想到这里，鲍叔牙的眼神变得十分犀利：通天的灵力，谁不想拥有？

小白想起那日，绿姬手上的通天脉，曾被他误认为伤痕，不禁笑出了声："原来如此，竟是通天脉。"

鲍叔牙半眯着眼："如此看来，公子纠救下绿姬姑娘，还对她百般呵护，恐怕另有所图。"

小白闻言一怔，神色一黯，没有接腔。

鲍叔牙还欲趁热打铁："公子……"

小白怕极了鲍叔牙的啰唆，赶忙出声制止："好了师父，思虑过多老得快，你快歇歇吧。我有伤在身，也得休息了。"

该说的话，基本都说尽了，鲍叔牙见好就收："罢了，公子好好养伤吧。"

小白一抬手，拦住起身欲走的鲍叔牙："对了师父，还有一事。你可千万不要告诉绿姬，你已经知道我受伤的事。"

鲍叔牙十分不解，但看小白神色，猜到他估计是希望绿姬每日来为他换药。鲍叔牙坏笑几声，了然于胸，起身走出了房门。

绿姬正站在残阳斜照的灶台旁给公子小白做烩五珍，无奈食材不全，她也只是将就做做罢了。

陶甑内，烩五珍散发出亲切又遥远的清香。从前在家中时，总是爷爷煮给绿姬吃，现如今，却是绿姬煮来给小白吃了。

绿姬轻放下木勺，挠了挠左手手心。不知为何，通天脉突然又痛又痒，这种痛痒与往日截然不同，是一种说不出言不明的感觉。

鲍叔牙走出公子小白的房间，望着不远处灶台旁的绿姬，神情意味深长。

绿姬避开鲍叔牙的目光，端着刚做好的烩五珍，快步走进了小白的房间。

公子小白靠在榻上，回味着鲍叔牙的话：他喜欢绿姬？开什么玩笑？小白脸上露出不屑的笑容，一副对自己信心满满的样子。那女人傻笨瘸，又与兄长纠葛不清，自己怎可能喜欢她？简直是胡说八道！

绿姬推门进屋，看到靠在榻上神情奇怪的公子小白，不由得笑道：“傻笑什么呢？可是饿傻了？”

小白看到绿姬，没来由三分气短，心头蹿起了无名火：“不敲门，谁让你进来的？”

绿姬不知小白为何生气，解释道：“我以为你还在睡呢，怕你醒了饿，就……”

听了鲍叔牙的话，又见绿姬端着饭菜站在自己面前，小白竟呆了一时，脑中不由自主地将自己与绿姬想象成寻常百姓家的夫妻一般，虽然穷厄，却也安稳。小白的脸破天荒地红了，几分羞几分恼，忙移开视线，装作漠不关心一般道：“知道了，你出去吧。”

绿姬哪知道前因后果，只觉得公子小白无礼至极，面色一沉，把烩五珍撂在榻边，气冲冲走了出去。

小白揉揉额头，无比烦闷：真是的，都怪他师父鲍叔牙，没事乱说什么，搞得他倒真有几分心虚了。小白躺在榻上，辗转反侧，心中五味瓶已翻，连香气逼人的烩五珍，都无法引起他半点兴致。

晚饭后，绿姬躲在卧房内，闭门谢客。懒丫头以为她跟公子小白吵架生气了，不敢前来叨扰。

草房内，绿姬蜷身跪在草席上，浑身发抖，豆大的汗珠顺着白玉般的额角不住滚落，狼狈不堪。

绿姬盯着痒痛非常的通天脉，拼命回忆：今日是否碰到了什么异物，才搞得通天脉如此异常?

想来想去，她今日手上沾到的，除了止血草，便只有公子小白的鲜血了。可绿姬并未从大卜或葵处听说过沾血会让未开的通天脉痒痛至此，亦不知道此事到底是凶是吉。

一阵奇痒过后，又是一阵剧痛。绿姬无暇想那些有的没的，这销魂蚀骨的痛感已将她的气力折磨殆尽。为防止自己咬断舌头，绿姬颤抖着伸出手，抓住不远处竹篮内的一方绢帕，叠好咬在了口中。

又一波痛感袭来，其强烈程度远超过之前数次的总和。绿姬全身痉挛，只觉肝胆俱裂，犹如凌迟。眼前的油灯从焦黄色渐渐转黑，她来不及发出一丝呻吟，便昏了过去。

待绿姬再次恢复意识时，已是深夜。香汗浸透的锦袍被夜风吹得冷飕飕，痛感已然消失，身子却无比困乏，绿姬强撑着起身，赫然发现自己左手的通天脉已不再是一道红肿疤痕，而是变作了一道绚丽夺目的曲线，同记忆中大卜手上的通天脉样子别无二致。

绿姬满面惊讶。自己的通天脉，竟然通了。

洛阳城郊的小村中，大卜独立于朗月清辉之下，他伸出清癯的左手，看着手掌上华丽的通天脉，神情中透着几分黯然，目光却无比坚定。

命数虽可掐算，却不可回避，该来的总会来，既然不能阻止，就顺其自然吧。

第十三章　命犯六煞

太阳慢慢攀升，高悬于顶，耀眼的光芒斑斑驳驳洒在绿姬苍白的小脸上，亮光灼人，令人不适。绿姬皱皱眉，悠悠醒来。昨夜的记忆潮水一般涌上心头，绿姬一惊，猛然起身，坐直了身子。

左手掌心这一道华丽的酡红色通天脉，比日光更绚烂夺目，绿姬莞尔一笑，满足地合起了掌心。此时此刻，她终于是真正的大卜传人了。

不过，这通天脉开得当真费心力，那种彻骨之痛，实在令人不寒而栗。昨夜她饱受折磨，倒在榻上昏了过去，还未来得及使用这通天之力，今日一定要好好掐算一番才是。

绿姬握紧小拳头，捶了捶又困又酸的身子，才挣扎下榻。懒丫头推门进来，门外洒入的耀眼阳光刺得绿姬睁不开眼。

懒丫头疾步上前搀住绿姬："姑娘可算醒了，快坐过来，我给姑娘梳洗更衣。到该用午饭的时间了，公子小白已经催了几次了。"

原来此时已近晌午，绿姬赶忙洗漱停当，随懒丫头一起走出了卧房。

公子小白、鲍叔牙和一众侍卫已围坐在石台旁。看到绿姬出来，小白一副不以为然的样子，身子却有些发僵，他抬眼瞥了她一瞬，没有说话。绿姬一怔，从昨晚起，公子小白就怪怪的，也不知是撞了什么邪。

空位只剩下小白身边的两个，绿姬本打算坐离他远的那一个，谁知懒丫头抢先一步一屁股坐上了，绿姬只得挨着公子小白坐下。

众人开始用饭，也不说话。小白夹了两口菜，斜视着绿姬，不悦道："你在我这里白吃白喝也罢了，还睡到日上三竿，大伙儿做好饭等着你，你自己不觉得羞吗？"

绿姬怎会不羞，一脸尴尬："昨日确实有些疲累，今天起晚了。以后再有这样的情况，懒丫头记得来叫我起床。"

懒丫头苦着脸嘟囔道："早晨我去叫姑娘了，可姑娘睡得很沉，像圈里的小猪一样，嘴里还隐隐叫着公子的名字……"

绿姬大惊，一把捂住了懒丫头的嘴，把她嘴里的话硬生生捂了回去。

懒丫头的话很是劲爆，侍卫们都开始起哄，好奇心被大大勾起，奈何绿姬死死捂住懒丫头的嘴，不许她说下去。

小白扯开绿姬捂懒丫头的手，用臂弯死死箍住她，以其人之道还治其人之身，也捂紧了绿姬的嘴，他目射金光，盯着懒丫头："你说这蠢女人叫公子的名字，哪位公子？"

绿姬在小白的臂弯里极力反抗着，可小白铜身铁臂丝毫不为所动。

懒丫头见众人目光都锁紧了自己，十分害怕，照实回道："我……我们公子。"

小白立即放开了绿姬，铁青着脸埋头吃饭，好像什么都没发生一样，握着筷子的手上却暴起了青筋。

绿姬终于被放开，大口喘着粗气。她狠狠地瞪了小白几眼，暗骂道：真是个爱作弄人的浑蛋！

心事被无端曝于众目睽睽之下，绿姬又羞又恼，也端起碗，遮住脸，埋头吃饭。

懒丫头看看绿姬，又看看公子小白，吓得要哭。她是不是说错什么话了？公子小白的脸色，简直比拉稀三天三夜的人还难看。

坐在懒丫头正对面的著山，抬起脸，挑衅地看着懒丫头，不出声，看口型似说了一句“蠢货”。

懒丫头登时怒了，可两位主子脸色都不好看，她不敢与著山对骂，只得伸伸脖子，生生咽下了这口气，饭碗往前一推，不用吃便饱了。

鲍叔牙一直暗暗观察着公子小白和绿姬的神情，看到小白那副懊恼样，他这个做师父的居然险些笑出声。他赶忙清清嗓子，佯装自己是咳嗽，而并非调笑。

羞恼渐渐散去，绿姬心中只剩几分感慨，不由得叹口气：原来自己竟是这样思念公子纠，连做梦都会念着他。

饭后，绿姬正欲回房，却被公子小白一把拽住。任何解释都没有，小白就连拉带拽地将绿姬掠进了他的卧房。

小白神情森冷，面色不善地瞪着绿姬。绿姬被他瞪得心慌，梗着脖子问道：“这位公子，可是谁又得罪你了？”

小白指着右臂，一脸委屈：“谁又得罪我了？是谁答应日日来给我上药的？”

绿姬一拍脑门，面露羞愧的神色，公子小白昨日受伤之事，她竟然给忘了，难怪刚才吃饭时他把陶碗放在石几上，而不用手端着，想来定是手臂还使不上力。绿姬赶忙道歉：“实在抱歉，我睡得昏昏沉沉，竟把这事给忘了。”

小白神色中满是失落：“如果受伤的是纠，你定然不会忘记给他上药。”

想到公子纠受伤，绿姬心里咯噔一下，随口接道：“公子怎会受伤呢？一定不会。”

小白脸上的失落更重了几分，浓得仿佛化不开。

绿姬自觉说错了话，忙岔开话题：“我给你上药吧。”

小白望着绿姬，神色奇异：“你转过身去。”

绿姬不明所以，原地没动。

公子小白有些不耐烦，面颊上却升起了两团红晕：“我要脱衣服，你先转过去。”

绿姬一愣，乖乖地转了过去，心中颇为诧异：公子小白的脸皮竟然变薄了，真是有趣。

绿姬看到案上摆着石臼和止血草，走上前去，背对着小白蹲下，耐心地将止血草捣成泥。

片刻后，小白说了一声“好了”，绿姬转过身来，竟看到公子小白将麻褐围在身上，只露出健硕的双臂，像女人穿着肚兜一样。

绿姬撑不住了，笑得肚子直疼。公子小白怒道：“笑什么笑，我乃太公后人，齐国公子，身份无比贵重，身体怎可轻易示人？”

绿姬撇撇嘴，笑道：“好像谁稀罕看似的。”

小白坐在榻上，幽幽道：“你自然是不稀罕。”

绿姬无暇去管他那些有的没的，耐心地给小白上好药，不多作片刻的停留，起身走出了茅草屋。

现下，通天脉已开，她有很多很多的事情想算、想问，哪里有工夫去顾及公子小白的阴阳怪气。绿姬回到卧房，紧闭房门。她心里非常激动，小手、额角和鼻尖上都冒出了细细的汗珠，绿姬深吸一口气，告诫自己必须沉住气，不能慌张。

绿姬从包袱里找出自己当日在鲁国悉心风干的桃花瓣，泡在木盆里，盆中是昨夜打的井水，澄了一整夜，此时水质甚佳。绿姬在盆中净了手，又沾染了花瓣，而后恭敬起身，对天地三叩九拜。礼毕，绿姬学着祖父的样子，盘腿坐下，掐指算了起来。

盖世英雄究竟是谁，现在何处，是她第一关心的事。

绿姬蹙着黛眉，纤细的手指不住地掐算，半晌过后，她已是香汗淋漓，盖世英雄是谁，却仍毫无头绪。

绿姬惊讶地张着小嘴：为何会这样？为何她的通天脉明明开了，却仍旧什么也掐算不出？

绿姬颓然瘫倒在地，整个人愣愣的。问题究竟出在哪里？绿姬看着左手手心璀璨如霞的通天脉，满心不悦，抬起右手打了它几下。

通天脉传来剧烈的刺痛感，直达心肺，绿姬赶忙冲着西方跪下，叩首道："小绿心急，并非有意冒犯，还请天地神明勿怪。"

刺痛感终于停了下来，绿姬仍匍匐了片刻，才直起身，再次盘腿坐好，调息凝神。

她双目紧闭，回忆着祖父是否说起过类似情形。回忆了许久，绿姬终于想起来，在她极小的时候，爷爷曾说过，他年少通天脉初开时，总要借助于外物，才能进行掐算。

绿姬幽然一叹，那她要借助什么，才能算出盖世英雄到底是谁呢？绿姬一下泄了气，苦着小脸，又想抬手打通天脉了。

绿姬托着下巴，转念一想：即便不能掐算盖世英雄，算算别的也行吧？算一个人的命数，自然是生辰八字最好用，只是除了她自己，绿姬只知道哥哥和爷爷的生辰八字。

可大卜一族的命数又岂能随便掐算，绿姬只叹自己英雄无用武之地，只好抬起小手给自己顺顺气，无意间碰触到胸口内兜里的佩玉，绿姬一激灵：这是公子纠贴身的佩玉，沾有公子纠的气息，有它在，应该能掐算出公子纠的命格。

绿姬紧张又激动，小手颤抖着摸出佩玉，将其悬于左手中指间。

掐算些什么呢？绿姬指尖微微发凉，心气躁动，几分慌乱，几分害怕。不知能否占卜出公子纠的结发妻子究竟是谁？想到这里，绿姬的小脸陡然红透。果然，她跟公子小白相处的时间长，竟也被他传染成厚脸皮了。

绿姬羞愧难当，却难敌能一窥天命的诱惑。管他三七二十一，先算了再说。

绿姬坐直身子，摆好阵仗，闭着眼，悉心感受着佩玉的灵力顺着指尖与通天脉交合。

身子轻飘了起来，如在云端，似有潺潺流水一般的思绪涌入脑中，绿姬的面色越来越苍白，片刻后，她睁开眼，满面惊恐。

绿姬难以置信地看着手中紧握的佩玉，身子微微颤抖，她强摄心神，又算了一遍。

结果还是一样的。绿姬不肯相信，一遍又一遍地掐算着，直到满头大汗，灵力耗尽，只能伏在地上，喘息个不停。可绿姬此时却无暇自怜，心痛如刀绞：公子纠，那样一个朗月清风一般的人，竟然是六煞命格。

房门轰的一声大开，公子小白跨步走来，看着跪于地上的绿姬，他蹙着俊眉，一把抢下了她手里的佩玉："什么烂玩意儿，见天抓在手里。"

绿姬从地上站起，想夺回佩玉，小白却一闪身灵巧地躲开了。绿姬扑了个空，气恼地看着小白，仿佛他手中攥着的佩玉，比她的命更重要。

气氛尴尬，小白心头发紧："昨日你做的烩五珍很好吃，我还想吃，你能不能再……"

"不能。"小白话未说完，就被绿姬硬生生回绝掉了。

小白望着绿姬，只见她面色发红，形容憔悴，喘气略粗，不复平日里明丽活泼的小模样，不由得有些担心，便伸出手探在她光洁的额上。

绿姬一把打掉小白的手，想要抢回佩玉。小白心底酸得难受，起了作弄她的心思，躲闪着就不给她拿到。公子小白身高八尺有余，绿姬虽然修长窈窕，到底是个姑娘，生生比小白矮了大半头，小白将佩玉举过头顶，就不让她拿到。

绿姬轻盈跳起，眼看就要触到小白的手时，小白却迅速将手放下，无意间从绿姬胸前掠过，碰到一片柔软之处，只见绿姬身子一僵，也不抢佩玉了，整个人木在了原地。

看到绿姬脸上的愤然和那抹诡异的羞红，小白仿佛明白了什么，略略回味一下，自己也臊了个大红脸。他张口方欲道歉，却见绿姬的左手迎面拍来，小白瞪着眼看着，生生受了这记耳光。

小白半边脸上瞬间起了五个红指印。绿姬方掐算过命数，左手凝聚着神力，自然是力大无穷，打在小白面上这一掌极重，连小白这样高大的身材都被扇得后退了两步。

绿姬夺走佩玉，转过身去，身子起伏不停，闭上眼睛，欲哭无泪。小白虽然有心作弄，却真的无心冒犯，此时也呆立在旁，心乱如麻。

半晌，小白组织好语言，张口正要道歉，绿姬却突然转过身来，连推带搡不由分说将他推出了房间，重重合上了木门。

这事实在是窝囊透顶，小白又气又无语，有气没处撒，他环顾四周，看到不远处的篱笆墙，飞奔过去，一脚踹在了篱笆上。篱笆墙轰然倒塌，溅起一片尘土，小白心里的气才随着尘埃落了两分，身后忽然传来鲍叔牙的数落声：“你有气，打人骂人也罢了，你打那哑巴物件做什么！为师早就教导过你，不要糟蹋东西……”

鲍叔牙的教导简直比绿姬的耳光更让人避之不及，公子小白没作声，一溜烟跑回了自己的房间，慌张地合上了门。

直至用晚饭时，绿姬都没有再踏出房门半步。众人围坐在石案上吃得正香，小白却食不知味，一会儿瞟一眼绿姬的房门，神情郁郁。茅草屋里，绿姬僵直地跪坐在软席上，紧紧盯着手中那块佩玉。她心心念念记挂着的公子纠，竟然是六煞命格。这命格极其不好，第一要紧的就是短寿，很少有人能活过二十岁。

公子纠今年已经十九岁了，想到这里，绿姬不禁有些狂躁，抓了抓自己如瀑的长发，心乱如麻。

可躁乱终究于事无补，绿姬强迫自己静下心来，她直身坐好，按照爷爷教授的方法进行调息。祖父曾说过，普天下先贤帝王，也不过是凡人罢了。如今她唯一能效仿的，便是像当年姜太公那样，即便不能为公子纠改命，也要为他辟灾驱邪。

只是这改命驱邪之法，绿姬竟忘了。这也没办法，大卜之位的正牌承继者是她哥哥葵，又不是她。小时候只有爷爷教她念书识字，顺带着也学了学卦经，可那会儿绿姬年纪太小，要么溜号走神，要么昏沉欲睡，爷爷却从不责罚她，还笑着说她天然灵气，无师自通。现在想来，爷爷这包容当真是溺爱，如今她有所求时，却再也想不起卦经上记述的那几种方法是什么。绿姬沮丧地仰面歪在席上，不知如何是好。

脑中忽有灵光闪过，绿姬坐了起来。那本卦经不是什么秘传之物，也不是她祖父独有的，公子小白或鲍叔牙，也可能会有。若能寻来一本，便一定能找到记述那几种方法的章节。

夜幕深沉时，小院里静谧非常，只有远处林间的蝉鸣和隐隐的流水声传来，助人好眠。绿姬捧着一盏油灯，蹑手蹑脚地蹿进了小白的书房。

油灯灯光昏暗，绿姬屈身上前，一卷一卷地翻看着地上那一大摞书简，从治国之道，到农桑之本，再到兵法医术，无一不有，却唯独没有卦经。

绿姬失意地放回最后一卷书简，欲将油灯照向旁处，却照到了一张大大的人脸。那脸在昏黄灯光的照耀下，甚是诡谲吓人。绿姬惊得踉跄一步，瘫坐在地上。

油灯火光一闪，屋内亮堂起来，气氛不再恐怖。绿姬定睛看看，原来那人竟是鲍叔牙。

鲍叔牙见绿姬摔倒，欲上前搀扶，绿姬却避开了，挣扎着起身，理亏地唤了一声："鲍大夫……"

鲍叔牙脸上挂着和蔼却微妙的笑："姑娘夜半来书房，可是要找什么书吗？"

绿姬从地上站起来，为方才的失态羞愧万分，亦未想好该如何作答。

鲍叔牙眼尖地看到绿姬左手掌心那道华丽的红色通天脉，双眸一亮，贼笑道："也是，姑娘既为大卜一脉的传人，想来是找些与占卜相关的典籍吧？"

既然被人看破，绿姬索性不再遮遮掩掩："敢问大夫，你这里可有卦经？"

鲍叔牙猜测绿姬一定掐算出了什么，却无法解卦，含笑道："不巧了，我们公子平素只爱读兵法，最不信神卜之术，所以我们这里没有卦经。不过我那爱书如命的老友管夷吾那里，倒有一全本。"

以管仲的城府，怎么肯将书借给自己呢？何况鲁公生性淫靡，看向自己的眼神，仍历历在目，她怎能贸然回鲁国去借书？绿姬心有忌惮，神色不大好看。

鲍叔牙窥探出绿姬的心思，笑道："姑娘放心，姑娘是大卜一脉，也就是王上的使者，我鲍叔牙定当尽力匡助。这旁人借，管夷吾多半不肯，可若是公子纠借，必然能够借来。只是老夫手下这些人，与公子纠交情不深，恐怕唯有姑娘亲自去求公子纠方能借到。姑娘乃大卜族人，背负着王上之命，又与我齐国两位公子皆有交情，想必鲁公也不敢胡作非为。"

鲍叔牙看似和蔼的面孔中透着几分狡黠，可他所言不无道理，绿姬谨慎地思忖着，权衡利弊。

"姑娘须得抓紧，若是错过了时机，只怕……"鲍叔牙收敛了自己犀利的目光，拱手一礼。

想到纠的卦象，绿姬神色黯然，诚如鲍叔牙所言，今年冬月里，公子纠即将年满二十，实在不能再拖了。

绿姬点点头："既然如此，有劳大夫为我筹谋。请大夫送我去公子纠处吧。"

鲍叔牙似乎早就料到了这样的结局，满意地一抬手："姑娘请。”

绿姬随鲍叔牙走到院中。马棚旁，著山已备好了马车，百无聊赖地靠在车辕上，看到绿姬随鲍叔牙出来，著山满面惊讶。鲍叔牙忙冲他挤了挤眼，示意他不要出声。

绿姬不承想鲍叔牙已经处处算计得当，甚至命著山备好马车在这里等着。不知其中有何关窍，绿姬只能见招拆招：“大夫稍等片刻，我收拾一下东西，再去叫上懒丫头。”语罢，绿姬三步并作两步，进了懒丫头的卧房。

著山盯着鲍叔牙，问道：“大夫让我送人去鲁国，要送的竟是绿姬姑娘？”

鲍叔牙点点头，示意著山压低嗓音，谨慎地望着公子小白的茅屋，生怕他听见动静蹿出来。

著山将马鞭横在鞍上，没好气道：“我不送。”

鲍叔牙瞪大了眼：“你个小崽子，为何不送？”

著山拉近鲍叔牙，轻道：“大夫竟然看不出？这绿姬姑娘是公子的心头好，我要是将她送回公子纠那里，公子会用箭射死我的。”

鲍叔牙拍了下著山的头，咬牙道：“小崽子，我如何看不出，我此举正是要帮公子，助他拿下绿姬姑娘。”

著山不能理解鲍叔牙的意思，一脸不信，疑惑地看着鲍叔牙。

鲍叔牙没工夫给著山阐明其中原委，命令道：“你信不信我？我可是最不会害公子之人。这次你好好听我的，若是坏了你公子的大事，我唯你是问！”

鲍叔牙话音刚落，绿姬便抱着包袱，带着睡眼惺忪的懒丫头走出了茅屋。著山虽极不情愿，也只能拿起马鞭，打开车门。

绿姬回身望着小白的卧房，对鲍叔牙道：“劳烦大夫，明日公子醒了，替我跟他道谢，谢他这些日子的照拂。”

鲍叔牙点点头，眸中带着几分志得意满：“姑娘保重，后会有期。”

绿姬上车后，著山关紧了车门，他实在搞不清鲍叔牙到底在搞什么鬼，无奈地打马驾车，驶出了小院。

夜色中，鲍叔牙看着渐行渐远的马车，心中涌起了久违的澎湃：眼下这局，牵一发而动全身。公子纠与公子小白之间这场兄弟较量，终于要拉开序幕了。

第十四章 五极泰卦

清晨天光大好，著山赶着马车飞速行进在齐鲁边境的小道上。懒丫头昏昏沉沉睡了一夜，此时格外精神，她打开车门，脖子伸得长长的，贪看着一路的景致。

绿姬则显得恹恹的，鲍叔牙那张虔诚中带着三分狡黠的面孔，一直在她脑中盘旋。鲍叔牙究竟在算计些什么，自己对他又有何利用价值，绿姬实在百思不得其解。

懒丫头见绿姬愁眉苦脸，万分不解，问道："姑娘，你怎么了？快要见到公子了，你不高兴吗？"

绿姬还未回话，一直一言不发专心赶车的著山突然冷哼一声，一挥鞭，赌气道："我们公子数次为姑娘出生入死，换来的却是不辞而别！"此次行程乃鲍叔牙一手安排，落在著山眼中，却仍是绿姬不辞而别。不知公子小白知道后会做何反应，绿姬没来由几分心虚，只能抬眼望着沿途的景致，却终无一物入眼。

此刻莒城的小院中，公子小白起床后，发现绿姬和懒丫头皆消失不见，心跳漏了一大拍。

猜想着或许是鲁公或管仲前来捉人，小白急急赶到马棚边，牵出小白马，欲翻身上马，却被从屋里追出的鲍叔牙一把拉住了马辔头。

鲍叔牙边喘边道："公子莫急，是为师遣著山送绿姬姑娘回鲁国了。"

小白一怔，旋即大怒："你送她回鲁国？你可知道，她此去有多凶险？"

鲍叔牙觑着小白，似笑非笑："公子，绿姬姑娘是公子纠的客人，因大兴驭马失控受惊才暂住我们这里。现下她脚伤已好，自然该送回公子纠处。公子既然不在意她，又何必管她此去有多凶险？少了两张嘴吃饭，还可以省出许多粮食来。"

这些皆是他小白曾经说过的话，如今听来却是那么刺耳。小白闻言，瞪着鲍叔牙，一语不发，魁梧的身子竟在发抖，他眼眶泛红，怒发冲冠，仿若撕碎了鲍叔牙也难解心头之气。公子小白乃鲍叔牙一手带大，鲍叔牙却从未见过他如此激愤。

看着小白气急败坏的样子，鲍叔牙忙笑着将他拉到一旁，宽慰道："公子啊，为师知道公子对绿姬姑娘情重。只是想得还需舍，此时将她送走，乃是权宜之计。绿姬姑娘此去鲁国，不仅能挑起公子纠和管夷吾师徒的纷争，还能激发公子纠与鲁公之间的矛盾，可谓一举多得啊。"

公子小白关心则乱，哪里还管得了这些："管仲和鲁公，哪一个不是狠角色，你让她一个手无缚鸡之力的姑娘如何应对？"

鲍叔牙再劝："公子不可太过仁善，此乃难得的机会，可借力打力。一方面削弱公子纠的势力，让他失去鲁公这个依靠；另一方面，亦可离间绿姬姑娘和公子纠之间的关系……"

鲍叔牙话未说完，就被公子小白怒吼着打断："不必说了，我若靠这种卑劣的手段夺位，不如永世不做这个国君；我若用这种卑劣的手段亲近心爱的女人，我还有何面目再与她相见？"

这一席话掷地有声，小白夺回马辔，起身欲走。鲍叔牙死死拽住小白，跺着脚，苦口婆心劝道："公子，此时不是逞英雄的时候，眼下须沉住心气，方能成大业啊……"

"我不屑于此，不必多言。"小白猛地翻身上马，高举马鞭，扬长而去，不过眨眼的工夫，便消失于鲍叔牙的视线之外了。

他的衣角仿佛还在手边，人却已消失不见，鲍叔牙愣了一瞬，急唤众侍卫去追。

此时天光尚早，侍卫们睡眼惺忪，连滚带爬翻身上马，甚至不知道该往哪个方向追。鲍叔牙身先士卒，豁出老命赶着马车，喝令侍卫们往鲁国的方向追去。

他机关算尽，唯独没算出公子小白对绿姬如此在意，以至于连自己都劝不住。鲍叔牙叹了口气，满面愁容：性情直爽的公子小白，如何与九曲心肠的公子纠抗衡呢？

另一边，著山像是得到了鲍叔牙的心灵感应，驾车如飞。绿姬和懒丫头在车内被颠得离席三尺，隔夜饭都要颠出来了。

懒丫头扒在车门框上，怒道："著山，你安的什么心？成心要颠死我们不成？"

著山没接话，只是进一步加快了打马的频次。懒丫头被著山气得要撞墙，可他软硬不吃，懒丫头也奈何不了他，只能咬咬牙抓紧门框，祈祷着马车快点到曲阜。

鲍叔牙交代的这桩差事，实在是费力不讨好。著山心中烦乱，只想如若公子小白知道是他送走了绿姬，搞不好会亲手把他掐死。想到这里，著山重重一叹，执鞭的手竟有些打战。

时至晌午，著山终于赶着车马来到了鲁国宫门处，车里的绿姬和懒丫头已经被颠得直不起身。著山拿着懒丫头的令牌，通过了宫门守卫的查验，悻悻地赶着马车进了宫中。

院后桃树林里鹊鸟啾啾，公子纠才用过午饭，正坐在石台旁一丝不苟地为海宝琴修整琴弦。忽有下人来报，说懒丫头随着绿姬姑娘回来了，公子纠很是意外，放下琴弦站起了身。

院门大开，著山牵着马车走了进来。车才停稳，懒丫头就迫不及待地跳了下来，欲伸手接绿姬。

可车厢内的绿姬却久久未下车，相思入骨的公子纠就在车下，她的心中却像打翻了五味瓶：情窦初开的羞怯与对六煞卦象的恐惧，在心中交杂共生。绿姬强摄心神，颤抖着手扶着门框，翩然走下马车。

公子纠双眸含着春风化雨般的柔情，紧盯着这抹浅碧色的身影，一向不苟言笑的俊脸上，此时浅笑盈盈。

公子纠终究是得体的人，不消片刻就敛了目光，转对著山道："许久未见，你竟长高了这么多。今日车马劳顿，实在辛苦了。"

著山一脸丧气地看着公子纠。公子小白是著山此生最在意之人，今日他竟然将公子小白心爱的女子从他身边带走，送到公子纠处。想到回去就要面对小白的怒气，这让著山如何高兴得起来。

只是眼前的公子纠亦让人讨厌不起来。他举止优雅笑容亲切，哪怕著山一副爱答不理的样子，也丝毫未改如此谦谦君子风，谁会忍心拒绝？

绿姬缓步走向公子纠，却不敢抬眼看他，她小脸通红，小手握紧了裙摆，虽未抬头，却能感受到公子纠温暖的目光，那颗被六煞卦象恫吓，无比煎熬的心，终于安定了几分。原来在公子纠身边，在他的瞩目下，连生死都可以无所畏惧。

公子纠含笑看着绿姬道："一路辛苦，先用午饭吧，其他事情，我们随后再说。"

这温和中不失几分亲昵的话语，震慑了在场所有的人。这是一种暧昧又克制的情感表达，虽然只有短短的一句，却生生将他们二人之间那种亲近美好交代得清清楚楚，旁人再无分毫缝隙可钻。

绿姬脸色又红了几分，秋波盈盈，却仍未说话，只微微点了点头。

左右方向各走来一名婆妇，接过绿姬手中的行李，搀扶着她走向后堂屋内。公子纠目送绿姬离开，转而对懒丫头道："此番派你去服侍姑娘，当真是劳烦你了。见姑娘一切如故，就知道你服侍得不错。你先下去吧，定有重赏。"

懒丫头伏在公子纠身前，磕了个头，躬身退了下去。

著山望着公子纠，只觉他行事虽然虚头巴脑，倒也照顾得各方齐全。再想想自己家憨直的公子小白，著山摇摇头，几分心痛。

公子纠问著山："饿了吧？先下去吃点东西，休息休息。我让人准备些干粮和水给你，等热气退了，再上路也不迟。"

著山忙制止："不必，不用干粮，也无须休息，我这就走了。"语罢，著山掉转车头，翻身上车，二话不说，就赶车离开了鲁宫。

绿姬沐浴佩香，换过衣衫后，准备用午饭。在莒城公子小白那里待得久了，此时再看公子纠这里的吃穿用度，只觉得一切都如此奢华。

下人们为绿姬布好菜，躬身退出了房间。绿姬才拿起竹筷，公子纠便走了进来。看到公子纠，绿姬小脸又是一热，举筷的手不知该夹菜还是该放下。

公子纠眉眼间尽是笑意："许久未见，见我就没什么话说吗？"

绿姬嗫嚅着，不敢直视公子纠，回道："没什么话说。"

公子纠一笑："我倒有许多话想跟你说，你想从哪一句开始听？"

绿姬歪着头，脑中一片空白，公子纠竟然有许多话要跟她说，还问她想从哪一句开始听，这要怎么回答？绿姬思忖了半晌，却忽听到公子纠的轻笑声，绿姬抬起眼，只见他眼底闪过几丝促狭：不苟言笑的公子纠竟然在捉弄自己？绿姬小嘴一噘，轻啐了一口，将头偏了过去。

公子纠看着绿姬嘟着嘴别着脸的小模样，心中漾起几分柔软，他轻轻牵起她的手，说道："不同你玩笑了，你怎么忽然回来了？"

绿姬见公子纠不复调笑的神色，也正经回道："听闻管大夫这里有一全本卦经，我想借来看看，公子能否帮我？"

公子纠眉头一蹙："卦经？你可是算出了什么？"

绿姬目光闪烁，无法回答。大卜一族只能为王上掐算天命，若将占卜结果告诉除王上之外的人，便会遭受天谴。即便此事关乎公子纠的生死，绿姬也不能告诉他，只能暗中为他筹谋。

绿姬一脸赤诚地望着公子纠："我不能告诉你，我究竟算出了什么，只是你要信我，我绝不害你。"

公子纠眼中尽是化不开的浓情："好，你先吃饭，我去寻卦经来。"语罢，公子纠抬手，抚了抚绿姬鬓边的碎发，轻轻一笑，起身走出了房间。

绿姬心里简直比吃了蜜还甜，只是她并未看到转身而去的一瞬间，公子纠眸中闪过的一丝疑虑。

沉满书香的书房内，公子纠轻而易举便在书架中找到了卦经，正欲拿去给绿姬时，管仲推门走了进来。

管仲看看公子纠，再看看他手中那卷卦经，一脸不悦："绿姬姑娘去而复归，公子不觉得其中有诈吗？"

公子纠双目清凉，定定地望着管仲道："我相信她。"

管仲目光一凛，声调低了两分："当初是这女子自己借故留在公子小白那里，不过几日却又跑了回来，其中必有阴谋。"

公子纠轻笑一声："阳谋也好，阴谋也罢，绿姬姑娘的眼神骗不了我，她是不会害我的。我先去给她送书，师父稍等我片刻，我有要事与你相商。"

"什么书？"管仲眼中的疑虑又加深了一层。

"一本卦经而已。她既是大卜传人，为着解卦来寻卦经也并不奇怪。何况这书是师父所藏，想必也不会隐藏着什么不可让她知道的秘密吧？"

见管仲没有马上回应，公子纠抱起书卷翩然离去。管仲叹了口气，公子纠对绿姬的袒护和信任，比他想象的还要多。

公子纠再入绿姬房中的时候，绿姬正靠在榻边昏昏欲睡。公子纠放轻脚步，走到她身边，看着绿姬睡梦中恬静的小脸，心中所有的惶惑和疑虑悉数放下，只剩下一片安然。

绿姬感觉到面前有人，睁开了眼，看到含情脉脉望着自己的公子纠，绿姬蓦然垂下了头，小脸一直红到了耳根。

公子纠含笑递上卦经，绿姬一把抓住，如获至宝。公子纠轻声道："你先解卦吧，我出去，不打扰你。"公子纠不再耽搁，起身走出了房间，紧紧地为绿姬带上了门。

绿姬迅速打开卦经，查阅消解六煞命格之法，什么盖世英雄都暂时抛诸脑后，此时她只有一个信念：公子纠决不能有事。绿姬一目十行，迅速翻看了几卷，终于在字里行间找到了破解六煞命格之法。

原来，每一个六煞命格之人在这个世上，都有一个与之相对的六吉命格之人。这两个人从出生开始便是相生相克，此消彼长。可如果六吉之人心甘情愿帮六煞之人挡煞，则六煞之人的煞数便可与六吉之人的吉数相抵，从而化解。

本来来这里是为了要找盖世英雄的，如今又多出了一个寻找六吉之人，着实让绿姬头疼不已。今年冬月公子纠就要年满二十岁了，与公子纠相对的六吉之人究竟是谁，绿姬却一点头绪都没有。即便找到，绿姬又要如何说服那六吉之人来帮公子纠挡煞？就算说服了对方，又要怎样做才能挡煞？一连串的问题，让绿姬比看卦经之前更加着急了。

既然改命困难重重，眼下能做的，就是想尽一切办法为公子纠续命。绿姬继续翻阅卦经，终于又找到了一条重要的记载：若想暂时为六煞之人续命，需摆出五极泰卦，以六吉之人的命为其冲抵。

五极泰卦之法，绿姬不是不知：此乃大卜一族秘传之法，取蓍草若干，按照顺位方向摆在代表天、地、人、神、鬼的五个方位上，形成五个泰卦，将六煞之人的八字或贴身物件放置于卦中，这五极泰卦就会为他源源不断地吸取命数。只是此卦对于相应的六吉之人，就成了五极否卦，会损耗六吉之人的命数和运气，而施法之人亦会遭天谴，不到万不得已，绝不能使用。

想当年，绿姬的先祖曾以此法为奄奄一息的周公姬旦续命，彼时乃是为了江山社稷，眼下绿姬不过是为着一己私情，怎么看都不该使用此法。

难道就没有别的办法了吗？难道公子纠真的要死于这年冬天吗？绿姬将卦经从头到尾翻了个遍，却再也没有找到别的有用的记载。

绿姬摸出蓍草，神情怔怔的，她无法面对公子纠会死在自己眼前这样的事。若能护他周全，牺牲自己又何妨？她心中唯独过意不去的，就是那与公子纠相生相克的六吉之人。不知此人是谁，可他必然也有父母亲眷，就这样让毫不知情之人为公子纠续命，着实缺德。

忽然，一个念头出现在绿姬的脑海中：如若公子纠便是自己要寻找的盖世英雄，那当初自己阴差阳错来到他身边，如今又为他殚精竭虑，这一切的一切，便不再是偶然，而成为命中注定。大卜一族不能改变命运，可这并不代表，她就不会背负任何的使命。唯一能够替公子纠解除六煞命格的自己来到了他的身边，一定不是只为了来跟他说几句话那么简单。

可公子纠真的是盖世英雄吗？绿姬回顾自己来到齐鲁之地后的所见所闻，似乎更加确定了这种可能性：鲁公贪色误国且胸无大志，不可能是盖世英雄；公子小白顽劣粗鲁，亦不可能是盖世英雄；莒国的诸侯莒子[①]虽然还没见到，但从她在小白处打探来的消息，那是个典型的小国寡民之君，而且年纪也偏大，似

① 莒国，国君为己姓，爵位为子爵，故称莒子。

乎不太可能再有任何大的建树。这样看来，恐怕无人能比公子纠更像了。

绿姬咬咬牙，狠狠心，事急从权，眼下也顾不了那么许多。公子纠随时可能死，她不能等到那时再追悔莫及，更何况他有可能是盖世英雄。把五极泰卦摆上，待找到六吉之人，再迅速把卦解掉，先帮公子纠渡过这一关，再图其他，是眼下唯一的办法。

绿姬定定神，颤抖着手将蓍草摆好，而后把公子纠的佩玉放在了卦的正中。绿姬心跳异常迅速，生死荣辱早已置之度外，她嘴里轻轻念叨着卦文，将手一翻，把卦横了过来。

绿姬哆嗦着将五极泰卦藏在枕下，严严实实地压住，事成后，她大大松了口气，用袖笼拭去脸上的汗滴，虚弱一笑。

著山才出曲阜城数里，就碰上了驭马如飞的公子小白。

小白看到著山，狠命勒马，面色难看至极。两人相距恰好一射之距，小白扯出身后的大弓，弯弓搭箭，箭锋直指着著山。

著山真是恨极了鲍叔牙，鲍叔牙明知公子小白的性子，却仍坚持让自己送绿姬姑娘回鲁国，公子小白不射死自己才怪。

著山满心委屈，喊道："公子！"

小白挽弓如月，怒道："不要叫我公子！"

著山不知如何能让公子小白消气，索性眼一闭心一横，生死由命吧。

忽然，一阵大风扬起沙尘，迷住了小白马的眼睛。一向不诈不惊的小白马突然扬起前蹄，狂叫两声。弯弓搭箭的小白此时双手脱缰，来不及收手便重重地摔下马去。

著山本闭着眼睛等死，听到声响，便赶忙睁开眼，看到一脸憔悴晕在地上的公子小白，飞快地跑了过去。

殷红的鲜血顺着小白右臂衣袖渗出，简直令人触目惊心。著山吓坏了，赶忙拉扯起公子小白，将他抬上马车，不顾一切地冲向曲阜城内。

第十五章　非齐非鲁

公子纠所居这一方小院宁静悠远，可每间房内的人却各怀心思。

绿姬匍匐在地，冲着西边洛阳城的方向，重重地磕了三个响头。为公子纠做的五极泰卦终究负了爷爷多年的教导，绿姬无比愧疚，发誓自己会尽快找到六吉之人，撤掉卦阵，再跟他好好道个歉。只是无论付出什么样的代价，她也必须保住公子纠的性命，纵遭天谴，也万死不辞。

绿姬才起身，卧房木门忽然打开，公子纠急急走入。不似平日里那般温和从容，公子纠眉目间透着几分急不可待，二话不说就拉起跪在地上的绿姬，径自向外走去。

还未反应过来，绿姬就被公子纠塞上了马车，大兴和其他两名侍卫早已等在车下。落座后，大兴关好车门，扬鞭打马，其余两名侍卫也翻身上马，行走于马车两侧，为公子纠保驾护航。

绿姬问一侧的公子纠："我们这是要去哪里？"

公子纠笑着打趣："还怕我把你卖了不成？"

绿姬已不复方才那般紧张，也同他玩笑："自然，只是不知道公子意欲将我卖几个钱？"

公子纠看绿姬小脸上露出两个浅浅的酒窝，大眼睛扑闪扑闪的，可爱非常，怎还舍得逗弄她。他轻轻拍了拍绿姬的手，正色道："你且放心，便是倾家荡产，也绝不舍得卖你。"

绿姬小脸一红，别过头去，撩开车帘看着窗外，马车正行走于曲阜城中街，道路两侧满是行人和商贩，叫卖声不绝于耳。绿姬忽然有些好奇，齐国的都城临淄又是什么样子呢？她转过脸去，欲问公子纠，谁知公子纠正笔直地坐着，闭目养神。那无与伦比的面庞，仿佛玉雕一般，精致又美好。

没来由的，绿姬想起了公子小白，那张和公子纠有着七分相像的面孔，那面孔总是透着生动与鲜活，与公子纠的淡然静默截然相反。

这兄弟二人，一个貌似冰山，一个燥热如火，却是一路做派：带人家去哪里从不言明。想来定是做公子做习惯了，手下人只有听命的份儿，哪里还需商量？

绿姬索性也学着公子纠的样子，闭目养神，不多时，一夜未睡的疲累席卷而来，绿姬小脑袋一歪，昏昏沉沉地睡了过去。

此刻绿姬想到小白，并非巧合。方才在街头，著山的马车和大兴的马车擦肩而过。著山心急如焚，大兴一丝不苟，都没有注意到对方的存在。

公子小白右臂的伤口血流如注，浸透了马车的席子。情势急迫，著山却不得不冷静，眼下最大的问题是，他没有鲁国的钱，又怎么能请来郎中，为公子小白看病？

更何况公子小白的伤势严重，止血后仍需要待在驿站养伤，需要吃饭喝水补身体，绝不可掉以轻心。

搜肠刮肚想了半晌，著山终于有了主意，他稍回过头，看着伤势严重的公子小白，幽幽叹了口气：为了一个心里根本没有他的女人，公子这又是何必？

绿姬再次醒来时，马车已行至一片落日余晖之下。绿姬揉了揉困酣娇眼，问公子纠："我们究竟要去哪里，竟然走了这样远？"

夕阳下，公子纠侧身望着帘外，神色凄凄："去一处非齐非鲁之地。"

"非齐非鲁？"绿姬心中起了大大的疑问，那是什么地方？

公子纠眸中的哀伤更重了两分："当年我姐姐文与哥哥诸儿秽乱后宫，还害死了姐姐的夫君鲁桓公，姐姐无颜待在齐国，更没有脸面回鲁国，就待在齐鲁交界之地，称其非齐非鲁，可在此长居。"

原来公子纠是要带绿姬去见他的姐姐，绿姬不由得万分紧张：公子纠和公子小白已经好看成这样，他们的姐姐文又当如何呢？

这位同时受着贬斥与赞扬的美貌女子，着实是一个传奇：齐鲁两国之人一边骂着她淫奔不才，与兄长私通，一边又不得不为她的倾世姿容所折服，歌颂她"手如柔荑，肤如凝脂，领如蝤蛴，齿如瓠犀。螓首蛾眉，巧笑倩兮，美目盼兮"。

想到此，绿姬睡意全无，望着天边的落日，手掌心满是丝丝缕缕的汗水。

马车到达齐鲁边境之地时，已是日薄西山。一轮朗月出于东山之上，徘徊于斗、牛两星宿之间，映照着不远处几间错落有致的茅草房。

公子纠潇洒地走下车，如履平地，又回过身来接绿姬下车。绿姬看到公子纠伸出的手，一时失神。

公子纠看到发愣的绿姬，十分不解。绿姬回过神来，用一笑掩饰了所有的尴尬。她扶着公子纠的手，也走下了马车。

公子纠没走向茅屋，反走向茅屋后的小溪边。绿姬远远看到有个身着缟色裙裳的女子，正在水边浣纱。

月色下，那女子的身姿美得惊人，虽未见真容，绿姬已觉得她当得起“倾国倾城”四字。

公子纠没有凑上去，而是在远处一礼，恭敬道：“姐姐。”

原来浣纱女就是公子纠和公子小白的姐姐——文。文不知有没有听到公子纠的呼喊，仍旧浣着纱，手上的动作毫不停滞。

公子纠仍躬身行着礼，不敢怠慢，绿姬也不由得屏息凝神，心头平添了几分紧张。

半晌，文忙完了手中的活计，将纱丝放于竹篮中，回身站起，她绝美的身姿展露于朗月清辉中，令人见之忘俗。

文走向公子纠和绿姬，月色照耀在她逐渐明晰的面庞上。她双目盈盈如星河，一颦一笑似能使星移斗转。文作为公子纠和公子小白的姐姐，年长二人近二十岁，岁月却没有在她的面庞上留下丝毫痕迹，若说她年方二八，也不会有人质疑。世上竟有如此美貌之人，绿姬心跳如打鼓，双眼痴痴地锁紧她的身姿，不舍得眨一下。

文、纠和小白这齐国三姐弟，当真是不负盛名，姿容冠绝天下。

文走近了，一眼不看公子纠，而是一脸探究地打量着绿姬。良久，文有些不快，转向公子纠，质问道：“此女是谁？世上怎会有姿容与我匹敌的女子？”

若是没见过蛮横无理的公子小白，文如此说话，绿姬只怕会很吃惊。可与公子小白相熟后，绿姬觉得文这样无礼似乎顺理成章，奇怪的竟是公子纠为何会一副翩翩君子风，倒不像是齐国姜家的人了。

公子纠微微一笑，直起身向文介绍：“王室大卜一族，绿姬姑娘。绿姬，来，见过我姐姐。”

绿姬一揖，口中一涩，不知该如何称呼文。鲁公因生母文淫乱祸国，已与她断绝了母子关系，叫夫人似乎不合适，可别的什么称呼合适，绿姬也一时想不出。

公子纠看出了绿姬的窘迫，开口为她解围：“你也随我，叫姐姐罢。”

绿姬脸颊微微泛红，顺从叫道：“姐姐。”

文并不回礼：“来我这里，所为何事？”

公子纠微微一笑：“自然是有事相求。”

文看着公子纠，几分气几分无奈：“也是，无事相求你恐怕早已忘了我这个姐姐。小白近日如何？你与他可有联络？”

公子纠也不辩驳：“姐姐问对人了，绿姬姑娘方从莒城小白那里过来，姐姐想问小白，问她便是。”

文闻言，诧异满面，而后陡然变了脸色，撂下一句“进屋”，就径直向茅屋走去。

绿姬无奈要笑，文和小白倒真像两姐弟，一路性子，阴晴不定的。

茅屋收拾得简洁舒适，两名婢女已经煮好了晚饭，正躬身立在软席后，等着伺候文用饭。

文坐下，对婢女道：“多添两副碗筷来。”

公子纠拉着绿姬坐在对面席位上，文仍是一脸不悦，有意无意地打量着绿姬。

绿姬却未将文的不友善放在心头，她盯着眼前雕花案几上的餐食，暗暗感叹：鲁公虽不承认文这个母亲，她的吃穿度用到底还是要强过普通人家千百倍。

婢女添来碗筷，纠和文开始吃饭，绿姬不由得一怔，这姐弟二人居然一句话都没有，只是专心埋头吃饭。

公子纠冲着发愣的绿姬使了个眼色，绿姬心领神会，拿起筷子也开始吃饭。

饭后，婢女们送来三碗清露，绿姬随着公子纠和文一起饮下，只觉唇齿留香，一片澄净，似有沧浪之水从头涤荡至足底，身子变得轻盈仿若没有重量，好似羽化登仙飘至云端。

文看到绿姬的表情，面上平添些许得意：“这琼浆仙露是我驻容养颜的诀窍所在，如何？”

绿姬一愣，公子小白得意扬扬的面庞从眼前一闪而过，待回过神来，她笑道："姐姐的自然是最好的。"

文美丽的大眼睛翻了个白，哼了一声："我乏了，要休息了。"

绿姬赶忙看向公子纠，心中疑窦丛生：公子纠说来找文有要事相求，结果两人只是吃饭喝水，什么也不说。

公子纠一拱手："姐姐辛苦，好好休息吧。"

绿姬惊得张开了嘴，心头惊诧非常：真是奇怪的姐弟俩，公子纠有事不说，文竟然也不问。

文的目光在公子纠与绿姬之间转了一圈，问道："我这里只有一间空房，你们是一起住，还是分开住？"

绿姬脸一红，摆手欲解释，谁知公子纠先声夺人："我自然是独住，劳烦姐姐为绿姬姑娘安排。"

绿姬侧过小脸，看到一向淡然如水的公子纠，脸颊上竟有两抹绯红，不由得心底一热。

文点了点头，皮笑肉不笑："极好，你随着她们去客房吧，绿姬姑娘跟我一起睡。"

公子纠点点头，起身欲走。绿姬听说自己要跟性子古怪的文一起睡，赶忙向公子纠投去求救的目光。

公子纠望着绿姬，眸中颇有深意，似是暗示她如此安排另有意图。绿姬只得轻轻颔首，眼睁睁看着公子纠走出了房门。

文轻摇羽扇，笑道："我房内规矩多，你先去沐浴吧。"

一名婢女上前，指引着绿姬走向屋外。绿姬只得从命，随着婢女绕过前堂抵达后院，停在了一间草屋前。

婢女为绿姬打开了房门，自己却退了下去，没有跟上。绿姬颇为不解，猜想房中是否有什么秘密，她深吸一口气，定定神，走了进去。

雕刻精美的屏风后，有一方青石砌成的池子，池中竟是一眼温泉，泉水汩汩地冒着热气，雾色撩人。最妙的是，那泉眼中心的位置，栽着一棵桃树，地气蒸腾，这桃树四季开花，偶有花瓣落在水中，香气幽微却沁人心脾。

绿姬宽衣解带，凝脂般的玉足缓缓踏入温泉中。温泉水滑，冰肌在水汽蒸腾中越发娇嫩。难怪文年近四十仍像少女，喝着琼浆仙露，常洗温泉水，不美都难。

绿姬沐浴更衣后，随侍女来到文的卧房。轻纱罗幔中，文正坐在妆台前梳着三千青丝。绿姬翩然上前，看到文已褪去了绾色外袍，身着月白色睡裙，仙气更浓。

文转过身来，目光一片安然澄澈，不复方才那般惫懒苛刻："我原只是好奇，到底是什么样的女子，竟引得我两个弟弟都对你动心？"

绿姬体会到文话中的深意，笑得十分无奈："姐姐若说公子小白对我动心，我倒真不敢承认。"

文一挑长眉："小白是我的亲弟弟，以我对他的了解，若他不在意你，只怕不会让你在他屋檐下多待片刻，更别说留居多日了。"

绿姬诚恳道："事发突然，公子小白也是实在没办法，其实他心中对我颇为厌恶，姐姐怕是误会了。"

文盯着绿姬，心中暗暗思量：这姑娘年纪尚小，讲话诚恳，估摸不是在打马虎眼。

文不由得一叹，几分心疼小白：自己那个傻弟弟，还未上战场，竟已然是满盘皆输了。

第十六章　士贰其行

曲阜城中驿站内，陶鬲中药香弥散，公子小白昏迷在榻，面色惨白如玉，薄唇紧抿，一丝血色也无。

著山守在小白身侧，分毫不敢懈怠，不停用干布擦拭着小白额上渗出的虚汗。

著山与公子小白一同长大，从未看过他如此狼狈。昏迷中的小白仍紧锁眉头，睡不安稳，不知在担心忧虑着什么。

非齐非鲁之地，青纱罗幔中，文紧握玉骨梳的手停滞着，神思已飘向远方。

绿姬见文一直发愣，忍不住轻唤道：“姐姐。”

文回过神来，看着眼前目光盈盈无比动人的绿姬，内心苦涩，她想起年少时的荒唐事，不禁感慨万千：唉，看来齐国姜家这一脉，果然常常为情所害。

控制住思绪，文问道：“此次纠带你前来，究竟所为何事？”

绿姬略思索下，回道：“不瞒姐姐，我也不知道。只是我猜，大概与鲁公有关。”

文听了绿姬的话，脸上泛起几分暧昧的笑：“我说到底是什么事，能让纠如此急忙来寻我，原来是我那不成器的儿子，要和他舅父抢女人。”

文说话的语气与公子小白如出一辙，如果不曾受过小白熏陶，绿姬只怕要尴尬，现如今听了也就听了，并没有什么不适感。

文觉得这是一件极有趣的事，嘴角扬起，绝美的面庞生机盎然。她想了想，轻笑一声，对绿姬道：“天色不早了，我要睡觉养气血了，你也歇着吧。”

绿姬没想到文听了她的话，居然什么也没说。文心中貌似已打定了主意，却对她藏着掖着。

不给绿姬任何询问的时间，文转身卧在了软绵绵的羊毛褥垫铺成的软榻上，闭上了眼，她长长的月白色纱袖与裙裾垂在榻边，显得轻盈又邈远。月色透过窗棂照在文的脸上，她双眼紧闭，睫毛又长又密如同小蒲扇，侧脸轮廓堪称完美，只怕天下最巧手的工匠都难以描摹。

绿姬见文睡了，扫视四周，只见罗幔后影影绰绰藏着另一张窄榻，绿姬幽幽叹气，轻轻走上前，和衣而卧。

这齐国三姐弟，绿姬是一个也看不透，命运究竟会如何发展，不得而知。眼下这一切，已是一局无比混乱的死棋。入梦前，绿姬抬起手望着通天脉，想起小时候爷爷曾说过，人心比天命更复杂，如今她到底是懂了。

天方擦亮，公子纠已收拾停当，起身出了茅屋。不远处林间溪边，大兴和两名侍卫正在饮马。三人看到公子纠，赶忙恭敬一礼。

公子纠挥挥手，示意他们继续忙活，自己则转身走向屋后，他波澜不惊的俊脸上，难得起了几分忐忑。

清晨溪上云烟氤氲，文坐在岸边，雾蒙蒙的水汽凝结在她白嫩的脸庞上，并挂满长长的睫毛。不消说，这又是文驻容养颜的秘诀之一。

公子纠走到文身后，耐心地等待着。不知过了多久，文转过身来，笑对公子纠道："你还是和小时候一样，起得比鸡还早。"

公子纠也笑了："师父要求严格，要我早起读书，多年来成了习惯，即便无事也睡不着。姐姐不也起得这样早？"

文无限慵懒地伸展了下手臂："我若不是要早起采日月精华，一定睡到日上三竿。"

公子纠无奈笑道："姐姐还是这样看重自己的容貌。"

文脸上陡然现出几丝难掩的悲凉："贫贱如斯，只剩下这一张脸罢了。"

公子纠见勾出了文的伤心事，也有些难过，才欲开口宽慰，却见绿姬从卧房中迤逦走了出来。

文看到正款款上前的绿姬，脸上的阴霾一扫而光，笑对公子纠道："对了，我猜出你此次来寻我的意图，为你想了一则妙计。"

公子纠知道昨日文留绿姬在身侧，定是有话要问，只是公子纠不曾想到，文竟然这样快就有了对策。

绿姬来到二人身边，还未来得及行礼，就被文一把拉住，文看着公子纠，挤眉弄眼道："同儿已经不认我这个母亲了，我说的话他定然不听。他十分唾弃我，认为我与诸儿私通淫乱至极。今日为帮你，我便勉为其难，认绿姬姑娘作我的义妹吧。如此，绿姬姑娘就成了同儿的干姨母，他若再想要绿姬姑娘，你大可以此搪塞他。"

同儿就是鲁公姬同的乳名，文这一招甚好，借道义之名，让鲁公再难有机会亲近绿姬。

只是这样一来，绿姬也就成了公子纠和公子小白的义妹，两人同受道义的约束，一样不得亲近绿姬。

公子纠微微发怔，主意是好主意，只是，似乎有些地方不大对。

绿姬彻底傻了眼，嗫嚅着不知该不该答应：怎么来非齐非鲁之地转了一趟，她和公子纠的关系就变得不三不四了？

文将绿姬和纠的表情尽收眼底，差点憋不住笑出声。

公子纠先反应了过来，拱手道："多谢姐姐筹谋，事已毕，我们也回去了，不多叨扰。"

公子纠转身欲走，绿姬赶忙对文一揖请辞。谁知文忽然拉住公子纠的宽袖，一脸凄楚。

纠回过身来，不解地看着文。文的目光飘向林间，绿姬顺着她的目光看去，竟看到几个戎装侍卫整齐地站在那里，盯着他们的一举一动。

文压低嗓子，凄然道："将来不论你与小白谁做国君，记得来看看我，你们是我最后的亲人了。"

绿姬这才知道，原来文待在此地并非自愿，而是鲁公将她软禁在此，并派人看守着。

公子纠面无表情，眸中却涌动着某种情愫："姐姐早知如此，当初又是何必……"

文眸色一暗，放下了手中的袖笼，没再说话，眼底却迸出几丝倔强和决绝。

公子纠叹道："姐姐放心，待我即位，一定将你从这不人不鬼的地方接出去。"

文莞尔一笑，这笑容是看尽人世繁华后的空明："接也好，不接也罢，在这里也好，别处也罢，都是一样的。"

公子纠还欲劝，文却转身，丢下一句："我乏了，你们回吧。"就径直走回了茅草房。

公子纠和绿姬对视一眼，良久无话，沉默地走向了林间马车处。

茅屋内，文看着纠和绿姬远去的身影，破天荒滚下了几滴眼泪。自诸儿被公孙无知杀死后，她已许久未流泪。昨日见了绿姬，看她像极了年轻时的自己，文只觉自己这颗尘封多时的心，忽又有了冷暖滋味。

这个义妹的身份，既是为了约束鲁公，也是为了约束公子纠和公子小白，更是为了让绿姬有足够的时间，看清自己的心。

只希望她不要走上自己年轻时候的路吧，可未来的事会如何，又有谁知道呢？

曲阜城驿站里，昏睡了一天一夜的公子小白终于醒了过来。

天光大亮，小白睁开星子般的双眼，挣扎坐起身来。他的身子因失血过多而无比困乏，头脑昏昏沉沉的，小白扶着额，仔细回忆着自己昏迷前的事。

著山忙了一夜，此时趴在榻边睡得正香。小白蹙蹙眉，不耐烦地推了著山两把。

著山迷迷糊糊坐起，看到公子小白醒了，激动得扑了上来。公子小白一脸嫌弃地将他推开："去去去，干什么？"

著山见公子小白才好，就又摆出一副爷们的架势，起了几分捉弄他的心思："公子可算醒了，昨夜公子昏迷中仍叫着绿姬姑娘的名字，我还以为公子魔怔了。"

本以为公子小白会发怒，谁知他竟红了脸，一脸心虚："瞎说什么，你定然是听错了。"

看到小白反常的反应，著山差点笑出声，但又怕真惹恼了他，赶忙憋住："公子昨日坠马，当真吓人。只是公子骑术精湛，为何会忽然坠马？"

费了好大的工夫，小白终于想起了自己昨日坠马的经过。坠马前他觉得头脑一沉，小白马突然扬蹄，他才没反应过来。想到这里，小白一把抓住著山的衣襟，气道："我还没找你算账，你为何将绿姬送到纠那里？"

公子小白又换上了那副要杀人一般的面孔，著山这次可真被鲍叔牙坑惨了。著山无力地解释："公子，我只是个侍卫，大夫命我送绿姬姑娘去公子纠那里，我怎能不送？"

小白没有半分解气，可见未被著山的说辞打动：“平日里我尚且差遣不动你，大夫让你送人，你就快马加鞭送了？”

著山连吞了两口口水，他本就不善言辞，此时更不知该如何为自己辩白。

著山才想张口，公子小白却忽然面色一凛，眯眼看着他：“难道你也对她……”

著山吓得直摆手：“绿姬姑娘与公子才是窈窕淑女，君子好逑。我岂会如此不要脸，起了非分的念头？”

小白听了此话，内心颇为受用，喜形于色，竟放开了著山：“你说的可当真？”

著山长舒了一口气，忙道：“自然当真。”

谁知公子小白只开心了一瞬，随后面色更暗：“可她心里有纠，纠心中也有她，我倒是多出来的那一个。旁人也罢了，偏生那人是我哥哥。”

著山不懂这些事，只能说：“既然如此，公子，我们回莒国吧，在这里也无用，还徒增几分危险。”

“不，”小白目光如炬，决绝否定了著山的话，“纠那里还有个管仲，此人城府极深，我要在这里多待些时日，若是鲁公不要绿姬，纠也能好好待她，我就立刻回莒城。若是不然，就是抢，我也要把她抢过来。”

不知是否感知到公子小白的决心，坐在马车中的绿姬忽然一阵心悸。绿姬抬眼看看对面的公子纠，见他依然沉默不语，便也一声不吭地干坐着。也是，如今两人关系变得很奇怪，绿姬不知该以何种姿态面对公子纠，想来公子纠也是一样的吧。

大兴忽然急忙勒住马，“疾如风”一声嘶鸣扬起前蹄，马车被带离地面，公子纠和绿姬险些被甩出车外。

待马车重新停稳，公子纠扶绿姬坐好，掀起车帘，神色虽不愠不恼，眸中却利光四射：“出什么事了？”

大兴拱手解释："回公子，一群流民追逐野鸡至此地，从林间突然蹿出，我怕伤着他们，这才突然勒马。"

公子纠定睛一看，果然见车前不远处黑压压跪了十余流民。他们不知自己惊了何方贵人的驾，正瑟瑟发抖。

一旁策马的两侍卫进入了戒备状态，弯弓搭箭，箭锋直指着这群可怜人。

公子纠走下马车，绿姬紧随其后。眼前这些流民衣不蔽体，瘦骨嶙峋，可见一路奔波劳苦。

"你们是哪里人，要到哪里去？"公子纠悠悠开口，嗓音温和而干净。

那些流民抬起头，看着面前两人，竟一时语塞。短暂的发愣后，人群中传来了一阵喟叹声，毕竟这般容貌气度的人，此生得见一次，已是三生有幸。

领头的老者颤抖着回话："我们是齐国人，要到鲁国去。"

公子纠俊眉一蹙："既是齐国人，为何要到鲁国去？"

老者还未来得及答复，一旁的少年接茬儿道："实在活不成了。"

众人一阵附和。

老者又道："见天抓人去服徭役，不是累死就是饿死。"

老者身后的婆妇继续说："要是能活，谁愿意离开自己的家乡？"

绿姬听闻此话，颇为担心地看着公子纠，果然，公子纠神色黯然，眸中尽是神伤之色。

绿姬忙岔开话题："地上泛潮，不如让他们起身吧。"

公子纠微一颔首，大兴见状，朗声对一众流民道："我们公子请诸位起身。"

两侍卫这才收了弓箭。流民们赶忙互相搀扶着起身，转身欲走。

公子纠忽然说："大兴，将我们车上备着的干粮取下来，分给他们吃吧。"

众人听闻此话，都停住了脚步，转过身来，受宠若惊，不住地点头道谢。

大兴等人拿出肉脯和干粮分给他们，流民们大口大口地吃了起来，满脸满足。

绿姬一脸倾慕之色，心中慨叹，自己流浪的时候怎么就没遇上公子纠这样的贵人呢？

公子纠看着大口大口吃饭的流民，蹙着眉，眸中尽是怜悯和不忍，他转身对绿姬道："我们上车吧。"

绿姬乖巧地点了点头，提起裙裾上了马车，可她未看到公子纠对大兴一挥手，眸色中有寒光乍现。

大兴接到命令，面色沉重，微微颔首抱拳。

绿姬随公子纠上了马车，心情比方才好了许多，可公子纠的眉头却越拧越紧。

绿姬正要开口宽慰公子纠，忽听到嗖嗖嗖几声，车外似有惨叫传来。绿姬一惊，欲掀开车帘，却被公子纠死死拉住。

绿姬看着公子纠，他双眸噙泪，眼中的哀伤浓得化不开。绿姬好像明白了什么，也不知哪里来的气力，她一把推开了公子纠，掀开了车帘。

方才活生生的流民，此时尸横满地。

眼前情景的幕后主使竟然是公子纠。绿姬的眼睛瞪得老大，泪水奔涌而出，整个人不停地打战。

她想闭上眼，不去看，身子却不听使唤。

公子纠从背后抱住绿姬，将手环过来捂住她的眼睛："不要看了。"

绿姬狠命推开公子纠，一脸的难以置信："你疯了！为什么杀他们？"

公子纠犹如万箭穿心，表情却仍隐忍克制："弃田而逃，使国有荒地，按律当斩。各诸侯国间角力所依靠的就是人口，人口既是军队的来源，又是农产的保证，我身为齐国公子，焉能看着他们流窜至鲁国？”

绿姬听了这义正词严的一番说辞，摇着头不住后退：“齐国国运不济，致使民不聊生，你身为齐国公子不反省克己，反怪百姓逃走避难？”

大兴关紧了车门，马车重新向曲阜城奔驰而去，仿佛什么都没发生一般。

也许在公子纠和大兴等人眼中，他们不过是按律法处置了一些流民，可在绿姬眼中，他们太过残忍和严苛。绿姬也曾不得已置身于流民之中，如今看来，她能活着走到鲁国，简直万幸。

绿姬心如刀绞，公子纠心情沉重，二人对坐着，心境再难回到从前。公子纠望着绿姬愤恨的模样，心痛更重几分，一声长叹：“希望有一日，你能明白我的苦心。”

绿姬面色惨白，转过头去，不再理会公子纠。隐隐的恐惧袭来，好像眼前这个男人她从未认识过。

马车车轮急速旋转着，不一会儿，曲阜城近在咫尺。

公子小白和著山此刻正在曲阜街上乱逛。著山漫无目的地逛着，一会儿评论下街边的姑娘样貌如何，一会儿又议论哪间酒肆的酒更香。公子小白佯装看着街景，实则有意无意地瞟着不远处的鲁宫。

大兴驾着马车从斜前方驶过，公子小白看不到马车正面，只看到雕花的车尾和滚滚的车轮，只觉似有几分眼熟，好像在哪里见过。可他还未来得及深思，便被一只粗手拽住了耳朵，这一边，著山也被拽住了耳朵。

二人还没转过身，已听到几声熟悉的叫骂：“你们两个小崽子，竟扔下老子跑了，看我，我打不死你们！”

此人不必说，正是连夜骑马奔来寻小白的鲍叔牙，鲍叔牙怕公子小白见他躲起来，又怕暴露身份，索性装成一个跑了儿子的父亲，骂骂咧咧的，在曲阜城中演起了大戏。

小白和著山挣扎着，又怕力气使大会伤到鲍叔牙，好不容易才挣脱了他的魔爪。著山满心畏惧，藏在公子小白身后，怯怯地看着鲍叔牙。小白一瞪眼，还没说什么，却听得鲍叔牙突然一阵号啕："你们两个小畜生，家里地还荒着，就因为我这当爹的说你们懒，你们就离家而逃，害我好找！"

看热闹的人越围越多，他们纷纷对公子小白和著山指指点点，都骂他们是不孝子。鲍叔牙见戏也差不多了，虎着脸命令道："还不快给老子拿包袱去，跟老子回家！"语罢鲍叔牙冲小白挤了挤眼，示意他赶快走。

小白一脸无奈，众目睽睽下又没有别的办法，只得带着鲍叔牙走向驿站，鲍叔牙为求逼真，还踹了公子小白和著山的屁股各两下。

公子小白的面色越来越黑，到驿站时，已临近爆发的边缘。三人进了房间，公子小白方欲转身，鲍叔牙竟已扑通一声跪在地下，老泪纵横："公子，真让老臣好找！老臣彻夜未眠赶来，生怕公子有什么三长两短啊！"

小白看着跪在地上号啕不休的鲍叔牙，一口气硬生生憋了回去，无奈道："师父，起来说话吧。"

鲍叔牙见小白气消了，从地上爬起来，擦擦眼泪鼻涕，才坐在软席上说："公子可追到绿姬姑娘了？"

著山看着鲍叔牙，心提到了嗓子眼儿，暗暗想大夫真是活腻了，公子才压下火，他竟还敢提绿姬姑娘。

果然，公子小白面色一沉，眸色冷得吓人。

鲍叔牙笑道："公子不必气恼，我方才在鲁宫大门守卫处打探到，绿姬姑娘同公子纠昨日出城去了，这会儿应该快回来了，我们要不要去城外看看？"

著山彻底傻了，送绿姬姑娘走是大夫的主意，现在他又让公子出城去？难道是让公子去抢人吗？

一向果决的公子小白显得犹豫不决，似乎想去，又有些顾虑。

鲍叔牙再劝："即便不能相见，远远看一眼，也是好的嘛。"

远远看一眼确实是好，只是公子小白更怕看到他二人卿卿我我，这只怕比不见更令人难受。

权衡片刻后，公子小白下定决心，说了一个"好"字，就起身出了房间。

鲍叔牙微微一笑，快步跟了上来，著山简直要被这师徒二人玩坏了，不知鲍叔牙究竟意欲何为，他摇了摇头，快步追了上去。

第十七章　山有扶苏

绿姬和公子纠一路沉默相对，两人都面如死灰。马车车轮飞速旋转着，一盏茶的工夫，就回到了鲁宫。

马车还未停稳，绿姬就掀开车帘跳了下来。她实在无法面对如此残忍的公子纠，即便他有着如此冠冕堂皇的理由。

院门轰然大开，一众侍卫从院内冲出，将马车团团围住。

管仲似从天降，立于绿姬面前。他气势如山，用冷峻的眸子死死盯住她，目光犹如利刃，扎得绿姬浑身难受。

绿姬心里暗叫糟糕，估摸着管仲发现了五极泰卦。这卦寻常人不认得，管仲肯定误会了，以为绿姬要加害公子纠，情况实在不妙。

绿姬还未想好对策，只听得管仲吩咐道："来人，把这妖卜给我抓起来。"

左右两边分别上来一队侍卫，二话不说就要捉绿姬。

公子纠不知何时下了马车，挺拔俊逸的身躯挡在绿姬身前，声调不高不低，带着一股与生俱来的霸气："我看谁敢！"

公子纠蹙着眉，与管仲对视着，不卑不亢，周身散发着慑人的肃杀之气，围观的众侍卫不由得皆吸口冷气，倒退半步。

管仲看看绿姬身前的公子纠，一脸无奈：“公子，你不可再袒护这妖卜，她心思不正，竟在屋里摆卦害你。”说着，管仲举起了手中的五极泰卦，正中悬挂着的佩玉在骄阳的照耀下，反射出刺眼的光。

绿姬心下了然：管仲果然从未信任过她，前脚公子纠刚带她去找他的姐姐文，后脚管仲就命人搜查了她的房间。

这五极泰卦绿姬无从解释，公子纠的命格也是天机不可泄露，而绿姬借他人吉运为公子纠续命，更是打死也不能说的秘密。

看来这哑巴亏，绿姬是吃定了。

公子纠大为诧异，转过头用探询的目光看着绿姬，想得到一个解释。

绿姬避开公子纠的目光，低头不语。她无从辩白，也不打算辩白。她所做的一切都是为着公子纠，即便遭受天谴，也丝毫不悔，更不要说普通的严刑逼供。

唯一不甘心的只有管仲口口声声喊着的“妖卜”，玷污她大卜一脉的清誉。

既然心意已定，便无所畏惧，绿姬抬起头，直视着管仲，不闪不避：“管大夫一定要注意自己的言辞，所谓祸从口出，并不是危言耸听。”

公子纠见绿姬不愿解释，回过身来，不再追问。

管仲瞥了绿姬一眼，一脸成竹在胸，不容抵赖的神色。

谁知公子纠缓缓开口，对绿姬道：“一路奔波劳苦，你也累了，先回房休息吧。”

公子纠如此护短，甚至置管仲的威严于不顾，是前所未有的事。众侍卫都愣了，踟蹰着，不知该听谁的吩咐。

绿姬也愣住了，不承想公子纠会如此无条件地信赖她，哪怕管仲手持证物，他仍包庇自己。她心头一暖，似有灿烂的小花开在心间，可随之冲入脑海的是流民惨死的画面，那几分温暖顷刻被浇灭，心中徒剩一片荒芜。

公子纠见绿姬没反应，吩咐一旁的大兴：“送姑娘回房休息，你守在门口，没我的命令，任何人不许入内。”

大兴一抱拳，以示领命。

公子纠转过身，握着绿姬的小手，轻声说道：“你放心，没事的，先去歇着吧。”他俊朗的笑容中满是不容辨别的意味。

绿姬看了看吹胡子瞪眼的管仲，又看了看决绝的公子纠，点点头，在大兴的护送下起身离开了。

不知公子纠和管仲之间要经历怎样的角力，是否会伤及他们的师徒之情？绿姬幽然一叹，似乎自己怎么做都是错的。

公子纠和管仲面对面站着，都不说话，气氛尴尬又诡异。侍卫们个个屏息凝神，大气都不敢出。

良久，公子纠收敛了眸中的寒意：“毒日头底下，师父站累了吧，不如去书房小坐。”

公子纠此举给管仲捡回了几分丢掉的颜面，而方才公子纠命大兴带走绿姬时，管仲并没有武力干预，也算给公子纠留了三分薄面。若非如此，他们师徒拔刀相向，定会授人以柄。

二人心照不宣，解散了众侍卫，向书房走去。

小白一行来到曲阜城外，未见佳人踪影，却见尸横遍野。景象如此惨烈，三人都傻在了原地。

片刻后，公子小白蹙眉道：“究竟是谁，敢在曲阜城外下这样的杀手？”

鲍叔牙穿梭在流民的尸身之间，想寻找一些线索。他眼尖看到利箭上的黑羽，觉得有几分眼熟，仔细回想下，险些叫出声。

鲍叔牙正欲唤公子小白，林间却蹿出另一群流民。流民们看到这一地的尸体，惊叫连连，四散而逃。

公子小白和著山交换了一下眼色，同时追了上去，拦住了他们的去路。

流民们见逃不脱，全部跪倒地上，泪如雨下，磕头求饶声不绝于耳。

小白最看不得这样的事，高声解释道："你们瞪大眼睛看看，那群人并不是我们杀的。"

众人未听进小白的话，哭闹声丝毫未平息，甚至变得更大了。

小白很无奈，翻过自己的箭筒，指着白色的箭羽道："你们且看，我的箭是白色的箭羽，那些夺命的是黑色箭羽……"正说着，小白喉间一涩，一脸的难以置信。

小白定睛细看那些流民尸身上的箭：黑色、鹰羽、楸木杆。如此奢华，普天之下除了公子纠，恐怕只有天子才用得起。

小白望向鲍叔牙，鲍叔牙神情肃穆，不复以往似笑非笑的模样，重重对小白点了点头。

公子小白星一样的眸子瞪得好大，在震惊中难以回神。

流民们跪在地上面面相觑，不知这少年为何话只说了一半，手中还握着弓箭，让他们跪也不是，起也不是。

鲍叔牙定定神，走上前来对流民道："乡亲们快快请起，我们三人路过此地，看到这惨象也很是纳闷。可我们并非行凶之人哪，你们只看我们手中箭羽的颜色就能分辨得出。"

鲍叔牙讲话条理清晰语气温和，流民们听懂了，却仍大眼瞪小眼的，赖在地上不起身。

鲍叔牙亲自搀扶起两名老者，其他人才陆陆续续站了起来。

鲍叔牙拱手道："各位乡亲可认识这些死者吗？我们三人不忍见他们曝尸荒野，想把他们给葬了，只是不知……"

一婆妇上前，哭天抹泪的："我们都是齐人，原是约好一起逃到鲁国，前后脚走着，谁知……"

鲍叔牙听闻他们都是齐国人，大致猜出了公子纠下令杀人的原因。到底是管仲的徒弟，杀伐决断毫不留情。如此狠辣的手段，只怕他师父管仲都不能比拟。

一直沉默不语的公子小白忽然开口问："齐国如今生计艰难吧？"

一位老者哑着嗓子轻笑一声："艰难？活不下去了！"

小白心中异常酸楚，将一旁的蓍山拉过来，悄声说："你身上的钱呢？都拿出来。"

蓍山一脸不情愿，却不得不伸手去掏怀中的铜币。这些钱是他为了给公子小白请郎中看病，卖掉马车换来的。现在公子小白病愈了，他还指望这些钱多喝几顿好酒，谁知却被要了个精光。

蓍山将铜币拍在小白手上，小白看了看，并没有收手，睨着蓍山不说话。

蓍山叹了口气，蹲下身，将足下戎鞮中藏着的银钱悉数抠出，递给了小白。

小白哂笑道："大丈夫竟学得个婆娘样子，棉裤袜里揣银钱，没得叫人笑话。"

蓍山哭丧着脸转过身去，不愿看公子小白将银钱递给流民这一幕。

小白双手将银钱奉与一位耄耋老者："到鲁国去吧，好好活着。"

老者双手一颤，不敢相信地看着小白。流民们都愣住了，不知今日太阳是否打西边出来了，怎么就让他们遇见了贵人？

众人像是怕小白反悔一样，接到钱后只是微微颔首道谢，就着急要走。

小白看着不远处堆积成山的流民遗体，眸色一黯："慢。"

流民们站在原地不敢动了，生怕有什么变故。

公子小白叹了一声，说道："将来齐国国运昌盛了，莫忘回家。"

这一席话正戳中流民的心思，众人都显得十分伤感，拱手谢过后，无声上路了。

待流民走远，鲍叔牙一脸悲愤，呼天抢地道："畜生啊，怎能滥杀无辜！”

小白面色依然很难看：“纠是按国法处置，只是太过严苛了，说到底，终究是我们姜家内乱，治国无方，要杀要剐也不该冲着这些老幼妇孺。”

鲍叔牙伤心掩面：“老臣受公子之父僖公赏识，拜我为大夫，老臣虽非齐人，但处处所想的都是齐国百姓，眼见如此惨状，焉能不痛？”

小白也叹道：“原先我以为，只要是姜家正统，谁做国君都是一样的，如今看来倒是我太傻了。”

听到小白这么说，鲍叔牙的激动之情取代了悲愤气恼：公子小白终于对国君之位有想法了！

不过，作为小白的师父，鲍叔牙十分了解小白的性子。自己说得太多恐适得其反，不如转个话题，这件事就让小白自己去思考吧。

鲍叔牙筹谋片刻，开口道：“除了国运外，老臣也有些担心绿姬姑娘。”

听到绿姬的名字，小白抬起眼，显得很挂心：“与绿姬何干？”

鲍叔牙蹙着眉：“管夷吾城府深，公子纠下手重。绿姬姑娘是大卜一脉后人，如今通天脉已开，以管夷吾的性格，一定会逼迫绿姬姑娘为他占卦，绿姬姑娘若是不从，只怕公子纠都难护她周全。”

啪的一声，小白手中紧握的箭被折断了。到底是关心则乱，打猎时面对凶兽都气定神闲的小白，此刻却显出慌乱的神色：“我现在就去鲁宫中把她扛出来。”

鲍叔牙一把拽住欲走的小白：“公子，抢人不比抢物件，须得绿姬姑娘心甘情愿才好。若她仍挂念着公子纠，强留她在你身边，也没有任何意义。”

小白英雄气短，沉默着不知如何是好。

鲍叔牙幽幽一笑，轻揽小白的肩头道：“公子，为师可教你治国之道，教你用兵伐谋，也可教你如何俘获绿姬姑娘的芳心。只是此地不便久留，我们回驿站详谈。”

小白没有挪步，双眸紧紧锁着不远处一众遇害的流民：“师父方才说要葬了他们，我们速速动手吧。”

鲍叔牙方才是为了套那一群流民的话，信口说说。公子小白却性子耿直，已经当真了。鲍叔牙轻叹了一声，自己为人师表，应当言出必行。看着在不远处四处寻觅工具准备刨地的小白，鲍叔牙眯着眼，起了几分笑意。

书房内，公子纠和管仲两师徒对坐于软席上。一旁的香炉散发出可以助人静心的幽微香气，可二人心气躁动，丝毫未被这气息改变。

管仲冷着眸一副严师模样：“公子太过包庇那妖卜，如今物证齐备，还有什么可说的。”

公子纠半避席，对管仲大拜行礼：“师父有师父的道理，我也有我的坚持，绿姬姑娘不会害我，还请师父一定放心。”

管仲一扬眉：“放心？我如何放心。那妖卜做的卦诡异非常，上面又悬着你的佩玉……”

公子纠忍不住打断管仲：“师父，绿姬姑娘乃大卜一脉，舜帝后人，名门正派，怎能用妖卜这样的字眼来称呼？”

管仲冷哼一声：“公子，你不可再被她迷了心窍了，这女子行事总是鬼鬼祟祟，又与公子小白纠缠不清，我看她定是小白派来的奸细，要借助这卦阵来坑害公子！”

公子纠一蹙眉：“师父未免思虑太多，这卦怎又与小白扯上关系？退一万步讲，小白又如何会害我？”

“公子，今时不比往日，如今公孙无知祸乱齐国，定不会长久，一朝生变，即位之人便在你与小白之间，怎么能毫无防备？且公子未见，那日在莒城外，公子小白誓死保护那妖卜，若说他二人清清白白，我是不信。”管仲几分无奈几分愤然，公子纠太护短，不管是绿姬还是小白，别人都说不得。

公子纠怔了一瞬，旋即笑道："师父多心了。小白的为人，我最了解，他一向最讨厌的便是争权夺位之事。至于保护绿姬姑娘，那也是仁义所致，人之常情。此事就交给我处理吧，师父无须太劳心伤神。"

管仲不管公子纠说什么，欲开口再劝。忽传来敲门声，管仲警惕地问："谁？"

"大夫，齐国来的密函。"一侍卫悄声回话，为防偷听，轻如蚊蝇。

管仲速速起身，将书房门开了个小缝，侍卫递进装密函的竹筒，默默退了下去。

公子纠问道："是谁送来的密函？"

管仲的神色中多了几分得意："大夫雍廪。"

公子纠不解："师父怎与他秘密联络？"

管仲低声道："雍廪曾受公孙无知虐待，表面上对他服服帖帖，其实内心无比憎恶他，欲杀之而后快，故而与我联络。我便顺水推舟，为他的计划提供所需要的一切，只待他择机而动。一旦成功，公子便可立即动身，赶回齐国即位。"

公子纠有些担心："此人既然备受公孙无知信赖，师父有把握吗？会不会……"

管仲胸有成竹："公子放心，我与雍廪相识于微时，我对此事已有十足的把握。况且，我等早已是逃亡在外，这意图谋反的罪名，随时都可以被他公孙无知扣上，难道还怕他罪加一等？"

公子纠沉默着，不置可否。看样子，管仲是要借刀杀人了。

驿站高台客房里，公子小白正靠窗户发呆，他眉头紧拧着，不复平日里志得意满的神态，而是心事重重。

鲍叔牙净了手，牛饮了几大缸水，身子还是又累又乏。毕竟他已上了年岁，不比公子小白和著山这些少年人，何况他本就是文臣而非武将，今日又刨又埋，已经累掉他半条命。

鲍叔牙喘匀了气，走到窗边，对苦着脸的公子小白道："公子不必太过担忧，绿姬姑娘眼下并无大碍。"

小白叹气道："我并不是在担心绿姬，正如师父所言，抢人不比抢物件，需要多费筹谋。我眼下担心的是齐国那些流民，这些流民背井离乡逃离齐国，并非公孙无知篡位后才开始。早在我哥哥诸儿在位时，就发生过多次百姓弃田而逃的事。"

鲍叔牙点点头："是，只是杀是杀不尽的。这些人冒着砍头的风险也要逃走，可见是真的活不下去了。"

小白满脸愁容："是否有什么法子，能让他们活下去？不然人口少了，地也荒了，其他诸侯国若是来犯，如何应对呢？"

鲍叔牙笑道："我的老友管夷吾曾想过，将土地收归国有，然后按照良莠程度分配给各户农民，每年秋收时让他们交税，丰年多税，荒年少税，则民生得以保障。"

听了这短短几句话，公子小白竟有醍醐灌顶之感。小白思忖了片刻，不由得拊掌叹道："实在是妙计。"

鲍叔牙点点头："管夷吾是治国奇才。"

小白眸色一暗："可惜他辅佐的是纠。"

鲍叔牙微微一笑："公子何须发愁，管夷吾辅佐的是齐国，不是哪个人。若公子能够即位，管夷吾自当尽力辅佐公子。"

小白没再说什么，茫然的神色中透出几分坚定。

鲍叔牙今日引公子小白去城郊，原本想让他看到绿姬和公子纠在一起，受些刺激，自己好在一旁规劝，帮小白下定决心夺位。不承想未见绿姬姑娘，反遇见那群流民。如今看来，起到的效果甚至超过了鲍叔牙的期望。

鲍叔牙见小白听进了自己的话，颇为欣慰。只是道理言明，还需要情来触动，就好比药和药引子，总要搭配着烹制，才能起到神效。

鲍叔牙帮小白追求绿姬，并非心血来潮，因为绿姬就是鲍叔牙眼中的药引子：借此机会可以让公子小白与公子纠彻底决裂，先争女人再抢君位，顺理成章。不然天知道公子小白什么时候才能狠下心跟公子纠一决高下。

只是小白今日颇有些反常，话少了许多，人也有些恍惚，不知是否情窦初开让他有些迷茫？

鲍叔牙很是担忧："公子这是怎么了？如此不精神。"

在一侧软席上跷着脚歇息的著山接腔道："昨日坠马了，今日才好，估摸着有些不适吧。"

小白赶忙冲著山使眼色，著山却只顾着喝水没看到。

鲍叔牙果然一副大惊失色的样子，上下左右捏着小白的身子："让为师看看，摔到哪里了？这还得了？"

小白无奈道："不打紧的，风沙迷了眼，不慎掉下来了，如今都好了。"

鲍叔牙细细查过，见小白并无大碍，这才松了口气。

皮外伤好治，而"心病还须心药医"，鲍叔牙悠悠开口："公子，你觉得，你和公子纠相较，如何？"

公子小白皱着眉头，不知该如何回答。

鲍叔牙一笑："郑国有首民歌，唱道：山有扶苏，隰有荷华。不见子都，乃见狂且。讲的是女子思念情郎，焦急等待着。但她未见英俊潇洒的情郎，却只见到一个追求自己的丑汉。"

小白面色不善，瞥了鲍叔牙一眼，语调中透着一股愤懑："师父的意思，纠貌若子都，是绿姬的心上人，而我就是那丑汉，对吗？"

听了二人的对话，著山差点笑出声，他赶忙捂住自己的嘴，生怕公子小白一怒之下迁怒自己。

鲍叔牙笑着拍了拍小白的肩："非也。公子，依老臣之见，公子貌胜子都，潇洒非凡，当世无二。只是为何入不了绿姬姑娘的眼呢？"

探究女人的心思如同大海捞针，小白着实猜不透，也不知自己究竟哪里不如公子纠，让绿姬如此看不上眼，难道是因为先来后到？

鲍叔牙看出小白的惶惑，笑着解释道："公子，男女相悦，不分先后。绿姬姑娘已到嫁龄，以她的容貌气度，普天之下怕是只有你的两位姐姐文和宣能望其项背，所以公子纠倾心于她，公子您倾心于她，若是老夫年轻个二十余岁，一定也……"

鲍叔牙再精明，如意算盘也有打坏的时候，比方现在。公子小白听了他那一句"若是老夫年轻个二十余岁，一定也……"，面色又难看了几分。

著山再也忍不住了，扑哧一下笑出了声。

鲍叔牙自然知道自己说错了话，借着骂著山的机会转移小白的注意力："你个小崽子，笑什么？"

著山委屈地抬起头，看到鲍叔牙正冲他使眼色，著山明白鲍叔牙是在求助，忙站起身。

"公子，大夫的意思是，绿姬姑娘容貌倾城，世人多想亲近……"著山话未说完，公子小白便转头瞪了他一眼，著山吓得赶忙闭了嘴。

鲍叔牙和著山哪里能体会公子小白复杂的心情。一个公子纠已经很棘手了，若是"世人多想亲近"，又该如何是好？

鲍叔牙谨慎地开口道："以为师之见，公子你太过粗鲁了些。貌胜子都，行若狂且，绿姬姑娘不会喜欢。更何况绿姬姑娘并不知晓你的心意，你总要先告诉她才是。"

听了鲍叔牙的话，小白有所顿悟，倚在窗边认真思索着。窗外景致热闹非凡，却无一物能入眼，唯有远处轩峻壮丽的鲁宫，牵动着他全部的情愫。

第十八章 昔我往矣

半卷湘帘半掩门，绿姬静坐房内，闭目安神，豆大的汗珠顺着光洁的额头不住往下淌。

体内有股灼热的真气，自上而下，烫着她的五脏六腑。绿姬强忍着痛，坐得笔直，身子仍不由自主地打战。

绿姬拼尽全力与这股真气抗衡着，整个人抖如筛糠，汗如雨下，青白色的流纱裙已经濡湿。终于，她一口气没撑住，功亏一篑，喷出一口鲜血来。

绿姬用手背轻揩下嘴角，血色触目惊心，她苦笑着想，这大概就是天谴了，不偏不倚，不早不晚。

这口血吐出后，眼前虽隐隐发黑，身体却松快了几分，绿姬猜想，她那位用五极泰卦给周公旦续命的先祖，也一定受尽了折磨。

门外忽然传来公子纠的声音，绿姬赶忙用袖笼擦净口边的鲜血，敛裾跪好。

公子纠推门而入，依旧是温和从容的模样，信步走来，坐在了绿姬面前。

绿姬看着公子纠，心中难免苦涩。

公子纠从左衽内兜中拿出五极泰卦，放在绿姬面前，探询的眼神定定地看着她。

绿姬沉默着，内心无比煎熬，转过头不去看公子纠那双不笑也含情的眼睛。

公子纠的嗓音如清泉水，令人放松而愉悦："我知道你是大卜一脉后人，可洞察天机，许多事情无法明言。这件事我问你，你不必回答，若是我说错了，你就摇头，若是说对了，你沉默就好。"

公子纠只知道绿姬身为大卜后人，不能透露天机给天子以外的任何人，否则会遭天谴。但他哪里知道，绿姬为着他的命数，早已背负了滔天大罪。

公子纠发问："这卦，是为着帮我吧？"

绿姬无言以对。如果不是帮他，难道还是害他吗？她只能选择沉默。

见绿姬默认，公子纠也沉默了。

良久，公子纠又问："可是我命不好？"

绿姬愣住了，不承想公子纠竟三两下猜了出来。但此事决不能让他知晓，绿姬牵强一笑，使劲摇摇头。

公子纠看着绿姬，眸中流动着某种异样的情愫："你不必瞒我，我虽然不懂占卜，但这卦五极代表飞龙在天，是上上卦，若不是我命极其不好，你不会摆此卦。"

公子纠的话绿姬无法反驳，她低着头，像个做错事的孩子，才欲开口，通天脉一阵剧痛，体内那股灼热的真气又烧了起来。

纠看着绿姬脸色越来越难看，光洁的额角上不断渗出虚汗，急问道："你不要瞒我，你做这卦，是否对你自己有伤害？"

绿姬想否认，可是她须得咬紧牙关才能勉强撑住身子，口中挤不出一个字，甚至不能摇头，只得摆摆手，表示否认。

公子纠眼尖，看到绿姬宽袖上的血迹，一把拉住，仔细翻查着。

绿姬想将袖笼从他手上拉走，却没有力气，只能眼看着公子纠一直拽着她的宽袖，面色越来越难看。

公子纠霍地站了起来，一向淡然的面孔上竟出现了愤怒至极的神色，气嚷道："什么破卦！"语罢，公子纠将卦狠命摔在地上，五极泰卦顷刻间支离破碎。

佩玉也从五极泰卦上脱落，脆响一声落在地上。若不是玉质极佳，只怕早已粉身碎骨。

那股灼热的气流顷刻间从身内消失，绿姬无暇自顾，赶忙踉跄上前，将佩玉捡了起来。

公子纠气得浑身发抖："命数自有天定，你何必如此！"

绿姬紧握佩玉，在公子纠的数落声中抬不起头，泪如雨下。

大兴误以为她是坏人，将她拖断腿，她不曾哭过；管仲骂她妖卜，要捉她去拷问，她不曾怕过；遭受天谴，口吐鲜血，她不曾后悔过。可如今，公子纠摔了五极泰卦，绿姬又惊又怕又悔，想到他短寿的命格，绿姬紧握着佩玉，心如刀绞。

公子纠看到绿姬哭成这样，又气又心疼。她是为着他，他怎会不知，可他不愿意让她背负这些，更不想她瞒着自己。

公子纠俯下身，用手轻轻地揩掉绿姬的眼泪，柔声道："不要哭了，哭起来就成个丑丫头了。"

绿姬看着温柔注视自己的公子纠，难以想象那命格会在何时将他带走，瞬间又泪流不止。

公子纠抚着绿姬如瀑的长发宽慰道："绿姬会测算天命，厉害得紧。可是你知不知道，天命对我们姜家的人是无用的。"

绿姬睁大清潭一般的眸子望着公子纠，泪滴如断了线的珍珠，不住淌落。

公子纠故作轻松地笑道："太公辅佐文王平天下时，某日，大卜算出凶卦，文王听说后不敢出兵，太公却说，良机正在今日，下令大举进攻商军，结果大获全胜。这便是名震天下的牧野之战。”

此事绿姬曾听祖父提起过，这也是爷爷敬佩太公的原因，逆转天命，宛若神明，着实不凡。

“所以你放心，我作为太公后人，一定也能逆转天命。”公子纠紧紧握着绿姬的手，眼眸中传递出令人安心的力量。

绿姬叹了口气，点了点头。这并非信了公子纠的说辞，而是想到世上还有一六吉之人可以解公子纠的命数，绿姬心里便稍稍宽慰了些，抓紧时间找到这个人，才是关键。

忽然传来一阵急促的敲门声，绿姬和公子纠对视一眼，面面相觑。

公子纠朗声问道："谁？"

一陌生男声回道："公子，鲁公有请绿姬姑娘前去一叙。"

驿站内，公子小白迎风立于窗边，"玉树临风"这样凡俗的辞藻不足以形容他的挺拔俊逸。小白一动不动地盯着不远处的宫殿，满怀心事。

门吱的一声被推开，公子小白和鲍叔牙警惕地回身，见来人是小白的另一侍卫，都松了一口气。

小白问那侍卫："你慌张进来，可是有什么要事？"

侍卫低声回道："齐国来的消息，国氏大夫[①]和高氏大夫[②]派人送了要紧的物件到莒城。"

国氏和高氏是齐国上卿，鲍叔牙颇费了些工夫，才争取到他们对公子小白的支持。想来在这个节骨眼送来的，一定是顶了不得的东西。

---

① 姜姓，国氏，名懿仲，齐国宗亲。受封于国地，故称国氏，位列齐国五上卿之一。国，音读作"归"。

② 姜姓，高氏，名傒，受封于高地，故称高氏，位列齐国五上卿之一，在卿大夫中声望最高。

小白对鲍叔牙说道："师父，你先带他们回莒城吧，我在这里再待几日。"

鲍叔牙思虑片刻，对一旁的著山道："小崽子，一定保护好公子，公子若有什么闪失，看我不拧下你的头！"

著山一脸不服：明明他也很在意公子，根本不需要鲍叔牙恐吓，也定会为公子肝脑涂地。可著山更怕鲍叔牙的啰唆，有什么不服也只得生生咽了，他一抱拳，以示领命。

鲍叔牙看着公子小白，很不放心，张张嘴欲再做嘱咐。

公子小白看出鲍叔牙又要开始碎碎念，抢先道："师父，国氏和高氏送来的东西一定很要紧，你快回去看看，可别耽误了。"小白边说边将鲍叔牙推出房间，"师父慢走，一路小心。"语罢，小白紧紧带上了房门。

鲍叔牙在门外气得直跳脚："如今倒嫌你师父啰唆了，他日你娶个夫人管住你，看你敢不敢嫌啰唆！"

著山撑不住笑出了声，小白如释重负一般躺在了席上，心头却毫不轻松。鲍叔牙说到娶夫人，令他想到了绿姬。可他心里依然无法越过兄弟之情这道槛，只能干等着，等一个不知会不会出现的机会。

空旷又华丽的鲁宫偏殿内，绿姬遗世独立，如出水芙蓉，令人见之忘俗。

一侧的鲁公在绿姬的映衬下，显得十分猥琐不堪。鲁公搓着手，上下打量着她，眼放绿光。

绿姬不忍看鲁公这个猥琐样，难以想象貌若天仙的文姜，竟会生出这样的儿子。

鲁公笑笑，睨着绿姬，眼神有几分轻佻："绿姬姑娘那日不辞而别，让寡人好找。"

绿姬也笑笑："鲁公可能还不知道，文姐姐已经认我做了义妹，现如今，我也与您沾亲带故，称谓可要改改了。"

鲁公一怔，旋即大笑出声："如此甚好，寡人有意与姑娘亲上加亲，不知姑娘意下如何？"

绿姬难以置信地看着鲁公，他不是痛恨自己母亲乱伦吗？他不是道貌岸然佯装最注重礼仪吗？怎么竟……

鲁公哼道："寡人与夫人早已断绝母子关系，姑娘与寡人，当然也就没有任何关系。寡人乃王室宗亲，披沐国恩，姑娘是大卜一脉后人，你我门第相貌都很匹配，如此大好的姻缘，焉能错过？"

绿姬越听越怕，头发都竖起来了，大脑飞快地旋转着："鲁公口口声声说自己披沐国恩，为何僭越，坐天子才能坐的六驾马车？"

"姑娘年轻，有所不知也是正常。我们鲁国开国先祖乃是周公旦，身份无比贵重，王上特许寡人用天子礼乐，故而寡人驾六。"

齐侯觉得齐国是姜太公后人，于国有功，鲁公又觉得自己是王室宗亲，身份无比贵重，这两大国毗邻而居，难怪总是战战和和没个消停。

听闻鲁公恪守周礼，绿姬心里忽然有了底气："既然如此，鲁公应当知晓，我们大卜一脉婚事须由王上钦定，不能自己做主。"

鲁公好像早就猜到绿姬会这么说："姑娘放心，王上按辈分当算作我的叔父，我这就安排传信，想必王上一定乐见此桩姻缘。"

绿姬听得阵阵恶心，心情却放松了几分：鲁公说王上是他叔父，这不假，可绿姬与王上情同父女，王上未必会答允。更何况自己的亲哥哥和阆哥哥在周王身侧，一定会谏阻此事。

绿姬长舒一口气，只是眼下躲过一劫，还有一劫。绿姬又道："我是公子纠的客人，自然还要回他那里去。"

鲁公轻佻地笑了两声："姑娘可别想戏弄寡人，你是我未过门的夫人，我如何会让你回公子纠那里？"

绿姬有些着急："可我……"

鲁公一摆手："姑娘放心，公子纠那边，我自会跟他言明，想来公子纠也会玉成此事。”

绿姬还想争辩，但看鲁公眼冒精光瞅着自己，她不由得后退了半步。

鲁公双眼直勾勾地盯着绿姬的小脸，目光一路向下，最后定在了她的左手上。

绿姬赶忙攥紧了左手：不用说，鲁公急于娶绿姬为妻，除了好色之外，更是惦记着她通天的灵力。

只是他究竟是何时知道绿姬是大卜一脉后人的？是在她为公子纠击缶起舞时？还是在她去莒城后？绿姬没有任何头绪。

果然，鲁公按捺不住了，逼问道：“齐国何时有新君即位？新君是谁？姑娘你已经算出来了吧？”

绿姬垂头不答，她虽然开了通天脉，可能力尚弱，确实掐算不出，更何况，即便她掐算得出，也绝不会告诉鲁公。

鲁公跨步上前，急迫道：“你与公子纠交好，难道是公子纠？可听闻你又在公子小白处借宿了十余日。所以，齐国新君到底是谁？”

鲁公离绿姬越来越近，不知是急于询问天命，还是想占绿姬的便宜，总之绿姬非常不舒服。

鲁公步步紧逼，绿姬连连退后，直到退入一个死角。

墙角处雕花案几上有个掌灯用的陶碗，眼看鲁公近在咫尺，绿姬快速退向案几旁，拿起陶碗，摔了个粉碎。

绿姬捡起一大片碎片，横在白皙的颈间，目光犀利如剑。对鲁公的问题，她必须选择缄默。因为无论她如何回答，都有可能引起鲁公的联想。如果鲁公认定纠和小白中任何一位会是新君，只怕都会想尽办法除去。

鲁公果然慌了：“姑娘这是做什么？快放下来，有话好说。”

绿姬将陶片比得离脖颈更近了：“鲁公身为王室宗亲，应当知道，大卜一脉不会将天命透露给王上之外的任何人，今日你若是逼我，我就自裁于此。绿姬死不足惜，只是逼死大卜，你要受天谴，若是你有个三长两短，鲁国人人皆要着缟素。”

鲁公连忙摆手：“姑娘不要冲动，我不过是随口一问，姑娘不愿说就罢了。”

绿姬仍没有丝毫懈怠，警惕地看着鲁公，二人就这样对峙着。

良久，鲁公大声吩咐道：“来人！”两位梳着垂髻衣着华贵的婢女应声从后堂走了出来。

鲁公对绿姬道：“姑娘不必想着回公子纠那里，只管在我这里宽心住下，等王上回了消息，我们再择良辰吉日成亲。”

绿姬权衡利弊：眼下如果不从，只怕要激怒鲁公，而且总闹着回公子纠那里，说不定鲁公会因此认定公子纠就是齐国新君，这样的话，小白就会有危险了。绿姬踟蹰再三，只得跟着婢女一同走了出去。

小院中，公子纠走来走去，焦躁不安，如同热锅上的蚂蚁。

管仲从书房走出，喝道：“公子，怎能如此不安，失了身份了。”

公子纠蹙眉道：“明知鲁公不安好心，却不得不让绿姬姑娘过去，已经大半晌了，鲁公还不放人，现在如何是好啊？”

管仲神色较平日里还冷了几分：“她有通天的神力，一定不能为鲁公所用。可若要回国争位，仍需依仗鲁国的兵力，咱们也不好得罪。”

公子纠不复平时那般淡然如水的模样，事关绿姬，他慌张又无措：“师父，那究竟如何是好？”

管仲眸中闪过一丝阴狠：“大局为重。临淄城中，要抓紧动手了。”

傍晚时分，绿姬站在被幽禁的小院里，看着天边的落霞出神。这四方的小院，四方的矮墙，框住了整个天空，连落霞都是不完整的。

绿姬不承想，她才认文做了义姐，这么快就与文命数趋同。一样被软禁在衣食无缺之处，一样不得自由，更神奇的是，连软禁她们的人都是同一个。

临别时文脸上闪过的倔强和决绝，绿姬感同身受。有些事到底是没有回旋余地的，比如现在她所经历的这一桩，便是如此。

两名婢女款款走入院中，绿姬搞不清她们为何而来，面露警惕之色。待两名婢女走近，绿姬竟意外地看到她们手上捧着自己的包袱。

一瞬的出神，一瞬的灰心。没想到，公子纠居然如此轻易就答允了鲁公的要求，同意让自己待在这里。

不知是高估了自己在他心中的分量，还是高估了自己对他的认知，绿姬自嘲地笑了笑。

冲两名婢女挥挥手，示意她们将包袱放进房内，绿姬仍站着没动。她强压神思，小手抓紧了衣摆，心中清楚：想要逃离此处，唯有依靠自己了。

余后几日，绿姬水米不进，终日在房内沐浴染香。

传言周文王被关押在羑里时，写下了易经，绿姬此番被拘在此地，虽不想写易经，到底也要掐算一下如何走出这死局。

不吃不喝并不是使性子，而是为了使身体空明，五脏清净，借此亲近神明。

可鲁公显得很担心，不知几分真情几分假意，一日三次在门外叫嚷着，让绿姬不要饿坏了身子，甚至还试图破门而入，不过都被绿姬连哄带吓给制止了。

绿姬盘腿坐着，美目紧闭，再一次试图使用通天脉掐算命数，一片混沌的思绪中却只闪出了公子小白的身影。

绿姬沮丧地睁开眼，有些气恼，不知小白此时来她脑中捣什么乱。

门外传来熟悉又稚嫩的女声，轻唤道：“姑娘。”

听到懒丫头的声音，绿姬迅速起身，跑向门口，打开了房门。

懒丫头小小的身子站在门外，微微打战，小手紧紧地握着一个竹编的食篮，而她身后是一众披坚执锐的侍卫，神色肃穆，令人望之生畏。

带头的内管上前对着绿姬请安："传令：绿姬姑娘脾胃不和，特准懒丫头为绿姬姑娘送食盒。"

绿姬备感意外。鲁公将她圈禁在此，就是怕她与公子纠再有瓜葛，怎么倒同意让懒丫头过来了？

懒丫头迈步进屋，侍卫将门紧紧掩住，整整齐齐地守在门口，严防死守，只怕连蚊蝇都难以出入。

懒丫头走到案几旁，将竹篮里的食物悉数摆在案上，放大声音对绿姬道："姑娘，快来吃饭吧。听闻你茶饭不思，公子特意让我准备几个你爱吃的菜来。"

绿姬上前配合懒丫头，故意用筷子与碗碟碰撞出清脆的响声，为求逼真，还特意吃了一小口。

绿姬压低嗓音问道："公子让你前来，可有什么话说？"

懒丫头凑到绿姬耳畔，悄声道："公子确实有话让我带给姑娘，只是我忘了第一句是什么，姑娘容我想想。"

这阵势原本搞得绿姬十分紧张，结果懒丫头竟说了一句"忘了"，绿姬听了险些没站稳。

绿姬看着正苦思冥想的懒丫头，哭笑不得。公子纠也真是的，找才十岁出头的懒丫头来传话，她记不清楚讲不明白也在情理之中。

懒丫头想了一阵，低声道："公子说他无奈答允了鲁公娶姑娘的要求，请姑娘勿怪。"

听到懒丫头这句话，绿姬心头无比震惊。呆了好一阵，回过神的绿姬一时泣泪交加："他答允了？他凭什么答允？"

懒丫头见绿姬哭了，赶忙解释道："不是不是，怪我没说清楚。"

绿姬面色苍白，薄唇一丝血色也无。公子纠的态度是她握在手中的救命稻草，如今竟连这也丢了。

懒丫头继续说：“公子说，这只是权宜之计，鲁公派人送书信到洛阳，来回少说也得一两个月。齐国那边，管大夫已有部署，等公孙无知一死，公子就即刻回国即位，等公子做了国君，想来鲁公也就不敢霸占姑娘了。”

绿姬望着案上的美食，无比心寒。公子纠体贴入微，记得她爱吃的餐食，却不肯为她见罪于鲁公。什么时候起，她的命运竟要仰赖旁人，想来真是讽刺。

侍卫威严不容辩驳的声音传入门内：“时间到了，请出来吧。”

懒丫头见绿姬垂着头，神色仍旧很不好看，低声劝道：“姑娘，我得走了，门外几个大哥剽悍得紧，公子还有句话让我告诉你，无论听到什么消息或风声，一定要相信他。”

木门猛地被推开，侍卫满脸不耐烦地看着懒丫头，懒丫头慌忙提起篮子向外走，没走两步，又转过身看了绿姬一眼。

绿姬仍像刚才那样站着，懒丫头看不见她的表情，千言万语也只能化作一句“姑娘保重”。语罢，懒丫头随着侍卫走出，房门又被紧紧关了起来。

驿站中，公子小白随意地坐在席上，手中握着的书卷已经破旧不堪，可见翻阅了不下百次。

与他惫懒姿态相左的，是俊朗面庞上极其认真的表情。只见他俊眉微蹙，目光如炬，偶尔遇到不懂处，抬眼思考片刻，随后大彻大悟，印堂发亮如有神光拂照。

著山推门进来，手里还拿着半个桃子，边啃边对小白道：“公子如今竟然不爱逛了，从前哪日若不出城打猎，定要闲得浑身难受。”

小白看著山一眼，伸手道：“我的桃儿呢？”

著山一脸尴尬：“以为公子不爱吃，就没给公子买。”

小白轻笑一下，继续看书：“罢了，你且去吃去逛吧。我哪里是不爱打猎，若是能打，我照样天天去打，待在这里闷得很。只是我更不想上街去逛，喝喝酒，找个姑娘聊天，当真无聊。”

著山打趣道：“那是自然，公子心里有了绿姬姑娘，旁的庸脂俗粉哪里看得上眼。”语罢著山将身子闪得老远，生怕公子小白恼羞成怒打他。

谁知公子小白并未生气，只是脸一红，辩解道：“和那蠢女人有什么关系，我一向不爱在女人堆里逛，聒噪得很。”

著山凑上前，神神秘秘地压低了声音：“公子，我也嫌聒噪，只是，逛有逛的好处，我可听说一件大事，关乎公子的终身大事。”

小白面露疑惑神色，问道：“什么事，说来听听？”

著山凑在小白耳边，悄声嘀咕了一阵，只见小白脸色越来越难看，手中握着的竹简重重滑落在地，都没顾得上去捡。

著山猜到小白会有这样的反应，又道：“公子别急，还有一件事，与此有关，怕公子听了要吓坏的。”

著山又附在小白耳边说了几句，小白脸色一阵青一阵白，看不出究竟是气是恼，还是别的什么情绪。

小白半眯着眼，想了好一阵，对著山道：“备马，现在就出城。”

啃着桃子的著山还未反应过来，小白已经大步走出了房间，著山如丈二和尚摸不着头脑，赶忙快步追了上去。

曲阜城外，几日前埋葬流民的坟头上，已经有青草蔓生。

小白骑着小白马，面色沉重，看着天边似血残阳，对著山道：“我今夜就潜去鲁宫里，把绿姬接出来。你留在此地等我。”

著山一口回绝：“我也要去。”

小白知道著山担心自己，好言相劝：“此时不是讲兄弟义气的时候，你留在这里，如果我有什么不测，你可以火速回莒城报信，让师父早做安排。”

著山一副气鼓鼓的样子，似乎还在想理由反驳小白。

小白拍拍著山的肩，说道：“我一人，去也容易，跑也容易，本来绿姬已经很蠢了，若是再加上个你，可怎么是好？”

小白翻身下马，走到小白马身前，为它捋捋鬃毛：“小白马，你好好和著山在此地等我。”

小白马嘶鸣一声，扬起前蹄，很不乐意，张嘴叼住了小白的后衣襟，不许他走。

小白扯了半晌，连哄带吓，才把衣襟拔了出来，小白马很不高兴，兀自走到一旁草地上，卧了下来。

小白神色严肃地对著山道：“若是三天后我没回来，你们就直接回莒城吧，不必再等，更不要去鲁宫找我。”

著山急道：“公子不可乱说，我们就在此地等你，你一定要回来。”

小白看著山急得满脸涨红，眼角似有星点泪光，不禁失笑：“怎么了？你公子还没死呢。”

著山别过脸去，嘴唇却颤抖着，说不担心是假的，鲁宫宫门重重，庭院深深，只怕好进不好出。可他本领确实不比小白，也着实怕拖累他，心里矛盾至极。

小白一拍著山的肩，不再耽搁，向曲阜城走去。天边的落日还未落入地平线，半轮明月已挂在天际，日月同辉，此景在此情的映衬下，非但未显恢宏，反倒添了几丝阴森诡谲。

小白的背影融入渐沉的夜幕中，无比苍凉。能否看到明天的太阳，对他而言还是个大大的未知数。

第十九章 兄弟阋墙

朗月高悬于天际，鲁宫重重宫门早已下钥，亭台楼阁全部笼罩于夜色中，寂静得有些怕人。

精巧的小院中，绿姬房内灯火通明。虽然已是仲夏，但入夜后，东风透窗而来，还有几分凉意。绿姬蜷着身子坐在案几旁，对着满满当当的玉盘珍馐发愣。

懒丫头的话萦绕在耳畔，虽轻如蚊蝇，却振聋发聩。绿姬愤懑于公子纠同意自己嫁给鲁公这件事，即便是一时的权宜之计，她也无法接受。

男人的江山从来不肯分权给女子，却要女子做他们的垫脚石。不论管仲派出的细作能否刺杀公孙无知，无论公子纠能否即位新君，绿姬都打定主意，决不会嫁给鲁公。

最坏最坏的结果，不过就是个死。想到这里，绿姬忆起当日在莒城外，公子小白宁愿自我牺牲也要保护她的壮举，当真够义气。

绿姬轻叹一声，自怜没有任何意义，眼下只能自己救自己。

奈何她只是个手无缚鸡之力的女子，所能仰赖的，只有身为大卜后人的卜算能力罢了。

绿姬站起身，走到一旁榻边，掏出藏于榻下的梨花木盒，查看带花瓣的冷香。

沐浴和佩香是世人与神明沟通的桥梁，绿姬从小在爷爷身侧，耳濡目染，早已轻车熟路，却不敢有一丝懈怠。

此次所用的香与以往不同：平日里所用花香虽然见效快，到底有些世俗之气。绿姬这次用的冷香，是用十六种鲜花提炼七七四十九天，炼出的精油按比例调配后，灌于青玉小瓮中，埋在梨花树下，沥干凝结而成。这香通体晶莹剔透，香气幽微又不轻浮，与世人拜谒神明时，渴望亲近又充满敬畏的心态十分投契。

此香异常珍贵，绿姬离家时只带了这一小块，不到万不得已不打算用，想留着在适当的时候，用来掐算盖世英雄。谁知如今被鲁公逼迫着不得不用了。

青白色羽裙上沾满了这宜人的香气，绿姬要穿上它，再掐算一回。希望这次神明能给出答案，助她走出这死局。

绿姬慢慢褪下身上的海棠红锦袍，解下绮纱裙裾，拿起梨花木盒中的青白裙裳，轻轻围在了纤腰上。霜色的肚兜露出她纤细的肩膀和好看的肩骨，绿姬肤光胜雪，在荧荧烛火的照耀下，更显得娇俏可爱。

头顶上传来屋瓦的当啷声，正上方的椽子簌簌落下木屑，险些迷了绿姬的眼。

绿姬觉得有些奇怪，转念一想，估计是宫中豢养的狸猫，也就不再理会，继续换衣服。

一声闷响，身后窗子忽然大开，绿姬吓了一跳，才要回过身查看，就撞上了一个坚实的胸膛。

公子小白身着玄色麻褐，屹立于前，星子一样的眼眸定定地锁住绿姬，两人就这样面对面站着，都傻了眼。

太过意外和震惊，绿姬怔了许久，待回过神来，她尖叫一声，立马拉起衣袍挡住了身子。

小白脑中浮现起那一日他不小心碰到她的胸，绿姬抬手那一记耳光的情景，他下意识捂了脸，条件反射似的闪开了身。

绿姬见小白跳到一旁，仍定定地看着自己，又羞又恼道：“你快转过去啊。”

公子小白如梦初醒，赶忙转过了身子，掌心全是汗。

片刻后，绿姬的声音从身后传来：“你怎么在这里，你怎么进来的？”

小白知道绿姬定是换好了衣服，他回过身来，脸上一阵红一阵白。认识绿姬后，他才体会到十余年来都不曾有过的感受，比如脸红。

绿姬十分赧然，不敢与小白对视，仓皇地移开了视线。一别十余日，小白清瘦了些，样子比绿姬印象中的更加英武俊逸。绿姬顾念小白安危，快步走到窗边，关紧了窗子。这里毕竟是鲁国，鲁公生性阴狠，城府又深，绿姬担心他会对小白不利。

公子小白原本想一见面就跟绿姬算账，问她为何不辞而别，可见了面后，心一下子柔软了，能够再看到她，已经无比满足，再说不出任何抱怨的话来。

绿姬清潭般的眸子闪过一丝光：难道公子小白是来救她的？可他什么都没说，蹙着眉，不知道在思索些什么。

小白回过神，眼下不是自我陶醉的时候，当务之急是要把绿姬带走。可凡事总要师出有名，就如他师父鲍叔牙所说，他的心意绿姬还不知道，总要先告诉她才是。

小白一紧张，脑中一片空白，什么诗歌佳话都想不起来了，怎么表明心迹？

事不宜迟，再晚恐被人发现，小白心一横，言辞掷地有声：“我要你，你现在就跟我走。”

这简单的几个字，绿姬倒像是没听懂，愣愣地看着小白。小白一边上来牵绿姬，一边暗地红了脸。

绿姬站在原地不动，一动不动地盯着小白，小白在绿姬的目光下竟有些手足无措。不过一眨眼的工夫，倒像是过了一年。

片刻后，绿姬扑哧笑了出来。

绿姬的反应让小白自尊心极大受挫，气道："你这是什么反应？旁的姑娘听到这样的话，只怕臊得抬不起头，你竟然笑了？"

绿姬摆摆手，忍住笑意："几日不见，你发什么疯？满嘴胡话。"

小白愕然。自己的一番心意，绿姬居然不信，还以为他在恶作剧。难道都是因为从前戏弄她太多了？

时间紧迫，小白也顾不上粗鲁不粗鲁，扳过绿姬的身子，握着她瘦弱的双肩，强迫她看着自己："我没同你玩笑，我就是看上你了。现在情势危急，你先跟我走再说。"

小白眸中闪着不容辩驳的坚定，火一样烧着绿姬。被这样饱含情愫的目光紧盯着，绿姬陡然红了脸，推开了小白握着她双肩的手。

绿姬这才显出几分女儿家的娇羞，大眼睛透着迷蒙，嗫嚅道："可是我……我……"

小白明白绿姬的"可是"是什么意思，满脸不悦："你还想着纠？你可知道他……"

此时，门外忽传来均匀清脆的敲门声。走近一看居然是公子纠前来敲门。

小白脸色难看至极："我说你怎么打扮成这样，还弄得这样香，原来竟是约了他了！"

绿姬顾不上辩驳，心乱如麻：公子纠居然这时候来找她，她本有许多话要当面问公子纠，奈何公子小白也在这里。

如果是从前，他们兄弟相见，绿姬是乐见的。只是小白方对绿姬说了那么多莫名其妙的话，眼下这种状况，究竟该如何是好？

未给绿姬足够思考的时间，小白大步走到门前，一把打开了门。

站在门外的公子纠万万没想到开门的竟是小白，又惊又喜道："小白，你怎会在这里？"

小白推开公子纠欲搭在他肩上的手："你来得正好，我有几桩事要问你。"

公子纠见小白神情严肃，蹙着眉头，也收敛了笑意，语调平和："你且问吧。"

"城外那群流民，可是你杀的？"小白冷着脸，目光犹如利剑，死死盯住公子纠。

公子纠面色波澜不惊，只是略回头看了眼绿姬。

绿姬正好奇，小白怎会知晓此事，看到公子纠投来的目光，绿姬百口莫辩，此事真不是她告诉小白的。

未等绿姬开腔，小白说道："我那日经过城外，看到一堆流民死在那里，身上还插着你的黑羽箭！"

公子纠坦荡答道："不错，是我下令杀的。他们违反国法，按律当斩。"

小白脸上的表情从惊讶到悲愤，最后定格在失望。

公子纠叹息道："小白，你我皆是齐国公子，焉能眼看叛民而置之不理？"

小白喝道："够了，若是国泰民安，有人弃田而逃，万死尚不足惜。可如今身逢乱世，奸人祸国，导致民不聊生，你怎能反怪百姓！"

公子纠一向波澜不惊的俊脸上出现了难得的坚决："若是妇人女子说出这样的话也罢了，你身为齐国公子，罔顾国法，你对得起父王的教导吗？"

"父王在位时，国富民康，现如今，民生凋敝。百姓是万般无奈才背井离乡的。"小白摇着头，仿佛不认识面前的公子纠一般。

公子纠不以为意："若是你遇上叛国而逃的流民，你会如何？只怕也会如我一般，含泪将其处死吧。小白，不要以为只有你心中装着齐国，装着百姓，我也一样。”

“没错，我也遇见了一群流民，若不是听他们所说，我不会知道如今齐国百姓生活如此艰难。”小白垂着眼，想到当日那椎心的一幕，一股无力感陡然升起。

公子纠面色一凛：“你把他们放了？”

小白抬起眼，目光如炬，昂首直视着公子纠，没有回答。公子纠见小白默认了，亦陷入了沉默中，场面一片死寂。

绿姬听着这兄弟二人论战，不便插嘴，更不知说什么才能缓和气氛，生怕他们一言不合打起来。

良久，公子纠叹息道：“罢了，如此罔顾国法，若你不是我弟弟，我一定一剑挑了你。”

小白怒道：“你为何就如此冥顽不灵，抱着那不合时宜的旧律法不放？若是按律处置，头一个该死的就是你我。你我身为齐国公子，大哥被无知杀的时候，我们最先逃离齐国，你我可以离国避难，那些百姓为何不能？”

绿姬听了小白的话，对他满是激赏：不承想他这样一个纨绔膏粱子弟，竟有这样的心胸。

公子纠转过身去，缥缈如仙的身姿融进了苍茫夜色中：“小白，你我已经不是当年言笑晏晏的兄弟了，虽不知你来此何意，鲁宫戒备森严，你好自为之吧。”

小白拉过一旁看热闹的绿姬：“我话还没问完，曲阜城坊间流传着，绿姬要嫁给姬同那好色之徒，保媒拉纤的竟然是你，可有此事？”

绿姬被小白拉至身前，咬着薄唇，面色沉重。这些话原是她想要问纠的，没承想借着小白的嘴问了出来。

公子纠将绿姬拉了过来，柔声道：“我今晚来找你，就是趁我师父去找鲁公，来跟你解释一下此事，再做下一步的部署和筹谋。”

小白没有撒手，依然牵着绿姬，冷眼想看公子纠如何圆这个话。

绿姬分别挣脱开公子纠和小白的手：“我不会嫁给鲁公的，即便是王上下令我也不从，又哪里会被他人左右？”

公子纠接口道：“我自然知道你的心性，只是我们在人屋檐下，不过是一时权宜之计，你信我，我从未想要让你真的嫁给鲁公。”

看着纠和绿姬眼底的波光流动，小白心中酸涩闷胀，质问公子纠道：“这蠢女人满心满眼都是你，你既然难以舍弃鲁公的支持，又如何能保全她？”

公子纠眸色冷如寒冰：“这是我与绿姬之间的事，我们会自己处理。”

小白冷笑一声：“处理？你若不答允娶鲁公之妹，此事还有回旋的余地，你若是娶了，绿姬还有的逃吗？”

绿姬小脑袋嗡的一声，整个人呆在了原地。公子纠要娶鲁公之妹？这怎么可能？那我对于他，又是什么？

绿姬一瞬间的恐惧被公子纠尽收眼底。公子纠张口欲解释，一众拿着火把的侍卫忽然冲入小院，将院子照得宛如白昼。

鲁公姬同大笑着拍手，走入院中，阴阳怪气道：“哟，今日寡人这里吹的什么风，把两位舅父都吹来了？”

侍卫人数众多，里三层外三层，将小院围了个水泄不通，个个手拿火把，身背箭筒，随时待命。鲁公仍那样不阴不阳地笑着，透着一股狰狞。

公子纠开口欲解释，却编不出任何由头。小白挺身上前，将绿姬牢牢挡在了身后，将手放到了腰间的剑柄上。

绿姬抬眼看看天上的朗月，叹道：这次只怕插翅也难逃了。

第二十章　二子乘舟

流云遮住朗月，月影在云团缝隙中若隐若现，曲阜城笼罩在一片黑暗之中。对峙还在继续，公子纠和公子小白挡在绿姬身前，直面鲁公和他的一众侍从。绿姬从未见过这样的阵势，额旁不由得渗出细汗，但护在她身前的那两个俊逸又挺拔的背影，让绿姬好似吃了一颗定心丸，渐渐从慌乱的情绪中冷静了下来。

公子纠淡淡开口："我与小白许久未见，很挂念他。可宫禁森严，小白出入多有不便，这才不得不潜入宫中与我一叙，请鲁公莫怪。"

鲁公姬同听后狞笑几声，对公子纠的话不置可否，场面又冷了下来，比方才更添了几分阴森。

鲁公语调轻浮又挑衅："怎么小舅父要见二舅父，竟然见到寡人未过门的夫人这里来了？"

公子纠一时语塞，不知该如何作答。

绿姬心里明白，现如今公子纠要娶鲁公之妹，而自己被逼着嫁给鲁公，脱离苦海之日遥不可及，与其这样拖累着公子纠，不如独自承担后果，明明白白地拒绝鲁公。绿姬上前一步：“即便天子下令，我也绝对不会嫁给你的。”

鲁公眸色森冷，语气越发不善：“哦，姑娘与寡人天造地设的一对，为何不顺从天意，反而拒绝寡人？难道姑娘心中已经有人了？”

绿姬没想到鲁公反咬一口，绿姬踌躇着不知该如何开口，鲁公执意将火引向公子纠和公子小白，绿姬不知该如何作答，低着头，暗暗想对策。

鲁公认定绿姬默认了，更为火大，目光在公子小白和公子纠身上盘桓了几圈：“姑娘的心上人，究竟是寡人儒雅潇洒的二舅父，还是风流倜傥的小舅父呢？”

绿姬听鲁公如是说，十分紧张，方欲为他二人开脱，谁知公子小白突然开口：“自然是我，你有什么不服？”

公子纠见小白应承此事，蹙着眉，低声道：“此时不是逞英雄的时候。”

小白歪着头，似笑非笑地看着鲁公：“姬同，你自幼缺家少教，自然不知道，男女相悦，讲的是一个情投意合，你如此勉强又有何用？”

小白的话一下戳中了鲁公的痛点：鲁公幼年时，母亲文就跑回齐国与大舅父诸儿私通，后来事情败露，诸儿命人摔死了文的丈夫，也就是鲁公的父亲。正因如此，鲁公自小无父无母。这是他最大的忌讳，此时被小白当着众人的面抖搂出来，自然是气得脸红脖子粗。

小白又道：“你们鲁国号称王室同宗，口口声声恪守周礼，其实行若狗彘，卑鄙下流，无耻至极。”

“王室同宗，恪守周礼”一直是鲁国人的骄傲，如今公子小白竟把他们的骄傲踏在足下，加上之前他骂鲁公缺家少教，可算是将其惹怒到了极致。

果然，鲁公再也忍不下去，颤抖着手指着小白，怒道：“来人，给我把公子小白……”

谁知公子纠面色沉重，半转过身对小白怒道：“我母亲身为鲁女，我身上也流有鲁国的血，焉能看你如此侮辱鲁国？”

小白直视着公子纠：“你以为你母亲多高贵？妖媚祸国，为齐鲁两国所厌弃，你还有脸再提？”

公子小白与公子纠同父异母，平日尊重有加，今日这是怎么了，竟然连公子纠的母亲都骂上了。公子纠不堪其辱，手中玉骨扇一合，一个箭步上前，同公子小白比画了起来。

绿姬一下慌了，方才争辩了半晌也没动手的两人，此刻却拿出十二分的本领，公子纠以扇为剑，声东击西，步步紧逼，尽管身穿锦缎长袍，动作却飘逸灵动，变幻莫测。小白接了几招，欲以护臂去挡公子纠手中的扇，转守为攻，谁知公子纠手腕一抖，扇子猛然张开，又突然合上，重重地点在了公子小白的眉心上，公子小白不由得后退几步。

绿姬没想到公子纠看似文弱，功夫却不比小白差。联想起小白那日以一敌十对战公孙无知的刺客，真不知道公子纠究竟有多厉害，才能接近小白的身。

未来得及喟叹，公子小白已向公子纠发起了反攻。小白劈手挡回公子纠的一击，随后一路大开大合，招式凌厉，左手抵挡，右手出击，步步为营，让单手持扇的公子纠难以尽数化解，不得不后退连连。小白看准时机，佯攻上盘，趁纠抵挡之际一掌击中公子纠的腹部。

公子纠踉跄几步，退至一位侍卫身边，被侍卫扶住。公子纠气急，抢下侍卫的箭筒，弯弓搭箭直指小白。小白也怒了，步步逼近公子纠：“你若是有能耐，就射死我啊。”

绿姬本想拉架却插不上手，越看越觉得事情不大对，索性站在一旁观战。

鲁公目光闪过一丝杀意，命道：“今日寡人就助公子纠一臂之力，射杀公子小白！”

一旁的谋士思忖着开口道："君上，若是误杀了公子纠，可如何是好？"

鲁公愤恨又无奈，只得摆摆手，命令弓箭手暂时不要妄动。

公子纠手持弓箭，却被小白一直逼向后院，绿姬担心他二人出事，忙跑过去看。谁知公子纠迅速从后院马棚中牵出一匹马，将弓箭和骏马一并交给了公子小白。

绿姬看到这一幕，恍然大悟，原是这竟是他兄弟二人合演的一出戏，只是他们并无沟通，究竟是如何才能仅凭一个眼神，便做到如此心意相通的？

公子纠握住绿姬的手："情势危急，你快跟小白走吧，不然我护不了你们周全。"

绿姬拼命摇头："我若跟他走了，你可怎么办？我不走。"

公子纠脸上挂着温暖的笑，宠溺地看着绿姬："傻瓜，鲁公与小白不和，齐国嫡传只剩下了我们俩，你们安全离开了，他才更不敢动我。"

道理虽然如此，可绿姬想到公子纠的六煞命格，泪光盈盈，说什么也不肯离开他半步。

鲁公察觉事情不对，带着侍卫赶了过来，看到公子小白手牵骏马身负弓箭，气得眼珠瞪得老大，狰狞大笑："你们齐国人果然奸诈，竟敢欺骗寡人！"

公子纠回身对小白说："拉住她。"随后挺身立于二人身前，宽袍阔袖随风而动，将公子小白和绿姬挡了个严严实实。

公子纠对鲁公一礼："小白他辈分虽然高，到底年纪小，少不更事，并非有意得罪你。我身为兄长，教导无方，我替他跟你赔个不是。至于绿姬姑娘，身为大卜后人，背负神谕，既然她无意委身于你，你又何必勉强。不如大人大量，放了他们吧。"

可鲁公毫不领情，怒道："弓箭手！准备！"

一众侍卫挽起雕弓，动作整齐划一，阵势着实骇人。

绿姬欲上前，却被小白一把拽到身后，小白上前与公子纠并肩而立，两人都面色淡然，无所畏惧地看着鲁公。

鲁公一笑，拍手道："好，好，两位舅父当真是英雄气概，既然二位活够了，今日寡人就送你们上路。"

一旁的谋士劝道："君上不可逞一时意气呀，如若公子小白和公子纠都死在了咱们鲁国，往后齐国可就只剩那个失道的公孙无知了……"

鲁公一把推开谋士："是他们自己找死，我只是成全……"

鲁公话未说完，一把闪着白光的锋利匕首突然横在了他喉头间，鲁公顿时吓傻了，连口水也不敢咽。

管仲冰冷的声音从鲁公身后传来："你们放箭试试，我们公子武艺如何我这个做师父的心中有数，你们君上的脖颈有多硬，你们想看看吗？"

鲁公不敢说话，生怕喉结滚动会碰上管仲的利刃，他小幅度摆摆手，示意手下放下弓箭。

大兴和其他一众侍卫此时已爬上了墙头，手握弓箭对着下方鲁公的侍卫。

大兴这群人何等骁勇，鲁公怎会不知，此时怕得打战，马上要哭出来。

公子纠和公子小白都收了神色，不去看那色厉内荏的草包。公子纠对小白道："此人反复无常，是个小人，你快带绿姬走吧。"

谁都不承想，情势竟会发展到这等地步。绿姬对纠道："我不能走，此次你把鲁公给得罪了，我若走了……"

公子纠一笑："你不走，难道留在这里嫁给他不成？"

绿姬沉默半晌："你真要娶鲁公的妹妹为妻吗？"

公子纠动动薄唇，想要解释，却未说出口。

小白实在看够了他二人卿卿我我叽叽歪歪，不悦地说："你们说这些有什么意义，眼下我们走得出去吗？"

公子纠和绿姬回过神，发现管仲手下侍卫的箭锋已掉转方向，对准了公子小白和绿姬。

公子纠赶忙护住二人，可身前身后都有持弓的侍卫，公子纠难以护得周全。

公子纠气急："师父，你这是何意？"

管仲没有理会公子纠，朗声对众人道："今日，射杀公子小白者，赏金五锊；射杀妖卜者，赏金十锊！"

管仲话音才落，小白气道："这蠢女人竟然比我贵？凭什么？"

公子纠回身轻喝："小白，先不要乱说话。"

绿姬惊讶于小白的淡定，管仲欲杀她和小白，是真真切切符合自身利益的。如今临淄城内大夫雍廪已为公孙无知布下天罗地网，君位易主已是指日可待。此时杀了她，公子纠就可以心无旁骛、无所顾忌；而杀了小白，齐国嫡传就只剩公子纠一人，即位之事再无悬念。只是绿姬未曾想到，在管仲看来，绿姬对公子纠即位的威胁，甚至比公子小白更大。

公子纠心里清楚，自己手下这一众侍卫箭法奇准，百步穿杨，要杀死绿姬和小白而不伤到他，易如反掌。

背后忽然射来一支冷箭，直直地冲着绿姬的后心窝飞来，小白觉察不对，拉过绿姬一个团身，将利箭闪过，绿姬却仍被射落了一缕青丝。

所谓重赏之下必有勇夫，某些侍卫难以抵挡黄金的诱惑，蠢蠢欲动了。小白即便武艺再高，反应再快，只怕也难以抵挡来自四面八方的利箭。

通天脉传来剧痛，暗示着绿姬身为大卜一脉的特殊身份，绿姬轻抚过通天脉，正色对管仲道："管大夫，我乃大卜一脉后人，是奉神谕而来。刺杀我，可是要遭天谴的。"

此事管仲知晓，众侍卫可不知晓，听到绿姬如是说，众侍卫皆吓得倒吸了一口冷气。

平日里柔弱又倔强的傻女人，此时拿出一派大卜一脉传人的气势，落在小白眼里，令他有些忍俊不禁，但为配合绿姬保持气氛，小白强忍着，不让别人察觉自己的笑意。

管仲见众侍卫不敢动了，冷笑一声："你这妖卜，妖言惑众，哪里有什么天谴！"

即便管仲如是说，众侍卫你看我我看你，依然不敢妄动。侍卫们又不傻，平日里淡定冷静的管大夫，如此针对一个小丫头，可见她不是普通人。如若真有天谴，侍卫们挣再多的赏金又有何意义？

管仲一脸不悦，将手里的鲁公塞给了身边的侍卫。鲁公原以为这是个逃跑的机会，挣扎两下，却被那侍卫死死锁喉，匕首直接横于喉头上。鲁公这下彻底老实了，一动不动，暗想他们对峙他们的，自己保住命是第一位的。

管仲夺过侍卫手中的弓箭，弯弓如满月，箭锋瞄准绿姬，对众侍卫道："你们既然不敢杀那妖卜，就由本大夫亲自动手。你们谁能射杀公子小白，赏金翻倍！"

众侍卫又来了精神，场面几乎失控，照此看，公子小白必死无疑，还会被扎成刺猬。

小白将弓横于身前，警惕地听着周边的动静。公子纠挡在他二人身前，却越来越难顾及周全。

眼看管仲已瞄准绿姬，侍卫们也瞄准了小白，公子纠突然一把扯过小白的箭筒，迅速抽出一支箭，让箭锋对着自己的心口。

管仲一怔，怒道："公子，万万不可做傻事！"

公子纠看着管仲，脸上挂着一抹淡淡的愁绪："师父，你执意如此吗？"

"公子，此女绝非善类，公子不可再执迷不悟！"管仲说完，再度挽弓，将箭锋对准了绿姬。

人群忽然一声惊呼，只见公子纠大力将手中的箭插进了自己心口，还未回过神来，纠胸前已是殷红一片。

管仲大骇，扔下了弓箭，急欲上前："公子，你这是做什么？"

绿姬吓得大哭，想扶住公子纠，却被他推开。

公子纠对管仲摆了下手："师父，你不要过来，你再过来，我就……”公子纠做了一个向内扎更深的手势，管仲忙停下脚步，又气又心疼。

小白心里清楚，公子纠所扎的深度未伤及心脏，性命无虞，只是看起来实在凶险。小白拉开泪如雨下的绿姬，心里一样不好受。

公子纠面色苍白如纸，鲜血不断从伤口渗出，素白袍上殷红一片，他回头对小白道：“你快带她走，落在我师父手里，你们必死无疑。”

小白点点头，去牵受惊躲在树后的马，绿姬却哭嚷着：“我不走，你身受重伤，我怎么能走……”

公子纠憔悴的俊脸上泛起一丝笑，轻轻地揩掉绿姬脸上的泪，宽慰道：“我没事，死不了，只是你们不走是不行的。”

绿姬哽咽着摇摇头，张口想反驳，后颈忽然被人劈手打了一掌，生疼生疼的。

绿姬回过头，嗔怒地看着公子小白：“你干吗打我？”

小白原是想击打绿姬脖颈上的风池穴，将她敲晕好带她走，但绿姬到底是他心尖上的人，小白未敢用足力道，绿姬只觉得疼，却未晕倒。

小白沉下心，尽量心无旁骛，一把将绿姬揽过来，抬手又给了她一下。

绿姬这才乖乖晕在了小白怀中，小白将绿姬背在肩头，一手拿弓一手牵马，看着公子纠。

公子纠虚弱地对小白点了点头，回头看着管仲。

管仲无奈地转过身，挥挥手，示意众侍卫退后。管仲的侍卫和鲁公的侍卫都放下手中的兵器，退到了一侧。

公子纠失血不少，气若游丝，强撑着身子伸出手来，想抚摸绿姬的小脸，半道却又无力放下，叹了口气，对小白道：“务必照顾好她。”

小白看着公子纠：“我对她……”

公子纠点点头，轻轻一笑："我知道，所以我相信你能保护好她。"

小白翻身上马，公子纠将绿姬小小的身子递了上去。小白安顿好后，对马下的公子纠道："你的伤，快找宫里的疾医瞧瞧。"

公子纠点点头："不必担心我，这点小伤，将养几日就好了。"

小白不再说什么，打马而去。公子纠站在原地，看着月色下小白驭马的身影渐行渐远，听着马蹄声回荡在青石板街上，只觉心中的痛楚比心外伤口更撕心裂肺。

公子纠再也撑不住，双腿一软，摔倒在地，他喘着粗气，双眼却紧紧地盯着小白驭马远去的方向，不知是不放心还是不甘心。

小白带着绿姬想要逃离鲁宫，确实不是那么容易的事。

小白虽早已探明，有一条幽僻的小道可以从后宫直通宫外，却要经过两道重重侍卫把守的宫门。

怀中的绿姬依然沉睡着，根本不知他们仍在危险中。看着绿姬恬淡的睡颜，小白心中漾起几丝柔软：如果有一日，她心甘情愿窝在他怀中，该有多好。

未有足够多的时间供小白去陶醉，第一道宫门近在眼前了。侍卫刚听到马蹄声，还未看真切，小白就已弯弓搭箭，以迅雷不及掩耳之势将其射落墙头。

看似轻而易举，实则险象环生：小白弯弓搭箭时，绿姬差点从马上摔下。绿姬正在昏迷中，失去了小白的双臂做保护，策马奔腾中自然危险重重。

小白来不及收弓，赶忙先抱住绿姬的身子，这才没出什么事。

看来这样驭马并非良策，这道宫门只有两名守卫，下一道情况如何，无从得知。

小白放慢了策马的速度，思考了片刻，将马赶到了宫墙阴影处。

怀中的绿姬呼吸均匀，长睫毛微微发抖，小脸在月光的照映下，美得不似凡人。小白注视绿姬半晌，叹了口气，解开了裤腰带。

若是他师父鲍叔牙知道此事，一定要大骂他不知羞耻，行为粗鄙，可小白没有旁的法子。

小白用裤腰带将绿姬拦腰围住，牢牢地捆在了自己身上。这样便不用担心她再掉下马去了，只是实在有些不雅，等她醒了以后，少不得又是一顿骂。

事不宜迟，小白确认裤腰带已经系紧后，迅速打马向最后一道宫门赶去。

看到宫门的守卫，小白明显松了一口气。五名侍卫，虽然有点麻烦，但还是能应付得了的。

小白一弓拉两箭，突然出手，两侍卫还未发现有人，就被射中命门。

其他三人大惊，立马进入备战状态，可此时流云闭月，小白又策马于宫墙阴影下，侍卫只能听见马蹄声渐近，却看不见人究竟在何处，只能一通乱放箭。

小白声东击西，将放夜行衣的包袱掷向一侧，嗵的一声，那三名侍卫大骇，不由分说将弓箭对准包袱的方向，又是一通乱射。

小白嘴角扬起一丝得意的笑，一弓三箭，三侍卫不明所以，就已一命呜呼。

小白这才彻底松了口气，急急打马，飞速逃离了鲁宫。

第二十一章 窈窕淑女

经过一夜策马狂奔，小白终于带绿姬逃离了曲阜城。

经过这凶险万状的一夜，能活着看到天边的日出，实乃万幸。为防夜长梦多，眼下最要紧的，就是赶快返回莒城。

小白低头看着怀中昏睡的绿姬，心中一片柔软。他贪婪地闻着她的发香，微微叹了口气。她这样昏迷着也好，能省却许多麻烦。

可人生在世，不称意者十之八九。没多大会儿，绿姬就缓缓地睁开了迷蒙的大眼睛。后颈传来阵阵生疼，头微微发晕，绿姬迷迷糊糊中发现自己正骑在马上，身子随着马的奔跑有韵律地上下晃动。

让绿姬彻底惊醒的，是身后紧紧环绕着她的温暖怀抱。鼻翼间萦绕着阳光和青草混合的清香，那是小白的味道，熟悉又陌生，曾充斥于她的生活，却又恍如隔世。

小白感觉怀中的小人儿动了几下，加快了打马的频率：“你醒了？坐稳了别动，快马加鞭也许能赶回莒城用午饭。”

绿姬发现了那条系在二人之间的布条，边解边说："我才不要跟你回莒城。"

小白看到绿姬正解带子，赶忙单手持缰，另一只手拦腰搂住她，捉住她的小手："不许解开。"

绿姬不听，挣脱了小白的手，继续解带子，小白尴尬的声音从耳畔传来："你再解，我内里的衬裤可要掉了。"

绿姬这才知道，这将二人紧紧绑在一起的玄色布条竟然是小白的裤腰带，顿时红了脸，又羞又气："你快把它解开。"

小白这样做，实在是逼不得已，并非有意轻薄。现在绿姬醒了，不用再担心她有坠马的危险，小白缓缓勒马，动手解布条。趁小白解布条的工夫，绿姬从马上蹦了下来。小白才要系好裤腰带，绿姬忽然撒腿就跑，小白赶忙翻身下马，追了过去。

绿姬身轻如燕，翩若惊鸿，可她到底是个姑娘，怎跑得过身手敏捷的公子小白。小白三步并作两步，追上了绿姬，一把将她搂进了怀中。

绿姬拼命挣扎："你放开我！"

小白将绿姬搂得更紧，赖皮道："不放，就不放。"

绿姬十分尴尬："你凭什么拘着我？快把我放开！"

小白一扬眉："凭什么？凭我要娶你做我夫人。"

绿姬眉头紧锁，一边推搡着小白一边道："文姐姐认了我做义妹，如今我也是你妹妹了。你若要脸，这样的疯话以后别再说。"

小白一怔，半眯起眼："她又发哪门子的疯？为何认你做义妹？"

绿姬不答话，只是默默跟小白角力，想趁他放松戒备时逃走。

小白想了想，朗声道："好，那我就与她断绝姐弟关系，这样一来你认了她，也不妨碍我娶你。"

绿姬瞬间被小白气笑了："你怎么如此无耻，跟鲁公有什么分别？"

小白仍死死地搂住绿姬不放："我就对你这么无耻。你当我不知你要做什么？你要回鲁宫去找纠是不是？”

公子纠命犯六煞，至今还未找到六吉之人为他解煞，绿姬生怕此次就是他的大限，自然着急要回鲁宫找他。

绿姬推搡着小白：“我去哪里与你何干？”

小白提高了嗓音：“我绝不能眼见你去送死。”

绿姬虽然瘦弱，此时使出了全力，推得小白胸口阵阵生疼：“你自己贪生怕死便罢了，我不能眼见公子独自一人面对责难！”

小白眼中不复调笑的神色，漆黑如夜的眸中神情复杂：“贪生怕死？我在你心里就是这样的鼠辈？”

绿姬没有觉察小白的不悦，心急如焚，眸中已有星点泪光：“你就放开我吧，我一定要回去，我绝不能让公子承担这一切。”

小白强压住心中的酸楚，耐心劝道：“你一个手无缚鸡之力的弱女子，去有什么用？有管仲在，纠不会有事的。”

“起码我可以看着他，陪着他。”无法预计公子纠是否会因此事丧命，又无法对公子小白言明情由，绿姬急得直掉眼泪。

小白眸色更冷了几分：“哪怕他让你嫁与鲁公，你也心甘情愿，是吗？”

绿姬脑中不断呈现昨夜纠的胸前血流如注的画面，心乱如麻、口不择言：“我不会嫁给鲁公的，若是公子死了，我就和他一起死。”

听了这话，小白身子一僵，周身的血液像是被抽空了，指间一片苍凉。一把嫉妒的烈焰正在烧去他的理智：“你要和他一起死？我也愿意为你而死，你可曾想过我分毫？”

感受到小白周身散发出慑人的寒意，绿姬目光闪烁，犟嘴道：“我根本不需要你为我做这些。”

此话一出口，气氛跌至谷底，空气凝固成冰，仿佛此时不是盛夏而是隆冬。

公子小白面色如铁，神情冷得吓人，松开了绿姬。

原来他所做的一切，不仅是自作多情，还是自寻死路。

好容易挣脱了小白的怀抱，绿姬却没敢动。理清了思绪，绿姬深感自己太过冲动。小白三番五次舍命救她，即便没有情谊，也该心怀感恩。绿姬抬眼看着小白，欲说什么，却被他的目光吓得开不了口，慌忙又垂下了头。此时，小白眸中的痛与怒，烧得绿姬满心恐慌，想要连连后退，双脚却像灌了铅一般，动弹不得。

小白语气冰冷："我为救你出生入死，你却活够了，想和他一起死，是吗？"

绿姬自知理亏，结结巴巴道："不是，可是，公子他……"

看到她唯唯诺诺，仍在替公子纠说话，小白心中醋意更浓，死死握住绿姬的双肩，不许她闪避："可见你心中除了他，再也容不下别人分毫，是吗？"

绿姬薄唇抖抖，鼓足勇气抬起眼，却什么也没说出口。

小白眼眶泛红，神色冰冷又憔悴："哪怕他要娶鲁公之妹，哪怕他亲手将你交给了我，你也一样惦着他，是吗？"

绿姬被小白戳到痛处，眉头一蹙，心如刀绞。

其实绿姬连心痛的资本都没有，公子纠从未对她许诺过什么，连爱慕都是若有若无的，像月光泽被万物，美好却难以握在手中。

小白看绿姬的神色，知道自己说中了她的心事，心中又怒又酸搅作一团。小白揽住绿姬的双肩，将她的小脑袋紧紧地靠在自己肩头，言辞掷地有声："我告诉你，我姜小白此生要么不娶妻，若娶我一定娶你！你此生要么不嫁人，要嫁也只能嫁我！"

绿姬瘦弱的双肩被小白箍得生疼，使劲推着他："你放开我。"

眼前暴怒的小白，绿姬着实觉得很陌生，她怕得直打战，眸中满是惊慌。

看着绿姬的眼神，小白的挫败感又重了几分，仿佛经历了一场还未出征就已经失败的战役。

公子小白像一头受伤的虎，心被伤得千疮百孔，仍只能独自低头舔舐伤口。看着不断想挣脱他臂弯的绿姬，小白再难忍心中的愤懑，死死捏住绿姬的下巴，低头吻上了她颤抖的唇。

一瞬间，风停止了呼啸，小溪不再潺潺，天地万物失了色彩，所能感受到的只剩下彼此唇瓣间的气息。

绿姬看着眼前放大的人影，感受到唇间传来的温热，怔了好一会儿，旋即狠命推开了小白。

小白后退了两步，看着绿姬，喘着粗气，满脸懊悔。

当薄唇触碰到她冰冷唇瓣的那一瞬，他忽然就消了气，心中只剩下冲动过后的懊恼。到底还是他太急于求成，没有顾及绿姬的感受。可他怎能让她再回去，难道要眼睁睁看她嫁给鲁公吗？

绿姬踉跄几步，差点摔倒，似乎受到了很大的打击，眼泪如断了线的珍珠，簌簌地往下掉。她回过神，使劲用宽袖擦嘴，直到擦得小嘴周围一片红肿。

公子小白从小到大最讨厌女人哭，可绿姬哭起来并不喧闹，只是静静流泪，楚楚可怜，只让他觉得心痛难忍，悔不当初。

小白从未如此紧张过，双手不知该放在何处，只觉得自己四肢僵硬，脑中空空如也，想张口道歉，却一个字也说不出。

绿姬拭去眼泪，满脸决绝，未等小白反应过来，又跑了出去。

小白像苍鹰捕食小猎物，轻而易举地抓住了绿姬。只是他这次心虚，不敢搂也不敢抱了。小白知道绿姬的心结在何处，不管她怎么挣扎，就是不松手："我知道你担心纠，只是你想想，齐国嫡传只剩下我和纠，鲁公敢杀纠吗？杀了纠，即位的就会是我，他与我一向不睦，我若即位，他的如意算盘就落空了。"

小白的话确实在一定程度上打消了绿姬的顾虑，可她想回去找公子纠，不仅仅因为担心他的安危。

小白又道："更何况，鲁公之妹真心爱慕纠，鲁公若想对纠不利，她一定会以死相逼的。"

这话犹如当头棒喝，绿姬不再挣扎，一张绝美的小脸上一丝生气也无。

两人就这样保持着一种尴尬的姿势，站了一盏茶的工夫。绿姬推开小白："我不会回鲁国了，只是，我也不会跟你走的。"

小白问道：“那你去哪儿？”

绿姬低着头：“不关你的事。”

小白心中几分不服，她可是他的人，要去哪里怎会不关他的事？小白一把拉住绿姬，将她拖走：“不行，你必须跟我回莒国。”

绿姬自知力气不如小白大，索性一屁股坐在地上，赖着不走。小白哪里吃这一套，打一个横抱，稳稳将绿姬抱在了怀中。绿姬又踢又闹，满心不甘。小白看着怀中的小人，唬道：“你再闹，再闹我亲你了。”

这一招甚是奏效，果然，绿姬不敢动了，紧紧地捂住嘴巴，瞪大了眼睛看着小白，一脸紧张。

小白几分好笑几分无奈，抱着绿姬上了马。

此事着实窝囊得紧。在齐国国都临淄城时，小白每每率众人出城打猎，街上的姑娘婆妇们都夹道欢迎，掷果盈车，受欢迎程度绝不亚于郑国著名的美男子都。

可现下他竟然这样被一个小丫头嫌弃，连亲她都能成为一种致命威胁。旁人也就罢了，偏生她还是他心尖上的人。小白幽幽叹了口气，郁闷难当。

前方就是小白和著山约好碰头的树林，小白打马进了林子，碰见了迎面而来的著山。

著山见到小白和绿姬，尴尬一笑，说话磕磕巴巴的：“公……公子回来了，我方才在林子里，那个屙屎，才出来。”

其实从小白骑马出曲阜城时，著山就远远看到了他，本想在林边等他们，谁知小白和绿姬竟下了马，在溪边又搂又抱，后来居然还啃上了。著山看热闹看得不亦乐乎。可当公子小白又翻身上马时，著山吓得赶忙蹿进了林子里。若是被公子知道了他偷看，天知道会不会把他的眼睛挖出来。

小白打量了著山两眼，面色不太好看。他又不傻，只看这小崽子一脸贼笑，就知道他一定看了半晌的戏。

小白没好气地问道：“小白马和你的马呢？”

著山指着丛林深处:“在前面不远处吃草呢。”

小白没再说什么,飞速打马往林子里赶去,著山紧跟在后面跑,心中满是抱怨:公子这又生的哪门子气,想跑断自己的腿不成?

林间深处,小白马和著山的犬戎驹正埋头吃草,听到马蹄声,看到来人是小白和绿姬,小白马欢欣地嘶鸣了一声。

到了小白马身旁,小白勒马翻身下马,伸手欲接绿姬,绿姬却不理会他,自己蹦了下来。

小白看着独立于一侧的绿姬,威胁道:“你可别想跑,你若跑了被我逮到,我可要亲……”

对上小白的目光,绿姬慌忙移开了视线,心里又羞又气,她自然知道小白说的是什么意思,这人居然拿耍流氓来威胁她,真是可笑又可恨。

整理停当,著山也上马,小白伸出手欲拉绿姬,绿姬却没有理他,转身对著山道:“著山,我要坐你的马。”

著山听了绿姬的话惊恐万状,转脸看公子小白,小白果然正半眯着眼看着他,脸色很不好看。

著山又摆手又摇头:“不可啊,姑娘,我这马年岁已高,驮着我已经要累趴,姑娘虽然纤弱,到底也有分量,只怕我这马难以承受。你看我们公子的马,膘肥体健,孔武有力,长得跟我们公子似的,还是让公子带你吧。”

著山这谎撒得小白听了都害臊。著山这匹犬戎驹才刚过两岁,乳齿未脱,傻子都能看出这是一匹小马,他居然说人家年岁已高。

小白伸出手,对绿姬道:“快上来吧,别磨蹭。”

绿姬百般不情愿,扯住小白的手,上了马。

小白面无表情,心里却满是得意,她总算又回到他身边了,这才是最重要的事,旁的什么都已经无所谓了。

小白和著山快速行马,势如疾风,向莒城赶去。绿姬也不知是太困还是太累，坐在马上犹如身在摇篮，晃晃悠悠窝在小白怀中睡着了。

莒城中，鲍叔牙独坐于小院门口的槐树下晒太阳，手中握着一卷书，整个人已昏昏入睡。

这几日他时常坐在这里，望着院外的小路发呆。预感到小白他们快回来了，鲍叔牙心里竟起了几分紧张。不知公子小白能否将绿姬姑娘带回来，这小丫头可是他与管仲对弈这一局中的关键棋子。

狂乱的马蹄声传来，鲍叔牙从梦中惊醒，他赶忙起身，拍了拍身上的灰土，眯着眼向远处眺望。

公子小白一马当先，破风而来，怀中的绿姬仍昏睡着。鲍叔牙看到这一幕，心中的一块大石头落了地。他赶忙上前打开院门，迎公子小白进门。

小白进了院子，却没有马上下马，而是温柔地看着怀中熟睡的绿姬，不忍吵醒她。

著山勒马，翻身下来，对鲍叔牙行礼："大夫。"

这一声轻呼并不大，却吵醒了小白怀中熟睡的绿姬，绿姬揉揉眼，醒了过来，粉嫩的小嘴微微嘟着，小脸上透着几分迷茫。小白星一样的眸子满是深情，绿姬对上他的双眼，脸陡地红透。她微微推开小白圈着她的手，跳下了马，逃也似的三步并作两步地走入了先前住过的茅草房。

鲍叔牙看到绿姬和小白的表现，有些惊喜，似笑非笑的眼神将小白从上到下打量了个遍。

小白未发现鲍叔牙的目光，仍紧盯着绿姬的房门发呆。

鲍叔牙轻咳一声，唤道："公子。"

小白回过神来，翻身下了马，还未站稳，就被鲍叔牙拉到了一旁。

鲍叔牙仔细查看公子小白，见他毫发未伤，松了一口气，对一旁的著山道："公子一切安好，到底是你这小崽子有功。"

著山讪讪地笑笑，挠了挠头，未敢应承。小白和著山对视一眼，两人心照不宣：公子小白独自一人潜入鲁宫的事一定不能被鲍叔牙知道，不然还不一定要唠叨成什么样子。

著山将三匹马都牵入马棚，给它们添水加草料，洗刷身子。小白和鲍叔牙走到树下石案旁坐好。

鲍叔牙悄声道："公子，此次国氏与高氏送来的东西，着实要紧得很。"语罢，鲍叔牙从怀中掏出来个包着绸布的物件，递给了公子小白。

看鲍叔牙的神色，就知道此物一定非比寻常。小白接了过来，扒开绸布，传国玉玺赫然出现在眼前，在晌午阳光的照耀下，夺目刺眼。

这传国玉玺是齐国开国国君姜太公所制，用的是姜太公昆仑山修炼时采的昆仑玉，玉质坚硬，棉絮丰厚，雕工更是个中翘楚，世间难得。诸儿被杀，公孙无知篡位之后，这传国玉玺便不知所终，据说是被诸儿的宫人逃命时带了出去，几经辗转到了高氏与国氏之手，他们为表忠心，即刻送来献给了公子小白。

小白摩挲着传国玉玺，想起儿时在父亲齐僖公膝下玩闹的场景，睹物思人，感慨万千。

鲍叔牙悄声道："此物公子最好随身携带，以防不测。"

小白点点头，将玉玺随手揣在了衣袍的内兜中。鲍叔牙看小白这副漫不经心的样子，忍不住叮嘱道："公子也该当心着些，万不可丢了，更衣如厕时，更要多加注意。"

小白赶忙满口应承着，生怕招出鲍叔牙更多的话来。鲍叔牙见小白不耐烦了，也就不再多说，改口问道："公子，此次回来，看你和绿姬姑娘似乎不大对劲。"

小白听到鲍叔牙如此问，心虚得要命："哪里有，师父多心了。"

鲍叔牙觑着小白，一脸不信，小白厚着脸皮准备抵赖，无意中看到一旁贼笑的著山，心里没了底。著山这小子，嘴上没个把门的，一定会抖搂出去。

小白心一横，敢做敢当，说道："我把她给亲了，她不愿意。"

鲍叔牙闻之大惊，从地上跳起来，手指点着小白绕着圈跳着脚数落："你呀你呀你呀你呀！竖子！沉不住气呀！"

小白自知理亏，却不肯松口："亲都亲了，你让我怎么办？难道我把嘴割了赔罪？"

鲍叔牙苦口婆心道："公子也该想想，绿姬姑娘为何总挂念着公子纠？公子纠衣袂翩翩，君子谦谦，哪个姑娘不喜欢？再反观公子你，空有一副好皮囊，却言行无状，太过粗鄙。"

公子纠是小白的软肋，鲍叔牙这几句话说得小白心有不甘却哑口无言。

鲍叔牙见小白神色，知道他听进了自己的话："公子仔细思量思量吧。"

小白抬起头，眼中满是迷茫。不远处绿姬的房门紧掩着，也不知她在做什么。如今人是接回来了，可小白究竟怎样才能走进她的心呢？

第二十二章　君子好逑

绿姬居住的这间茅草房虽然破败，却收拾得纤尘不染。香具内香气弥散，水瓮中水质清冽，被褥整整齐齐地码在榻上，一如绿姬离开时的样子，没有一丝一毫的偏差，可见鲍叔牙专门吩咐了人打扫。

绿姬歪在榻上，托着小脑袋，蹙眉思索着。送她走的人是鲍叔牙，料定她一定会回来的还是鲍叔牙，这个鲍叔牙究竟在算计些什么呢？实在令人百思不得其解。

绿姬叹了口气，纤纤素手从内兜取出公子纠的佩玉，一时间心乱如麻。

这块佩玉是她离开鲁宫时带出的唯一物件，而她随身的包袱，却落在了宫中。

绿姬抚摸着左手上华丽的通天脉，心中了然：那几日每每掐算如何走出这死局，脑中都会浮现公子小白的身影，大概是神在暗示她，公子小白就是来解此局的人。

只是未曾想到，情势竟如此凶险，九死一生。

绿姬冷静思索后，不再那般忧心公子纠了。正如小白所言，公子纠的生死和公子小白的命运休戚相关：小白安然无恙，鲁公就会心存忌惮，越发不敢动公子纠。这三人犹如鼎的三足，相互制衡着。

手中的佩玉触感温润绵厚，晶莹剔透，就像公子纠谦谦的品行，想到不日他要迎娶鲁国女公子，绿姬唏嘘不已，一忍再忍，眼泪还是不争气地垂了下来。

绿姬哭累了便合目卧于榻上，却梦魇缠身，睡得丝毫不安稳：公子纠身上满是鲜血，倒在她眼前，而她却被公子小白紧紧箍住动弹不得。虽明知道只是个梦，绿姬仍在梦中痛哭不已，梦外更是满头虚汗，眉头紧锁，痛苦万分。

绿姬很想醒过来，却沉溺于梦中无法自拔。几声急促的叩门声传来，终于将绿姬唤醒。绿姬恍惚起身，擦了擦头上的虚汗，呆坐着定了定神。

叩门声又响起，绿姬忙迷迷糊糊披上罗衫，向门口走去。这么早，究竟是什么人，这么急急打门?

绿姬打开房门，门外却空无一人。绿姬满心奇怪，正欲关门，却看到不远处井边，站着一个熟悉又陌生的身影。

干净的素白袍，翩然如仙的身姿，紫金玉冠，长发如瀑，与她梦中的背影相契合。绿姬一怔，那人，是公子纠吗?

绿姬快步上前，欲探个究竟。那人听到脚步声，也铆足了劲，摆好造型，转过了身子。

一手执白扇，另一手握住衣摆，晨起没风，那人硬是将衣摆甩起，想做出玉树临风的效果。姿态虽不尽如人意，所幸五官极其俊朗，眉如剑，目如星，鼻直口方，仪表不凡，但嘴角那一丝不羁的笑，又让人瞬间跌回尘世。五官与公子纠确有七分相像，只是略黑了些，可穿上素白袍后周身散发出的气质却大相径庭，简而言之，便是有种沐猴而冠之感，怎么看都不大对。

公子小白却不这样想，见绿姬望着他出神，得意扬扬，喜道：

“怎样？很好看吧？”

绿姬回过神来，眼中满是难掩的失望，她嚅动了几下嘴唇，什么也没说出口。

小白见绿姬清亮的双眸中泪光闪闪，着实有些慌了，师父让他学学公子纠，他学了，可绿姬似乎一点也不开心。

小白张口欲解释，绿姬却拔腿跑向茅草房，小白抬腿要追，差点被袍裾绊倒，好不容易站稳了，绿姬早已回房紧紧锁上了门。晨光中，只剩公子小白一人独立，满脸茫然。

早饭时，众侍卫看到公子小白穿成这样，禁不住暗地里偷笑，言辞中带了几分揶揄和打趣。

小白虽贵为公子，但平日里酷爱游猎，除去宗庙祭祀，极少穿这样华贵的长袍，这件也是压箱底的，侍卫们看不习惯情有可原。

只是总有人不知轻重，不管死活。一侍卫笑道：“还是公子纠穿这样的衣服更好看些。”著山闻声大惊，赶忙咳嗽几声，提点那侍卫住嘴。

可为时已晚，原本对众人打趣毫不在意的公子小白瞬间黑了脸，抬眼觑着那侍卫。

那侍卫从未见过公子小白面色如此难看，饭也不敢吃了，跪在地上认罪。

小白气道：“后院那两堆柴火，你去劈了吧。”

后院哪里是两堆柴火，分明是两座柴火山。这柴火原本是他们打算留着冬日里烧来取暖的，夏日里小白就让这侍卫去劈，可见是真的很生气。

鲍叔牙看小白气恼的样子，差点笑出声，但他毕竟身为人师，还是很努力地克制住了。

待众侍卫都散了，鲍叔牙思量着开口道：“公子不必动气，为师所说学习公子纠的长处，并非是让公子去模仿公子纠的衣着，而是要学他为人处世的勤谨练达。”

小白不作声，一脸的挫败。

鲍叔牙继续劝：“绿姬姑娘背井离乡，公子应当时常关心问候一下，再多表达一下公子对姑娘的情愫。同在一个屋檐下，久而久之，绿姬姑娘一定会心动。”

公子小白闻言，脑中灵光乍现，他回过身，拽了拽鲍叔牙的胡子：“没看出，我师父个糟老头儿，竟懂这些。”

鲍叔牙白了小白一眼，打掉了他捋自己胡子的手，这孩子说话当真是不中听。

听了鲍叔牙的劝告，公子小白一整日都在院子里瞎忙活，搞得鸡飞狗跳，差点房倒屋塌，鲍叔牙和众侍卫叫苦不迭。到傍晚时分，他才总算消停下来。

小白正正衣冠，似乎对自己很有信心，拎个食篮昂首阔步走进了绿姬的房间。

绿姬一大早被小白闹醒，此时乏得很，正在榻上小憩，小白见状不敢打扰，跪坐于蒲团上静心等着。绿姬的睡颜甚美，只是面带几分憔悴，令人更生怜惜之意。

小白心中一派柔软，伸手想去拨弄她鬓边的碎发，谁知绿姬竟惊醒了。看到小白，绿姬吓得从榻上滚了下来，小白伸手欲扶，绿姬却连连后退，不停躲闪。

仿佛面前是洪水猛兽，绿姬拉紧衣袍，警惕地问道：“你来干什么？”

小白并未生气，一脸喜色地指了指地上的食篮，又递给绿姬一片竹片。

绿姬茫然接过，定睛看看，只见上面是龙飞凤舞的字体：“求之不得，寤寐思服。悠哉悠哉，辗转反侧。”

绿姬一时间呆住了，公子小白传情用的诗句居然都与公子纠相同，到底是兄弟俩。好容易她此刻未想公子纠，却猝不及防被公子小白勾起了心伤。

绿姬将竹片递还公子小白，脸转向一侧："我不识字。"

小白愣了一瞬，一脸不信："你不识字？我还看过你写字，你蒙我呢？"

绿姬不置可否，仍低着头，不理会公子小白。

小白见状，说道："好，你不识字，我念给你听。"

绿姬显得很排斥，捂着耳朵躲向一边。

小白并不知公子纠曾写过这两句诗给绿姬，只觉得她刻意回避自己的心意，满心酸楚和愤然。

既然她不愿意听，小白也不好勉强，极力克制住脾气，打开食篮，鸡汤的鲜香味飘出，却勾起绿姬肠胃里一阵不适。

小白将鸡汤端出来，对绿姬道："你脸色不好，喝了补补身子吧。"

小白将鸡汤端得越近，绿姬越觉得恶心难耐，慌忙将碗推了过去。

小白蹙着眉："你是怎么了？饭也不吃，汤也不喝，你若是生我的气，打我骂我便罢了，何苦作践身子？"语罢，小白又将鸡汤凑在了绿姬嘴边。

绿姬赶忙伸手捂住口鼻，肠胃一片翻江倒海。这两日也不知是怎么了，浑身上下没有一处舒服，脸色也越来越难看了。

小白看着绿姬苍白的小脸，劝道："你看你如今的脸色，比藤上结的葫芦还要绿，倒真是人如其名成了绿姬。我可是把院子里打鸣的公鸡宰了给你做的汤，你即便不看我的面子，也要看在鸡的面上吧。来，把汤喝了，别让鸡枉死。"

公子小白本是好意，他并不知道此时绿姬正难受得要命。小白拿起勺，舀了一勺清汤，轻轻吹了吹，送到了绿姬嘴边。

闻见这鲜香味，绿姬肠胃一阵痉挛，五脏六腑都似要搅碎了一般。

一人喂，一人推，推搡之间，一个不小心，这碗热腾腾的鸡汤正正扣在了绿姬青白色的流纱裙上。

小白生怕烫着绿姬，二话不说拿袖笼去擦，可这鸡汤正洒在大腿附近，绿姬赶忙躲开公子小白，腿上却越来越清晰地感觉到逐渐渗透进来的滚烫鸡汤。

小白顾不得手被烫得钻心疼，一把扯烂了绿姬的裙裾，将那一大片沾了滚烫鸡汤的裙裾丢到了一旁。手指尖烫起了几个泡，小白却长出了一口气，一脸愧疚地看着绿姬，像个做错事的孩子。

绿姬薄唇抖抖，想说什么却不知从何说起。逼着她喝汤的是小白，将汤泼在她身上的是小白，扯烂她裙子的是小白，可不顾一切来救她的，还是小白。

两个人就这样不说话，尴尬地对坐了好一会儿，小白一脸扫兴，识趣地退出了房间。

槐花树下，小白迎风站着，心里着实窝囊。他越是想对绿姬好，就越是惹她生气，这样南辕北辙，离她的青睐越来越远了。

鲍叔牙从书房中走出，小白看到鲍叔牙，心中暗叫糟糕，急于开溜。

到底鲍叔牙手疾眼快，拉住一脸郁闷的小白，问道："公子这是怎么了，霜打了一般，无精打采的？"

小白叹了口气，将方才之事说给了鲍叔牙听。

谁知鲍叔牙非但不宽慰小白，反笑得肚子直疼。小白瞪着眼，怒道："都怪我傻，旁的事听师父的也罢了。这种事，千不该万不该，听你一个惧内之人的话。"

鲍叔牙正色道："我哪里是惧内，不过是尊重我夫人罢了。"

小白斜了鲍叔牙一眼，没再说话。鲍叔牙却仍热情高涨地要为小白出谋划策，小白摆手制止道："罢了，师父，一切贵在己心。我便按照我自己的想法去对她好，她接受也好，不接受也罢，总之不后悔就是了。"语罢小白一甩袖，起身走回了房间。

鲍叔牙留在原地，竟有几分激动：他家公子似乎是开窍了？不敢抱有太大希望，鲍叔牙告诉自己，还是边走边看吧。

第二十三章 相生相克

绿姬的裙裾被扯破了，虽然内里有衬不至走光，可到底不合礼仪，加上身子不适，绿姬没出来用晚饭。

小白也没逼迫她，只命人拿小碗盛了菜和粥，装在食篮中，摆在她卧房门口。

饭后，公子小白躲在书房内看书，且专看一些平日里不愿看的修身治国的书卷，鲍叔牙很感意外。

鲍叔牙这师父当得实属不易，既怕说得多打击他的积极性，又要对其进行正确的引导。踟蹰了半晌，鲍叔牙问道："公子从前最不爱看这些权谋制衡之术，怎么如今……"

小白卷起书，叹气道："治国与交际是一样的，不懂他人所思所想，难以揣测民意，难正视听，更难防备敌国的虎视眈眈。"

没承想，公子小白这几次闭门羹吃得甚有成效，居然悟出了自身鲁莽不通人情世故的缺点来。鲍叔牙欣慰地点点头："公子能如此想固然很好，只是治国之术，纷繁复杂，要顾及国力和民风等诸多因素，其实与人交往更是如此。公子天资聪颖，不必心急，慢慢体悟，必有收获。”

小白认真听了鲍叔牙的话，若有所思，片刻后，又展开竹卷，继续读了起来。伴随着昏黄油灯灯芯一闪一闪的跳动，他紧蹙的眉头逐渐解开，似有醍醐灌顶之感。

茅草屋内，绿姬思忖着，这几日身子不适，是不是生了什么病？浑身上下没有一处舒服，一会儿头疼得厉害，一会儿肠胃搅得难受，再过一会儿又心慌气短，着实让人有些摸不着头脑。

既然无法医治，绿姬只能自己盘腿调息，通过大卜一族独有的养生秘法与之相抗衡。

谁知盘坐了没多大会儿，绿姬就迷迷糊糊睡着了。好在这一夜没有再梦到公子纠血流如注的画面，绿姬安安心心一觉睡到了逼近晌午。醒来时发觉已经睡了这么久，绿姬忙起身更衣洗漱，打开房门，门口仍放着食篮，里面是精心准备的早餐，只是菜已经冷了。

院子里空荡荡的，只有著山一人在槐树下打盹儿。听到响动，著山醒了过来，看到绿姬，著山赶忙起身，走上前来，对绿姬一抱拳。

绿姬诧异问道：“怎么独你一人在，其他人呢？”

著山上来提食篮，小白吩咐过他，若是饭菜凉了要热透了再给绿姬吃。听到绿姬问话，著山挠挠头：“公子带着大家出城打猎去了。”

难怪院子里人和马都不见了，原来是打猎去了。只是奇怪得很，著山是小白的左膀右臂，箭法超群，这次竟然没带他去。

见著山为难的样子，绿姬猜到了几分，大概公子小白怕她跑了，或者怕管仲派人来刺杀，特派著山留在家保护她。

小白对她的保护，让绿姬好笑中又夹杂丝丝感动，这随时随地渗透着的全心全意，让人虽不愿接受，却也不忍拒绝。

绿姬见著山将食篮提到半露天的厨房，忙道：“还是我来吧。”

著山却一口回绝："那可不行，公子专门交代，不能让姑娘动手，免得烫着。"

绿姬无奈一笑：公子小白可真是把她当傻瓜一样养着。绿姬只得在房内等着，远远看着著山忙活的身影。

已至盛夏，晌午暑气甚足，绿姬这样一个瘦弱不怯热的人，都觉得十分难耐，难以想象公子小白身披犀甲，在毒日头下驰马打猎，会是一种怎样的感受。

夕阳西下，足底的热气仍未散尽，小白他们终于回来了。

满头大汗，满身鲜血，见到这样的小白，绿姬着实吓了一大跳。小白走进绿姬的房间，放下一个包袱，什么也没说便走了出去。

侍卫们看起来恹恹的，脸色通红如煮熟的虾子，似乎是累极了，横七竖八地坐在井边，一动不动。著山在井边给大家打水，侍卫们接过著山递来的瓢，没有喝，而是直接浇在头上，用以驱散疲累和暑热。

绿姬打开包袱，里头竟是几套绸缎衣裙，还有胭脂水粉。绿姬正诧异这东西从何得来，鲍叔牙现身在门口，脸上挂着惯有的笑容，轻叩了几下柴门。

鲍叔牙亲自登门，一定有要事，绿姬忙道："大夫请进。"

鲍叔牙进了门，对绿姬恭敬一礼："老臣问姑娘安。"

绿姬赶忙回礼："大夫不必如此客气，我不是朝中人，即便是大卜后人，到底没有官阶的。"

鲍叔牙笑着颔首，又道："姑娘只看看，手上这几套衣裙，可还合身？样子花色可还喜欢？"

绿姬点点头："有劳，只是我看你们公子身上满是血污，到底怎么回事？"

鲍叔牙眼中闪过一丝光，笑道："承蒙姑娘惦记，公子一切安好，只是姑娘也知道，我们在这里，不比在齐国，一应的吃穿用度都是自给自足，手头没有银钱。可公子不愿委屈姑娘，带着我们去林间打猎捉了兕，斩了兕角，才换来了这些东西。姑娘，公子的行为虽然有几分孟浪，到底不是有心唐突姑娘的，还请姑娘海涵哪。”

兕角珍贵异常，实在难得，兕又是庞然大兽，难以接近，难怪公子小白满身是血，想来是与兕鏖战数回，才将其制服。

包袱内的几件裙裳，虽不比公子纠送来的精巧好看，但想来已是莒国的最高水准了。

不承想公子小白知道她未带包袱，没有声张，只是默默为她做了这一切。如此细致入微，倒真不像他的风格。绿姬心中五味杂陈，几分感动，几分心酸，几分受不起的惶恐。

鲍叔牙看绿姬神色，心下了然，凡事点到为止才是最好的。鲍叔牙不再多言，又道：“老夫此次来，还有件事，想借姑娘神力，为老夫卜算一二。”

鲍叔牙竟有事要问，绿姬一愣，旋即道：“大夫但说无妨。”

鲍叔牙凑近几步，低声道：“老夫与管夷吾在慎邑[①]做生意时，曾看到东方有明星闪烁，此天象寓意盖世英雄将出于东方，我二人因此连夜收卷了铺盖，来到了齐国。如今，我想求姑娘算算，这盖世英雄究竟是谁？是否是公子纠或公子小白中的一个？”

绿姬闻言心中大动，原来鲍叔牙和管仲也是为着盖世英雄而来。绿姬心中暗想，这也许是个好机会。公子小白虽然吊儿郎当，但人不可貌相，能够算出他的命盘，对于全局，也是有益无害。绿姬强装淡定：“既如此，愿为大夫效劳。”

鲍叔牙闻言十分激动，退后一步，对绿姬行了个大礼。

绿姬却有些气短：“只是，不瞒大夫，我如今通天脉虽然开了，但灵力尚弱，需要依靠一些物件才能掐算命格。”

鲍叔牙问道：“姑娘所指的物件是什么？”

① 颍上故称。

绿姬想了想："我也说不大清楚，总归是越贴身的物件越好，比如从小戴着的佩玉之类的。"

鲍叔牙面露难色："我们公子不爱金玉，什么也不佩戴……"

两人均陷入沉思中，良久，鲍叔牙双眼一亮，躬身道："姑娘放心，总有旁的法子。"

那日之后，绿姬夜观天象，又看到了正东方第一星宿角宿的右侧那颗无比闪亮的星子。

看到这颗星子，绿姬心中一片澄明。离家时那份热情与斗志又重新回到体内，这几个月来所受的痛和苦，都在这一瞬间变得苍白，变得不值一提。

小白将心思放在读书射箭后，不再总惹绿姬生气，两人的关系缓和了许多。只是近两日，绿姬时常在暗处打量着小白，很认真的样子，像是在筹谋些什么。

每每被小白发现，绿姬就仓皇移开视线，仿佛什么也没发生一样。小白十分惊喜，难道这丫头对他有什么想法了？只是小白还发现，除绿姬以外，他师父鲍叔牙也时常这样盯着他，盯得公子小白满心恐慌，不知该如何自处。

这一日午饭过后，众人各忙各的。鲍叔牙趁小白在后院练箭，又叩了柴门，进了绿姬的房间。

鲍叔牙悄声道："老臣心中有一计……"鲍叔牙压低嗓音，对绿姬嘀咕了好一阵。

绿姬想了片刻，说道："未必有效，但可以一试。"

鲍叔牙一拱手："老臣这就去安排。"

鲍叔牙才出了绿姬的房间，就撞上了守在门口的公子小白。小白目光紧盯着鲍叔牙，搞得鲍叔牙几分心虚，他强装淡定道："公子怎么在这里？吓为师一跳。"

小白面色不善地觑着鲍叔牙，问道："你在绿姬房里，嘀嘀咕咕些什么？”

鲍叔牙呆了一瞬，继而失声笑道：“我说公子，老夫的年纪都可以做绿姬姑娘的父亲了，你居然……”

小白可不管这些，仍一脸不快地盯着他师父：“你在与她说什么？”

鲍叔牙看着小白这副咬牙切齿的模样，故意逗弄道：“此乃我与绿姬姑娘之间的秘密，不能告诉公子。”

语罢，鲍叔牙睨了小白一眼，扬长而去。小白欲追上他问个清楚，谁知鲍叔牙一闪身进了房间，紧锁了房门。

第二天早饭后，鲍叔牙纠集了一众侍卫围在石案旁，让绿姬为他们算命。大卜一脉通天的神力谁不想见识，众侍卫们显得兴致很高。

绿姬淡定地跪坐于蒲团上，双手合十，而后右手扶膝，左手伸出，掌心华丽的通天脉展现在众人眼前。众人不禁一声喟叹，颇有种大开眼界之感。

绿姬道：“你们一个个来，将手掌覆在我的通天脉之上。”

众侍卫跃跃欲试，却都有些害羞。平日里一个个弯弓如满月的铁血男儿，此刻你看我我看你，互相推搡着，不知谁先来比较合适。

“我先来！”著山一屁股坐在了绿姬对面，伸出手，欲覆上绿姬的手。

忽然，一个身影健步冲来，一把打开了著山的手。著山抬头，见公子小白阴沉着脸，随后从腰间掏出一条麻手绢，盖在绿姬手上，而后对著山道：“算吧。”

一众人面面相觑，对公子小白这种奇异的占有欲感到哭笑不得。著山方才的无畏此时烟消云散，他看着小白的脸色，颤抖着将手覆在了绿姬盖着帕子的左手上。

片刻后，绿姬道：“你自幼无父无母，被人遗弃在临淄街头，大夫出门买盐，遇到了已经昏厥在襁褓中的你……”

随着绿姬的讲述，众人的嘴越张越大：这也太神了吧？

讲过了身世，绿姬对著山道：“你一切运程都好，只是往后做事不要急躁，再勤谨些，刻苦些，命会更好的。”

著山使劲点了点头，显然已将绿姬的话刻在了脑中，他一抱拳，离开了座席，一脸认真地到一旁思索去了。

算完著山，其他众侍卫不再羞赧，挤破头抢着让绿姬给算。鲍叔牙捋着胡子站在一旁，留意着公子小白的表情，甚为得意。

小白原本丝毫不信占卜之事，但见绿姬说得这样准确，也开始心中打鼓，将信将疑。

此时门外传来嗒嗒的马蹄声，一侍卫策马进了院子，见到公子小白立刻下马，对他一抱拳。

小白正色问道：“事情如何了？”

那侍卫回道：“已探明，公子纠一切安好，月末便会迎娶鲁国女公子……”

突如其来的这句话好似重石击中了绿姬，她右手紧紧地抓住裙裾，左手仍平稳地端着，口中木然地重复着鲍叔牙教给她的话。

不错，这些侍卫的命数并非绿姬算出来的，而是鲍叔牙提前告诉了她，绿姬此时不过是一字不落背下来罢了。

从曲阜回来后，小白担心公子纠的安危，特派人潜入曲阜打听，可小白并不想让绿姬听到方才那几句话，生怕勾起她的心伤。哪怕这样可以让她进一步对公子纠死心，小白也不愿如此。

示意那侍卫不必再说，小白摆摆手，让他下去休息。忽然小白灵机一动：“且慢。”

那侍卫赶忙回来，躬着身子，等着公子小白差遣。

小白将绿姬面前正卜卦的侍卫拎到了一侧，对才回来那侍卫道：“你坐下，请我们舜帝后人，王室大卜一族的绿姬姑娘为你占一卦。”

鲍叔牙一怔，小白这小子难道看穿了他们的密谋，品出了“请君入瓮”的意味？鲍叔牙不知道这侍卫会恰巧赶在此时回来，因而他的底细，鲍叔牙未对绿姬说起过。

并非不相信绿姬的能力，而是怕她测算太多会损耗灵力，到给公子小白算的时候就不灵了。可公子小白向来不按常理出牌，他这个做师父的真是始料未及。

这下，压力便全部转移到了绿姬身上。

绿姬一脸淡然，并不觉得此事有什么不妥。待那侍卫坐下后，绿姬向他伸出覆着帕子的手，示意他将手放上。

不明所以的侍卫十分紧张，怯怯地将手放上，见周围的人都盯紧了自己，他吓得大气也不敢出。

小院中无比安静，落针可闻。半晌，绿姬问：“你是鲁国人？”

侍卫一惊，忙起身跪在地上：“我是鲁国人，只是我……”

鲍叔牙和著山等人也震惊了，他们共同生活几年，竟不知这侍卫是鲁国人。

小白神色复杂地打量着绿姬，此侍卫是鲁国人的事，只有他一人知晓，这也是他派这侍卫回鲁国打探情况的原因。

侍卫们瞧着鲍叔牙，似是在等他表态。鲍叔牙沉吟片刻，说道：“鲁国人也好，齐国人也罢，总归都是公子的人，你起来吧。”

绿姬愧疚地看着那侍卫，这话脱口前，她未想那么多，见众人的反应，绿姬才想到，齐鲁两国毗邻而居，却一直不睦，百姓之间也互相提防。

见众人待他一切如旧，眼中毫无嫌隙，绿姬这才松了口气。

公子小白按捺不住，坐在了绿姬的对面，他向来不信占卜不信命，眼前这个女人却让他此生第一次怀疑，世上是否真有神明，命运是否真由天定。

鲍叔牙见小白终于上钩了，松了一口气，紧接着又提了一口气：以小白的性格，不到最后一刻，切不可掉以轻心。

绿姬面色平静地看着坐在对面的公子小白，定定神，伸出了覆着麻帕的左手。谁料小白一把扯掉了帕子，满是老茧的右手直接覆在了绿姬的手上。

绿姬蹙着眉，小白这一手的老茧，大概都是拉弓射箭磨出来的，这么厚的茧，天知道他究竟射出过多少支箭。小白的手掌厚实而温暖，掌心有细细的汗珠渗出，两人双手相合，绿姬的心竟也不自觉地怦怦乱跳。绿姬闭上眼，努力让自己恢复平静，只去感受掌心传来的神谕。但绿姬清楚地感觉到，小白体内有一股强劲的真气，在与她抗衡。

不知过了多久，绿姬睁开眼，眸中有种难以名状的情愫："十余日前，你是否曾受过什么伤？"

小白思考片刻，答道："在曲阜城外，曾坠下马。"

绿姬满脸难以掩饰的自责："严重吗？"

见绿姬关心自己，小白心里无比畅快："如今不是好好地在你眼前？自然是没事了。"

绿姬撤回了手，垂着眼，对小白道："你的命极好。"

小白挑了挑眉道："哦？怎么个好法？姻缘吗？"

绿姬一怔，看到小白笑嘻嘻地盯着自己，陡然红了脸，啐道："姻缘不会算。"

不同于方才的克制，侍卫们此时拿起十二万分的气力开始起哄，哄得绿姬又羞又恼。可她转念一想，这也许是一个回绝公子小白的好时机，绿姬收敛了神色，一副就事论事的样子："我今日灵力费得太多，未必算得准，明日一早你来找我，我给你算。"

小白原本只是为了逗绿姬，没想到她真的应承了下来，有机会能与她独处自然是极好，于是立即点头。鲍叔牙见达到了目的，随便找了个由头遣散了众人。

趁他们忙午饭的工夫，鲍叔牙来到后院中寻绿姬。绿姬正站在绿叶丰润亮泽的槐树下，认真思考着什么。

鲍叔牙快步上前，对绿姬见礼，随后探着身子，急问道："姑娘可算出来了？我们公子究竟是不是盖世英雄？”

绿姬一脸茫然，回道：“说实话，我并没有算出他是不是盖世英雄，但他命极好是真的。”

此时绿姬心中，早已是五味杂陈。在绿姬将手覆在小白手上的一刹那，绿姬便意外得出公子小白正是与公子纠相生相克的六吉之人，这让绿姬又喜又忧。喜的是，知道公子纠的六煞命格有法可解，忧的是，五极泰卦是否会伤害到公子小白。

鲍叔牙听到绿姬如是说，微微有些失落：“姑娘说没有算出来是不是，就是说公子还有可能是，对吗？”

绿姬回道：“我为他占卜之时，感觉他体内有股强劲的真气，雄浑跌宕，与我的通天之力抗衡，我无法确切地掌握他命格的全部，但六吉的星宿确实是落在他的命盘上。”

鲍叔牙点了点头，面露一丝喜色：六吉是极好的命格，起码小白此生会平顺无虞。

绿姬沉吟半晌：“大夫，你做公子的师父有十余年了罢？”

鲍叔牙脸上漾起极为慈祥的笑容：“已经十二年了，公子等同于我带大的。”

绿姬尽量压抑住语气中的急迫：“公子和公子纠是否感情甚笃？”

鲍叔牙笑道：“那是自然，我们公子其实天资聪颖，却很顽皮爱动，从小就一刻都闲不住。公子纠只比我们公子大三岁，时常带着我们公子玩耍，自然也一起闯过许多祸。姑娘别看公子纠如今君子翩翩，小时候也有些淘气，这俩小子在一起瞎胡闹，有几次还险些丢了性命。”

绿姬眸子一亮，声音也颤了几颤：“大夫能否跟我讲讲他二人闯祸的事？”

鲍叔牙像个慈祥的父亲，如数家珍一般地讲着公子小白小时候干的顽劣之事。说者无心，听者有意，绿姬数来数去，公子小白和公子纠一起共经历过四次性命攸关的事。这便是六吉之人在为六煞之人挡煞了，等挡满六次，六煞自然化解。

前几日在鲁国宫中，情势极为凶险，看似是公子纠救了绿姬和小白，实则鲁公也因此更忌惮公子纠，保证了公子纠在曲阜的安全，这可以算作第五次。只要再有一次，公子纠六煞命格便可解开，此生便可平平顺顺了。

鲍叔牙看绿姬发愣，轻唤了两声，一脸不解地看着她。

绿姬回过神，笑道："大夫莫怪，我方才……有些想家了。"

鲍叔牙看出绿姬有事隐瞒，却也少不得卖她三分薄面："姑娘离家有几个月了，这样小的年纪，定然会想家的。"

两人寒暄了几句，各自回房去了，绿姬长舒了一口气。从通天脉解开，得知公子纠六煞命格之时起，她没有一日真正的心安和快乐，现下她终于找到了六吉之人。公子小白和公子纠虽然性格迥异，却手足情深，若有危险，他们一定不会弃彼此于不顾。

如此，移开悬在公子纠头顶的那把六煞命格的利剑，也就指日可待。

第二日清晨，天还未大亮，小白就迫不及待地来到绿姬的房外。

想起曾有民歌唱到"静女其姝，俟我于城隅"，小白此时颇有这样的感觉，仿佛他要去赴的是美人约，而不是卦约。

小白正正衣襟，抚抚鬓发两侧，清清嗓子，迈步上前，敲响了绿姬的房门。

没人应门，房门竟也没锁，小白一阵诧异，转念一想，大概绿姬料定他会来，特意留了门。于是小白推门而入，可眼前之景却令他大惊失色。

绿姬躺在榻上，薄唇发紫，面色惨白。小白快步上前，扶起气息奄奄的绿姬，将手探向她的鼻息，却只探得绿姬气若游丝。小白忙掐住绿姬的人中，大声唤道："快来人！"

第二十四章 令鸩为媒

夏日的田园小院，总是欣欣向荣。而此时绿姬房中，却是一派肃杀之气。

绿姬合目卧于榻上，面色如青玉，气息奄奄，令人望之生怜。鲍叔牙跪坐于窄榻右侧，蹙着眉为她把脉。侍卫们杵在屋内，伸长着脖子，忧心地看着榻上的病美人，硬生生将茅草房挤得水泄不通。

公子小白急得团团打转："昨晚上还好好的，这是怎么了？"

鲍叔牙分别诊了绿姬两腕的脉象，又翻过她的纤纤左手，查看通天脉。通天脉不似平日里华美绚丽，而是隐隐发黑。鲍叔牙脸色越来越差，张了张口，却依旧没有回答公子小白。

小白知道此时须得平心静气，可他看着榻上毫无生气的绿姬，实在是心急如焚。而他师父鲍叔牙一向足智多谋，此时居然也一筹莫展。小白紧紧盯着鲍叔牙，见他眉头越拧越深，不安的感觉越来越强烈。

终于，鲍叔牙思量着开口："绿姬姑娘，似乎是中毒了。"

小白一愣，惊道:“中毒？我们众人同箪而食，同斛而饮，旁人都没事，她怎会中毒？”

小白眸中闪过一丝惶惑，询问鲍叔牙:“我今日来寻她，见她房门未锁，难道有人半夜潜入小院来投毒？”

小白话音才落，鲍叔牙还未置可否，侍卫们便跪倒一片。如若真有人潜入小院投毒，他们却懵然不知，自然是大罪。

小白面色比中毒的绿姬还难看三分:“竟嚣张到跑来我的院里毒害我的人，我……”

鲍叔牙叹了口气，对乌压压跪一地的侍卫们说:“你们都起来吧，不关你们的事。公子，绿姬姑娘只怕早在五六日前就已中毒了。”

小白面色一凛，惊怒交加:“五六日前她身在鲁宫，怎可能……”

看鲍叔牙的神色，小白一下明白了:“只怕下毒的不是贪生怕死的姬同吧？难道是……管仲？”

鲍叔牙神情极为复杂:“我与管夷吾在慎邑做生意时，他曾用龙涎草、鸩羽、砒霜等七种毒物试炼九九八十一日，制成毒丸。此毒毒性甚大，中毒者先是脾胃失和，再是肝胆失调，继而心力衰竭，肾经紊乱，心智沦丧，到第七日则会暴亡。”

小白腿一软，一个踉跄差点摔倒在地。他强摄心神，紧紧握住鲍叔牙的手臂，问道:“此毒可有解药？看绿姬眼下症状，还能撑多久？”

鲍叔牙十分为难，可也深知此事瞒不住公子小白，于是照实说道:“要求解药，只怕还得找管夷吾。绿姬姑娘大概还能撑一日半的光景。”

绿姬此时虽在昏迷中，目不能视口不能言，却能清楚地听到公子小白和鲍叔牙的对话。

那几日为着虔诚占卦，绿姬水米不进，唯一吃过的东西，只有那晚懒丫头送来的吃食。

身体已飘然无知觉，五脏像被掏空了一般，可心痛的感觉却分毫不少。竟然是管仲下毒，那公子纠知情吗？公子纠射杀流民时的狠绝和救他们时血流如注的样子交替出现在绿姬脑中。

绿姬努力凝聚起周身的元气，她不愿死，不能死。即便如此，热气依然从指间不住流逝，绿姬气若游丝，已快支持不住。

忽地，公子小白一把将绿姬从榻上抱起，语气异常坚定："我要去曲阜找管仲讨命，若是不给我解药，我便宰了他。"

鲍叔牙连连阻拦："公子身份贵重，怎可亲涉险地？还是让为师修书一封……"

小白急红了眼，喝道："不必说了，若是你夫人身中剧毒，你还能耐着性子等在原地吗？我一定要去曲阜，不拿到解药誓不罢休。"

深谙公子小白的处事之法，强拦无用，鲍叔牙能做的只有费力筹谋："公子且慢，公子可以去曲阜，只是绿姬姑娘身子孱弱，一定要坐马车慢行。我先遣一骑拿我的手信去鲁宫，约管夷吾到城外一叙。至于绿姬姑娘，只怕要用先前得的北海参吊住真气，才能保全这一路平安。"

小白点点头："到底是师父思虑周全，如此，便抓紧时间吧。"

众人分头行动。鲍叔牙写了密函装在竹筒内，命侍卫快马加鞭送去鲁宫。小白找到了压箱底的千年北海参，握弓的手拿起菜刀显得有些笨拙，但他仍小心翼翼地将北海参切成片，温柔地捏住绿姬的下巴，微微用力帮她轻启贝齿，将北海参放在了齿间。

著山备好了车马，众侍卫整装待发。小白将绿姬抱上马车，让她靠在自己怀中，紧紧环抱着，生怕她会消失在自己眼前一般。用了千年人参后，绿姬气息渐强，呼吸平稳，小白心中微微放松了几分。

鲍叔牙看着小白，心里着实没底。他与管仲相交数十年，十分了解管仲，公子小白是他一手带大，脾气秉性他也了如指掌。

但是这两人抗衡究竟会碰撞出什么样的火花，鲍叔牙只觉得满心恐慌。

不过公子小白的表现倒是出乎鲍叔牙的意料：虽然十分在意绿姬，却没有方寸大乱，反倒按部就班地做好了一切准备。比起从前的鲁莽行动和只会逞强，当真精进了不少。

小白轻轻在绿姬耳边说："别怕，一切有我。"不知绿姬是否听到了公子小白的话，苍白的小脸上渐渐恢复了两分血色。

小白温柔地将披风盖在绿姬身上，蹙眉思索着：管夷吾想要的究竟是什么？他又该如何才能保住绿姬的性命？

按照鲍叔牙的说法，在解药未到手的情况下，绿姬最多还能撑一天半。小白反复思量后，问道："若管仲不给解药，我们能否自己配制？师父知道此毒的配方吗？"

鲍叔牙回道："我虽然知道此毒所用的原料，却不知它的配比，盲目制解药，生恐加剧毒性啊。"

小白听后面色极为难看，一忍再忍，还是没忍住，骂道："管仲实在阴险，竟贩卖毒剂，从中渔利，果真无耻至极！"

鲍叔牙解释道："并非如此，慎邑鼠患严重，管夷吾研制此毒初衷，实为治鼠患。"

小白一脸不信："师父不必为他开脱，鸩毒与砒霜价贵得很，谁家会以此毒鼠？而且你说此毒为慢性毒，潜伏七日才会毒发，老鼠即便吃了此毒，照样偷粮，又有何用？"

鲍叔牙点点头："当初我也是如此说与他，管夷吾却说：鼠与人一样，都是一条性命，饲于猫口，总是残忍至极，不如再给它七日极乐。只是公子看绿姬姑娘就知道，鼠若吃了此毒，便会脾胃失和，再也不会偷粮了。"

公子小白极为不屑："满口仁义，行若狗彘。如若有人买了此药来害人性命，他不就是间接帮凶？这样还不够残忍吗？"

鲍叔牙道："的确如此。此药售价高，商铺门可罗雀。每每有人要买，管夷吾都细细盘问，问清楚了才肯出售，也因此，这毒药一瓶也没卖出去过。”

小白对管仲如何做生意没什么兴趣，低头沉吟：“以师父对管仲的了解，他为何要害绿姬？”

鲍叔牙想了想，答道：“以管夷吾的为人处世，能让他去毒害绿姬姑娘的理由，估计是唯恐她的通天之力旁落。公子你细想下，如果鲁公得到了绿姬姑娘的通天之力，齐鲁两国百姓，还能再有片刻安宁吗？”

小白满脸不悦：“不管什么理由，都不能成为害绿姬的借口。”

知道小白关心则乱，鲍叔牙没再说什么，只是蹙着眉头，神态丝毫不轻松。

马车一路疾行，颠得鲍叔牙头晕眼花。小白稳稳抱着绿姬，不让她受一丝颠簸。绿姬虽仍在昏迷，潜意识却感觉身上的元气渐渐凝聚，千年的北海参果然名不虚传。

日落前，公子小白一行车马终于到了曲阜城郊。

鲍叔牙掀开车帘，看到城门前骑着高头大马的管仲和公子纠，正恭候着他们大驾光临，或者说，是等着他们自投罗网。不远处的树林间十分宁谧，只有雀鸟的啾啾声和着树叶的沙沙响。鲍叔牙和公子小白交换了眼色：此处必有埋伏，且有不下百乘。

公子纠与管仲傲然骑于马上，身后站着一队侍卫，明明只有寥寥几人，却站出了百万雄兵的气势。管仲神色森冷，难以揣测其所思所想。公子纠看似淡漠缥缈，眼底却藏着一丝难以掩饰的不安。

小白一行并未因此减慢速度，侍卫们打马速度依旧，只是略微握紧了背在身后的弓箭。

公子小白的车马停在了与其相隔几丈远的地方，鲍叔牙示意小白不要轻举妄动，独自走下了马车。

管仲看到鲍叔牙，不苟言笑的面孔上破天荒起了几丝笑意：“鲍叔，许久未见，别来无恙？”

鲍叔牙却毫不领情，啐道："管夷吾，我可没有闲工夫与你叙旧拉家常，快把解药交出来。"

管仲哼了一声，说道："鲍叔，以你对我的了解，我做的事岂有收回的道理。既然已经投了毒，便不会再给解药。"

鲍叔牙觑眼看着不远处的林子，知道强取是绝无可能，只能以情相劝。他往前走了几步，压低嗓音道："你既认我是知己，我自然知道，你原非毒辣刁钻之人。绿姬姑娘不过还是个孩子，又能对你的宏业有何危害？你就拿出解药，饶她性命吧。"

管仲一脸不容辩驳："非也，鲍叔，这女子是个祸害，你我心知肚明。你只看看她一己之身，将齐国两位公子祸害成了什么样子，就知道此女定不可留。"

公子小白不知何时抱着绿姬下了马车，鲍叔牙还未来得及反驳，只听小白怒道："一派胡言！"

公子纠看到小白怀中奄奄一息的绿姬，面无表情，双手却不由得握紧了马缰。

自那日在鲁宫以死胁迫管仲后，公子纠深知自己对绿姬的情意会害了她。心中虽有不甘，行动上却少不得做做样子，表现得与鲁国女公子柔姬甚为亲近。

同时，公子纠也暗地派人盯着他师父，得知管仲并没有派人去莒城刺杀绿姬和小白，高悬着的心才略放下两分。今日忽听闻绿姬中毒之事，投毒的人竟是管仲，公子纠当真是怒不可遏。

但即便忍无可忍，也必须生生咽下这口气。如果公子纠仍表现得极其在乎绿姬，只怕小白更加难以讨得解药，绿姬则必死无疑。

可明明已经下定了十二万分的决心，在看到绿姬时，公子纠还是难免心中波涛涌动，险些难以自持。

小白睨着管仲，斥道："管仲，你身为齐国大夫，行为卑劣，令人齿寒，你毒杀大卜后人，难道不怕天打雷劈吗？"

鲍叔牙闻言，忙接口道："管夷吾，你老母尚在，万不可做傻事啊，快把解药交出来吧。”

管仲不屑地一哼，说道：“天谴究竟是什么样子，听说过却未曾见过，我倒想见识见识。”

鲍叔牙急得直跺脚，小白却不急不躁，眸色深如寒潭：“说吧，你到底如何才会交出解药？”

管仲在高头大马上居高临下，俯视着公子小白：“你怎料定我会交出解药？你如今身无长物，还有什么能拿来与我做交换？”

小白看着不远处的林子，说道：“若你别无所图，为何要摆这样大的阵仗，只怕在你心中，第一是巧取，第二是以武力豪夺吧？”

连公子纠都不知管仲已在此处布下埋伏，却被公子小白一眼识破，管仲不免对眼前的对手有几分激赏：“算你识相。”

看了看怀中形容憔悴昏迷不醒的绿姬，小白叹了口气，对管仲道：“你商家出身，凡事讲求个等价交换。今日你想要什么，只要我有，一定给你，作为交换，你把解药给我，救绿姬性命。”

管仲饶有兴味地盯着公子小白：“若是我想要你的命呢？”

一直在旁默不作声的公子纠听了这话，疾呼道：“师父！”

管仲做了个噤声的手势，示意公子纠先不要说话。

鲍叔牙回头看看小白，生恐他做出什么傻事，才要规劝，只听小白说道：“好，一命抵一命，我跟你换。”

小白拔出腰中的短剑，反手扣于胸前，鲍叔牙大惊，忙上去阻止，却接到公子小白递来的眼色。

鲍叔牙一怔，转了转眼珠，骂道：“你个小崽子，想气死你师父不成，快把剑放下。”

小白对鲍叔牙嚷道：“若不想看我血溅三尺，师父就别过来。”

鲍叔牙呼天抢地：“你个小崽子，绿姬姑娘死不了我也掐死她，你如今为这个女子，把自己弄成这样，我真是……”

小白瞪着管仲：“大丈夫一言九鼎，你的解药在何处？拿出来看看。”

管仲的目光在鲍叔牙和小白脸上转了几转，从右衽内侧摸出个小瓷瓶："解药在此。"

小白怀中的绿姬隐隐地听到了众人的对话，知道小白又像在莒城外遭遇刺客时一样，打算以命换命，心急如焚：她怎能担得起他如此厚爱，让他三番五次舍命相救？

公子小白扣于胸前的短剑叫人看了胆战心惊，鲍叔牙偷眼看着公子纠，眼中是难掩的焦虑。

公子纠此时心乱如麻，不知要怎样做才能既保住小白又保住绿姬。以死相逼这种低劣的手段用一次也罢了，他师父管仲是什么人，这一次只怕他真捅死自己，管仲也不会再收手。

管仲忽然看向公子纠，问道："公子，公子小白和绿姬姑娘，你以为该救谁？又该留谁？"

看似是让公子纠做出抉择，实则是在试探公子纠的态度。如今公子纠身在鲁国，即将成为鲁公之妹婿，鲁国上上下下的人都在盯着他。如若公子纠表现出还未斩断与绿姬的情愫，绿姬便在劫难逃。公子纠翻身下马，立在管仲马前，嘴唇抽搐着，忍着心中无比的剧痛道："师父，绿姬救不活也罢了，请一定不要伤害小白。"

这话如同旱天雷，一经脱口，便好似要将绿姬的五脏六腑震碎，绿姬蓦然睁开眼，鲜血顺着气息从口中涌出，转瞬间就将整个袖笼濡成了鲜红色。

小白大惊，见绿姬咯血不住，忙唤鲍叔牙："师父，你快来看，她这是怎么了？"

鲍叔牙快步上前去为绿姬诊脉，紧张得双手打战，难以号准脉搏。

管仲眸中情思复杂："她这是急怒攻心，气血涌动，导致毒发。"

良久，绿姬止住了咯血，却已是只有出的气而断了进的气，她颓然倒在小白怀中，面色潮红，努力睁大双眸，哀怨地望着不远处的公子纠。

谁能想到绿姬身为大卜后人，虽然肉身陷入昏迷，灵识仍在感知外界。公子纠这一席话，当真比毒药还伤人。

公子纠心中大恸，踉跄欲前，却知管仲在身后盯着自己，只得无力地住步。并非是不在意，而是因为太在意，知道自己的在意会害了她，才刻意做出一副事不关己的样子。可这份事不关己终究还是害了她，让她急怒攻心，加剧了毒性。

感受到怀中生命的流逝，公子小白紧紧搂住绿姬的身子，使劲唤道："绿姬，绿姬！"

绿姬喘着粗气，仍一动不动地盯着眼前素白袍的身影，微微张着嘴，似乎想对他说些什么。

小白看到绿姬这个样子，又气又心疼，冲公子纠吼道："你不是很在意她吗？何必做出这副薄情寡义的样子来！"

事情已到如此地步，再无回转的余地，公子纠回过身去，尽量克制情绪，却依然喉间发涩："绿姬姑娘有通天之力，谁不愿意多与之亲近，好窥视天命？"

公子纠竟换了个人似的，将他们的过往一笔勾销，还说接近绿姬是为了她的通天之力，绿姬怎能受得了，再度昏厥了过去。

小白急了，将短剑再次反扣于胸前，对管仲道："我即刻赴死，你说话算话，速速救她性命。今日天地人神俱在，你不要抵赖！"

鲍叔牙知道方才小白是与他相配合，想激公子纠帮忙，而此刻却是认真了，欲用自己的性命换取绿姬的性命。鲍叔牙气怒之下口齿都不利索了："哎呀，公……公子，万万不可呀！"

小白眼一闭心一横，短剑利光一闪，在场所有人都倒吸了一口冷气。

半晌未开口的管仲忽道："慢！我对取你性命没有丝毫兴趣，你若想换解药，拿传国玉玺来。"

第二十五章 死生契阔

残阳落日，殷红如血。

听了管仲这话，鲍叔牙顿觉眼前一黑，心中大叫不好。管仲这老贼，究竟在哪里安插了眼线，消息未免太灵通了些，居然知道他们得了这宝贝。

还未来得及阻拦，鲍叔牙就看到公子小白将玉玺从内兜掏出，扔向了安然骑于马上的管仲。鲍叔牙顺着传国玉玺飞走的方向追了两步，却只能眼睁睁看着它落入管仲手中。鲍叔牙顿觉周身血液逆流，心悸难耐，好似身中剧毒快撑不住了的不是绿姬，而是他。

鲍叔牙半回过身，指着公子小白，气得一个字也说不出来。

鲍叔牙追悔莫及，直想以头抢地：千不该，万不该，实在不该将这传国玉玺交由公子小白保管，还让他贴身收着。如今真是肉包子打狗，白白便宜了管仲。

管仲未反应过来，只是下意识接过飞来的玉玺。略愣神片刻，管仲一把扯下包裹着玉玺的绢帕，夕阳余晖中，这颗昆仑玉精雕而成的名贵玺印，的确是霸气外露。

管仲和公子纠对视一眼，都有些难以置信：这象征着齐侯在那片广袤富饶土地上享有至高无上尊严和权力的玉玺，竟然唾手而得！

忽然间，林间车轮滚滚，杀声震天，百乘之军倾巢而出，分列左右包夹了公子小白一行人。

鲍叔牙气得浑身发抖，捂着胸口，一口气差点没倒上来。毫无疑问，管仲此行是有备而来，目标就是传国玉玺，现在玉玺到手，林间埋伏的百乘之兵便倾巢而出，为他保驾护航。

小白却像未看到周围铁桶似的人墙，执拗地盯着管仲，喝道："解药拿来！"

管仲到底是大夫，言出必行，收起了传国玉玺，将小瓷瓶扔给了公子小白。

小白稳稳接住小瓷瓶，如获至宝，太过焦急以至拿到时双手一直发抖。他深呼吸定定神，打开瓶盖，扶起绿姬，捏住她的小下巴，将解药悉数灌入她口中。

看着眼前这一幕，公子纠面色平静，心绪却翻江倒海。看到小白不顾一切只为救绿姬一命，纠终于意识到，小白早已不是那个追在他身后的孩子了。如今的小白，能做许多他这个兄长敢想却不敢做的事，着实令他钦佩、羡慕，甚至有几分嫉妒。

天边的晚霞从太阳落山之处漫散开，在黛青色的天空上勾勒出几丝妖冶的酡红。等闲平地起波澜，一阵狂风肆虐而来，直吹得众人衣衫凌乱睁不开眼。

顷刻间，电闪雷鸣，不远处的曲阜城依然恬淡安然，唯独他们脚下这方丈之地，黑云压顶。

小白怀中的绿姬印堂发黑，眼窝乌青，不见丝毫起色。小白急了，用力掐绿姬的人中，绿姬依然没有任何反应。

小白怒向管仲："奸人！竟敢拿假药蒙蔽我！"

管仲一脸愤怒，仿佛受了奇耻大辱："你不要含血喷人！"

眼见绿姬情况不妙，鲍叔牙暂将传国玉玺之事抛诸脑后，急问管仲道：“你这解药可有什么差错？怎么吃了还不如不吃？”

管仲抬眼看看天际那片形似通天神脉的晚霞，说道：“解药没有丝毫差错，问题只怕出在她自己身上。”

管仲话音才落，巨雷滚滚而下，百乘之兵四处逃窜，场面混乱至极。公子纠和管仲的坐骑虽训练有素，也吓得扬蹄嘶鸣浑身打战，鲍叔牙禁不住后退几步。唯有公子小白，仍紧紧地抱着绿姬，岿然不动。

管仲指天发誓道：“毒杀妖卜一事，乃我一人所为，若有天谴，冲着我来！”

天边的晚霞渐渐散了，黑云强势扩张铺满了整个天幕，霎时间四处漆黑如夜，混沌如鸿蒙未开。

哀莫大于心死。

在听到公子纠那一句“救不活也罢了”的时候，绿姬忽然觉得自己从前的坚持和倔强都是可笑又无意义的。

身子又累又乏，似乎只有长眠避世才能缓解这份痛与苦。灵识摒弃了肉身，欲飞往压城黑云后的光明之所。

所有人的目光都紧紧锁着怀抱着绿姬的公子小白，小白无助又茫然地看着鲍叔牙，求道：“师父，你快来看看，她这是怎么了？我怎么感觉不到她的呼吸了？”

鲍叔牙疾步上前，为绿姬搭脉。果然，脉搏已停。鲍叔牙再探向绿姬口鼻之间，气息全无。

黑暗中，小白看到了鲍叔牙眼底流动的不安和惊慌，将绿姬紧紧搂在怀中，不甘地晃着她的身子，哭骂道：“你个蠢女人，快点给我起来！”

鲍叔牙红了眼眶，哽咽道：“只怕真是她自己放弃了，不愿活了。”

听到这话，著山压低嗓音哭了起来，其他侍卫纷纷垂着头，心里颇不是滋味。

公子纠再也撑不住了，泪水喷薄而出，顾不上理会管仲，他踉跄到绿姬身侧，却被公子小白狠狠推倒在地。

电闪雷鸣，瞬间照亮了公子小白的一脸狠绝："有朝一日我一定要宰了你们师徒，为绿姬报仇！"

公子小白的样子落在众人眼中，简直比天上落下的雷暴还要吓人。他紧紧抱着绿姬不撒手，依然不放弃地掐她的人中，如星一般的眸子不住落下泪来，好似繁星坠落。

半晌，绿姬仍没有任何反应，身子也开始渐渐冷了。公子小白疯了一般晃着她瘦弱的肩头，在她耳畔哭嚷："小绿，小绿！"

仿佛回到了童年，绿姬还是那个扎着两个圆圆总角的小丫头，爷爷一声声唤着她的乳名"小绿，小绿"，声声荡漾如涟漪，能涤净心头被蒙的一切尘埃。

是啊，这世上值得绿姬珍视的，何止公子纠一人，为何要为他放弃自己所爱的大千世界？

还有眼前的这个人，不知为何，看到他痛哭流泪的样子，绿姬竟心如刀割，万分不忍。

意识渐渐恢复，脸上冰凉凉的，不知何时起，大雨倾盆，雨水混着公子小白的泪水淌满了绿姬苍白的小脸。

绿姬微微睁开眼，眼前的公子小白颓然憔悴得像另一个人。可即便如此，他仍用力地搂着绿姬，面颊紧紧贴着她的额头，一丝也不放松。

大雨毫无征兆地停了，太阳早已消失在了地平线下，乌云渐渐散开，露出一弯上弦月和几颗散落的星，绿姬努力抬眼，看到属于盖世英雄的那颗星正照耀着自己，仿佛在为她灌输无尽的力量。

绿姬费了好大的力气，动了几下手指。这轻微的动作立即被公子小白捕捉到，小白不知是哭是笑："你醒了！我就知道你不会死！"

周边的一众人等都吓得倒吸了一口冷气，当然这并不能怪他们，方才大家都以为绿姬已经断了气，现下竟突然醒了，着实有些恐怖。

虽然剧毒已解，绿姬仍感觉难受得很，她微微张口，嚅动了几下薄唇。

没有人知道绿姬说了什么，除了公子小白。小白将绿姬抱起，轻言："好，我带你走，我们现在就走。"

小白抱着绿姬慢慢走向马车，鲍叔牙和一众侍卫这才反应过来，赶忙快步追上。

管仲、公子纠和他们所率领的百乘之军就这样站在原地，目送着公子小白一行离开，无人敢动。

事到如今，鲍叔牙的目的全部达到了：公子小白已与公子纠反目，并对国君之位有了想法。

只是他们也丢了传国玉玺，当真是福祸相依，让人难以预料。鲍叔牙和管仲之间这次不见刀光的较量，倒是管仲赢了。可未来谁会登上国君之位，又有谁知道呢？

绿姬没有了生命危险，身子却依然不牢靠，为照顾她，一行人缓缓而行。

第二日晌午，公子小白的车马终于回到了莒国。才要进城，却意外被人拦了下来。

掌管莒国的诸侯，从未露过面的莒子此时命兵士堵在城门外，自己则站在不高的城楼之下，对公子小白下了逐客令。

莒子才过而立之年，不算仪表堂堂，但有身为人君的气势。莒国国弱，莒子却是个极有正义感的人。当年公孙无知杀诸儿自立为君，公子小白逃难至此，莒子力排众议，执意收留公子小白等人，虽未曾接济过他们，却让他们得以平安度日，韬光养晦。

今日管仲派人放话来，说公子小白为了个女子，居然将齐国传国玉玺给了他。不用说，管仲号准了莒子的脉，知道他是个道义至上之人，定会因此厌弃公子小白。如此便可借力打力，一石二鸟。

果然，莒子闻之大怒：一国公子为了个女子，将祖宗基业拱手相让，实在是不肖子孙，令人不齿。

莒子不愿再收留公子小白，立誓要将这贪色之徒即刻赶出莒国，甚至亲来城门等候，以表决心。

公子小白等人停了马车，鲍叔牙赶忙走下来，快步上前躬身一礼："莒子有礼，在下鲍叔牙，是公子小白的师父。"

莒子本是个爱才之人，听闻过鲍叔牙的贤名，赶忙抬手道："大夫有礼，快快请起。"

此时，公子小白抱着绿姬也下了马车，走上前来，与鲍叔牙并肩而立。

鲍叔牙没有起身，继续躬身道："承蒙国君照顾，给我们栖身之所，在下感激不尽，今日怎么……"

莒子与公子小白素未谋面，如今一见，确实被他容貌所震。他怀中的绿姬虽十分憔悴，却彰显着病态美的极致。若小白不是公子，此二人郎才女貌必成佳话。可身为公子，小白若是将这女子看得比齐国更重，又如何担得起一国之君的重担？又如何担得起齐国百姓的身家性命？

莒子叹道："江山美人难两全，你既已做抉择，便要对自己的行为负责，不必再搅入夺位纷争中，我这里，也不留你了。"

鲍叔牙心知肚明，小白拿传国玉玺换解药之举，无论落在谁的眼里，都会觉得他太意气用事，情字当头、鬼迷心窍，难当大任。

可眼下除了莒国外，他们别无去处，鲍叔牙央求道："公子年轻不懂事，我这做师父的羞愧难当，只求国君再通融通融，我一定慢慢教他。"

绿姬虽然身子仍动不了，心中却急得要命。她已经害得公子小白丢了传国玉玺，如果小白再被驱逐出莒国，他就真的无路可退了。

鲍叔牙贤能之名果然名不虚传，莒子身为人父，自然能理解鲍叔牙身为人师的无奈与艰辛。莒子叹了口气，回头看看公子小白，却见他昂着头，面上没有一丝悔改之意。莒子摆手道："罢了，你们去别处吧，我这里再不收留。"

莒子转身离去，众侍从忙低着头碎步跟上，鲍叔牙欲追，却只听公子小白一声呵斥："师父，不必追了。他看中的只是那传国玉玺，并非真正看好我，不过是个趋炎附势之人，没什么好说的。"

莒子脚步一滞，半回身道："你做出如此不肖之事，竟还怪他人趋炎附势？"

小白一脸坚定："莫说这一次，即便再有几次，我一样会做同样的事。人死不能复生，东西却可以失而复得，权衡之下，什么物件都能舍得。"

莒子正过身子，问道："失而复得？这物件落在管仲手中，如何失而复得？"

小白回道："你们人人都看重这传国玉玺，可若是昏君在位，如我哥哥诸儿，即便手握玉玺，终究被万民唾弃；若是明君在世，哪怕选糟木料雕个印，也一样国泰民安。"

小白能说出这一席话，倒确实出乎莒子的意料，他怔在原地似在犹豫，事情或有转机。

小白怀中的绿姬硬撑着一口气，说道："莒子，小女子有礼了。我斗胆问你，今日公子以玉玺换解药，你们说他弃祖宗基业于不顾，是不肖子孙，若是他没换，你们恐又说他薄情无义，总之公子如何做都会遭受非议。但依我看来，你与一个重情重义之人交好，总好过与一个薄情寡义之人交好。齐国乃是大国，兵力雄厚，他日公子若登基为齐国君，必定保全你莒国世代……"

绿姬身体孱弱，一席话似乎用尽了她全部的气力，还未说完，绿姬便晕了过去，脑中最后的记忆，定格的是莒子那张若有所思的面庞。

绿姬再次醒来时，已是三天三夜之后。

空气中飘散着令人心神愉悦的香气，身下软榻舒适非常，身子轻飘飘好似没有重量。绿姬缓缓睁开眼，看着干净整洁的房间，瞪着大眼睛发呆。

公子小白的一张俊脸毫无征兆地出现在了绿姬视线内，见绿姬睁开了眼，小白喜道：“你可算是醒了。”

绿姬艰难撑起身子，问道：“我睡了多久？”

一旁传来著山的声音：“姑娘昏睡了三日三夜，我们公子衣不解带一直守在姑娘身边呢。”

公子小白满眼血丝，俊朗的面庞上起了些青色的胡楂儿，可见这几日真把他熬得够呛。

心头泛起丝丝缕缕的感动和愧疚，绿姬垂着头，强压住情绪，问道：“我们这是在哪儿？”

著山仍抢着回道：“莒子那日听了公子和姑娘的话，非但没赶咱们走，反而更加厚待了几分。这院子是莒子特意拨给咱们住的，比原先的茅草房不知好了多少。”

这几句话是鲍叔牙交代他，在绿姬醒了的时候一定要说的，可公子小白似乎不大高兴，转头瞪了他一眼。

小白和绿姬对坐着，两人都不说话，著山见状，赶忙找了个由头，逃也似的蹿了出去。

小白端起一旁案上的粥，拿起勺轻轻搅动：“睡了三日三夜，只怕是饿了吧，来，吃点粥。”

绿姬轻推了一下碗：“先放着吧，才起来不觉得饿。”

小白乖乖地把碗放下，两人又陷入了沉默中，可这沉默不同于往常，倒有几分淡淡的温馨和暧昧。

绿姬轻声开口问：“那日，你为何叫我小绿？你怎知我的乳名？”

说到这个话题，公子小白显得很兴奋：“是吗？小绿竟是你的乳名？太巧了，我原先就想着，我叫小白，你叫小绿，我们果然是天造地设的一对。”

绿姬脸一红，瞋了小白一眼，转过头去不理会他。

小白见绿姬面色红润，身体恢复了许多，心中痛快，直想逗弄她：“怎么说我也是你的救命恩人，你就这种态度对我？”

绿姬哪知道他是在作弄自己，忙正色回道：“你救了我，我心中自然是感激不尽，无以为报……”

小白见绿姬这样，反倒正了神色：“从我第一日见你，我就……”

绿姬打断了小白的话：“从你第一日见我，你就叫我瘸子。”

小白被绿姬噎得几分尴尬，挠了挠头：“你听我说完。从我见你第一日，我就在想，世上怎么会有这么蠢的女子，又傻又瘸的，我……”

绿姬脸色一变，难以想象这一席话竟出自一个愿以江山换取她性命之人口中。

小白似未察觉绿姬的不悦，继续道：“后来我也不知为何，就……总之，此生我绝不负你，若负你，就让我饿死街头。”

小白越说越偏，搞得绿姬又羞又恼：“我又没要与你如何，你发毒誓做什么？”

小白笑嘻嘻捉住绿姬的手，赖皮道：“反正你又跑不了。”

绿姬才欲回嘴，著山忽然闯了进来，绿姬赶忙抽了手，闭口不言，继续靠在榻上闭目养神。

公子小白睨着著山，问道：“不曾有人教你敲门吗？”

著山知道自己又闯了祸，一脸惶恐：“公子莫怪，只是，门外来了个客人，实在是棘手得很。”

第二十六章　无与士耽

听了著山的话，公子小白和绿姬对视一眼，都觉得有些蹊跷：他们才搬入这处新宅院三日，怎会有客人找上门？

先前没有任何征兆，绿姬就在鬼门关逛了一圈，实在令人后怕得紧。如今又有不速之客，绿姬的心不由得提到了嗓子眼儿，神情怯怯。

小白看出了绿姬的忐忑，为她掖好被子，轻声道："你好好歇着，我出去看看。"

有小白在，便没有什么不放心的，绿姬点点头，乖乖窝在榻上闭目休息。公子小白则随着著山一道走了出去。

鲍叔牙和众侍卫团团围在院门口，公子小白拨开众人走上前去，竟看到懒丫头抱着个包袱站在门外，小小的身子微微发抖，怯怯地接受着众人的打量。

确实有些棘手，小白看着懒丫头，皱起了眉头，一时间不知该说什么。

绿姬中毒的事，让大家对公子纠的人都起了敌意。可懒丫头年岁尚小，似乎不足为惧。众人面面相觑，不知她只身前来，到底所为何事。

就这样对站了半晌，最后还是鲍叔牙打破了僵局。他和颜悦色开口问道："丫头，你来我们这里做什么？"

懒丫头伸手紧了紧肩上的包袱，小声回道："听说姑娘病了，特来照顾。"

鲍叔牙和公子小白交换了一下神色，师徒二人眼中是同样的疑虑。

懒丫头看出二人的顾忌，忙说道："我……我是自己逃出来的，是我自己担心姑娘。"

此话未免太假，鲁宫是什么地方，一个手无缚鸡之力，还没灶台高的小丫头，怎可能自己逃出来?

未等鲍叔牙开口，著山怒道："你们大夫毒害绿姬姑娘不成，还要派你个毛丫头再来下手？"

懒丫头急急摇头否认："我不是，你别血口喷人！"

著山还要骂回去，却被鲍叔牙喝住："著山，不得无礼！"

著山一脸委屈，却不得不闭上嘴，气鼓鼓转向一旁。

绿姬听到争吵声，知道此事与自己相关，挣扎着从屋内走了出来。

剧毒虽解，身子却依然很虚弱，徐徐两步便是一身冷汗。绿姬慢慢上前，众侍卫自觉为她让出一条通道。看到懒丫头，绿姬心头一滞。

管仲的毒就下在懒丫头送来的饭菜里，不知她与此事有无干系，绿姬着实是胆战心惊。

懒丫头看到绿姬，哇的一声哭了出来："姑娘一切安好，我这心就能放下了……"

看到懒丫头，不免想到公子纠。绿姬悲从中来，气血上涌，两胁灼痛，忙用宽袖去挡，却仍没忍住，咳出了一口鲜血来，染上了水青色的裙裳。

公子小白吓坏了，急道：“这是怎么了？解了毒怎么还会咯血？”

鲍叔牙轻拍公子小白两下以示宽慰：“公子不必太惊慌，绿姬姑娘中毒伤及两肺，咯血是正常反应，等到污血全部咳出，自然会好。”

小白关心则乱，自觉失态，忙敛了神色，将懒丫头交由绿姬处理，自己只从旁协助保护便好。

绿姬擦净嘴边的血污，说道：“在鲁宫时，我几日未进水米，唯一吃过的只有你送来的东西。你老实说，饭菜是谁交给你的，你可知情？”

懒丫头拼命摇头，哭道：“那日公子嘱咐我几句话，让我转告姑娘。饭菜是其他下人准备好了给我的，我实在不知里头有毒。”

绿姬一顿，又问道：“这毒，可是你们公子下的？”

懒丫头年纪小，不识忧愁滋味，平日里都是笑嘻嘻的。可现下听了绿姬的话，却一脸愤然，上前两步，对绿姬道：“姑娘万不能冤枉公子，公子所做的一切都是为着姑娘，绝不会下毒害姑娘的。就为着姑娘的事，公子和大夫吵得不可开交。我自小在公子身边长大，从未看到他如此生气过，更从未见他与大夫闹成这样过。”

听了懒丫头所言，绿姬并未觉得丝毫宽慰，反而更加酸楚。她似乎对公子纠的脾气秉性了如指掌，又好像从未认识过他一样。公子纠能含泪射杀流民，也会为救绿姬和公子小白血流如注。这一切的一切交织在绿姬脑中，搅和得她茫然无措又心有不甘。

绿姬这神情落在小白眼里，犹如心头刺。侍卫们偷眼盯着公子小白，都有些隐隐的心酸：毕竟自家公子付出了这样多，到如今还是个局外人，实在让人有些不忿。

小白迅速平复心绪，问懒丫头道：“你此次前来，是纠派你来的吧？”

懒丫头既不敢说是，也不敢说不是，垂着眼低着头看着自己的绣花小屐不作声。

小白轻轻叹了口气，心头滋味难辨。这几日他细想曲阜城外的事，着实觉得纠的表现十分值得玩味。

承认也好，不承认也罢，纠是小白的兄长，小白是十分了解他的。公子纠绝非薄情寡义之人，对绿姬，绝非仅仅觊觎她的通天之力。可若说他一点都不想利用绿姬的通天之力，小白也是不信的。小白看着面前形容憔悴的绿姬，对她的心疼又多了几分。

恰好此时绿姬转过头来，清亮的眸子望着公子小白，波涛暗涌。

读懂了她眼里的话，小白微微一笑："我的地盘便是你的地盘，她的去留，你决定就好。"

听到公子小白对绿姬说的话，懒丫头吓得张圆了嘴。她万万没想到，公子小白竟然也喜欢绿姬姑娘？懒丫头从前在这里服侍绿姬时，并未看出公子小白对绿姬有意。后来发生的种种，她也是道听途说，并不清楚原委。此时此刻懒丫头终于能理解，为何这次公子纠派她来莒城，脸上神色那般复杂。

小白将处理此事的权力交给了绿姬，是信任她把握事情的能力，更是为着照顾她的情绪。绿姬心知肚明，也不推诿，略思索下，问道："我们才搬到这里两三日，除去莒子外，无人知晓，你又是怎么找来的？"

懒丫头回过神来，恭敬答道："我是找街坊邻居问出来的。问公子小白一行确实无人知晓，可若是问哪里住着个美貌姑娘，很快便能问出。"

那日他们搬家时，确实有不少乡亲围观，小白抱着昏迷的绿姬走下马车，引得众人一阵惊叹，没承想，这么快便在城中传开了。听了懒丫头这话，公子小白和鲍叔牙颇有几分担忧，他们的目标确实太大，莒城又极小，想找到他们不是什么难事。

绿姬又问："我一直觉得有些奇怪，早先我在鲁宫养伤的时候，你对我虽然不错，却没有十足上心。可上次到公子小白这里之后，却极其维护我，到底是为何？”

懒丫头张了张嘴，看看面前的侍卫，欲言又止：“姑娘，我们能否私下里说话？”

看懒丫头为难的神色，绿姬猜这其中必有玄机，点头道：“好，你随我来。”

懒丫头疾步上前搀扶着绿姬，一道向绿姬房中走去。

侍卫们各自忙活去了，公子小白仍站在原地，盯着绿姬和懒丫头远去的方向，忖度着懒丫头究竟会对绿姬说些什么。

鲍叔牙跨步上前，捉住了公子小白的手肘。小白一愣，回过神来，大呼不好。前几日他一直照顾绿姬，鲍叔牙还没顾得上跟他算传国玉玺的账，如今绿姬已经康复，只怕这次在劫难逃。

上行下效总是不错，小白想起平日里鲍叔牙若是惹恼了他，总会先声夺人，忙学着鲍叔牙的语气，一抱拳道：“师父，传国玉玺之事是我欠考量，只是将心比心，若是……”

鲍叔牙一笑，也学着公子小白平日里狡辩的语气：“若是中毒的是我夫人，我也一定会拿玉玺换解药的。”

小白见鲍叔牙并未生气，松了一口气，笑道：“师父能如此想就太好了。”

鲍叔牙冷哼一声，凿了小白两拳，咬牙道：“只是公子做事着实是太冲动，我还未反应过来……”

小白受了鲍叔牙这轻飘飘的两下，一脸无奈：“师父才说能理解，怎么又打起人来了？”

鲍叔牙叹口气：“罢了，若不是你如此冲动，我也见识不到什么是天谴。权衡下来，到底救绿姬姑娘性命比传国玉玺更要紧些。”

小白拽了拽鲍叔牙的胡子：“绿姬中毒时师父明明也焦心得紧，何必装出一副事不关已的样子？”

鲍叔牙打掉小白的手，说道：“并非为师太过计较得失，只是公子行事太过冲动，实在让为师很担忧啊。”

小白敛了嬉笑的神色，对鲍叔牙道：“师父不必忧虑，当时情况紧急，看似我是贸然行事，其实我已思虑周全。师父细想下，管仲怎会知道我们得了传国玉玺？必是有细作泄密，可我们这里知道此事的人极少，还都是打小就跟着我的。师父以为，细作究竟是谁？”

鲍叔牙不是没考虑这些，只是前几日焦头烂额，未来得及深思，现如今听了公子小白的剖析，鲍叔牙转转眼珠，回道：“只怕不是出在我们这里。”

小白点点头：“我与师父想法一致，细作只怕出在齐国国氏、高氏两位大夫身侧，估摸着管仲已经知晓我们与二位大夫交好之事，顺势而为，布下此局。为着让管仲放松警惕，也为着齐国的情报能顺利传来，这玉玺，我一定得给他。”

听了小白的话，鲍叔牙显得有些激动：“公子所言极是。”

小白又道：“当时我最大的念头就是救绿姬一命，可这玉玺也不能白给管仲，总要对我们有点裨益才是。”

鲍叔牙点点头：“细想来，绿姬姑娘那日所表现出的神力着实有些骇人，只怕管仲不会就此罢手，我们万不可掉以轻心。”

小白听了这话，若有所思地看着绿姬的房门，叹道：“有时候真希望她只是个普通人家的姑娘，没有什么神力，也能少受些伤害吧。”

鲍叔牙笑着摇了摇头：“公子说笑了，普通人家的姑娘哪里配得上你。只是公子若要保护绿姬姑娘，就要肩负起更多的责任。”鲍叔牙脑中灵光一闪，神色一凛，“著山方才所言倒提点了我，这个懒丫头此次前来，会不会对绿姬姑娘不利啊？”

小白蹙眉道：“这丫头应该是纠的人，师父只看她言辞之间很是维护纠，却极少提及管仲。况且，管仲心思缜密，断不会选个半成不成的毛丫头前来行刺。”

鲍叔牙愁容满面：“即便如此，为师也很担心。公子与姑娘的关系刚近了一点，这懒丫头若是总在绿姬姑娘跟前提及公子纠，只怕绿姬姑娘更加难以释怀……”

小白面色有几分黯然，目光却坚定如炬：“提便提吧，我不希望她是因为对纠有所误会，而我恰巧在她身旁才移情于我。我倒希望她能顺从己心，好好问问自己，究竟对谁更动心？反正现下她也无处可去，时日还长，我可以等。”

鲍叔牙满面嘉许之色：“公子思虑周全，远出乎为师的意料。”

小白笑道：“有些道理，师父讲得再透彻也是无用，总要自己经历了才懂。对了，师父，国氏大夫和高氏大夫那里，要派得力的人去安抚一下，万不要因为传国玉玺的事，对我们有什么成见。”

鲍叔牙躬身抱拳：“公子放心，俱已安排妥当。”

房中，绿姬在榻边坐着，仍止不住咯血，面色通红。懒丫头见状，忙将斛中温水倒进爵中，递给了绿姬。

绿姬摇摇手，示意自己没事：“现下只有你我在，有什么要说的，你便说吧。”

懒丫头放下铜爵，跪在地上，对绿姬磕了个头：“说起此事，还要从姑娘被大兴骑马拖伤的时刻说起。”

此事与大兴有关，倒着实出乎绿姬的意料。绿姬看看懒丫头的神色，搜罗出脑中碎片似的回忆，拼凑在一起，大概有几分懂了：“大兴，是你兄长？”

懒丫头点点头，抿着嘴：“大兴是我亲兄。”

可在绿姬记忆中，大兴对懒丫头虽好，却不像是对自己妹妹那种百般呵护。反倒是懒丫头对大兴，不知比对旁人好上多少倍。绿姬看懒丫头一脸难言之隐，问道：“大兴并不知你是他妹妹吧？记得他曾跟我说过，他是犬戎族人，自幼与父母族人走散，后被管大夫收养，专教公子骑射。”

懒丫头回道：“是，只是哥哥不知，我们并非走散，而是被灭族了。当日我们一族人在燕地放牧，遇到不知哪国的散兵，因为我们是犬戎族人，他们便不分青红皂白赶尽杀绝。哥哥当时去捡马粪，逃过一劫。我年纪小，尚在襁褓，可那些士兵依然不放过我，意欲将我摔死。公子跟随师父学习骑射路过燕地，救下了我。后来公子将我送去临淄城郊他乳母家中抚养，到五六岁时才接回公子府邸。凑巧的是，管大夫竟收养了流浪的哥哥，听他讲自己身世，管大夫猜测到我们是兄妹。可哥哥一直觉得自己只是跟家人走散了，公子就央求大夫先不要告诉哥哥实情，怕他难以接受。”

自打犬戎攻入镐京杀死周幽王，各诸侯国对犬戎多有忌惮，几乎是看见就杀，枉死的牧民不计其数。绿姬听了懒丫头的身世，心里十分难受，少不得出言宽慰：“总算是天不绝人愿，你们兄妹被公子纠收留，他待你们二人极好，也是不幸中的万幸了。只是为何不将实情告诉大兴，只怕他心中还惦记着回犬戎去找他的父母家人。”

懒丫头回道：“我渐渐大了，公子慢慢将身世告诉了我，我虽也觉得自己可怜，但当时年纪太小，对父母亲人没有印象，所以哀伤不深。可哥哥不一样，他年年托人去查问族人的事，越是这样，公子越不能告诉他了。”

大兴极重情义，公子纠的担心不是多余，若他知道族人早已被杀，天知道这血性的犬戎汉子会做出什么事来。绿姬叹了口气，问道：“此事与你如何对我有什么关系？”

懒丫头又对绿姬磕了个头：“姑娘大恩，永世不忘。”

绿姬丝毫不知懒丫头所指的“大恩”是什么，一脸迷茫。

懒丫头哭道：“姑娘不必瞒我，当时我哥哥鲁莽，误以为姑娘是细作，策马拖断了姑娘的腿。动用私刑乃是大罪，公子原打算重惩，要杀我哥哥，幸而姑娘求情，才饶我哥哥性命。”

求情的事纯属子虚乌有，公子纠当时确实怒斥了大兴，却未作严惩。想来，公子纠知道懒丫头虽然心地善良，却不够勤谨，为着让她尽心侍奉绿姬，才如此说来唬她的。此招倒是有效，懒丫头果然对绿姬极好，嘘寒问暖，掏心掏肺的。

绿姬心头一涩：公子纠究竟在身后为她做了多少事？从衣食住行到性命攸关，事无巨细，都为她考虑得清清楚楚，绝非一句“窥视天命”就能全部抹杀的。

可也不得不承认，他们之间有太多的不契合和不可能，头一个跃不过去的坎儿，就是管仲。

绿姬扶起懒丫头，尽量用平静的语气问道：“公子近日可还好？”

懒丫头摇摇头：“公子每日虽装出一副开心的样子，鲁国的女公子柔姬姑娘也时常来探望公子，可我知道，夜半无人时他总在回廊尽头独自站着，神色无比哀伤。”

千防万防，还是猝不及防，绿姬被懒丫头无心说出来的话刺得遍体鳞伤。这位鲁国的女公子柔姬姑娘，便是鲁公的妹妹。绿姬在曲阜城时曾见过她，这女子温婉大方，对公子纠颇有好感，现下两人朝夕相对，又有婚约在身，不知公子纠是否会像照顾自己那般，精心呵护柔姬姑娘。想到这里，心不争气地痛了，绿姬一忍再忍，泪珠还是盈盈于睫，摇摇欲坠。

误会解开，懒丫头便留了下来，照顾绿姬的衣食住行。侍卫们一开始很是提防她，几日后，众人发现她真的就是个小丫头片子，有时还显得很呆笨，实在不足为惧，便也慢慢卸下了心防，唯有著山，仍时常与懒丫头拌嘴吵架，从早到晚，没个消停。

心中不畅快，绿姬时常独自站在后院的槐树下发呆，一站便是两三个时辰，毒日头晒着，虚汗不住地往外冒，身上却直发冷，咯血更是一日重似一日。

察觉到绿姬有意疏远，公子小白很失落，但他似乎并没有被这情绪影响，每日读书骑射无比勤勉。倒是鲍叔牙有些焦急，劝公子小白想想办法，切莫前功尽弃。

莒子现下对公子小白非常照顾，时常周济他们。只是莒国国小，没什么好东西，送来的都是些最寻常的菽粟果蔬，好在众人衣食有了保障，倒也省却了骑马打猎的许多麻烦。

这一日，莒子又派人送来了一筐新鲜的桑葚，紫莹莹的，十分馋人。

著山将桑葚搬到大院中间的雕花案几旁，垂涎欲滴快忍不住，伸手想去偷拿一个吃。

公子小白的声音忽然从身后传来，吓得著山差点跪下："著山，你去叫绿姬和懒丫头出来吃桑葚。"

著山为掩盖偷吃的行为，欢快地应了一声，向绿姬的房间跑去。

听到敲门声，懒丫头应声开门，看到著山，懒丫头没好气道："你来干吗？"

著山惦记着桑葚，没工夫跟懒丫头拌嘴，指了指不远处的案几："公子叫你们去吃桑葚。"

懒丫头顺着著山指的方向看到了洗净后整整齐齐码在盘中的桑葚，二话不说就要过去，走了几步，想起了绿姬，忙回身叫道："姑娘，出来吃桑葚了。"

时下正是桑葚出产的季节，桑葚颗颗饱满，紫莹莹甜丝丝的，众侍卫围坐在案几旁，吃得十分满足。著山和懒丫头也跑来坐下，两人专门抢对方手边的桑葚吃，虽然自己也觉得非常幼稚，仍闹得不亦乐乎。

公子小白却不似旁人这般好兴致，紧紧地盯着绿姬的房门。看到她走出来了，小白才松了口气。

绿姬小脸越发苍白，嘴边挂着一抹淡淡的笑，走到了案几旁。懒丫头赶忙起身，扶绿姬坐了下来。

懒丫头捡了两个熟透的桑葚，递给绿姬："姑娘快尝尝，这桑葚甜得很，好吃极了。"

绿姬接过桑葚，放入口中，只觉得一股酸涩徘徊在舌尖，顺着喉头抵达肠胃，酸得她直打战。

心是苦的，吃什么都不是滋味，绿姬无力地垂下手，嘴角挂了一抹自嘲的笑。

绿姬每一个小小的表情，落在公子小白眼中，都是放大百倍的，见她这样怅然若失，小白心里也十分不舒服，却不知该如何开解她。

小白想了想，忽然对众人说道："你们可听过卫国有首民歌，唱的就是这吃桑葚的事。"

侍卫们放下了手中的桑葚，懒丫头和著山也停止了争闹，专注地看着公子小白。吃桑葚也能唱歌？当真新鲜。

小白对众人念道："吁嗟士兮，无食桑葚。吁嗟女兮，无与纠耽。就是说，你们这起子人，吃桑葚也要注意量，不要吃多了身子难受。而女子，也不要过度沉溺于那人的情感中，无法自拔。"

绿姬蹙了蹙眉，公子小白刻意把"吁嗟鸠兮，无食桑葚。吁嗟女兮，无与士耽"说成了"吁嗟士兮，无食桑葚。吁嗟女兮，无与纠耽"，用公子纠代替鸠鸟，就是为了警示绿姬。

绿姬何尝不知她这样伤心劳神实属不该，可常人若能随意自如把握情感，人就不再是人，而是圣贤神明。绿姬抬眼看看公子小白，小白也正看着她，星一样璀璨的眸子里盛满了担忧和心痛。

侍卫们听出了小白的言下之意，很配合地点头称是，都说过度沉溺于某些人事物总是有害，不如看开些，早日解脱。

懒丫头吃着桑葚瞪大了眼，十分难以置信："姑娘和我们公子的事竟然传到了卫国，还唱成了歌？"

听了懒丫头说出的傻话，著山一不小心将桑葚颗粒吸进了气管里，咳个不住：这丫头蠢成这样，他们一开始竟还怀疑她是管仲派来的细作？真是笑死人了。

这一席话使活跃的气氛变得尴尬，侍卫们忙讲笑话岔开话题，说说笑笑间，这事也就算是过去了。待众人都散了，小白一把拉住欲走的绿姬，示意自己有话要说。

绿姬垂着头，不敢直视公子小白。一个情字画地为牢，将绿姬、小白和公子纠困在了一起，如今绿姬痛苦，纠难过，想来小白也好受不到哪里去。

看到绿姬苦着脸，小白竟笑了，轻声道：“你想回曲阜，找纠问个清楚，是吗？”

这是自然，她心中有太多的不甘和不明白，只怕只有公子纠才能解答。可想见公子纠实属痴人说梦，绿姬心知肚明，垂着眼，没有答话。

小白叹了口气，说道：“我可以让你回曲阜，找纠问个清楚，了却你心中所愿。”

绿姬难以置信地抬头望着小白，怀疑是不是自己耳朵出了问题，公子小白竟然要送她回曲阜找公子纠，究竟是什么意思？

第二十七章 耳鬓厮磨

现下小白等人居住的小院较从前那个茅屋不知强上多少倍，唯一相同的，就是庭院中间也有一棵国槐。

暖风吹拂着葳蕤的大树，树叶沙沙作响。树下一对璧人相对而立，衣袂翩然随风。小麻雀悄悄飞下枝头，似想偷眼看看，偷耳听听，他们到底在说什么秘密。

小白定定地看着绿姬说："这几日你总是无精打采，茶饭不思，想来，都是因为纠吧。"

在公子小白面前承认自己对公子纠念念不忘，着实是一件残忍又尴尬的事。绿姬未置可否，垂头看着自己的鼻尖不说话。

心头一股酸闷气漫散至全身，小白无奈一笑："我真不明白，他已经要娶旁人，为何你却执迷不悟？"

绿姬仍垂着头，回道："并非执迷不悟，只是许多事，不知道原委，总是不甘心。"

小白一脸不屑，冷道："他能为你死，却不能为你放弃争权夺位，故而步步受管仲牵制。你心知肚明，何必自欺欺人？"

绿姬咬着薄唇:“我心知肚明也好，你出言提点也罢，不是他自己说出口，我就是无法放下。”

小白蹙着眉，满眼的心痛无奈:“你执念太过，到头来，受伤的还是你自己。”

绿姬抬起眼，双瞳剪水，涟漪暗藏:“你还不是一样，怀抱着执念不撒手。”

听了绿姬这话，小白一怔，旋即沉默了。半晌后，小白苦笑道:“是，我有什么资格来说你，你我都是一样，不到海枯石烂怎会死心？若是就这样糊里糊涂看着纠娶了旁人，你这辈子只怕都无法安生了吧？”

听小白如是说，绿姬竟莫名被戳中，语带哽咽:“所以，你能送我去找他吗？”

小白看着绿姬，声音有些缥缈:“你不怕死吗？”

绿姬摇摇头，轻道:“自然怕，可是更怕生不如死。”

小白一声长叹:“既如此，我不强留你。只是你不必害怕，当日你在曲阜城外闹了一出天谴，如今只怕鲁宫守门的侍卫看到你，都要吓得弃甲而逃。你大可去曲阜城找纠，问个清楚，了你心中所愿。”

得到了小白的首肯，绿姬却没有想象中开心，心头隐隐的不安中，裹挟着几丝不舍，绿姬嚅动着嘴唇道:“多谢。”

小白一摆手:“不忙着谢，我话还没有说完。你知道我对你的心思，我做不出送心爱女子去向他人投怀送抱的事。所以你想去便去，但我不会送你。”

此地距曲阜城数百里，小白不送，难道要绿姬徒步走去？这分明是难为人，绿姬瞟了小白一眼，似在质疑他虚情假意。

看穿了绿姬的心思，小白轻笑一声:“你若想去，我可以教你学骑马，你自己骑马回鲁宫找纠，如何？”

听了公子小白开出的条件，绿姬直发愣:要见公子纠，就要先学骑马？

看到绿姬犹豫不决，小白扬眉问道："怎么，你不敢？"

一如当初在莒城外，二人初见时，小白邀绿姬共乘一骑，刻意挑衅她说的话。仿佛还在昨日，却已隔了重重叠叠的人和事。

那时候，所有人的关系都无比单纯，没有夹杂着利益和权势，公子纠和公子小白仍是亲密无间的手足兄弟。短短数月，斗转星移，竟然全变了。

绿姬收了神思，思忖着眼下的事：执意要去找公子纠的人是她，她又有什么资格跟小白谈条件？绿姬抬头回道："好，我跟你学。"

没承想绿姬如此干脆地答应了，小白松了一口气："明日一早，我在这里等你。"

绿姬点点头，转身走回了房间。公子小白却一直站在槐树下，望着她远去的身影发呆。

人生如棋，眼下摆在公子小白面前的是一盘死局，唯有破釜沉舟，才有取胜的可能。只是这可能性实在太微小，犹如星星之火，但是不尝试，小白又如何劝自己认输？

翌日，绿姬早早就醒了。天光尚早，估摸着公子小白还未起床，绿姬便沉下心慢慢收拾。

穿衣洗漱叠好床褥，绿姬边忙活边思索着：公子小白要她学骑马的事着实有些蹊跷。小白若是想让她去找公子纠，派著山送一趟也就是了，若是不想，不如不提。如今居然让她学了骑马自己去，实在是奇怪得很。绿姬从前只觉得公子纠心思繁复令人看不透，如今，一向快人快语的公子小白竟也变得如此难以捉摸了。

轻轻打开房门，和煦的日光倾泻而入，刺得她忙闭了眼。短暂的不适应后，绿姬复睁开眼，看到日光洒落处，公子小白身着墨色麻褐，手牵小白马，正立在大树下。

初阳为他俊逸的身姿镀上了一层淡淡的金色，与公子纠缥缈如烟的仙气不同，公子小白的容貌气度是比太阳更耀眼的存在，令人不敢直视。

然而每每一开口，小白都能让人立即忽略掉他的外貌，徒剩下翻白眼的份儿。小白看到绿姬站在房门口发愣，皱眉喝道：“怎么像个偷汉子的小寡妇似的，站在门口瞧什么？还不快过来！”

绿姬瞋了小白一眼，走上前去，轻声道：“其他人都还没醒，你小声着点。”

小白打量着绿姬，一脸不满：“你看你，足蹬木屐，裙子又长，怎么骑马？”

公子小白的装束是按照戎服改良的，脚下蹬的是薄皮戎鞮，自然轻便简洁适合驭马。可普天之下哪里有适合女子骑马的装束？绿姬回道：“我这裙子不还是你送的？你既然要教我骑马，为何不给我买适合骑马的衣服？”

这话落在小白耳朵里，不像是埋怨，却像是撒娇。小白笑得一脸灿烂：“也罢，你这么笨，反正穿什么都是一样的。只是仔细着点，别摔下来磕掉了门牙。”

小白说话不中听不是三两日了，可绿姬仍时常被他噎得无言以对。绿姬瞪了小白一眼，径自走到一旁的棕色小马身侧，为它捋了捋鬃毛。

小白笑道：“这几日你总是没精打采的，怄你生生气，你也更活泼些。”

骂了人，竟还说自己是好意，绿姬被小白这霸道的逻辑气得要笑：“不是说要去学骑马吗？怎么还不出发？”

小白点点头，翻身上了马，伸出手欲拉绿姬。

绿姬看着小白递来的手，心想也许过几日，学会了骑马，自己也能疾驰如飞了，不禁弯了嘴角。

绿姬将手递给小白，小白轻轻一拉，绿姬稳稳地坐在了马上。骑着小白马，牵着棕色小马，两人快速向城外树林间奔去。

夏日的清晨，琼林玉树蒙着一层极美的光晕，小溪潺潺，宁静安然。与良辰美景格格不入的，是绿姬的心境。上次他们二人便是在这里，遭遇了公孙无知的刺客。闭上眼，脑中全是公子小白手臂被砍伤的那一幕，令人心悸不已。

曾经的鲜血淋漓处，如今花草树木异常繁盛，美得动人。绿姬轻叹了口气，谁能想到，那次在危急关头救他们性命的，居然是管仲。可细细想来，也就不觉稀奇了。公子小白与公子纠既有利益冲突之时，也有同仇敌忾之处，管仲不过是根据自身利益的需求变换策略罢了。

绿姬还在胡思乱想，小白的轻笑声从耳畔响起："怎么了？害怕了？愁眉苦脸的。"

绿姬颇为惊讶："你下巴上长眼睛了？"

小白笑道："你身子僵硬，还散发着冰冷之气，这便是你吓傻时常有的表现。"

既不想承认小白太了解自己，又不想承认有所畏惧，绿姬沉默着没有吭声。

小白宽慰道："不必担心，我如今丢了传国玉玺，无论是管仲还是公孙无知，都会觉得我是烂泥扶不上墙，根本不屑于再派刺客来杀我。"

听了这话，绿姬非但未觉得宽心，反而更愧疚难当："玉玺之事，实在是万分抱歉。"

小白像是故意的，在绿姬耳边轻声道："抱歉有什么用，你该想想怎么补偿我。"

绿姬被小白口鼻间的气息吹得发木，他身上那股恼人的清香又将她团团围住。绿姬扭着身子，推搡着越凑越近的公子小白："你别再瞎闹，再闹我可恼了。"

小白一把揽住绿姬的腰，防止她掉下马去："好了，摔下马我可不管，只是道歉的话以后别再说了，我救你是有私心的，没你想的那么伟大。"

绿姬坐正了，才要回嘴，公子小白却勒住了缰绳。

小白翻身下马，将绿姬接了下来。绿姬环视四周，只见溪流潺潺，大树参天，心中不禁满是疑问：这地方适合学骑马吗？学骑马不是应当在开阔的草地上吗？

小白信步走到溪边，捧起溪水喝了两口。溪水甘甜清冽，是祛暑热的佳品。

绿姬在身后问："我们在这里学骑马？"

小白并未回头，屈身坐在了溪边："自然不是，我们在这里吃早饭，吃了饭再学骑马。"

这荒郊野地的哪有什么早饭？绿姬满心诧异，走到公子小白身侧，只见他正在溪边剥着水煮蛋。

不知为何，看到公子小白蹙眉垂眼认真剥鸡蛋的样子，绿姬一下笑出了声。

绿姬问道："哪里来的鸡蛋？你刚蹲在这里下的？"

听了绿姬的调侃，小白回头半眯眼看着她，气道："我一大早煮的，还不是怕你饿着。又怕它冷了不好吃，一直揣在怀里，才拿出来的。"

语罢，小白将剥好的鸡蛋塞给了绿姬，自己继续剥另一个。

绿姬看着这小小白白的鸡蛋，不由得生发出许多感慨：跟公子纠相处时，他们一个是公子一个是姑娘，每日弹琴作画，马车来回。跟公子小白在一起时，他们一个是小白一个是小绿，每日摸爬滚打，与乡间田里普通的少年少女别无二致。

见绿姬对着鸡蛋发呆，小白问道："不吃？嫌我手脏吗？"

绿姬摇摇头，将鸡蛋送入了口中，慢慢吃了起来。

溪水缓缓流淌，如同从指缝间慢慢流逝的时光。

不知过了多久，太阳已升至树梢处，小白站起身，拍拍身上的灰土，对绿姬道："好了，我们去骑马。"

语罢，小白牵起一白一棕两匹马，向林间深处走去。绿姬刻意跟在身后打量着他，不知为何，正值盛夏，公子小白的背影却显得十分冷清，孤孤单单的，难以融入这生机盎然的景致中。

一高一矮两个身影徐徐向前，来到一片芳草萋萋之地。小白停住脚步，回过头对绿姬道：“就在这里吧，草比较厚，即便摔下来，最多吃一嘴黄泥，牙是摔不掉的。”

一个说话不中听的好人，总好过口蜜腹剑的坏人，绿姬不去计较小白的话，问道：“我们从哪里学？怎么上马？”

小白摇摇头：“马是极其聪明的畜生，你在骑它之前，要让它真心臣服于你，不然它会不住捣乱，该跑的时候踟蹰不前，该停下的时候却又玩命狂奔，易出危险。”

绿姬走上前，上下打量着公子小白为她选的棕色小马。小棕马有一双乌溜溜的大眼睛，睫毛长而卷曲，也正在打量着绿姬。

绿姬伸手轻抚了一下小棕马头上的鬃毛，小棕马却不似早上那样乖顺，突然扬起前蹄，大声嘶鸣，吓得绿姬后退了两步。

小白笑道：“你看，它并不认可你这个主人，也就不会听你的指令。来，你看看我。”

小白拍了拍小白马的脊背，伏在它耳畔说了两句话，小白马即刻乖乖地卧了下来。

小白转过脸，得意扬扬对绿姬道：“怎么样？只有到了这地步，马儿才会听命于你，你才敢将身家性命交给它，它才会豁出命来护你周全。”

小白略抬抬手，小白马又站了起来，冲着小白友好地嘶鸣了一声。

确实很有趣，绿姬饶有兴致地看着小白马，问道：“你对它说了什么？”

小白一脸得意：“这是秘密。”

绿姬最看不惯小白这轻狂样：“不说也罢，我自己问。”说罢，绿姬跨步上前，将左手覆在了小白马的眉心之上。

小白心头一紧，刚才炫耀得过早了，竟忘了这女子是个算卦的，有通天之力。

绿姬闭着眼，脸上波澜不惊，过了好一会儿，才收了手。小白马凑到绿姬跟前，很亲昵地蹭了蹭绿姬瘦弱的肩胛。

小白看到这画面，着实有些吃醋：这两位原本都应该是与他相好的，怎么反倒弃他于不顾，彼此对上眼了？

小白一把拉住缰绳，将小白马拽到一旁，问绿姬道："你都跟它说什么了？"

绿姬见小白连个畜生的醋也吃，不禁笑出了声："这也是秘密。"

平日里都是小白将绿姬气得要笑，这一次倒是小白被气笑了："卖什么关子，快说说，让我也见识见识你这通天之力。"

绿姬微微扬起小脸，一脸促狭："我对小白马说了什么，你问它不就是了？"

小白无奈道："这畜生是能听懂我说话，可我却听不懂它说话，你就别卖关子了，快说说吧。"

绿姬看小白猴急的样子，虽可乐却不忍再捉弄他："你平日里都是说话给它听，你可知道它如今也有自己的心事？"

小白的目光在小白马和绿姬的小脸上分别转了几圈："一匹马还能有自己的心事？它衣食无缺，能有什么心事？"

绿姬回道："你不也衣食无缺，还有一票人见天围着你伺候你，你就没有心事吗？"

小白想了想，点了点头："这畜生的心事到底是什么？说出来，我一定满足它。"

绿姬反驳道："这世上不是件件事你都能做主。小白马那日路过村口，看上了村口张寡妇家的那匹小母马……"

绿姬话未说完，公子小白就哑然失笑："村口？张寡妇？母马？你是编派出来唬我的吧？"

绿姬撇嘴道："怎么？为何小白马就不能有心上人？不信你问它。"

小白对小白马道："若她说的是真的，你就叫一声。"

话音才落，小白马就一声嘶鸣，搞得公子小白无言以对，小白笑道："难怪管仲叫你妖卜，如今看来，确实有些妖气。"

绿姬瞪了小白一眼，半转过身去，欲跟小棕马聊聊，小白却一把拽过她的手，覆在自己心口上，笑问道："来，你也来听一听，我的心事是什么？"

第二十八章 静女其姝

小手覆在公子小白的心口上，感受到他如战鼓一般强劲有力的心跳，绿姬的脸颊陡然红透，慌忙将手从小白的手心中抽了出来。

不自在地背过身，绿姬疾步走到小棕马的身侧，僵硬地伸出手为它捋着鬃毛，借以掩盖内心的狂乱。

看到绿姬害羞的样子，小白心中颇为得意，可又怕她恼羞成怒，小白敛了神色，一本正经道:“你也跟小棕马说说话吧，好让它心悦诚服做你的坐骑。”

绿姬点点头，伸出左手，覆在小棕马额前，闭了眼，似在与小棕马沟通。

小白微微扬着嘴角，趁着绿姬合目使用通天之力的工夫，认真打量着她。

肤若凝脂，吹弹可破，两个浅浅的酒窝恰如其分地点缀在面颊上，长睫毛微微颤抖着，好似能感觉到乌亮的眼珠正在薄薄的眼皮后缓缓滚动。

公子小白如刀刻一般硬朗的俊脸上显现出无与伦比的温柔，双眸中满是宠溺。然而就在此时，绿姬睁开了明眸，猝不及防就跌入了小白双眸溢满的柔情中，两人对视一阵，都觉得十分尴尬。绿姬好不容易恢复平静的面色又红了起来，小白被撞破心事，一时间也手足无措。

沉默相对半晌，小白厚着脸皮打破僵局："你跟它说好了吗？它是否同意你做它主人？"

绿姬回道："方才它不高兴，是因为我们一直叫它小棕马，它也想有自己的名字，才闹了脾气。"

小白一笑，拍了拍小棕马的头："好小子，有几分性格，只是我的马名叫小白马，不也朗朗上口，好听又好记？"

绿姬驳道："你叫小白，你的马叫小白马自然是好的，我又不叫小棕，我的马为何要叫小棕马？"

小白几分不耐烦："起个名字哪里有那么复杂，不然它就叫小绿马。"

听了小白这话，小棕马大声嘶鸣，甩着尾巴跺着蹄子，借以表达自己的不满。

小白无奈摆手道："好好好，那便认真给你起个名字吧。"

绿姬抚着小棕马的脊背，思索了片刻："这小马步态轻盈灵动，如同流云，不如就叫流如云吧。"

小白明白这名字是比照着公子纠的坐骑"疾如风"取的，面色黯淡了几分。可他怕影响绿姬的兴致，忙挤出几丝笑："好名字，问问它可喜欢。"

小棕马愉快地嘶鸣一声，它侧过身，将脊背对着绿姬，示意自己已心悦诚服接受了她这个主人。

绿姬冲小白莞尔一笑："你看，它认了我，我们可以开始学了！"

小白走到小棕马身侧，单膝跪于地上，对绿姬道："来，踩着我的肩，上马。"

谁知绿姬非但不上前，反而后退了两步：“我不要踩你。”

小白笑道：“怕什么？就你那点重量，对我而言根本不算什么，快上马吧。”

绿姬看着小白山一样的伟岸身姿，知道他完全能禁得住自己的分量，却仍不肯踩着他上马。

心中有说不清道不明的顾虑，似乎是觉得那样的动作太唐突，隐隐地还有些心疼他的身子，绿姬站在原地没动。

小白无奈道：“你不上马，怎么学骑马？”

绿姬小声回：“还像平日里那样，你上马，拉我上去，然后你再下来。”

听绿姬如是说，小白一笑，心头竟有些暖。小白站起身，潇洒地翻上马，握紧绿姬递来的手，将她拉了上来。

绿姬稳稳地坐在了马上，小白却没有下马，假借勒缰绳将绿姬紧紧搂在怀中，在她耳畔轻笑着。

绿姬不敢回头，装出一副淡然冷静的样子：“你怎么还不下马？”

小白笑嘻嘻道：“没想到你那么在乎我，都舍不得踩我一下。”

绿姬瞬间恼羞成怒，用手肘重重击了小白胸口一下：“你快下去。”

小白仍嬉皮笑脸的：“既然你喜欢我抱你，我便多抱你一会儿，你岂不是更开心？”

绿姬侧过身，推搡着小白，不悦道：“谁要你抱，你快下去！”

小白原本只是想逗弄绿姬，并非有意占便宜，见她真的恼了，生怕这样闹下去会出意外，忙敛了神色，哄道：“好了好了，我这就下去，你别乱动，仔细别摔着。”小白将缰绳塞在了绿姬手中，自己翻身下了马。

失去了小白的双臂做保护，绿姬独自骑在马上，颇有几分紧张。

小白看出绿姬害怕，笑着鼓励她：“别担心，有我在，不会有危险。”

绿姬深吸一口气，尽量放松了身子，抬起头直视着前方。

太阳已升至头顶，斑驳的光晕从枝叶缝隙中渗透至林间，投下一个个明丽的光斑。青草在阳光的照耀下碧绿如翠，光影朦胧中，每一株花草树木都显得温柔又可爱。

绿姬微微一笑，平时她和小白一起骑马，并不觉得有什么，如今自己骑在马上，居然觉得一花一木映入眼帘都异常清晰，仿佛树上的蝉鸣与鸟叫，都听得更真切了。

小白抚了抚小棕马的额，说道：“流如云，今日你便带着她慢慢走一走吧，先不要跑。”

听了小白的话，绿姬十分心急：“今日还不让跑，要多久才能学会？”

小白抬头看绿姬一眼：“今日跑了，你摔断了腿，伤筋动骨养几个月，要多久才能学会？”

绿姬撇了撇嘴：“我仔细着点不就好了？不会摔着的。”

小白蹙着眉：“你可知道我小时候学骑马摔过多少次？鼻青脸肿绝不是三两次的事。再说，你就那么急着要回鲁宫找纠吗？”

绿姬怎能不急，这月底公子纠就要成亲了，她可是一定要在这之前赶回去找他的。

可绿姬明白，无论心中多么想回去找公子纠，嘴上都是不能认的。若是认了，只会适得其反。绿姬看着眼前的公子小白，实在不想惹他生气，更不忍心伤他，就小声嘟囔道：“天色还早，我想多学一点。”

小白怎会看不出绿姬的心思，眉头紧锁，眯着眼没说话。

看到小白脸上那一瞬的失落，绿姬心头如有针扎，忙道：“我到底是不懂骑马的，一切还要听你这个师父的安排，今日就慢慢走一走吧。”

听绿姬如是说，小白颇有些惊讶，一股暖意缓缓流入心中，没再说什么，他翻身骑上了小白马。

绿姬从小心翼翼到放松自如，与小白一起慢慢行走在这夏日的林间，两人心中都是无比的畅快和怡然。

傍晚时分，小白带着绿姬回到了莒城的小院中。鲍叔牙远远看到二人共乘一骑，说说笑笑乘风而归，脸上露出一丝耐人寻味的笑。

小白下了马，又接下了绿姬，冲鲍叔牙打趣道："师父怎么独自一人站在这里，等着开饭呢？"

绿姬对鲍叔牙行了个礼，径自回房去了。他们在外折腾了一天，又累又渴，绿姬要回去洗漱一下，再找懒丫头讨口水喝。可她喊了几声也不见懒丫头的踪影，便又回到院子，对着鲍叔牙一脸惶惑地问道："大夫，你可见到懒丫头了吗？"

鲍叔牙思索了一下，照实回道："午饭后就没再见过，姑娘不必慌张，我们搬了家，懒丫头也许藏到什么地方玩去了，再找一找。"

小白宽慰道："那么大个丫头了，丢不了的，许是在后院茅房呢，你去找过了没有？"

鲍叔牙接道："是啊，姑娘，先莫惊慌，好好找一找吧。"鲍叔牙边说边推公子小白，"公子也帮着姑娘好好找找。"

小白回身道："若在茅房，我怎么找？"

鲍叔牙不禁扶额，方才说这小子开窍心眼多，眼下居然又冒傻气，鲍叔牙不管三七二十一，推着公子小白和绿姬去后院找懒丫头去了。

从后院到前院，屋里屋外，两人将这小院翻了个底朝天，却仍未见懒丫头的身影。

小白将所有侍卫都叫了出来，盘问懒丫头的下落，众人面面相觑，都说没看见。

绿姬彻底慌了，满脑子都是不好的预感："她一个小丫头会去哪儿呢？是不是，是不是……"

小白赶忙宽慰道："不会的，管仲好歹是个大夫，抓你抓我抓师父还有可能，断不会对一个小丫头下手，何况懒丫头原本就是他们的人，抓去也威胁不到我们。”

小白话音才落，著山骑着犬戎驹从院外走了进来。看到众人在此集结，著山忙下了马，对公子小白一抱拳。

小白方才盘问众人时，发现著山不在，就觉得有几分蹊跷，如今他骑马而归，神色极不自然，更加勾起了小白的疑心。

小白问著山：“懒丫头在哪儿？”

著山一愣，垂头回道：“在城北那片林子里。”

小白顿时黑了脸，目露厉光：“什么？那林子常有野兽出没，你们去那里干吗？为何你一人回来，懒丫头人呢？”

从小到大，公子小白都未曾如此严厉地与他说过话，著山吓得老实回道：“午饭后，懒丫头来找我，说想炖补汤给绿姬姑娘补身子，需要采蘑菇，就闹着让我带她去采蘑菇。”

小白面色没有丝毫缓解，命令道：“继续说。”

著山低着头，说道：“我被她闹得不行了，就骑马带她去了城北的林子，我和公子去那里打过猎，记得林间长了许多小蘑菇。到了那里之后，懒丫头采蘑菇，我就在一旁等，后来我们俩就吵起来了。”

一直在旁默不作声的鲍叔牙急道：“再怎么吵，你也不能丢下她一个人啊！”

著山不服气，抬起头回道：“她骂我也罢了，竟然骂公子，我实在不能忍。”

众人听了这话，心中有数，能让著山和懒丫头对骂起来的，无非就是公子小白和公子纠之间的事。

虽然心知肚明，却无人敢说什么，众人干瞪着眼，等着看公子小白、绿姬和鲍叔牙的反应。

鲍叔牙气道：“你们各为其主，有什么好争辩的，懒丫头不过是护主心切，你们各自少说两句不就好了！”

著山仍争辩：“懒丫头说我们公子不仁不义，窥视其嫂，这分明就是胡说八道，明明是公子纠先……”

未等著山说完，只听鲍叔牙喝道：“著山！不准乱说话。”

气氛跌至冰点，这话题实在太敏感，侍卫们吓得大气都不敢出，偷眼窥视着公子小白。好在小白神色自若，没有什么变化，众人这才松了一口气。

从决定直面自己对绿姬感情的那一刻起，小白早已将他人的评价与看法抛诸脑后。因缘际会，公子纠放了手，而他选择了坚持。究竟谁对谁错，小白根本不在意，他唯一在意的，只有绿姬的想法。

果然，听了著山的话，绿姬面色尴尬，有自责有伤心，还有几分愧疚。

小白忙道：“好了好了，别再说了，你现在就随我去城北林中，把懒丫头接回来。”

谁知著山却顶了一句：“我不去！”

小白问道：“为何不去？那里野兽出没，眼见天要黑了，再不去，她被熊吃了可还了得！”

著山回道：“吃了便吃了吧，公子，像她这种忘恩负义的人，何必留她？她在这里吃你的用你的，还终日里惦记着公子纠，这种人，被熊吃了也是活该。”

小白强压着愠怒，斥道：“够了，速速去把人带回，她若是有什么三长两短，我先扒了你的皮。”

著山耍起泼来：“我不去，我咽不下这口气。最好即刻被熊吃了，方能解我心头之恨！”

著山话没说完，就被公子小白兜脸一拳打蒙，踉跄退后了丈远，面颊顷刻紫胀了起来，然而心头的痛远大于伤口的痛，著山抚着肿起的脸颊，一脸的难以置信。

从小到大，公子小白待他如亲兄，现下居然因为懒丫头打了他。

小白气得发抖，指着著山道：“今日我把话放在这里，无论是谁的人，无论说我什么，人命比天大，若再有这样的事，一命偿一命，谁都别想侥幸。”

鲍叔牙看着红了眼眶仍倔强地昂着头的著山，和怒不可遏杀气腾腾的公子小白，知道让他们二人谁退一步都是不可能的，为防事情闹到不可收拾，鲍叔牙屈身跪在公子小白脚边，说道：“公子所言极是，眼下非常时期，自然要与众人为善，争取更多的支持。”

著山与鲍叔牙情同父子，怎能不知道鲍叔牙这一跪全然是为着他，心头压抑着几分心酸感喟，再大的委屈也不是委屈了。

鲍叔牙看著山神情，知道他听进了这几句话，忙说：“著山，还不快跟公子去找人？”

著山心中虽仍不服，但为着鲍叔牙，也不再说什么，踉跄走到犬戎驹一侧，翻身上了马。

小白扶起鲍叔牙，又转过身，对绿姬道：“你放心，我一定把懒丫头好好带回来。”

绿姬点点头，如鲠在喉：“你也小心着些。”

小白握了绿姬的小手一下，旋即迅速翻身上马，和著山一道打马向城北林间赶去。

鲍叔牙走到绿姬身侧，宽慰道：“姑娘，方才著山的话，着实不必放在心上，他年纪小，孩子心态，并非有意唐突姑娘。既然公子亲自去找懒丫头了，就一定能把她平安带回，姑娘宽心。”

听了鲍叔牙的话，绿姬微微颔首：“有劳大夫挂心了，著山说的其实没错，无论如何，身在公子小白这里，受他照拂，总要心怀感恩才是。”

鲍叔牙微一抱拳，冲众侍卫一挥手，示意大家各忙各的。众人散了，绿姬却仍看着公子小白打马而去的方向发呆，不知是在担心懒丫头，还是在担心公子小白。

第二十九章 绝处逢生

夕阳西下，气温陡然下跌，晚来风渐起，徒增了几丝阴毒之气。白日里油亮丰泽的绿叶，在余晖中只剩一个剪影，扭曲晃动颇为诡谲。

小白马以马踏飞燕之姿极速向前，公子小白却仍不住扬鞭，快一点，再快一点，天黑前若找不到懒丫头，只怕就凶多吉少了。

著山带公子小白来到下午采蘑菇的林间，二人翻身下马，环顾一周，却没看到懒丫头的身影。

参天大树的阴面有几个小小的土坑，小白上前蹲下查看，确定是蘑菇被采走后留下的坑洼，起身对著山道："顺着蘑菇采摘的痕迹找！"

趁天色还未暗，小白和著山认真迅速地查找着，小白马和犬戎驹也耐心地发挥着灵敏的嗅觉，仔细辨识着周遭的气味。

二人追踪到一片密集的蘑菇丛，却寻不见采摘的丝毫痕迹了，小白和著山对视一眼，都有些不知所措。前方不远处，小白马嘶鸣一声，垂头嗅着地下，似乎有什么发现。

小白和著山疾步上前，看到地上遗落着一只小小的木屐，一只小小的竹篮，白色与褐色的蘑菇散落了一地。

著山的脸瞬间苍白，唇齿不停打战，盯着木屐和竹篮，满面惊惶。

看到著山的反应，小白一笑："我以为你有多厉害，方才还说什么熊把她吃了才好，现在却吓成这样。放心吧，懒丫头没事，周遭没有野兽的气息，更没有血迹，懒丫头估摸着是被什么小畜生吓到了，应该没有生命危险。"

小白蹲在地上，查看着浅浅的痕迹，在懒丫头的小脚印旁，有一串更加渺小的三角爪印。

小白对著山道："竟是被老鼠吓得四处逃窜了，走吧，我们去把她寻回来。"

天色越来越暗，只有山头仅存的半圆形夕阳散发出微弱的光亮，公子小白和著山顺着脚印快步向前。忽然著山脚一踏空，整个人瞬间失重，幸而被身后的公子小白一把拉住，往回拖了两步，才幸免于难。

著山定睛看看，前面竟是悬崖峭壁，只是林间瘴气渐起，天色幽暗，令人看不明晰罢了。

著山彻底吓蒙了，两眼发直瞪着公子小白，脸色已成青灰。

小白脸色也很不好看，懒丫头的小脚印就消失在峭壁旁，如此看来，确实是凶多吉少。

著山发了一阵愣后，突然号啕起来，声音带着自责与不安，呜呜咽咽的，令人闻之伤心。

小白踹了著山一脚，怒道："号什么？闭嘴。"

著山委屈地闭了嘴，可身子仍一抽一抽的，似是不能克制内心的愧悔。

小白叹了口气："早知如此，你何必意气用事？不过你先别忙着哭，先前我与师父去对面林子打猎的时候，曾注意到这地方，这里平地逐渐抬升，陡然断裂成悬崖，悬崖边上树木丛生，密密实实的，懒丫头年纪小，身子轻，也许会挂在树枝上。”

听了这话，著山立马跪在悬崖边，大声喊道：“臭丫头，臭丫头！”

小白也匍匐下身子，竖着耳朵听动静，良久，有个微弱的声音传来：“死著山，你害死我了！”

听到懒丫头的回话，小白和著山都长舒了一口气。著山凶巴巴地回道：“臭丫头，你先在那里待会儿吧。”他转头询问小白，“公子，这可如何是好，不知她到底挂在哪里，只怕她也看不到我们，如何拉她上来？”

公子小白站起身，思索片刻，对著山道：“把你的裤腰带解下来。”

著山大惊，捂着衣襟不撒手：“这是为何？”

小白瞪了著山一眼：“既不知她身在何处，只能下去一探虚实了。”

听了这话，著山咽了咽口水，睨视着不远处的深渊，打了个哆嗦。

小白没有理会著山，兀自解下了裤腰带，他说过一定会带懒丫头回绿姬身边的，要说话算话。

著山见公子小白做了表率，也只得抖抖地解下了自己的裤腰带。这裤腰带的布料是由十二股麻线编成，既结实又有韧度，小白将两条裤腰带紧紧地系在一起，比了比长度，不够。

小白对著山道：“把你内里的裤腰带也解下来给我。”

著山差点哭出来，回道：“公子，内里的解掉，衬裤可要掉了。”

小白没好气道：“你自己闹出来的事情，还好意思说这话？再说你袍子那么长，怕什么？别磨蹭了，快点解下来。”

著山哭丧着脸，不情愿地将衬裤的裤腰带解了下来，递给了公子小白。衬裤应声而落，著山欲哭无泪，只得先把衬裤脱了，放在一旁地上。小白强忍着笑，将带子紧紧系好，环视四周，查看着地形。

小白将带子一头紧紧系在不远处的大树上，另一头正要往身上捆，却被著山一把按住。

著山道：“公子，我们把带子放下去，拉她上来不就好了，何必以身犯险？”

小白眯着眼看着著山，回道：“拉她上来？她如今被树枝卡着，年纪又小，一个不小心坠下去，该如何是好？”

著山听了这话，将小白手中的带子接了过来，捆在了自己身上：“既然如此，公子决不能有危险，还是我去吧。”

著山二话不说，走到悬崖边就要往下跳，公子小白手疾眼快，一把将他拉住：“慢着，不可冲动，我们不知道她的具体位置，我在上面把着带子，一点点把你放下去，根据下面的情况，我再调整方位和速度。只是这带子不长，只能祈祷懒丫头坠落的位置离我们不远，不然神也救不了她。”

著山一抱拳，以示领命。公子小白后退几步，牢牢牵住带子，示意著山可以开始了。

著山两股战战，吓得要死，可他别无选择，身为公子小白的侍卫，此时不保护公子，更待何时？著山眼一闭心一横，顺着峭壁，颤颤巍巍地开始向下爬。

寒风从衣摆下端直吹到大腿根，著山不敢睁眼，摸着石头一路向下，感觉自己正穿过许多旁逸斜出的枝丫。

公子小白的声音从上方传来：“著山，留神看着点懒丫头。”

听了这话，著山逼迫着自己睁开眼，看到脚下的万丈深渊，著山脚底一滑，四肢悬空，忙拽住一旁的树枝，耳畔传来带子摩擦石壁的吱吱声，著山吓得哭了出来。

公子小白喘着粗气，骂道：“你个蠢货，谁让你两脚腾空悬在那里，所有重量都坠在我这里，你想累死我不成？”

著山颤抖着应了一声，双手攀住带子，双脚踩在石壁上，继续慢慢向下挪。

天色已成黛蓝，眼见就要黑透，仍不见懒丫头的踪影，著山喊道:“臭丫头，听见答应一声！”

鸟鸣涧，晚风急，只有著山呼唤的回声不住撞击着耳膜，却没有懒丫头的答复，著山慌了，逼迫着自己耐住性子，定睛仔细查看着，恨不能双眼会放光。

终于，在不远处一棵枝杈密集堆叠的树上，著山看到了懒丫头小小圆圆的脑袋和桃色的裙子。

著山忙冲上方喊道:“公子，往左下。”

小白闻声后，立马将方向朝左边调整，缓缓放下带子。

著山慢慢靠近懒丫头身侧，本来还有些担心她为何不应声，到跟前却无奈要笑:这丫头心到底有多大，这样的情况也能睡着?

著山毫不怜香惜玉地捏了捏懒丫头的小脸，懒丫头被吓醒了，惊呼一声，腿脚一踢腾，重重叠叠的树枝竟松动脱落了，懒丫头未来得及尖叫，就开始下坠。

著山赶忙捉住她的手，两人就这样无比惊悚地吊在峭壁之上。著山咬着牙，回身对公子小白喊道:“公子，快，快拉我们上去。”

小白感觉到带子那一端忽然变重了，猜到了他们的处境。两个人的重量实在太大，带子经不住，已发出碎玉裂帛之声，小白使出全力，艰难地后撤，每挪动一小步，汗如雨下，青筋暴起。待退到树跟前时，小白背靠着大树，借着树的重力，在带子断裂之前，一鼓作气将他二人拉了上来。

著山和懒丫头匍匐在悬崖边，喘着粗气，惊魂未定。懒丫头挣扎着坐起身，兜脸给了著山一记耳光。

著山捂着脸，怒不可遏:“你敢打我！”

看他两人还在打闹，小白一脸无奈，制止道:“好了好了，著山，今日的事，到底是你不对，打你你就受着吧。再说，你真的不想先把衬裤穿上吗?”

著山这才意识到，自己还未穿衬裤，懒丫头低头看着著山衣袍下露出的那一节白花花的大腿，一时间目瞪口呆。

著山红着脸，斥道：“看什么！还不快扭过去。”

从小白和著山打马而去，绿姬就一直站在门口守着。从日暮到黄昏再到繁星满天，绿姬心中的不安越来越强烈。

鲍叔牙不知何时走了过来，对绿姬抱拳道：“姑娘，去吃点东西吧。”

绿姬轻摇摇头：“多谢大夫，只是我实在没有胃口，你们吃就是了。”

鲍叔牙笑道：“我知道姑娘担心懒丫头，公子足智多谋，一定能把她平安带回来的。”

绿姬叹道：“我是很担心懒丫头，可我也担心小白，他再足智多谋，到底还是年轻，总有些意气用事。”

绿姬话音才落，马蹄声从远处传来，公子小白一马当先，逆风而来，著山骑着犬戎驹，带着懒丫头，紧随其后。

鲍叔牙笑道：“都回来了，这下姑娘可该放心了吧。”

侍卫们听到响动，打开了院门，两马一前一后进了院子。公子小白翻身下马，笑嘻嘻地睨着绿姬，绿姬被他盯得不自在，瞋他一眼，转过身去，看向犬戎驹那边。

著山下了马，极小心地接下懒丫头，绿姬赶忙上前去扶，关切地问道：“腿是怎么了？可是摔着了？”

小白接口道：“懒丫头不慎摔下悬崖，右腿筋骨挫伤了，只怕要养一阵子。”

众人听闻懒丫头摔下悬崖，都倒吸了一口冷气。鲍叔牙看了看著山，又看了看懒丫头，谆谆教导：“你们两个小孩子玩闹就算了，今日也算是长了教训，以后可不许这样了。这次是不幸中的万幸，若真有什么闪失，该如何是好？”

著山和懒丫头忙点头称是。绿姬和著山分别搀扶在懒丫头左右，著山看着绿姬，十分不好意思，方才他出言咒骂懒丫头，到底也含沙射影伤了绿姬。

绿姬看出著山的心思，想着给他找个台阶下，开玩笑道："著山，我记得你曾说你这马年岁大了，不肯驮我，怎么我看你骑马带着懒丫头，跑得还挺快？"

侍卫们虽不知前因后果，倒也听出了绿姬想开玩笑化解尴尬，都拿出十二分的力气起哄，搞得著山脸上一阵红一阵白。

大家一哄闹，此事也就算过去了。小白敛了笑意，对绿姬道："小绿，我记得你那里有一副拐，拿出来给懒丫头用吧，对她恢复有所裨益。"

绿姬一怔，脸色僵了一下，继而一笑，附和道："没错，伤筋动骨最忌讳着力，你架着拐让腿脚好好歇歇，很快便能好了。"

小白提到的这副拐，正是当日在鲁宫时公子纠亲手所制，从前不要说借，旁人碰一下，绿姬都要心疼半晌。可如今公子小白让她拿给懒丫头用，绿姬竟一口答应了。

绿姬扶着懒丫头回了房间，一边给她拿跌打损伤的药，一边将拐杖找了出来。

懒丫头坐在榻边，嗫嚅着对绿姬道："姑娘，今日的事都是我不好，害姑娘担心了。"

绿姬一笑："你们两个混闹惯了，原本也不妨事，只是今日这样的事，以后不准再有。"

懒丫头点了点头，保证道："姑娘放心，只要以后死著山不跟我闹，我不会主动招惹他的。"

绿姬没搭腔，盯着懒丫头的伤腿，微微发怔。懒丫头见绿姬不说话，以为她生气了，又道："好吧，姑娘，就算著山挑衅我，我也不跟他吵架了。"

听了懒丫头的话，绿姬不禁一阵莞尔，说道："我过几日会回鲁国找公子纠，你和我一同回去吗？"

绿姬本以为懒丫头挂念公子纠和她兄长大兴，一定会想回去，谁知懒丫头摆摆手，说道："我不去了吧，我就在这里等姑娘。"

绿姬一愣，问道："万一我不回来了呢？"

懒丫头笑得有些尴尬："不会的，即便公子要留姑娘，大夫也是不许的，姑娘还得回这里。"

听了懒丫头的话，绿姬默不作声，心中却掀起一番自嘲：连懒丫头都知道纠留不下她，她却还在痴心妄想。虽然一直劝慰自己，去找公子纠，只是为了讨个说法，可内心的不甘与执着有多可怕，恐怕只有她自己知道。

第三十章　上兵伐谋

书房内，鲍叔牙坐在油灯旁，一边看书一边等公子小白。快要入秋了，夜里冷风徐徐，公子小白推门而入，身子在风中浸染得久了，也不由得带了几分寒气，灯焰应声而动，直晃得人眼晕。

不似平日意气风发的模样，小白神色里杂糅着几分茫然，几步上前，团坐在鲍叔牙身侧的软席上。

鲍叔牙将羊毛毡盖在小白身上，忍不住嘱咐道："如今夜里凉了，公子也该多添两件衣服，不可贪凉，仔细别染上风寒。"

小白一笑，将羊毛毡拿起来，紧紧裹在鲍叔牙腿上："无妨，我素日不畏寒，师父有热痹，最怕寒风，还是要捂着些。"

鲍叔牙拍了拍小白的肩，说道："午后临淄又有消息传来，我正要同公子商量一二。"

小白立刻严肃起来："可是公孙无知那边又有什么消息？"

鲍叔牙低声道："高氏大夫报信说，管夷吾的人已潜回宫中，正伺机而动。"

小白听了这话，笑道："管仲的确有手段，等斗倒了公孙无知，直面管仲师徒之时，只怕才是真正较量的开始。”

鲍叔牙颔首：“高氏、国氏两位大夫来信说，一旦齐国君位有变，他们便即刻传信来，迎公子回国即位。”

小白脸上并无欢喜的神色，低着头思索着：“师父以为，如若我先回国即位，管仲与纠会如何应对？”

鲍叔牙捋着胡子，答道：“以管夷吾的性格，绝不会善罢甘休。况且，鲁公也将宝全部押在公子纠身上，只怕会兴兵构难啊。”

小白蹙着眉：“我与纠之间，必有一战。齐国人口众多，兵力雄厚，只是经历了诸儿和公孙无知这一闹，只怕粮草补给颇为头疼啊。师父可还记得我们在曲阜城外遇见的齐国流民吗？”

“怎会不记得！公子，如若真要与鲁国交兵，没有粮草，如何是好？”

小白想了想，说道：“按以往惯例，国库没有余粮，自然要去民间征集，只是如今这情况，如何与百姓开这个口？不如免除一切征敛，让他们自备干粮，这样一来，百姓拿着自己的口粮上前线，自然不会有太大怨言。”

鲍叔牙拊掌道：“好，这主意甚妙，只是不知这一战要打多久，官田也要将余粮全部拿出，支援前线才好。另外，公子嫡亲的姐姐宣嫁给了卫侯，若能修书一封，请卫国出兵，包夹鲁国，自然胜算更大。”

小白撑着头，无限惫懒地靠在墙上：“我和师父筹谋甚远，可即位的事八字还没一撇呢。”

鲍叔牙宽慰道：“总要筹谋在先，事到临头才不至于慌了手脚。”

小白点点头，低声说：“今日我带绿姬学骑马，总觉得有人在一旁窥视，开始我担心是公孙无知的人，后观察了一阵子，估摸着应该是管仲的人。”

鲍叔牙跪直了身子，一脸担忧：“我就知道管夷吾这老贼不会善罢甘休，他们可有什么动作？会不会对你们不利啊？”

小白摆摆手："师父宽心，他们只是远远地看着。管仲如何吩咐的我们不得而知，但那些人倒是不敢妄动，尤其是不敢动绿姬。"

鲍叔牙想象着那些人畏畏缩缩执行命令的样子，禁不住笑道："这样也好，他们见公子教绿姬姑娘学骑马，花前月下，耳鬓厮磨，只怕会觉得你为色所迷，不足为惧。"

小白听了鲍叔牙的打趣，竟十分不好意思："师父别乱说，我教绿姬骑马，虽有私心，到底也……"

鲍叔牙看着小白，只见他拉长腔，过了良久，也没说出自己到底为了什么。

鲍叔牙扑哧笑出了声，赶忙忍住，轻咳两声清清嗓子："今日莒子召我去宫中，问公子日后的打算，我看他仍有些不安心哪。"

小白回道："那是自然，他见我们没什么后续动作，不知自己究竟有没有押对宝。"

鲍叔牙出言提点："公子也不能这么说，莒子是端方君子，对我们到底是不错。我见他心存不安，特意推荐了公子明日进宫与他闲聊兵法，好打消他的顾虑。"

这次换小白失笑："莒国这么小，人口这么少，竟还要谈什么兵法？"见鲍叔牙睨着自己，好似又要开口啰唆，小白忙应承道，"好好好，我去便是，只是还要跟绿姬说，明日先不学骑马了。"

鲍叔牙赶忙制止："公子，不可，先不要告诉绿姬姑娘。"

小白一脸不解："这是为何？"

鲍叔牙咬牙道："你可真是个呆子，事无巨细都跟绿姬姑娘一一报备。你总要在她那里留点难以捉摸的影子，才能让她多念着你些吧。"

小白一脸不屑："我不想用手段，我只想让她心甘情愿……"

鲍叔牙一把拧上公子小白的耳朵："这算是什么手段，这次你就听我的，不许去跟她说！"

小白颇费周折才脱离了鲍叔牙的魔爪，回道："好好好，这次就依师父所言吧。”

鲍叔牙松了口气，又跟公子小白说些旁的闲话，小白却有点心不在焉，兀自看着跳动的灯焰发呆：即位的事再棘手，也总有千头万绪可以理清，可绿姬的心思却如海底针，要如何打捞得起呢？

第二日天刚擦亮，公子小白就和著山一道驭马往莒宫去了。

绿姬一早起来，收拾停当后，在槐树下等公子小白，等了大半晌，仍不见公子小白的身影，绿姬心中一派迷茫。

鲍叔牙晨起打开房门，看到等在槐树下的绿姬，轻轻一笑，走上前来行礼道：“姑娘早。”

绿姬赶忙回礼：“大夫好，你们公子约我一早在这里等他，大半晌却不见他踪影，小白马也不在马棚中，公子他可是出去了？”

鲍叔牙点头道：“莒子一早就把公子叫去了，估摸着还是因为传国玉玺的事，心有不安吧。”

绿姬心头一紧：“那莒子可会刁难公子？”

鲍叔牙蹙眉道：“这……老臣也不知啊。”

绿姬脸色不太好看，焦急地在原地打了个转，像是想起了什么，笑容有些僵：“多谢大夫，既如此，我就先回房去了。”

看着绿姬离去的背影，鲍叔牙笑得有些意味深长，不得不说，绿姬姑娘在某些方面，与他家公子确有相像之处呢。

不过想到小白此番去莒宫的事，鲍叔牙着实有些头疼：小白确有治国之才，雄才大略又有仁心，只是年少轻狂，太重情义，不会曲意逢迎，不知此番能否打消莒子的顾虑。毕竟，鲁公管仲一干人等，和公孙无知一伙儿，都在对莒子施压。

莒国虽是小国，可宫殿依然修葺得轩峻壮丽，奢华巍峨。

一列侍从排列齐整地站在宫门口，躬身迎接公子小白一行。公子小白和著山下马，侍从将二人的坐骑牵去宫中饮马处，小白和著山就跟着为首的宫人，徒步向大殿走去。到大殿门口，著山被侍从拦住，只能眼睁睁看着公子小白独自走了进去。

莒子与公子小白见礼，分坐在软席两侧。莒子打量着小白，只见他气宇轩昂，雄姿英发，笑道："见公子气色上佳，眉目之间都是喜色，寡人心中十分宽慰。"

小白拱手致意："仰赖国公照拂，留我师徒一行在此避难，一是我自己心怀感恩，二来还要替家师致谢。"

莒子忙回礼："公子客气，公子与大卜族的绿姬姑娘近日可还好？并非寡人打探公子私事，只是……"

小白心里明白，在他们看来，自己将这女子看得太重，便有了软肋，易受人攻击。既已给莒子留下这种印象，如今理智的做法应当是极力撇清自己，将先前做的事全都归结于年少轻狂，冲动无知。可小白不愿如此，回道："我们很好，我会保护好自己，更会保护好绿姬，不再亲涉险境。"

小白一脸赤诚坦荡，与莒子对视良久，莒子叹道："公子果真是重情之人。只是公子可知道，传国玉玺的事在各诸侯国中传得沸沸扬扬，人人皆道公子贪色误国，难成大器啊。"

听了这话，小白不怒反笑："他人如何议论，我根本不在意，不过这传国玉玺，迟早是要拿回来的。"

莒子将信将疑地看着小白，问道："鲁宫守备森严，管仲也绝非等闲之辈，公子打算如何拿回？退一万步讲，即便公子能拿回玉玺，公子纠有鲁国支持，兵力雄厚，虽不敌齐国，却远在其他诸侯国之上。寡人虽有意帮扶公子，奈何国弱兵少，若公子纠借鲁国之兵构难，寡人恐怕也爱莫能助啊。"

小白笑问道："这些风，可是管仲吹给你的？"

不想竟一下子被小白看穿，莒子一时语塞，不知该如何作答。

小白继续说道："克敌制胜，不在多寡。武王伐纣时，纣王召集各路诸侯数十万，兵力不可谓不多，却败给了兵车三百，虎贲三千，兵士四万五千的武王。所以能否取胜，还要看如何用兵。"

莒子苦笑了一下："公子所言极是，只是齐国各地动乱，民生凋敝，即便公子抢在公子纠之前回国即位，又能调动多少军队？何况公子年纪轻轻，又无胜绩，军士能否听命于你，也是未知啊。"

谈话内容略显凝重，此时流云遮天蔽日，天色陡然暗了下来，著山站在殿外，看着公子小白和莒子对坐而视，眸中似有电光石火，站在门外干着急。

一辆马车缓缓从宫门口驶入，直朝大殿的方向而来，著山一脸茫然，不知来者究竟是谁。

马车停稳后，绿姬从车上轻轻走下，手中掂个食篮，向著山走了过来。

著山忙向绿姬行礼："姑娘怎么来了？"

绿姬答道："大夫让我来送饭。"方才鲍叔牙忽然提议让绿姬来莒国宫中给小白送饭，绿姬的确有些不明所以，不过因为挂念着小白，担心莒子再因为玉玺的事而迁怒于他，就一口应承了下来。

著山如丈二和尚摸不着头脑："送饭？这会儿送什么饭呢？不早不午的。"

经著山这么一说，绿姬才体会到鲍叔牙此举的深意，鲍叔牙明知此时不是饭点，如此做来，不过是试探绿姬对小白的心意，顺便还提点她，直面自己的内心。

猝不及防就被鲍叔牙这老狐狸摆了一道，绿姬苦笑一下，心绪紊乱，久久不能回神。不知过了多久，公子小白的声音从殿内隐隐传来，绿姬才强压住心神，目不转睛地看着殿内正悄然博弈的小白和莒子。

小白道："以仁治国，以严治军，则民无有贰心，兵无有不从。"

莒子不置可否，又问："如何以严治军？"

小白回道："授三官，行五教，习九章。要让军队做到令一出，势如山。"

莒子想了想，说道："公子可否帮寡人一个忙？寡人这里有一支护卫队，是由一些宗室远亲及大夫子弟构成，只是平时惯于偷奸耍滑，不愿操练，寡人一直拿他们没办法，不知公子可否帮寡人训练训练他们？"

小白看着莒子脸上微妙的神情，知道他是想试探自己的本事，笑道："愿意效劳。"

公子小白与莒子各自做了一个"请"的手势，并向殿门走来。

行至殿门处，小白无意间看到正侧身立于殿外的绿姬，又惊又喜，星眸中光辉跃动："你怎么来了？"

绿姬垂头不敢与小白对视，面颊微微发烧："大夫让我来送饭的。"

小白愣了一瞬，突然明白昨日鲍叔牙不让他告诉绿姬今日自己要来莒宫的目的了。嗯，自己家师父虽然啰唆，又疾恶如仇，爱在外强出头，但到底年岁大，还是比他懂得多些。小白还想说些别的，却听到一旁的莒子轻咳了一声，神情有些尴尬。小白一笑，捏了下绿姬的手："你随我来。"说完，便跟在莒子身后朝校场走去。

感觉小白手指的余温还停留在自己的手掌心，绿姬红了脸，低下头躲开众人异样的眼光，脚步却不停，跟上了公子小白的步伐。

众人来到校场，那一支由宗亲构成的护卫队已候在此地。

看着眼前这一群乌合之众，公子小白直蹙眉头：有的没缸高比缸宽，有的细长纤弱像竹竿，参差不齐，长短各异，这也都罢了，最主要的是，他们个个嬉皮笑脸，哪里有做兵士的样子？

莒子从宫人手中接过了令旗，清清嗓，朗声对众人道："我身边这位，就是齐国的三公子，公子小白。"

众人听了莒子的话，窃窃私语个不停，撇嘴斜眼看着小白，眉眼间尽是不屑。

绿姬心头一颤，满是酸涩，这些人本都不认识公子小白，对他这种态度，定是因为传国玉玺之事。

绿姬和著山的脸色都不大好看，可小白却神色自若，淡然从莒子手中接过令旗，笑道："多谢。"

小白上前一步，令旗一挥，对眼前的虾兵蟹将道："列！"

众人挖耳朵、打哈欠或是聊天，对小白的号令置若罔闻。

小白也不恼，耐心说道："所谓列，是指兵士列从为一，相信你们都训练过吧。"

列兵中一个身长九尺，豹头环眼，壮硕如牛的大汉上前一步，粗着嗓子道："你是齐国人，我们身为莒国人，凭什么听命于你？你算老几？"

平日里这起子人未必会因为自己是莒国人而骄傲，如今为了针对公子小白，倒是沆瀣一气，附和着大汉，叫嚣个不住。

小白并不急躁，举起手中的令旗："军令如山，你们素日里可能不知，我今日就强调一次，见此旗，如见国君，无令不从。"

那大汉听了这话，不屑地一哼："小子，你想让我服你，听你的命令？可以，你先和我比摔跤，要是你赢了，老子就听你的。"

其他人听了这话，都笑了起来，随后开始有节奏地起哄，诱使小白与壮汉一战。那壮汉昂起硕大的头，拉起了架势，抱着双臂立于小白面前，如同一座山。公子小白虽说身姿伟岸，到底还是个少年，而这壮汉却是又高又壮，一身肥膘。更何况他腰间还挂着两个铜锤，看起来分量十足，众人怎么看，都觉得公子小白要吃亏。

绿姬颇有些担心，双手交握着，心突突直跳。一旁的著山却冷哼道："真是找死。"

绿姬轻道："这大汉如此魁梧，又有铜锤在手，你怎么那么肯定小白能赢？"

著山回道："姑娘可别太小看了公子，我们公子四五岁就跟着骑射师父骑马打猎，力能扛鼎，平日里打下的野猪，公子都能一人扛起，这胖子算得了什么！”

听著山这么一说，绿姬心里放松了几分，点头道：“但愿别出什么岔子。”

莒子来了精神，素日听闻公子小白十分骁勇，今日能得一见，也算是不枉此行。

众人都十分兴奋地等看戏，谁知公子小白却摆摆手：“我不与你比摔跤。”

时间似乎卡了一瞬，片刻的鸦雀无声后，人群爆发出巨大的哄笑声，似在嘲笑公子小白的无能。

那壮汉高扬起硕大的头颅，一脸得意，挑衅道：“什么骁勇无敌的齐国三公子，不过就是个窝囊废！早就听闻你们齐国人无用，你的两个姐姐，一个与兄长淫乱，一个与舅父私通，当真是无耻至极，空有一副好皮囊罢了！”

著山气得要上前动手，却被绿姬死死拉住。绿姬低声劝阻：“公子暂且听之任之，你先不要妄动，以免破坏公子的计划。”

著山一甩袖，气鼓鼓叉腰站在一旁，胸口起伏个不住。

莒子并未出言责备那壮汉，而是冷眼看公子小白的反应。

一片哄闹嘲笑声中，小白仍旧没说什么，举起手中的令旗，喊道：“列！”

兵士们见小白被人戳了脊梁骨，竟然不敢出言反驳，还在发号施令，指着他的鼻子笑到肚子痛。

莒子有些站不住了：鲍叔牙信誓旦旦跟他说，公子小白才能出众，能当大任，是在开玩笑吗？

那壮汉被众人捧得扬扬自得，取下腰间的铜锤，边抡边走到公子小白身前，啐了一口，说道：“你为了你姘头，将传国玉玺拱手让人，今日居然还有脸面来我们这里发号施令，我呸！”

听了这话，著山担忧地回过头看着绿姬，绿姬却一笑，反安慰著山道：“无妨，公子不在意的，我也不在意。”

莒子听了那壮汉的话，也觑眼看着绿姬，见她神色自若，坦坦荡荡，心中倒起了几丝敬意。

小白不理会那大汉，满面肃然，扫视了每一位兵士的脸庞，而后道："令不过三，此次是最后一次。列！"

那壮汉在小白身侧，先讽刺他两位姐姐，再辱骂他的女人，小白依旧无动于衷。众人笑够了，不屑再与他浪费工夫，徒剩一脸不耐烦。

方才一直面色淡然的公子小白陡然神色一变，吼道："来人！"这一声吼如山呼海啸，中气十足，瞬间湮没了所有的杂音。

众人吓了一跳，莒子也愣了一瞬，随即招手，命令两侍卫上前，看看小白想做什么。

小白指着那壮汉道："令申而不行，按军规，当斩。速将此人拖下去，斩首示众！"

听了小白的命令，所有人都惊呆了，两侍卫更是愣着没动。要知道，这些人虽像泼皮，却都是与朝中大夫沾亲带故的亲眷子弟，轻易不敢责罚，更别说斩首了。

见气氛紧张，莒子忙笑着上前道："公子严格治军，寡人领教了。只是此人乃朝中大夫之子，杀不得啊。"

小白不卑不亢道："法无常，则令不行，令不行，则兵不服。如今我军令已出，如若收回，将来又如何让齐国的士兵听命于我？况且今日是你说要我帮你训练军队，至于如何训练是我的事，如今你又反悔，岂非无信？有此不听号令之人，将来若他国大举进犯，如何保莒国太平？"

莒子被小白劈头盖脸说了一通，有些发蒙，可小白的话句句在理，莒子实在无法反驳。见众人都看着自己，莒子只得挥挥衣袖道："罢了，既如此，你们就按公子小白说的去做吧。"

两侍卫只好上前几步，那大汉起初还笑着，见势不妙，便想逃跑。小白见状，一把从背后环住那壮汉，令他动弹不得，而后大喝一声，将其抱起，撂倒在地，一脚踏在他胸口上。那壮汉还欲反抗，却被小白死死压制，动弹不得。两名侍卫赶忙上前，连推带搡将那人带至墙角处，手起刀落，顷刻间，壮汉便身首异处。

著山吓呆了，喃喃道：“怎么会这样？当日在曲阜城外，公子看到那些叛国的流民，尚且网开一面，还让我把随身的银钱给了他们，今日怎么……”

绿姬看到杀戮，脸色苍白，却十分理解小白：“流民出国避难，是迫不得已。可兵士不听将令，轻则连累同伍，重则祸国殃民。所以，流民可饶恕，此人却不得不杀。”

那一众兵士都骇在了原地，浑身发木不敢动，公子小白冷着面孔，快步走来，立身于众人之前，拿出令旗，喊道：“列！”

众兵士无敢不从，整整齐齐列成一行，只是不敢与公子小白对视罢了。

公子小白扫视众人一圈，神色肃然，霸气外露，手舞令旗，如蛟龙腾渊，百兽震慑。小白继续发令，号令从口而出，众人俱一一遵从，不敢有丝毫违逆。

绿姬注视着不远处的公子小白，目光盈盈。当初为了救她性命，他搭上传国玉玺，被世人诟病。现下却能凭靠自身本事，苦心经营，重获尊重。谁说江山美人难两全？至少绿姬心中默默燃起了个怪念头：此一世若能与这般有担当的男子并肩，不失为一生之幸。

回到大殿后，公子小白才跪坐好，莒子就半避席，起身大拜道：“公子少年英雄，日后登基即位，万求保我莒国世代平安。”

小白忙扶起莒子：“莒子言重了，昔日我为避国难，先去郯国，却被郯君驱逐，幸而莒子你肯收留，才保全了平安，他日我若即位，定不忘莒子收留之恩。”

莒子起身拱手道：“今日之事，为防管仲等人知晓，我已下令，不准任何人透露口风，违令者斩。公子只管按部就班韬光养晦，寡人这里，一定尽心护你周全。”

傍晚时分，小白带着绿姬和著山回到了小院中。

鲍叔牙不知已在树下站了多久，看到小白一行回来，想上来迎接，腿脚却发僵，他蹒跚上前，拱手道："公子可回来了，一切都好吧？"

著山异常兴奋，接茬儿道："大夫，你没去太可惜了，今日我们公子可威风了……"

著山话未说完，却被小白皱着眉打断了："师父，你在屋里坐等就好，日落风起，你站在这里平白受风，腿脚哪里受得了？"

鲍叔牙笑道："公子说的是，只是你们一大早就出门去了，一直不回来，为师颇有点担心哪。"

小白无奈道："莒子热情得很，留我们在宫中用午膳，又说了好一会子的话，若不是说师父还在家等，只怕晚饭也要留在那里用了。我们去书房说话吧，师父腿脚不便，不能久站。"

鲍叔牙微微颔首，笑对一旁的绿姬道："姑娘辛苦，今日入宫，只怕也没少为公子担惊受怕吧？"

绿姬遇上鲍叔牙这老狐狸，除了陪笑外没有别的法子。不过想来他这师父当得实在是不容易，除了教公子治国之策，用兵之道，连公子的姻缘也要操心。

小白对绿姬道："你今日也累了，回房歇歇吧，等吃了晚饭我去找你。"

绿姬轻点了一下头，起身回房去了，鲍叔牙和小白去书房商讨要事，著山则麻利地将马匹都牵回马棚拴好，给它们添水加料。

书房内，小白将热水斟满铜爵，递给了鲍叔牙："师父，喝口热水，暖暖身子吧。"

鲍叔牙含笑接过铜爵，却只放在膝上没喝："公子今日一行，收获颇丰吧？"

小白笑道："与莒子达成了共识，从此后，他会全力支持我们，不再将信将疑。"

鲍叔牙捋着胡子，成竹在胸："为师早料到会如此，以公子才智，必能打消莒子顾虑。只是公子这一趟，不仅仅是与莒子之间颇有斩获吧，与绿姬姑娘之间，是否也有共识？"

小白一愣，问道："师父此话怎讲？"

第三十一章　交颈相靡

鲍叔牙捋着胡子，笑睨着小白道："公子别冒傻气，绿姬姑娘今时今日的所作所为，你焉能熟视无睹？"

说到绿姬，小白眉梢眼角尽是笑意，对鲍叔牙一抱拳："到底还是师父厉害。"

鲍叔牙吹胡子瞪眼道："好小子，得了便宜还要卖乖。不过公子切记，绿姬姑娘貌似柔弱，实则倔强，切不可追得太紧，莫把她吓跑了才是。"

小白附和道："从我第一眼看见她，便知道她是个有脾气的，如今更是惹不起，得时常哄着。"小白像是想到了什么，笑容一僵，神色一转，严肃了几分道："不过，师父，自打从鲁国回来，我心中一直有个疑影，悬而未决。"

鲍叔牙见小白面色肃穆，也正了神色："公子不妨说来听听。"

小白沉默半晌，说道："那日绿姬中毒，纠表现得相当狠绝，师父以为这是为何？"

鲍叔牙回道："以为师之见，公子纠对绿姬姑娘情重，不亚于公子，只是他身受管仲和鲁公多重压制，才不得不说出那样的话呀。”

小白苦笑道：“我也是如此想。现在绿姬一心只想回鲁国找纠问个清楚，如果他二人将话说开，冰释前嫌，我又该如何自处？”

鲍叔牙回道：“非也，公子，公子纠性情柔仁，不懂变通，做个守成之主都勉强。这样的人，如何能即位为君？同样，他的性子也并不适合绿姬姑娘。不过公子，眼下我们先要解决的，并不是公子纠对绿姬姑娘的情意。”

小白俊眉一挑：“哦？师父请讲。”

茅草屋里，绿姬倚在墙边，抱着膝盖发呆。眼看局势越来越乱，鲍叔牙和管仲两只老狐狸都在各为其主出谋划策。无论绿姬想不想，愿不愿，她都已经深深陷入兄弟夺嫡的迷局中不能自拔。管仲忌惮绿姬的通天之力，执意让公子纠与她划清界限，而鲍叔牙却撺掇着小白不住向绿姬献殷勤。

绿姬苦笑一下，想着迟早要给这两只老狐狸一人摆一卦，好好挫挫他们的锐气。可即便摆了卦，她如今的心乱如麻又有谁能开解？

不过绿姬又能怪谁呢？今日因记挂着公子小白，鲍叔牙让她去送饭，她就一口应承下来，竟未识破鲍叔牙的计谋。想到此，绿姬羞恼不已，恨不能找个地缝钻进去。

刻意将小白的点点滴滴从心头抹去，绿姬从衣襟内兜中拿出公子纠的佩玉，紧紧握在手中，她自嘲地一笑，眉眼间尽是不甘。为何总要他人做自己的主，为何总要唯唯诺诺被人送来赶去？从今往后，她只想顺从己心，不愿再被人算计了。

莒城靠着东海，海上风暴渐起，狂风杂裹着海水的腥甜，吹得木门吱吱作响。

书房内，鲍叔牙低声对小白道：“眼下管夷吾的人守在城外，无论临淄传来什么消息，一旦被他们截获，我们便会十分被动。”

小白思考了好一阵，回道：“师父所言极是，只是眼下当真没什么法子，也不能把他们宰了，若是宰了，只怕会激怒管仲，惹来更多麻烦。”

鲍叔牙端起铜爵，呷了一口水说：“不错，此事仍需从长计议，没有好的计策之前，切不可轻举妄动。”

门外忽然传来了著山的叫门声，和着阵阵海风变了调，听起来十分可笑：“公子，大夫，风太大，院子里坐不住，咱们去正堂吃饭吧！”

鲍叔牙笑回道：“好小子，你且去叫他们，我们随后就到。”

懒丫头腿受伤后，行走困难，每日吃饭都要著山把她背到案几前。著山有气没处撒，谁让这是他自己闯的祸？唯一能抱怨的，就是懒丫头正是长身体的年纪，又受了伤，终日猪骨汤大补着，这几日越来越胖，简直压得他直不起腰。

获知得到了莒子的支持，侍卫们都很高兴，闲话玩笑着，这顿饭吃得颇为惬意。可公子小白却心不在焉，食不知味：绿姬没有出来吃饭，说是身子有些不舒服。小白饱尝牵肠挂肚的滋味，忽然开始有些怀念认识绿姬之前的日子，怀念那个天不怕地不怕的自己。小白轻轻一叹，嘴角微微扬起，爱慕的滋味实在是玄妙：好像是有了人人可欺的软肋，又像是得到了最坚实的甲胄，不论狂风暴雨，都敢一往无前。

饭后，待众人都回房了，小白来到绿姬屋前，轻叩房门，唤道：“小绿，你在吗？”

屋外妖风四起，绿姬听到小白的声音，一瞬间以为出现了幻听。慢慢走向门口，绿姬靠着门板，轻声道：“我在。”

小白问道：“我有几句话想跟你说，能让我进去吗？”

不知为何，眼下忧思烦乱，绿姬只觉得没法面对小白，但又不忍拒绝他，踌躇半晌，说道："我身子不舒服，已经更衣睡了。"

小白听了这话，索性坐下来，靠着门，对绿姬道："好，那我便隔着门跟你说几句话吧。今日在校场，皆是因为我，害你受委屈了。"

小白说这一席话，语带自责和内疚，听得绿姬阵阵心酸："你也别太小看我，你不在意的，我为何就要在意？"

知道绿姬在宽慰自己，小白虽然身处寒风，仍心头暖暖："你自然是不在意，可我不想你因我受一分一毫的委屈。"

绿姬柔声宽慰道："这不算什么，见你今日意气风发，扬名立威，到底都是值得的。"

听了这话，小白侧过身，对着门板，眸中星辉闪动："真的？你也觉得我很威风吧？"

绿姬在门内笑答道："才夸你你便要喘，我不过是随口一夸，你也就随便一听吧。"

小白半真半假回道："那可不行，你说的话，每句我都记得，夸我的更是要倒背如流才是。"

夏末初秋冷风徐徐，气氛却温情十足，两人都沉默着没说话，却也不觉丝毫尴尬。

良久，绿姬开口道："明日你还教我骑马吗？"

小白望着不远处马棚中交颈私语的小白马和流如云，回道："明日若是天好，我便教你吧。只是我跟你说件事，你别害怕。"

绿姬侧着头，睨着门，问道："什么事？"

小白叹气道："管仲派了几个人来，见天盯我们的梢，着实烦人得很。只是眼下我和师父没什么法子，实在头疼。"

绿姬问道："他们有几个人？"

"三四人而已，只是杀不得，着实恼人得很。"

绿姬蹙眉一思索，转转眼珠："我倒有个主意，可以一试。你们去寻个传信的竹筒，找莒子派个侍卫，送去洛阳城的方向。暗地里放出话来，说是我掐算出了齐国新君是谁，何时即位，要传信禀告王上。这样一来，管仲派来的侍从必然要兵分两路，一路去抢信筒，另一路回国报信。”

小白低头想想，十分激动：“实在是高招，我这就去与师父筹谋，事不宜迟，即刻去办。”

鲍叔牙听了绿姬的计策，也觉得十分可行，即刻传信到莒子处。莒子非常配合，遣一轻骑，连夜就带着空竹筒朝洛阳城方向疾驰而去。著山暗地里监视，果然见那几个侍卫略作商量，一队往洛阳城方向追去，另一队疾驰回曲阜报信。

鲍叔牙趁机派出一侍卫，潜伏入曲阜城中，留意打探管仲和公子纠的动向。这便叫“以彼之道，还施彼身”。如此，通过绿姬这一计，公子小白和鲍叔牙不仅解了围，还棋高一招，略占了上风。

趁着管仲的人撤走未折返这几日，小白天天带绿姬去林间学骑马。

绿姬到底是大卜一脉，与她的小棕马“流如云”沟通甚好，在小白的悉心教导下，很快便学会了策马。

上马的问题，绿姬也找到了解决的方法：每当她要上马时，都用通天之力告诉“流如云”，“流如云”便跪在地上，乖乖等绿姬上马。

“流如云”对绿姬的殷勤，着实让公子小白有些嫉妒，公子小白这样一个从小长在马背上的人都没有过这样的待遇，看着着实是心酸。

绿姬骑在马上，疾驰如飞，碧色的裙摆随风轻舞，如瀑的长发在日光的照耀下漾着青色的光晕。小白站在树下，紧紧地盯着那一抹身影，眸中是难掩的温柔，嘴角也不由得牵起丝丝笑意，可转瞬间俊脸上又愁云密布：绿姬学得如此迅速，只怕很快就能全部学会。如此，他便再没有理由留她在身边了。

绿姬驭马至小白面前，小白赶忙帮她牵住缰绳，绿姬从马上跳了下来，用袖笼擦了擦脸上的细细香汗，一脸娇笑。

小白将随身的牛皮水袋递给绿姬，绿姬接过后，直接拧开，咕咚咕咚向嘴里倒了两大口水。

小白含笑望着绿姬："你怎么有时粗野得像个汉子？"

绿姬白了小白一眼："在你跟前，谁还敢说自己像个汉子？那不守军令的胖子，竟然三两下就被你撂倒在地了，着实是吓我一跳。"

小白嘴角的笑意浓得藏不住，半仰头望着天，满面自得："说吧，我那日伟岸的身影是不是时常出现在你脑中，挥之不去？嗯？"

绿姬垂眸啐了一口："与田里的耕牛有什么区别？不过是仗着力大欺人罢了。"

小白丝毫未受打击，依然满面自得："我就当你夸我了，孔武有力，哪个女子不爱这样的大丈夫？"

绿姬笑瞋小白一眼："不要脸。"

小白后退几步，靠在大树上，一脸怡然："说真的，我有时候会羡慕乡野匹夫，一亩田，一头牛，一个女人，如此一生，倒也是极好的。"

绿姬撇嘴道："可惜你身为太公后人，齐国公子，身份无比贵重，此生只怕和这样的日子无缘了。"

小白笑道："你怎么把我说过的话记得那么清楚？是不是老早之前就看上我了？"

说到自我感觉良好，公子小白若是认第二，只怕无人敢认第一，绿姬张口想驳斥他，脸却莫名一热，讪讪走到一旁，靠在树下乘凉。

微风徐徐而来，这一大一小两个身影分列在大树左右，阳光暖暖的，晒得人直发困。这是一种难以名状的惬意，什么都不用考虑，什么都不用忌惮，只是安然地享受着每一寸光阴。

不知过了多久，小白懒懒地开口：“这样的生活是不是不错？你是不是都舍不得离开我了？”

此时小棕马走到绿姬身侧，亲昵地蹭着她的肩胛，绿姬一笑，不理会小白，伸手为小棕马理着鬃毛。

小白忽然道：“对了，从前你骗人，说什么来此地是为着寻亲，隐瞒你算卦的身份。你来此地究竟为何？”

绿姬回道：“从前确实是骗你了，隐瞒了身份。不过我来此地，确实是为了找人的。”

小白一扬眉，问道：“哦？找什么人？”

绿姬笑了笑，沉默着没作声。最近她偶尔会怀疑自己的初衷，怀疑世上是否真的有救民于水火的盖世英雄存在。眼下各诸侯国间战乱频仍，连年战骨埋荒外，百姓的生活越发困苦，丝毫不见起色。可这卦是绿姬爷爷算出来的，按说不会有误。只是线索已断，毫无头绪，绿姬不知究竟该去何处寻找这盖世英雄？

小白仍不肯罢休地追问道：“难道是为着寻个如意郎君？”

绿姬转过身，回道：“自然不是，谁跟你似的，见天满脑子的龌龊事。”

小白睨着绿姬，一脸贼笑：“什么龌龊事？你怎么知道我想什么？”

绿姬瞪着小白，嘴角却忍不住上翘：“算了，反正斗嘴也斗不过你，你什么时候教我如何驭马转弯，我现在只会直着跑呢。”

小白面色一僵：“急什么？你先把直行练好了，我再教你转弯。”

绿姬嘟着嘴，不悦道：“学了七八日直行了，骑得倒是快，可还不会转弯，怎么上路呢？”

小白蹙着眉，没有答话。按照上次侍卫打听来的情况，公子纠将在这月底成亲，绿姬如此心急，只怕是着急要回鲁国去。

看小白的神情有些不大高兴，绿姬犹豫再三，还是张口求道：“你就教教我，可好？”

小白一脸失落，低语道："你到底还是要回去找他。我真不明白你们女人到底在想什么，为何就那么死心眼，他都不要你了，你还觍着脸回去，有意义吗？"

绿姬脸上一阵红一阵白："你给个痛快话，到底教是不教？"

小白哼了一声，答道："什么时候你能跑赢了我，我就教你。"

绿姬直直盯着小白，问道："你这话可当真？"

小白不看绿姬，觑眼看着前方："一言九鼎，自然当真。"

得到了小白的许诺，绿姬不再多言，迅速上马，挥鞭疾驰而去。

小白看着那一抹渐行渐远的身影，眉头皱成了疙瘩，他轻轻叹了口气，跑到小白马身侧，翻身上马，朝绿姬远去的方向追去。

微风吹拂着芳草，蔚蓝色的天穹下，"流如云"和小白马如风般先后掠过矮草茂密的坡顶，又飞一般地冲下长长的山坡。小白匍匐在马上，身体顺着马背起伏。绿姬的身影就在前方，小白一笑，两腿夹了一下小白马的肚子，小白马心领神会，嘶鸣了一声，逐渐追上了"流如云"。

"没想到你这蠢女人学得还挺快，十天之前你还不会上马。"小白喊着"驾"，笑看绿姬道。

绿姬早已无暇他顾，见小白轻松追上来，还有余力开玩笑，她不由得咬紧薄唇，满面愁容。她已经拿出了全部本领，若是还不能取胜，可该如何是好？

满心的疑惑若不能由公子纠亲自解除，这一生如何能够甘愿？想到这里，绿姬心一沉，左手下意识地握紧了缰绳，谁料通天脉竟忽然大放异彩，一股强劲的真气不知从何而来，源源不断地涌入了绿姬的体内。

绿姬无比诧异地看着通天脉，目光一转，有了主意。这是神的恩赐，若不用，就是暴殄天物。绿姬心一横，右手执缰，左手覆上"流如云"的前额，将这股真气注入了"流如云"的体内。"流如云"似有一瞬的停顿，下一瞬便双目如炬，奔速陡然加快。绿姬差点被甩下去，忙抓紧了缰绳。

目睹这一切的公子小白一身冷汗，他下这赌注的确是为了跟绿姬较劲，眼下却着实担心起她的安危来，小白微俯着身子，全力驭马，想快点到绿姬身侧。小白马使出全速，想要追上“流如云”，可“流如云”实在太快了，任凭小白马如何奔驰，都没能缩短距离。小白眼看着绿姬纤细的双腿已经夹不紧马腹，在“流如云”背上晃晃悠悠，摇摇欲坠，不由得心急如焚。

绿姬以通天之力控制了“流如云”的意识，凭借那股真气，“流如云”奔速如飞，可也如同一匹脱缰的野马一般，不受控制。只见绿姬的身子被颠得越来越偏，小白无比焦急，大声喊道：“我不跟你比了，我教你还不行吗！”

小白的话被周围呼啸的风声吞噬了一大半，绿姬什么都没听见。

毕竟不是身处塞外的广漠，再大的平原也有尽头，眼看着地平线上出现了森林的影子，小白咬着牙，加快了打马的频率。快一点，再快一点，小白心中低低呐喊，小白马也咬紧了牙关，一点一点地追赶着失控的“流如云”。十步，五步，两人之间虽只相隔几步之遥，却如同隔了三生三世。

终于到了绿姬身侧，小白冲绿姬大喊道：“快停下，我不跟你比了，我教你！”

绿姬已被颠得头晕眼花，面色苍白地问小白：“可是我赢了？”

小白急喊道：“你赢了！”

绿姬虚弱地笑笑，再度将左手覆上“流如云”的前额，却再感受不到那股真气的存在。她低头一看，通天脉已然失去了光泽，隐隐发黑。绿姬一下子慌了神，与此同时，方才还远在地平线上的森林，飞驰而来，已近在眼前。

奔跑的“流如云”忽然绊到草丛中横着的树枝，它腿脚一软，前蹄陡然跪地，惨叫一声，将马背上的绿姬甩了出去。

小白的心像是被大力揪了一下，他顷刻间面如死灰，思维还未来得及反应，单腿已从马背上绕过，双腿顺势奋力一蹬，身子从马背上跃起，追着绿姬被甩出去的方向而去。

奋身将她拉进怀中，用手臂做枕垫着她的头部，小白刚下意识完成这几个连贯动作，就感到自己重重地摔在了地上，他保持姿势就势翻了几个滚，几番天旋地转，只觉得五脏六腑都错了位，好像过了三秋一样漫长，又似乎是从莒城一直滚到了天边，两人才终于停了下来。

绿姬和小白以一种极其尴尬的姿势面面相对，坚挺的鼻翼仿佛已擦上了对方的鼻尖，嗅觉充斥着彼此口鼻间的清冽之气，心跳声混杂，交替奏起，异常激烈，振聋发聩。

不知过了多久，绿姬睁开眼，抬起头，喘着粗气，只觉得浑身酸痛，未来得及自怜，绿姬看到眼前鼻青脸肿的公子小白，怔了一瞬，眼泪飞溅而出。

小手轻抚着小白额上的青紫，眼泪一滴滴落在他发间和面颊上，绿姬哭道：“你怎么这么傻？”

第三十二章　不可求思

绿姬的眼泪簌簌落在公子小白的鬓发间和面颊上，温温热热的，滑过光洁饱满的肌肤，弄得小白心里直痒痒。小白假装昏厥，暗地里却偷偷眯着眼，看着绿姬一边垂泪一边抚着自己脸上的伤口，心里别提有多受用。

可惜装昏也不是多么容易的事：绿姬趴在小白身上，又掐人中又捏穴位，搞得小白又痛又痒，难以自持。终于，在绿姬哭着拔下绾着青丝的玉簪，扎在小白神庭穴上的时候，小白一声惨叫，睁开了眼。

因拔了玉簪，绿姬的发髻无处着力，慵懒下坠至耳畔，显得娇俏妩媚，小脸上泪痕未干，任谁见了都要涌起怜香惜玉之意。绿姬怔怔地看着公子小白，良久，一记粉拳凿在他心口上："我还以为你昏过去了，骗子！"

小白捉住绿姬的手，笑道："有美人在侧，为我垂泪，玉手拂面，我怎能舍得昏过去呢？"

绿姬佯怒，将手抽了出来，嗔道："我看你还是摔得太轻了些，再摔重些，摔得你开不了口才好。”

小白赖道：“你也别嘴硬，见姑娘趴在我身上迟迟不肯起来，我虽被压得难受，但只要姑娘高兴，这点辛苦又算得了什么？”

绿姬这才发现，自己还坐在公子小白身上，方才居然因为担忧他的安危全然忽视了。绿姬臊了个大红脸，赶忙挣扎着起来，转过身去，拍了拍身上的碎草。

小白最喜欢看绿姬害羞的样子，笑得如沐春风。坐直了身子，小白单手撑地欲起身，稍一动，却感觉阵阵剧痛传来，只怕身上有多处擦伤和淤青。小白深吸一口气，咬紧牙关，踉跄站起，缓缓活动筋骨，确认周身的骨头并无大碍，也算是不幸中的万幸。

怕绿姬十分自责，小白故作轻松，走到“流如云”身侧，为它查验伤情。“流如云”身上的通天之力已悉数耗尽，这一跤摔得着实不轻，前腿膝盖上摔出两条好长的口子，鲜血涌出，在褐色的鬃毛上凝结成血痂，让人看了直心疼。

绿姬上前抱住“流如云”的脖颈，“流如云”低吟一声，泪水在乌亮的眼中打转。绿姬满面愧悔，眼泪又簌簌落了下来：“对不起，流如云，对不起……”

小白本来十分心疼“流如云”，见绿姬抱着它，心里却顿时不平衡了：他也摔得鼻青脸肿的，绿姬怎不抱他？

小白一把拉住绿姬的衣领，将她扯到一旁：“流如云没什么大碍，包扎一下伤口就好了。可你看我摔的，你看我的脸，都破相了。”

绿姬怎会看不出小白的意思，却忍着笑装傻：“我看你摔得一脸姹紫嫣红，比原来还好看呢。”

没想到绿姬比自己还赖，小白瞪大眼，嚷道：“什么？我为了救你都摔成这样了，你居然还说好看？”

绿姬垂着眸子，眼中盈盈闪闪：“都说了，欠你的是还不清了，就一并欠着吧。”

小白指着“流如云”嘟囔道：“你对个畜生都关爱有加，怎么对我就这么不近人情呢？你好歹也安慰安慰我吧。”

校场上威风八面的齐国三公子，此时竟撒泼耍赖像个孩子，绿姬一阵莞尔，轻声道：“好好好，我们这就回去，我给你擦药，可好？”

小白这才开心了，笑着走到小白马身侧，欲翻身上马。怎料身子又沉又痛，右脚未能钩住马背，差点摔下来。绿姬深知小白对自己的骑射之术颇为自信，不忍让他难堪，赶忙低下头，假装没看到。

小白使出全力，才坐正了身子，他伸过手来拉绿姬，绿姬颇为配合，小白不怎么费力就将她拉上了马。牵起受伤的小棕马，小白和绿姬慢慢向莒城驶去。

著山正扶着懒丫头在小院里活动，借以帮助她恢复受伤的腿脚。公子小白和绿姬打马进了院子，著山看到一脸青紫的小白，吓得松开了懒丫头，懒丫头应声摔在地上，著山无暇顾及，快步上前走到小白身侧，惊道：“公子，你这是怎么了？”

懒丫头一边骂着著山，一边从地上爬了起来。公子小白鼻青脸肿的样子着实有些滑稽，懒丫头怔了一会儿，扑哧笑出了声。著山回头瞪了懒丫头一眼，懒丫头忙捂住嘴，拄着拐，瘸着腿逃也似的回了房间。

著山话音才落，鲍叔牙应声从书房内冲了出来。看到公子小白鼻青脸肿，衣衫凌乱的样子，鲍叔牙手一抖，手中的书啪的一声落在了地上。就如同著山没捡拾摔在地上的懒丫头一般，鲍叔牙也没理会掉在地上的竹简，快步向公子小白走来。

小白看鲍叔牙来势汹汹，只怕又要啰唆，堂堂八尺之躯直往绿姬身后躲。

鲍叔牙绕着小白转了两圈，吹胡子瞪眼道：“这是怎么搞的？可是管夷吾……”

小白忙打断：“不是不是，我驭马不慎，摔下来了，不关旁人的事。”

以公子小白的骑射功夫竟会不慎摔下？鲍叔牙一脸不信，转头看看小白身侧的绿姬，只见她青丝间也夹挂着一些青草枯木的残渣，鲍叔牙转转眼珠，猜想此事大概与绿姬有关，语气略软了两分：“罢了，公子，赶快去上药吧。摔成这样，破了相，若不是个公子，只怕连媳妇都说不上了。著山，你去看看小棕马，我看它双腿打战，像是受伤了。”

见著山去给“流如云”医治，绿姬也赶忙跟上，给著山打下手。

公子小白被鲍叔牙拽到槐树下上药，遥望着绿姬照顾“流如云”的身影，别提有多心酸：这女人不是说好了回来给他上药的，怎么竟全忘了？

鲍叔牙拿出药酒，用麻布蘸了，给公子小白上药，小白却直喊着师父手太重。鲍叔牙已经轻得不能再轻了，公子小白却仍喊疼，鲍叔牙一脸无奈，见小白直直盯着马棚处绿姬的身影，又气又好笑。

鲍叔牙清清嗓音，出声道：“绿姬姑娘，能否过来为公子擦擦药？老夫到底是男子，手重得很，公子疼痛难当啊。”

这边著山已为小棕马包扎妥当，绿姬悬着的心放了下来，听到鲍叔牙呼唤，绿姬赶忙走上前来，接过了鲍叔牙手中的药瓶和麻布。

纤纤玉手轻巧地用药水濡湿麻布，温柔地点在公子小白的伤处，耐心细致地擦过他脸上的每一处伤痕。药酒每每接触伤口，都会引起一阵钻心的痛，可小白却满面堆笑，看得一旁的鲍叔牙直撇嘴。

处理完脸上的伤口，绿姬问小白：“哪里还有伤？”

公子小白将双手翻过来，绿姬这才看到，小白手上有两道极深的勒痕，估摸是方才急速驰马中看到绿姬被“流如云”甩下，着急停马去救她，生生勒出来的。

绿姬的心像被放置在温泉水中，被温暖包裹着，却也不住抽痛，似有窒息的危险。绿姬埋着头，耐心地为小白处理着手上的勒痕。

小白从未以这个视角打量过绿姬，见她睫毛低垂，认真为自己擦拭伤口，琼鼻小巧而坚挺，薄唇轻咬，忙屏息凝神，生怕呼吸太重会干扰了她。

著山为“流如云”处理好了伤口，在一旁呆站着躲懒。鲍叔牙冲著山微微摆手，示意他回房。

马蹄声从远到近传来，绿姬和小白都抬眼向外看，鲍叔牙也住步回头，来人竟是派去鲁国做卧底的那侍卫。

鲍叔牙快步上前，问道：“可是有什么情况？”

侍卫躬身，低声回道：“正是，大夫，莒子的侍卫才到鲁卫两国交界处，就被管大夫的侍卫截获，一行人快马加鞭赶回了曲阜。我从鲁宫守门的侍卫那里探知，管大夫打开空竹筒，非但没有恼怒反而大笑起来。谁知鲁公耳报神灵通得很，听到了信儿，马上去找管大夫问绿姬姑娘算出来的新君究竟是谁。管大夫便拿空竹筒给鲁公看，但鲁公生性多疑，并不相信管大夫。”

鲍叔牙不屑地一笑，哼道：“那是自然，管夷吾虽有手段，到底还算磊落。鲁公却是个小人，令人不齿。”

绿姬将药瓶塞到小白手中，上前几步，急问道：“鲁公可有为难公子纠？”

那侍卫见绿姬如此问，抬眼看看公子小白，不敢擅自回答。

小白面色不大好看，但又不想绿姬忧心，对那侍卫说道：“知道什么，如实说就是了。”

侍卫这才敢回道：“鲁公认定管大夫截获了消息却刻意隐瞒，怀疑绿姬姑娘测算出的新君是我们公子，三五日里不住地向管大夫施压，管大夫性子烈，屡次顶撞鲁公。鲁公一怒之下，扬言要将公子纠一行驱赶出鲁国，公子纠在此之前就一直卧病，这下，更是雪上加霜了。”

听了这话，公子小白颇为挂心，到底是手足兄弟，即便再冲突，终究不忍见公子纠落难，小白急问道："纠怎么了，为何卧病？"

侍卫回道："具体病因着实不知，只听守门的侍卫们说，自打那次咱们从鲁国要解药回来，公子纠就一直卧病在榻。"

听了这话，公子小白、绿姬和鲍叔牙都沉默了。如此看来，公子纠这病只怕是心病。也是，异常敬重的师父毒害绿姬，公子纠爱莫能助，只能眼睁睁看着亲弟弟小白为救绿姬殚精竭虑，这对公子纠无疑是件十分残忍的事。加上之前公子纠为救绿姬和小白，捅伤自己流血过多，尚未恢复，可谓是旧伤加新伤，身心不爽，不病才怪。

绿姬心中滋味百转千回，心酸无奈怅然轮番涌上，最终丝丝缕缕皆化为哀痛，漫散于血液中。

此事既然源自绿姬的恶作剧，也必须由她将误会解除。绿姬欲跑向马棚，却被公子小白一把拉住，小白问道："你要干吗？"

皓腕被小白死死捉住，绿姬挣脱不得，只能颤声央求道："来不及了，你先放开我。"

小白却将她的手捉得更紧，怒道："你要回去找纠？发什么疯，不许去！"

鲍叔牙见状，对一旁的侍卫使了个眼色，侍卫忙低着头退下。偌大的庭院中，只剩下公子小白、绿姬和鲍叔牙三人。

绿姬和小白都气鼓鼓的，不愿正眼看对方，可小白的手仍紧紧地箍着绿姬的手腕，一丝也不放松。

绿姬抬起另一只手，狠命推着小白的胸口："你放开我！"

小白方才坠马，后心窝严重挫伤，被绿姬这么一推，连骨连筋，痛得差点叫出声，冷汗瞬间挂了一脸。

绿姬忙撤了力道，想说什么却没说出口，薄唇颤抖着，小脸上愁云密布。

鲍叔牙看着眼前这两个人，轻叹了口气："绿姬姑娘，老臣知道你挂念着公子纠，只是眼下姑娘若是回曲阜去，只怕对公子纠更加不利呀。”

绿姬心想鲍叔牙身为公子小白的师父，自然完全站在公子小白这边，他的话一个字也没听进去。

鲍叔牙看出绿姬心思，笑道：“老臣并非危言耸听，姑娘细想下，鲁公姬同是个十足小人，若姑娘回去落入他手，他一定会逼迫姑娘说出齐国新君是谁。莫说姑娘现在掐算不出，即便掐算出了，姑娘敢将天命告知他吗？”

鲍叔牙所言不错，可绿姬不能告知众人的，哪里仅仅是齐国新君是谁，更有公子纠的命数。五煞已解，仍有一煞，威胁着公子纠的性命。

对公子纠的情愫较从前有天翻地覆的变化，绿姬的心虽一直在逃避，可身体的反应却不会撒谎。从前若听说纠有一分一毫的危险，绿姬只怕要心急如焚，泪如雨下。如今，隔了这么多人和事之后，对他的感情从爱慕、付出、心甘情愿，已转化为一种对他命数的怜悯和责任，以及对他二人爱而不能的心痛和惋惜。

可此次的事到底是因她而起，绿姬本是不服自己总被管鲍这两只老狐狸算计，想借机捉弄管仲一下，孰料却弄巧成拙害了公子纠，她又怎能袖手旁观？

绿姬未想清楚对策，只听一旁公子小白满是妒意的声音传来：“我真不明白，你明知道他做过那么多伤你的事，却仍对他念念不忘。你惦记着他生病卧榻，可我都摔成这样了，你有想过我吗？”

小白怒火中烧，握绿姬手腕的手不由得加了力道，疼得绿姬直打战，绿姬挣扎着欲挣脱小白的束缚，却未能如意。绿姬怒道：“他千不好万不好，可他从未像你这样，见天管着我，像坐牢一样！”

原本只是一句赌气的话，可于公子小白而言，却像是他所做的一切都被绿姬这一席话否定了一般。小白身子一震，面色一沉，一身肃杀之气陡然而生，一把甩开了绿姬的手。

小白这副样子绿姬觉得似曾相识，想来正是那一日在曲阜城外，绿姬说话激怒了小白，小白强吻她之前，也是这副吓人的架势。绿姬忙倒退两步，躲到鲍叔牙身后，心想有鲍叔牙在，小白应该不敢那样造次。

小白并没有上前的意思，星眸犹如寒冰，冷冷说道：“我哪一次不是为着你的安危，在你心中，却成了夺你自由的小人。既然如此，我就坏人做到底，你敢踏出这院子半步试试！”

这一席话掷地有声，语罢，小白头也不回，大踏步走回了自己房间。

鲍叔牙苦口婆心对绿姬道：“姑娘，公子的话虽不中听，却着实是为了姑娘的安危着想啊。姑娘是聪明人，只要稍稍用心分析一下情势，就该知道眼下该如何去做，老臣先告退。”

鲍叔牙徐徐退下，只余下绿姬一个人站在院子里，进退维谷。

记得小时候，绿姬的哥哥葵曾问爷爷，作为大卜，知晓他人的命运，却不能告知他，只能眼睁睁看其或误入歧途，或身死国灭，或为情所困，不是很痛苦吗？爷爷笑答道，这世间从没有平白无故的好事，身为大卜，能掐算千秋万世，自然也要背负常人不能忍受的苦楚，即便知晓自己亲人爱人的命运，也只能眼睁睁地旁观，而不能给予丝毫帮助。

鲍叔牙原本想借用晚饭的时候，让那二人言归于好，结果这两人倒是心有灵犀，一个推说坠马受伤需要休养，一个借口心神不愉一点不饿，都没出来用晚饭。鲍叔牙觑着案几上满满的菜肴，只有叹气的份儿。不是冤家不聚头，到底是不错的，鲍叔牙揉了揉太阳穴，甚为头疼。

晚饭后，鲍叔牙推门进了公子小白的房间，见小白正靠在榻上看书，忙阔步走上前去。

小白见鲍叔牙进来，也不起身，招呼道：“师父来了，随便坐吧。”

鲍叔牙盘坐在了榻旁的软垫上，含笑问道：“公子在看什么书？”

小白答道：“太公《六韬》。”

鲍叔牙点了点头，思忖着开口：“公子若是心中烦闷，不看也罢。”

小白听了这话，睨了鲍叔牙一眼，将手中的竹卷递了过去：“师父随便问问吧。”

鲍叔牙接过竹简，随便挑了一行，念道：“万民富乐……”

小白接道：“万民富乐而无饥寒之色，其君如日月，亲其君如父母。”

鲍叔牙将竹卷往后卷了几下，又随便找了一处：“陈其政教。”

小白答道：“陈其政教，顺其民俗；群曲化直，百姓戴变于形；万国不通，各乐其所；人爱其上，命之曰大定。”

鲍叔牙笑着放下竹卷：“公子天资聪颖，过目不忘，为师深感欣慰。眼见公子未被下午之事搅乱心神，为师更是十分佩服啊。”

小白一叹：“怎可能未被搅乱，我心里很乱，看书还能避一避，若是不看书，满脑子皆是那些乌七八糟的事。”

鲍叔牙拍了拍小白的肩，安抚道：“公子，你最善骑射，应该知道，幼马难驯，若不用技巧，只怕三五年都驯不成。须得供其粮草，给其自由，时常让它独自驰骋，又为它遮风挡雨，待它满心欢愉心甘情愿待在你身边后，再图谋其他。为师早跟你说过，绿姬姑娘十分倔强，不可总束缚着她，恐令她心生反感哪。”

小白垂着头，摊开双手，只见手上马缰的勒痕在油灯照耀下隐隐发黑，竟有些像绿姬的通天脉。小白心头一痛，握紧了手，对鲍叔牙的话不置可否。

鲍叔牙将小白这些小动作悉数收入眼底，继续说道：“公子，多给绿姬姑娘些选择，等她了解了公子的好，终有一日会心甘情愿留在公子身侧的。”

夜深了，绿姬躺在榻上，翻来覆去睡不着。绿姬站起身，慢慢向屋外走去。

记挂着“流如云”的伤情，绿姬乘着月色走到马棚处，想看看它现在怎么样了。

著山包扎的手法甚好，“流如云”早已止了血，此时正闭目在棚中休息。一旁的小白马正以一种保护性的姿态守在“流如云”身侧，听到有脚步声传来，它十分警觉，看到是绿姬后，才轻快地晃了晃头，以示友好。

绿姬心头漾起几丝柔软，微微一笑，转身欲回房间。身后却忽然传来一个男声：“你怎么在这儿？”

这深更半夜，只有皓月清辉照耀，冷不丁有人在身后发声，着实很吓人。绿姬身子一僵，手一滑，身上披着的长袍陡然落在了地上。

绿姬转过身，小白已将她的长袍捡了起来，双手环过她的身子，将长袍披在了她瘦弱的肩头：“怎么穿这么少，不怕着凉？”

像是从未有过争执，也从未有过分歧，小白依然待她如初，可绿姬却不敢直视他的双眼，垂头轻声道：“多谢。”

两人就这样对站着，沉默了片刻，小白问道：“你想回鲁国吗？”

绿姬依然不敢直视小白，微微点了点头。

小白苦涩一笑，说道：“也是，你自己闯的祸，若是不回去看看，只怕不会安心，你且去吧。明日我便教你如何驭马转弯，还有一些旁的技巧，学会了，你就回去找纠吧。”

绿姬抬起眼，眸中满是难以置信。小白不理会绿姬的不解，继续说道：“不过我可是个严师，若有得罪，你可别哭。”

绿姬回道：“既是我自己选的路，无论多苦，都会走完的。”

听了这话，小白没再说什么，起身回了房间。绿姬独立于树影之下，只觉若有若无的桂花香不知从何处飘来，朦胧婉转如公子小白的心思，当真是看不见也摸不着。

其后三日，小白都尽心教绿姬骑马，还传授了自己发明的独门驭马之术，没有一丝保留。

可小白像换了个人似的，不笑也不说话，严厉得真像个师父。看到他这样子，绿姬总觉得眼前教自己骑马的不是公子小白而是管仲。

第三日傍晚，绿姬拖着疲乏的身子回到房间，才坐下，倒了杯温水欲饮，公子小白就推门走了进来，将一身粗麻男装递给了绿姬。

脸上像凝着千年的霜，小白冷言道：“明日一早我就送你出城，为你安全着想，还是换上男装为好。”

无数次期盼能早日回曲阜城找公子纠，可事到临头，绿姬却没有一丝一毫的兴奋，只觉得莒城和曲阜这两地间数百里的路途，像是永远走不尽似的。

小白看绿姬发愣，也沉默了一瞬：“路途辛苦，此次全要靠你自己了，早点休息。”

语罢，小白便转身走出了房间。到底是秋日了，傍晚风起，绿姬只觉得足底钻心的冷意袭来，指尖一片苍凉。

清晨，两匹马一前一后慢慢行走在莒城外林间的小路上。黄叶从头顶上盘旋而落，伴着凛冽西风，平添了几分伤感。

绿姬望着前方骑着小白马的公子小白，只见他的身影与寂寥的秋景融为一体，满身的萧瑟比秋意更浓，她不由得鼻头一酸，心头尽是伤怀。

小白勒马，将包袱递给一旁赶上的绿姬：“这里是几件衣服和一些钱，你自己一路珍重。”

绿姬接过包袱，犹豫再三，对小白道：“我要去曲阜，并非因为一己私情而去质问公子纠，我有我不得不去的苦衷。”

小白半眯着眼，盯着前方，说道：“你和我一样，执拗又倔强，凡事无论自己能否一力承担，都爱强出头。可你想想，若是有些事，你不在却能减少纷争，置身事外岂不更好？”

绿姬怔怔地看着小白，轻言道：“其实我想说，我并不是为着公子纠才回去的。但这件事到底因我而起，我又怎能冷眼看着他们被赶出鲁宫？”

听了绿姬这席话，小白轻轻一笑，那笑容十分苦涩，竟比哭还苦涩：“世上竟然有比我更倔强之人。也罢，既然你对我无意，我也不再强求。只是我也要脸，我这里不是你想来就来想走就走的。既然你今日要走，我不强留，只是你走了，以后就别再回来了。我们就此别过。”

执鞭的手微微颤抖，小白咬咬牙，心一横，打马向莒城方向疾驰而去。

绿姬看着公子小白的身影渐行渐远，慢慢成了一个小小的黑点。面前是莒城，背后是通往曲阜的漫漫长路，她紧了紧手中的缰绳，满心迷茫，不知前方到底有什么在等着自己。

第三十三章 我心匪石

公子小白的身影早已在视线内消失，可绿姬仍骑在“流如云”上，踟蹰不前。

旭日慢慢升起，官道上来往的行人渐渐增多。偶有姑娘婆妇经过，看到身着男装骑于马上的绿姬，皆不住回头，痴痴地望着她，甚至两两私语，面露羞赧之色。

绿姬十分诧异，一两个这样也就罢了，怎么个个都如此？绿姬托腮思索着，无意间低头看到自己的玄色宽袖，微微一笑，明白了其中深意：绿姬原本瘦削修长，穿上男装束上发，这些女子皆以为她是个清俊的少年，才会用那样的眼神瞧她。

绿姬忍俊不禁，方才充盈于心间的不安和萧索顷刻间烟消云散。绿姬心想，这些女子只看到她男装的模样，就已这般不顾矜持，若是见到公子小白，还不知会如何失态呢！

想到这儿，绿姬面色一僵，整个人呆了一瞬。这样的情形下，她第一个想到的竟然不是公子纠，而是公子小白。

好不容易理清的思绪，此时又盘根错节拧在了一起。方才绿姬踟蹰不前，是因为对未知路途的恐惧，而此刻她呆在原地，却是因为心头震撼，无法思索。

从东方欲晓到日薄西山，从安然骑在马上到颓然坐在林间，绿姬发着呆，头脑混沌如浆，什么也想不清楚。

天快要黑了，一直安静陪在绿姬身侧的“流如云”垂着头，拱了拱她的肩背，轻轻嘶鸣了一声。绿姬站起身，捋了捋“流如云”的鬃毛，拍了拍身上的杂草和青泥，翻身上马，极速打马向莒城驰去。

既然无法认真思考，索性就顺从己心。而她心之所往，就是莒城中那方小小的院落。

晚饭后，鲍叔牙在书房中给公子小白讲授用兵之法。可小白面色如土，一副心不在焉的样子。

鲍叔牙轻咳两声，出言提点道：“公子可真是，既然放心不下，为何还允她独自一人回曲阜？”

小白一声叹息：“我找莒子借了两名侍卫，命其跟在她身后，暗中护她回曲阜。不管我们如何看待纠，若是绿姬心中认定了他，无论我如何强留，她都不会真的开心。人在心不在，有什么意思？”

听了小白这一席感伤的话，鲍叔牙非但没表示同情，反而朗声笑了起来。

小白面色更沉了，睨着鲍叔牙，一脸不满。

鲍叔牙摆摆手，解释道：“公子，为师只是觉得，公子太过悲观了些，绿姬姑娘她……”

鲍叔牙的话尚未说完，就被门外传来的“流如云”的嘶鸣声打断，紧随其后的是一阵轻巧绵软的脚步声，从书房门口急速穿过。小白一怔，一脸的难以置信。

鲍叔牙笑看着小白，催促道：“公子，还不快出去看看！”

小白如大梦初醒，挣扎起身，差点碰倒一侧的油灯，跌跌撞撞向门外跑去。

“流如云”已进了马棚，和小白马交颈私语，似是在诉说自己今日的见闻。小白赶出来时，绿姬才进了房间，小白只看到她的背影，和轻轻关紧的木门。

小白不知是哭是笑，俊脸微微抖了几下，满心的激动无以言表。显然，小白从不敢奢望，绿姬竟然会这么快回来。与此同时，小白心里也生发出另一重担心，生怕她只是回来取什么物件，稍后便会再离开。

与其胆战心惊地在房中竖着耳朵听动静，不如索性就站在她房外。小白紧盯着门缝中透出的那一丝火光，一动不动。

房中，绿姬抱着双膝蜷在榻上，脸颊微微发烧。这样不顾后果简单粗暴地回来，还不得被公子小白笑话死。搞不好小白会以为她怯懦软弱，不敢自己出门。

西风透过窗棂，直吹在绿姬身上，绿姬渐渐冷静下来，想起那日鲍叔牙规劝她时说的那几句话，的确是入情入理。眼下确实不适合回鲁国去，且不说对时局影响如何，鲁公是个十足的小人，想象力又极为丰富，不知他会如何揣度，甚至做出危害公子纠或公子小白性命的事。

不过真正驱使她策马回莒城的，并不是这些大道理，而是小白那一句“只是你走了，以后就别再回来了”。不愿去面对这样的行为之后暗藏着的情愫，绿姬摇摇头，刻意回避心中那个隐隐的念头。

公子小白仍在门外站着，此时派去保护绿姬的两位莒子的侍从也赶了回来，快步上前，对公子小白一抱拳。

小白示意两人悄声说话：“绿姬姑娘走到哪里折返的？可有遇见什么人？”

两侍卫对视一眼，回道：“禀告公子，绿姬姑娘一直待在早晨与公子话别的位置，没有向前一步。”

小白眸中闪出一道光，嘴角挂着掩饰不住的笑，摆手道："二位辛苦，请回吧。"

两侍卫行礼退了下去，小白含笑站在绿姬房门外，盯紧了影影绰绰的火光，生怕一眨眼，这一切不过是大梦无痕罢了。

绿姬就这样呆坐着，直到日光渗漏进房中，才意识到，一夜就这样悄然过去了。身子又冷又僵，她站起身，打算去打些水来，洗一洗脸，好让自己清醒些。

才开房门，寒气扑面而来，绿姬不由自主地裹紧了衣衫。袅袅秋风中，公子小白负手而立，玉树临风，比秋色更惹人注目。

他满身霜气，坚挺的鼻尖微微发红，看到绿姬出来，小白露齿一笑，眉眼间尽是温柔。

绿姬仓皇避开视线，嘴上却仍数落着："你怎么把自己搞得这样狼狈？"见小白笑而不答，绿姬怔了一下，又问，"你不会在这里站了一夜吧？"

脚踝沉痛，身子发木，公子小白直直盯着绿姬，一步一步向她走来。他的目光如剑，像是要看穿她所有的小心思。

绿姬垂下头，公子小白伟岸的身躯近在咫尺，她竟手足无措，不知该说什么，更不知如何解释自己突然回来。

忽然间，小白一把将绿姬拉进怀中，抱得异常紧密，像是要把她嵌进身体中一般。绿姬一声轻呼，红了脸，赶忙推着他："你干什么！"

无与伦比的畅快和欢愉在小白的眸中跃动着："我就知道你舍不得我。"

绿姬想推开小白，却一点气力都使不上："你快松开我，一会儿大伙儿出来可该看到了！"

可小白却丝毫没有要松手的意思，反而把绿姬抱得更紧了："看到就看到，不用理他们。"

绿姬仍在挣扎，可小白岿然不动，挣扎了半晌，绿姬双臂发麻没了力气，索性放弃了抵抗，任由他这么抱着。小白的怀抱很温暖，胸膛很紧实，律动的心跳传递着一种令人安心的力量。绿姬熬了这一夜，此时竟有些昏昏欲睡。

一侧的卧房内，鲍叔牙睡眼惺忪，穿履起身，想到后院如厕，打开房门，看到眼前这一幕，吓得差点摔倒。

公子小白竟紧紧抱着个白皙瘦弱的男子？鲍叔牙扶着木门，惊恐万状。强摄心神，鲍叔牙摇摇头，揉揉眼，这才看清小白怀中的原来是绿姬。只因她的小脸埋在小白的怀抱中，又身着男装，只露出白皙的脖颈和如瀑的发丝，鲍叔牙才误将她认作男子。

长舒了一口气，鲍叔牙走回榻边坐下，可他到底上了年岁，晨起不能如厕，着实是难受得紧。

又过了好一会儿，鲍叔牙已是坐立不安，起身打开房门，看到公子小白仍戳在那里紧抱着绿姬，像是泰山石一般，纹丝不动。

鲍叔牙眼尖，看到对面房中，几名侍卫也探着脑袋，一脸痛苦。看到鲍叔牙，那几人一字排开，冲他不住作揖。

鲍叔牙明白他们的意思，他身为公子师父，此时若不敢出声，其他人只怕更不敢。鲍叔牙提起勇气，轻呼道："老臣恭喜公子，贺喜公子，只是晨起大家都要如厕，公子和姑娘能不能移步……"

鲍叔牙话未说完，小白身子一僵，松开了手。绿姬脸色涨红如血，忙推开公子小白，快步回了房间。

小白半回过身瞪着鲍叔牙，可鲍叔牙却无暇顾及他，随着一众侍卫，快步向后院跑去。

绿姬回房后，趴在榻上，将脸埋在被褥中，又羞又恼。可毕竟有几日的心力交瘁，两日的不眠不休，疲惫的身子怎么受得了松软的锦榻和厚实的棉被的诱惑，困意袭来，没多大会儿，绿姬便迷迷糊糊睡着了。

只是梦中也少不了公子小白，绿姬梦到他布满老茧的双手轻抚着她的面颊，说着些似喜似悲的话，声音轻轻软软的，害得绿姬的心也不由得随之颤抖了起来。

昏睡整整一天一夜后，第二天一早，绿姬才醒了过来。只觉得神清气爽，轻盈如燕，她慢慢起身，意外看到公子小白正坐在榻旁看着自己，笑得一脸灿烂。

绿姬赶忙拉紧了被子，警惕道："你怎么在这里？"

小白笑答："这还用问？自然是看着你，让你跑不了啊。"

小白竟怀疑她要跑，听了这话，绿姬哭笑不得："你身为公子，居然还做这溜门撬锁的事，真是无耻，快点出去！"被子一拉歪在榻上，不悦道："你快出去，我要换衣服了。"

小白笑道："好，你可快着点，我去外面等你。"

绿姬不知小白又要做什么，索性不理他。去厨房烧了热水，取出大大的澡盆，将水注满，房中瞬间热气腾腾。绿姬舒舒服服洗了个热水澡，换好裙裳，这才出了房门。

小白牵着小白马，正等在屋门口。不知为何，小白似乎较从前不大一样。绿姬上下打量了半晌，才发现，今日小白穿了一件黛蓝色的长袍，与平日身着甲胄的英武不羁相比，这样的小白平添了几分儒雅倜傥，落在绿姬眼中，竟有些令人脸红心跳。

小白见到绿姬，非但没有埋怨她动作慢，反而一脸欢欣："你可算来了，快上马。"

绿姬看看小白，又看看小白马，不上前反后退几步："又要做什么？"

小白上前拉过绿姬，二话不说将她拽上马："跟我走就是了。"绿姬还未来得及抗议，小白已执缰扬鞭，快速向城外驰去。

小白一边驭马一边不住地轻笑，笑得绿姬头皮发麻："你傻笑什么？我们到底去哪儿？"

小白垂眸看了一眼怀中的绿姬："你还真怕我把你卖了不成？你听听诗歌里唱的，男女相好，自然要到田间地头幽会一下，你怎么就一点都不懂呢？"

听了小白这话，绿姬差点没吐血："谁跟你相好了？不要脸。"

小白睨了绿姬一眼，嘴角尽是笑意："随你说什么，都改变不了你舍不得离开我的事实。"

绿姬自知理亏，却仍在抵赖："我……我是想起大夫说的，我此时若是回去，会危害大局，才折返回来的。"

小白哼道："算了吧，你这倔驴一样的性子，怎会因为我师父的几句宽解就改变？"

说到鲍叔牙，绿姬问道："你这么糙的一个人，怎会知道什么诗歌唱的什么人，又如何相好，只怕也是大夫告诉你的吧。"

小白不否认："你说我是个粗人，只是我细腻之处还未展现给你，不过这主意确实是我师父出的。我看你终日憋闷在房中，也觉得应当带你出来转转，见见世面。"

绿姬无奈扶额："旁人的师父都教些治国之道，军事之术，你师父倒是有趣，竟然还教这些？"

小白坏笑道："师父与我情同父子，自然是什么都教，你有什么不满？嗯？"

绿姬瞪了小白一眼，听着耳畔的风声和林间的蝉鸣，不再理会他。忽然间，森林已至尽头，头顶上遮天蔽日的层层枝叶悉数被抛至身后，眼前豁然开朗，一片汪洋大海出现在了眼前。

绿姬的小嘴长得圆圆的，目不转睛地盯着面前波澜壮阔的海面，心潮澎湃。小白勒马，将绿姬接下来，两人漫步于沙滩之上。绿姬捧起一抔沙，紧握在手中，可握得越紧，沙粒从指间流逝得越快，她不由得垂着眸，微微发怔。

小白指着雾霭蒙蒙的海面，对绿姬道："据传太公祖籍便是在这琅琊海曲之处，如此说来，这里也是我的老家了。今日带你来看一看，一来因为你是我的人，带你认祖归宗；二来，你自幼长在洛阳城，一定没见过海，带你开开眼界。"

绿姬白了小白一眼，反驳道："第一，我可不是你的人；第二，我也不稀罕见什么世面。"

小白笑道："稀罕也好，不稀罕也罢，总归是我一片心意，你好歹也笑一个吧。”

绿姬指着面前无边无垠的大海，刻意作弄道：“想让我笑也可以，你下海给我捉条鱼去。”

海风轻吹着，在这清秋的早晨，寒意十足。绿姬低头看着脚边的浅滩，随着海水涨落，时而干涸时而润泽，莞尔一笑：人生不也正是如此，否泰相济，高潮伴着低谷，须得像寄居蟹一般，无论潮涨潮落，都安然自得才好。

绿姬仍在沉思中，小白突然擦身而过，直向大海深处走去。绿姬吓了一跳，出声叫道：“你做什么？”

小白回过身子一笑：“下海给你捉鱼去。”

绿姬忙出言制止：“别胡闹，快上来，我只是随口一说罢了。”

小白却一脸满不在乎：“不妨事，我们齐国疆域广大，我小时候常跟随父亲到海边，水性极好，捉条鱼轻而易举。我师父也爱吃鱼，捉两条回去，晚上给你们解解馋。”

听小白如是说，绿姬松了口气，见他脱去了长袍，只穿着贴身的中衣，绿姬十分诧异，问道：“你为何把长袍褪去了？”

小白回道：“我那可是刚做的新衣裳，若不是为着跟你出来相会，我都不舍得穿，若是弄脏了，回去师父不定怎么骂呢！”

这话若是出自乡野村夫之口也就罢了，出自公子小白之口，实在很有趣，绿姬不由得轻笑出了声。

小白没再犹豫，待水深没过腰间，一个猛子扎进了海中。

身姿如蛟龙腾渊，小白在海中徜徉恣肆。绿姬站在岸上，紧紧盯着小白的身影，目光盈盈如秋水。

小白浮在海上，抬起头来，一抹脸上的水，对岸上的绿姬道：“果真有鱼呢，稍候片刻，马上抓来。”

小白重新扎进了海中，这一次他将身子沉得极低，起初绿姬还能看到他白色的中衣漂在海面，过了半晌，海面平静如初，却再看不到公子小白的身影。

绿姬一下子慌了，强摄心神定睛去寻，可海面上连个水泡都没有，更不必说公子小白的丝毫踪迹。

绿姬颤声喊道："小白！小白！"

除了海鸟的鸣叫和呼啸的风声，再没有别的回音，绿姬的心如同刚受过烈火焚烧，又即刻被丢进冰河之中。惊慌伴着绝望，驱使着绿姬踉踉跄跄向海中走去。

第三十四章　君位虚悬

无论绿姬如何声嘶力竭地喊，都听不见公子小白的任何回音。绿姬茫然无助地站在水中，担心、恐惧、自责，种种情绪轮番涌上心头。她忍不住失声痛哭起来，冰冷的手捂着小脸。哭了好一阵，绿姬有了主意，忙用掌心揩去眼泪，抬起左手，灌注全身的力量于通天脉之上。

预借神力救公子小白，绿姬此法称得上是破釜沉舟。既不知究竟会不会有效，还背负着激怒神明的危险。但此时此刻，绿姬心中只有一个念头：公子小白一定不能有事。

毫无防备，绿姬的纤腰被紧紧揽住，公子小白从绿姬身下的一方水域中突然蹿出，将绿姬高高抱起。绿姬身子一震，为保持平衡，双手不得不缠上小白宽厚的肩。

绿姬怔怔地盯着一脸贼笑的小白，恼怒地捶了他两拳："你故意吓我！"

小白抱着绿姬，慢慢往岸边挪，脸上是难以名状的欢愉："你还不承认你喜欢我！"

绿姬恼羞成怒，推搡着小白："谁喜欢你了，不过就是怕你淹死！"

两人泡在水中，衣服早已湿透，冰冷的海水中，只有对方身体散发出的缕缕温热，诱使着他们无意识地将身子贴得更紧。

小白一脸坏笑："你方才是打算借助通天之力来寻我？没想到你竟然那么在乎我。"

绿姬气得红了眼眶，语带哽咽："你这人好没趣，平白无故吓人玩，见别人为你担心，你很得意是吗？"

见绿姬真的恼了，小白见好就收，转移话题道："头一次听见你叫我名字，叫得真好听，再叫一个！"

两人上了岸，绿姬挣扎几下，从小白怀中跳了下来，兀自向前走着。

海风徐徐吹来，离开了小白温暖的怀抱，绿姬冻得面色苍白，牙齿打战。可公子小白却像个没事人一样，在绿姬身后笑着，恼人的声音传来："从前一直以为你清瘦，身子干巴巴的，没想到还挺有料。"

绿姬身子一僵，转过身来，抓起一捧沙，朝公子小白扔了过去。小白也不躲，仍旧笑嘻嘻地看着绿姬。

从不远处的林间传来一阵马蹄声，由远及近，著山奋力策马而来。小白收敛了笑容，快步走来挡在绿姬身前，觑着逐渐逼近的著山。

著山越靠近海边越心虚，看到他家公子虎着脸，著山夹着马腹的小腿微微发抖。到离公子小白一丈远的地方，著山下了马，牵马上前，抱拳道："公……公子。"

小白指着著山身后沙滩上的长袍："帮我递过来。"

著山赶忙帮小白捡拾起长袍，恭敬地递了过去。小白转过身，把长袍披在了绿姬身上，将她紧紧地裹了起来。

绿姬一脸无奈，只因他二人衣衫全湿透了，紧紧贴在身上，小白这才直直挡在她身前，生怕著山看到了什么。可怜著山不明所以，只怕还以为得罪了他家公子。

小白回过身，问著山："急匆匆赶来所为何事？"

著山抱拳回道："齐国君位有变，高氏大夫遣使者来，有要事禀告公子。"

一瞬的震惊后，小白和绿姬对视一眼，交换了神色：决定成败的关键时刻就是现在了。

小白吹了口哨，小白马应声从林间跑来。小白和绿姬配合默契，快速翻身上马。著山还未反应过来，眼睁睁看着他二人绝尘而去，离自己越来越远。

著山叹了口气，赶忙上马，玩命追了过去。

莒城庭院中，鲍叔牙正招待高氏大夫的使臣饮茶。在此成败的关口，若说丝毫不紧张，纯粹是骗人的。两人虽说着闲话，却都显得有些心不在焉。

终于，公子小白的马蹄声传来，鲍叔牙笑对使臣道："我们公子回来了，这边请。"

使臣随着鲍叔牙走向院门口，躬身候着。片刻后，公子小白的高头小白马便进了院子。

使臣忙上前行大礼："拜见公子。"

小白扶绿姬下了马，略抬抬手："一路辛苦。"

那使臣此时才敢抬头看公子小白，见他只身着中衣，衣服还湿漉漉的，大为惊诧。定睛再看，公子小白身侧站着位貌美如花的姑娘，身上披着件男子的长袍，裙裳也全是湿的。

使臣惊得大张着嘴巴，可鲍叔牙和侍卫们却都没什么反应，一副见怪不怪的样子。使臣赶忙合上了嘴，对一旁的绿姬躬身行礼："见过绿姬姑娘。"

这下轮到绿姬惊得合不拢嘴了。小白看出绿姬的疑惑，笑道："好奇他怎么知道你的名字？我堂堂齐国公子，为你丢了传国玉玺，自然令你名扬天下了。"

绿姬瞪了小白一眼：“你还挺以此为傲。”

小白眸中闪过一道金光，语带志得意满：“那玉玺已在管仲处存放多日，该是时候拿回来了。”小白笑问使臣，“可是管仲的人得手了？”

使臣回道：“正是，公子，弑君篡位的公孙无知已死，国不可一日无君，我们大夫请公子即刻启程，回国即位！”

此话一出，院中侍卫们一片哗然，有人兴奋有人紧张，议论个不停。

鲍叔牙示意众侍卫噤声：“公子，越是这时候越不能慌了手脚啊！”他转头对著山说，“小子，你去盘点我们的弓弩和箭矢，备足数量，若是不够，速去找莒子借些。”

使臣接口道：“大夫果然思虑周全。公子只要平安到临淄城外便可，我们大夫会亲来城外，迎接公子。”

鲍叔牙拱手：“先在这里谢过了，高氏大夫有心了。”

小白张口欲说什么，却被鲍叔牙打断：“公子，还有些事须得准备，你随我来……”

鲍叔牙连推带拉将小白拽到一旁，小白一脸不解，问道：“师父，可是有吩咐要私下跟我说？”

鲍叔牙指着小白的衣服，无奈道：“公子先去换个衣裳吧，要即位国君的人了，怎么能这样不顾脸面？”

小白笑嘻嘻地对鲍叔牙一抱拳，转身回了房间。

出了这样大的事，众人都忙碌起来，绿姬却呆立在原地没动。

齐国有两位公子，却只有一个君位。无论谁即位，今后，另一位的人生只怕堪忧。想到这里，绿姬垂着眸，心中满是说不清道不明的伤感。

无论她私心里多么希望一切如旧，然而情势发展却不会如她所愿。

绿姬叹了口气，认真思索着。摒弃一切情感因素，似乎小白更适宜做国君。可管仲手段狠辣凌厉，远在鲍叔牙之上，这君位究竟会花落谁家，着实是个难以卜算的未知数。

曲阜城中，鲁国宫内，公子纠卧病在榻。面色青白如玉，眉眼间水光点点，呼吸十分粗重，偶有秋风透窗而来，公子纠便会咳个不停。

前几日，就为绿姬算出齐国新君的流言，鲁公日日派人来刁难，吃穿用度克扣了许多。

好在管仲有手段，齐国日日有人来回报消息，送吃送喝车水马龙，颇为壮观。鲁公见公子纠丝毫没有失势，才不得不收敛了几分。

喉间漫上缕缕腥甜，公子纠猛咳了起来，慌忙用宽袖遮住嘴，咳得满面涨红不能自持，握着竹简的纤长手指却没有丝毫放松。

良久，公子纠终于止了咳，颤抖着手端起一侧案几上的铜斛，将温水倒入爵中，微微呷了口。

那次为救小白和绿姬，公子纠用箭矢扎伤了自己，虽未伤及心脏，却实在伤了肺。原本卧榻将养数日，多用山参阿胶进补，已经好了许多，孰料却出了绿姬中毒的事。

那副冷血无情的嘴脸犹如利剑，伤了绿姬，更凌迟了他自己。回到鲁宫后，公子纠与管仲争执不下，牵动了旧伤，气血上涌，竟吐血斗升，昏倒在地。

从回忆中抽离出来，公子纠蹙着眉，抚着心口，有些隐隐的不安。

这几日出入鲁宫的齐国人实在是太多了，从前虽然也不少，但最近来的人看到他，总是一副又心虚又敬畏的样子。

不愿去猜测管仲究竟又与什么人谋划着什么事，公子纠就这样一直称病躲懒。可今日，似乎是躲无可躲避无可避，公子纠一直畏惧的事情，终于还是发生了。

公子纠起身，拿起榻边的披风，搭在肩头，慢慢向房门口挪去。太久未出房门，猛然间看到日光，他竟有一瞬的不适应。

片刻后，公子纠睁开寒潭一样的清眸，看到小院中秋色如许，原来已是深秋了。

管仲和几名侍卫正激烈议论着，看到公子纠出来，管仲眉头拧成了疙瘩："公子怎么穿得这样少，还站在风口？"

纠摇摇手，几步上前，微微有些喘："我方才听人说什么，雍廪得手了，可有此事？"

既然公子纠都听到了，管仲索性照实说道："正是，雍廪忍辱侍奉公孙无知，终于得到他的信任，趁着公孙无知畅游雍林之际，一举杀之！"

公子纠呆立了一瞬，小时候与无知相伴玩耍的画面从脑中闪过。片刻后，公子纠抬起眼，神色如旧："国之大患已除，应当庆贺。"

管仲点点头，说道："公子身为僖公次子，身负大任，应尽早回国即位，不可再让奸人钻了空子才是。只是公子身子不适，恐经不起长途颠簸。"

冷风袭来，公子纠不知是受了风还是心气躁动，连咳了几声："想来师父心中早有打算了吧。"

管仲忽然大笑起来："你我师徒果然心意相通。公子如今身体不适，不如就在此将养着，为师率众先回临淄，截下公子小白。如此，公子即位之事再无悬念，便可高枕无忧了，待身子恢复些，公子再坐马车回临淄也不迟。"

听了这话，公子纠又重重咳了几声，强压住咳意，公子纠面色涨红如血，双眸中泪光点点，语气哀婉地恳求道："师父，无论你今日如何打算，如何作为，一定不要杀小白。"语罢，公子纠躬身行了个大礼，不知是不是忧心太过，他的身子竟微微颤抖。

管仲见状，忙应允道："公子宽心，你与公子小白手足情深，为师怎会不知？只是那小子为色所迷，实在不是能继承大业之人。"

公子纠松了口气："既如此，师父一路小心，速去速回吧。"

管仲吩咐道："公子身侧不能没人照料，大兴，你箭术超群，留下来保护公子，其余人跟我走！"

众人听了命令，快步跑进兵器房，取下弓箭，背上箭筒，又快步跑出，整整齐齐地列在了管仲面前。

管仲觑眼看着身前这二百余侍卫，下令道："成败在此一举，我们的身家性命，皆与公子休戚相关。这一次便拿出你们十二分的本事来，有功大赏，有过重罚！"

管仲一挥手，随侍卫们一齐奔向马棚，动作整齐划一，牵马缰，执马鞭，翻身上马，一气呵成。

管仲一马当先，对公子纠抱拳道："公子保重，我们去去就回。"

公子纠微微颔首，管仲一行掉转马头，院门大开，百余骑呼啸而去，气势如虹。

秋日的太阳照在公子纠身上，仍是温热的，只是冷风横吹，让人只觉时冷时热，十分难受。公子纠望着管仲一行人远去的身影，眸色或明或暗，不知在思索些什么。

曲阜城外，管仲豁出老命在打马，恨不能骐骥一跃，即刻飞回临淄城去。

辅佐一明君而雄霸天下，是他毕生的梦想，现在这梦想近在咫尺间，他不能允许有丝毫闪失。

侍卫们咬紧牙关使出全力，才勉强能跟上管仲。其中一很受重用的侍卫，与管仲并行，犹豫再三，出言问道："大夫，方才你答允公子，保公子小白平安，可若是……"

管仲一笑，深目中满是无从辩驳的坚持："传我的命令，若遇到公子小白，孰能杀之，赏金十锊！"

那侍卫听了这话，一脸忧心："可是，大夫，公子十分在意公子小白，若是……"

管仲一脸不以为意：“公子自幼长在我身侧，他的脾气秉性，我最了解。刚听到消息时，一定会伤心难耐，可他无论如何都不会弃祖宗宏业于不顾。所以不必忧心，若是公子怪罪，皆由我一力承担！”

听管仲如是说，侍卫们不再有任何顾虑，磨刀霍霍，急不可耐地向临淄城进发。

第三十五章　盖世英雄

莒子派人送来了新的弓弩和大批的箭矢，著山指挥着众侍卫将箭塞满箭筒。

公子小白一身戎装，雄姿英发，眉眼间皆是志得意满，似乎丝毫未感受到阵阵杀气正在逼近。

鲍叔牙上前，轻拍着公子小白的背，满心的话想嘱咐，却不知如何说起。

小白看出了鲍叔牙的担忧，笑着宽慰他："此去要全速驭马，才能赶在纠之前回国即位。师父腿脚不适，就在这里安心等着，我即位后马上回来接师父。"

鲍叔牙话语间带着掩不住的忧心："公子此去万万小心哪，即便不能赶得及即位，也一定要保全自己才是。"

小白点点头："师父放心，我一定十分小心。只是师父在这里也是有任务的。若是我不幸被管仲所围，师父要赶快找莒子借兵来解围才是。"

鲍叔牙鼻子一酸，眼眶有些泛红，千言万语如鲠在喉，也只是重重地握了握小白的手臂。

绿姬站在房门口，视线穿过忙碌的众人，直直地盯着公子小白的身影。

不知为何，她心中极度不安，似乎预感到会有什么事发生。可通天脉黯淡无光，没有任何神谕传来。

眼看众人收拾停当，即将出发，绿姬快步奔过来，一把拉住了公子小白的袖笼。

小白回过身来，看到绿姬，捉住她的手，眉眼间满是笑意："我准备出发了，你就在这里等我，等我即位了，马上回来接你。"

绿姬不置可否，只是将颈上挂着的平安玉璧摘了下来，塞在了公子小白手中。

小白皱着眉，打量这玉璧良久。绿姬看出小白的心思，不禁哭笑不得："这玉璧是我打小戴着的，可不是什么人送的。这是我爷爷取蓝田暖玉亲手制成的，中间这小孔，寓意洞悉世事。"

听说不是公子纠送绿姬的，小白这才笑开了："多金贵我倒是不在意，难得是你从小就戴着的。"

小白笑嘻嘻地摸着玉璧，挂在了颈上，随后拔出随身的短刀，轻轻一挥，割下了一缕青丝，对绿姬道："你都送我定情信物了，我怎能不回礼？只是我也没什么打小收着的宝贝，这缕头发就等同于我的命，我便把我的命交给你了。"

绿姬原本只是因为担忧小白的安危，才将平安玉璧给了他，谁知他居然说这是定情信物。绿姬满面涨红，矢口否认："你可别乱说，我可不是……"

小白坏笑着，上前半步，轻道："今日在海边，已知姑娘有多在意我，我这一缕头发虽不贵重，却象征着我这个人，随时愿为姑娘肝脑涂地。"

小白拉过绿姬的手，要将这缕青丝塞进她手中。绿姬看到众人都偷眼笑嘻嘻地看着他们，更加不好意思，将手背在身后，板着脸道："谁要你这猪鬃！"

公子小白含笑捏过绿姬背在身后的左手，力道不大不小，让她既不能挣脱也不会痛。绿姬垂着眼，红着脸颊，只能眼睁睁看着公子小白将她的手指一根根掰开，将青丝放在了她的手掌心。

侍卫们已整装待发，高氏大夫的使臣给鲍叔牙递了眼色，鲍叔牙深知其中含义，开口道："公子，事不宜迟，该出发了。"

小白回身答："知道了。"可他仍舍不得放开绿姬的手，笑问道："我要出发了，此去凶险万分，你难道没什么话要跟我说吗？"

绿姬望着小白，良久，嗫嚅道："一路小心。"后又低低地追了一句，"我等你回来。"

小白喜不自胜，抱住绿姬的小脑袋，在她额头上重重印了一吻，而后急速到小白马身侧，翻身上马，领着众人，绝尘而去。

绿姬顾不上脸红害臊，追着小白渐行渐远的身影赶了几步。她站在小院门口，满面愁容，不知为何，心中那种不安愈演愈烈，像是铜鼎内沸腾的滚水一般。

绿姬望着手中的青丝，眼眶略有些湿润。此一去，是场豪赌，公子纠与公子小白，注定会一人君临天下，一人功败垂成。

绿姬无意识地握紧了青丝，仿佛握着未来诸多变数中的一丝线索。绿姬兀自发着呆，此时神谕却悄然而至，左手的通天脉流过一道绚烂的酡红，绿姬被神谕击中，惊得她瞪大了眼睛，张开了小嘴，身子抖如筛糠。

绿姬看着大放异彩的通天脉，紧紧握着小白的青丝，强摄心神，掐算了一次。

神谕与方才没有丝毫差别：这缕青丝的主人，便是她一直以来苦苦寻觅的盖世英雄！

太过意外和震惊，绿姬久久不能回神。一旁的鲍叔牙察觉到绿姬的异常，忙上前，唤道："姑娘，姑娘？"

虚汗不知何时爬满了绿姬的面颊，绿姬内心满是自嘲。早有许多证据指向公子小白，明示或暗示她，公子小白命格非比寻常，可她却一直没深入去想，总觉得像公子小白这样的人，与匡扶王室拯救万民的盖世英雄毫不沾边，如今看来，倒是她太想当然了。

然而，真正让绿姬坐立难安的，却是公子纠和公子小白这相生相克的命格。换言之，这世上唯一能拯救公子纠六煞命格的，只有公子小白；而唯一能克死盖世英雄的，便是公子纠了。这两人如同站在独木桥的两端对峙，胜者只能有一个。

绿姬颓然抬头望向天空，但见云层翻滚波诡云谲。若是她能凭借一己之力来定乾坤，她又该选谁？而上苍如此安排，究竟属意于谁？绿姬长叹一声，纤长的手指慢慢将公子小白的发丝绾成结，揣在了贴身衣服的兜里。